蘇東坡像・湖北省黄岡市（撮影・萩原正樹）

東坡赤壁・湖北省黄岡市（撮影・萩原正樹）

市野迷庵書「心正筆正」文政六（一八二三）年（坂田古典音楽研究所蔵）

迷庵の遺作は巷間稀である。迷庵若かりしころの書法は前号図版の自筆琴譜にも顕われるよう如何にも謹厳実直なものであったが、中年以降、しかも一切の交游を謝絶したころからは、破格で筆意も迷庵の胸中を深く反映したものが多い。この書は没する三年前、風患の中にも渾身の力をこめてものしたものだが、最晩年まで矜持を失わぬいかにも迷庵らしいその人となりを如実に示した力作である。

その典拠するところは唐の柳公権（七七八〜八六五）の語「心正則筆正」で、『唐書』「柳公権伝」にある。公権、字誠懸は京兆府華原県の人で元和の進士。穆宗、敬宗、文宗の三代に仕え、かつ能書家であったため、ある時穆宗に用筆法を問われ、公権の応えて曰く、「心正しければすなわち筆正し」と。

（坂田進一記）

風絮 第五号 目次

『草堂詩餘』の来源にかかわる一考察
——辛棄疾詞の分析から—— …… 藤原 祐子 (1)
『魏氏楽譜』中の詞について …… 村越 貴代美 (36)
適園論詞 …… 清・袁学瀾撰 孫 克強整理 (89)
市野迷庵手抄『東皐琴譜』補筆 上 …… 坂田 進一 (95)
南宋・沈義父『楽府指迷』訳注稿（上） …… 池田智幸 岡本淳子 平塚順良 訳注 (138)
唐圭璋序 …… 池田 智幸 (140)
第一則 論作詞之法 …… 平塚 順良 (147)
第二則 作詞當以淸眞爲主 …… 岡本 淳子 (154)

第三則　康柳詞得失……池田　智幸(160)
第四則　姜詞得失……平塚　順良(163)
第五則　呉詞得失……岡本　淳子(165)
施蟄存著『詞学名詞釈義』訳注稿（五）……宋詞研究会編(169)
十五、促拍……村越　貴代美(170)
十六、減字・偸声……小田　美和子(174)
十七、攤破・添字……小田　美和子(183)
十八、転調……村越　貴代美(191)
十九、遍・序・歌頭・曲破・中腔……小田　美和子(195)
二十、犯……明木　茂夫(207)
二十二、自度曲・自制曲・自過腔……明木　茂夫(213)
二十三、領字（虚字、襯字）……保苅　佳昭(219)
二十五、南詞・南楽……松尾　肇子(226)
龍楡生編選『唐宋名家詞選』訳注稿（五）……宋詞研究会編(228)
〇韋応物

・調嘯詞二首（其一）……萩原正樹(229)
・調嘯詞二首（其二）……萩原正樹(232)
・三台詞一首……萩原正樹(235)
○劉禹錫
・竹枝一首……高田和彦(239)
○牛嶠
・望江怨一首……高田和彦(243)
○范仲淹
・蘇幕遮一首……澤崎久和(248)
○晏殊
・浣渓沙二首（其一）……芳村弘道(254)
・浣渓沙二首（其二）……芳村弘道(260)
・清商怨一首……芳村弘道(263)
・訴衷情一首……芳村弘道(268)
○柳永
・二郎神一首……藤原祐子(272)
・訴衷情近一首……藤原祐子(279)

○蘇軾
・江城子一首……保苅　佳昭(284)
○賀鋳
・半死桐〈思越人〉〈鷓鴣天〉一首……池田　智幸(291)
・望書帰〈擣練子〉一首……池田　智幸(297)
・夢江南〈太平時〉一首……池田　智幸(301)
○陳克
・菩薩蛮二首（其二）……高石　和典(307)
○陸游
・釵頭鳳一首……三野　豊浩(311)
○范成大
・南柯子一首……三野　豊浩(328)
・酔落魄一首……三野　豊浩(333)
○姜夔
・翠楼吟　双調一首……松尾　肇子(344)

執筆者紹介……(353)
編集後記……(355)

『草堂詩餘』の来源にかかわる一考察——辛棄疾詞の分析から——

藤原　祐子

はじめに

『草堂詩餘』は、南宋末の成立にかかるとされる詞選集である。最も早く『草堂詩餘』の存在に言及するのは、王楙の『野客叢書』であり、これには嘉泰二年（一二〇二）の自序がある。[①] また瑞平年間（一二三四～一二三六）に浙西提挙をしていたといわれる陳振孫の蔵書録『直斎書録解題』に「『草堂詩餘』二巻」が著録されている。王楙と陳振孫のいう『草堂詩餘』が同一のものであるかどうか不明だが、少なくとも十三世紀の初頭にはすでに『草堂詩餘』と名付けられた詞選集（これを仮に祖本『草堂詩餘』と呼びたい）が存在していたことになる。

ところで、現存する最古の『草堂詩餘』（元・至正三年（一三四三）刊本）には、先行する様々な書物からの借用や引用を諸処に見出すことができる。それら書物の中でも特に重要と思われるものに、紹興十八年（一一四八）の自序を持つ胡仔編『苕渓漁隠叢話』、嘉定四年（一二一一）の劉必欽による序文を持つ陳元龍集註『詳註周美成詞片玉集』、淳祐九年（一二四八）の自序を持つ黄昇編『花庵詞選』等がある。[②] このうち『苕渓漁隠叢話』は群を抜いて早く十二世紀半ばに成立しているが、『片玉集』や『花庵詞選』は『野客叢書』以後に成った書である。とすれば、『野客叢書』の言及する祖本『草堂詩餘』がそれらを参照できたはずがない。このことは、祖本と現存の『草堂詩餘』(以下、単に『草堂詩餘』と呼ぶ場合はすべてこの現存『草堂詩餘』を指す)が「別もの」ないし「改編などによって原型をあまり留めなくなってしまったもの」であることを意味するだろう。③ 現『草堂詩餘』は、上述の書物すべてが存在した後でなければ成立し得ない。

祖本『草堂詩餘』はすでに失われており、その本来の姿を知ることはできない。他方、現存する『草堂詩餘』と題された詞選集の刊本は多種多様で、それぞれの刊本系統も複雑なため、やはりその全体像を把握することは困難を極める。筆者はこれまで、『草堂詩餘』の刊本の中でもより古い形態と考えられる分類編次本について考察してきており、それがどのような性格を持った刊本であり、どのように使われたのかということについては、ある程度明らかにできたのではないかと思う。④ そこで本稿では、そもそもその『草堂詩餘』がどこから作品を集めてきて成立したのかという問題について、南宋を代表する詞人辛棄疾の詞を材料に、現存する資料情況からわかる範囲での考察を加えてみたい。辛棄疾を採りあげるのは、彼が『草堂詩餘』に最も多く作品が収録される南宋詞人であるだけでなく、次節において述べるように南宋末までに別集が世に行われていたことが知られており、また『草堂詩餘』とほぼ同時期の刊本が現存しているため、テキストの校勘を行うことが可能な人物だからである。

一、『草堂詩餘』と辛棄疾別集

まず、辛棄疾とその別集の刊本についてみておくことにしよう。辛棄疾、字は幼安、号は稼軒。紹興十年(一一四〇)、当時金朝支配下にあった山東省済南で生まれている。紹興三十一年に金朝打倒を目指して決起した耿京の軍に参加し、同三十二年に耿京の命を奉じて南宋に帰服。その後六十八歳で卒するまで、一官僚として南宋に仕えて一生を送った。⑤ 辛棄疾は当時の文人としては極めて異例なことに、文学活動は詞作に専念している。現存する詞は六百首を超えるが、両宋を通じて彼ほど多くの詞を残す者はいない。⑥『宋史』「芸文志」「集部」が載せる別集が基本的に詩文集である中で、辛棄疾については「辛棄疾長短句十二巻」が著録されるのは、その際だったあらわれと言えるだろう。

しかも、辛棄疾の別集として世に行われていたのは、『宋史』に見える「長短句十二巻」だけではない。実は、辛棄疾詞には宋末までに少なくとも二種類の刊本が存在していた。その二種類について、南宋・陳振孫『直斎書録解題』は次のようにいう。⑦

稼軒詞四巻。宝謨閣待制済南辛棄疾幼安撰。信州本十二巻、巻視長沙為多。

稼軒詞四巻。宝謨閣待制済南辛棄疾幼安撰。信州本十二巻、巻は長沙に視《くら》べて多しと為す。

辛棄疾の別集には長沙で刊行された四巻本と、信州で刊行された十二巻本があった。『宋史』が著録するのがすなわち陳振孫のいう「信州本」なのであろう。この二種類は巻数のみならず、名称も、四巻本が『稼軒詞』(巻は甲乙丙丁をもって数えられる)、十二巻本が『稼軒長短句』、と異なっている(以下、それぞれ『稼軒詞』『長短句』と略称する)。ともに宋本は佚しているが、元明時代の「宋本」をもとにしたとされる刊本・鈔本が現存する。⑧

このうち、『稼軒詞』は辛棄疾の在世中に門人の范開が編纂したもので、晩年の作品は収録されていない。巻頭に附された淳熙戊申（一一八八）の紀年を持つ范開の序文は、自らが編んだ『稼軒詞』について次のように述べる。

開久従公游。其残膏賸馥、得所霑焉為多。因暇日裒集冥捜才逾百首。皆親得於公者。以近時流布於海内者率贋本、吾為此懼。故不敢独閟、将以祛伝者之惑焉。

開は久しく公に従いて游す。其の残膏賸馥、霑焉する所を得ること多しと為す。因りて暇日裒集冥捜し才《ようや》く百首を逾ゆ。皆な親ら公に得たる者なり。近時海内に流布するは率ね贋本なるを以て、吾れ此が為に懼る。故に敢えて独り閟ざさず、将に以って伝者の惑いを祛わん。

この序文で興味深いのは、「其残膏賸馥、得所霑焉為多」の一文ではあるまいか。范開は自身が基づいたテキストはすべて「所霑焉」、すなわち辛棄疾から直接与えられた「親筆」だという。とすれば、「近時に海内に流布するは率ね贋本」という「贋本」は「親筆によらざるもの」の意に他あるまい。つまり、范開は「書面」以外による詞のテキストの伝承を恐らくまったく発想していないのである。この事が持つ意味は、些細なように見えて実は非常に大きいだろう。

対する『長短句』は辛棄疾卒後の刊行にかかるとされ、晩年の作も含めた作品を詞牌別に整理して収録する。『稼軒詞』と比較してみると、詞の本文にはテキストの改変が多く見られ、また題序もしばしば異なる。

『稼軒詞』と『長短句』のテキストの違いを実際に見てみよう。次に挙げるのは辛棄疾の代表作の一つ、【祝英台近】である。小題はいずれも「晩春」に作る。

宝釵分、桃葉渡。煙柳暗南浦。怕上層楼、十日九風雨。断腸片片飛紅、都無人管、倩誰喚流鶯声住。鬢辺覷。試把花卜心期、纔簪又重数。羅帳灯昏、嗚咽夢中語。是他春帯愁来、春帰何処。却不解将愁帰去。

（『稼軒詞』）

宝釵分、桃葉渡。煙柳暗南浦。怕上層楼、十日九風雨。断腸片片飛紅、都無人管、更誰勧啼鶯声住。鬢辺覷。試把花卜帰期、纔簪又重数。羅帳灯昏、哽咽夢中語。是他春帯愁来、春帰何処。却不解帯将愁去。

（『長短句』）

傍線を施した部分が異同のある箇所である。微妙に意味内容の異なるこれだけの異同が、単に音や字形の類似によって生じたものとは考えにくいだろう。その他同様の例を、右に倣って『稼軒詞』『長短句』の順に、該当箇所のみいくつか以下に示す。

●誰把香奩収宝鏡、雲錦紅涵湖碧。　（【念奴嬌】「西湖和人韻」）
誰把香奩収宝鏡、雲錦周遭紅碧。

●長安故人問我、道尋常泥酒只依然。　（【木蘭花慢】「滁州送范倅」）[9]
長安故人問我、道愁腸殢酒只依然。

●是夢裏尋常行過、江南江北。　（【満江紅】「江行和楊済翁韻」）[10]
還記得夢中行過、江南江北。

小題が異なる例も挙げておこう。

●為韓南澗尚書寿甲辰歳（【水龍吟（渡江天馬南来）】）

甲辰歳寿韓南澗尚書

●旅次登楼作（【声声慢（征埃成陣）】）

滁州作奠枕楼和李清宇韻

このように、『稼軒詞』と『長短句』は収録作品数の多寡はもちろんだが、詞の小題や本文といったテキストそのものにも大小様々な多くの異同がある。極端な言い方をすれば、辛棄疾の別集には異なった二種類のテキスト系統が存在するのである。

さて、この二種類の異なったテキストを持つ刊本はともに『直斎書録解題』に記録が見える。つまり、現『草堂詩餘』の成立以前にすでに世に行われていたということになる。『草堂詩餘』の編者は周邦彦や蘇軾の詞を収録する際、それぞれの註付きの別集を参照していたと考えられるのだが、[11]辛棄疾についてはどうであろうか。

『草堂詩餘』は辛棄疾の詞を全部で十首収録する。収録順に列挙すると、【祝英台近（宝釵分）】【酹江月（野棠花落）】【摸魚児（更能消）】【鷓鴣天（着意尋春懶便回）】【蝶恋花（誰向椒盤簪綵勝）】【金菊対芙蓉（遠水生光）】【酹江月（晩風吹雨）】【沁園春（三逕初成）】【水龍吟（渡江天馬南来）】【千秋歳（塞垣秋草）】となる。このうち【金菊対芙蓉】一首は『草堂詩餘』のみが収録する作品であるため、別集との比較が可能なのは残りの九首である。

作品を見てみよう。まず、『草堂詩餘』のテキストを示す。[12]

【酹江月】「春恨」

野棠花落。又匆匆過了、清明時節。剗地東風欺客夢、一枕銀屏寒怯。曲岸持觴、垂楊立馬、此地曽経別。楼空人去、旧遊飛燕帰説。　聞道綺陌東頭、行人曽見、簾底纖纖月。旧恨春江流不尽、新恨雲山千畳。料得明朝、尊前重見、鏡裏花難折。也応驚問、近来多少華髪。

次に別集であるが、二種類とも引くのは煩瑣に過ぎるので、「親筆」によるという『稼軒詞』のテキストのみを挙げ、『長短句』との間に異同がある場合は（　）で示すことにする。

【念奴嬌】「書東流村壁」

野棠花落。又匆匆過了、清明時節。剗地東風欺客夢、一夜雲屏寒怯。曲岸持觴、垂楊繋馬、此地曽軽別。楼空人去、旧遊飛燕能説。　聞道綺陌東頭、行人長見（曽見）、簾底纖纖月。旧恨春江流未断（流不断）、新恨雲山千畳。料得明朝、樽前重見、鏡裏花難折。也応驚問、近来多少華髪。

まず気がつくのは、同じ作品でありながら詞牌名が異なっている、ということであろう。【酹江月】は【念奴嬌】の別名であり、蘇軾【念奴嬌】「赤壁懐古」詞の末尾に「人間如夢、一尊還酹江月」とあるところから採られたものである。単に別名といえばそれまでだが、『草堂詩餘』は他の作者の作品はすべて【念奴嬌】としているのだから、辛棄疾の作品のみ【酹江月】とすることには何らかの理由があると見るべきではないだろうか。ちなみにいえば、辛棄疾のこの詞の最後は恐らく蘇軾詞を強く意識しており、【酹江月】という別名を詞牌として掲げるのは、ある意味卓見といえるかもしれない。

また、小題として附される内容も異なる。『草堂詩餘』は「春恨」という作品の内容を極めて表面的にかつ大雑把にまとめたもの、『稼軒詞』には「東流村壁に題す」という、詞を創作した場所を具体的に示すものを、それぞれ小題としているのである。実はこのような現象は他の詞でも見出すことができる。たとえば【摸魚児】。『稼軒詞』が「淳熙己亥、自湖北漕移湖南同官、王正之置酒小山亭、為賦（淳熙己亥、湖北漕より湖南同官に移る。王正之酒を小山亭に置く。為に賦す）」と、制作年をはじめとする詞の作られた環境に関する詳細な説明を小題とするのに対し、『草堂詩餘』のそれは「春晩」である[13]。また【沁園春】は、『稼軒詞』が「帯湖新居将成（帯湖の新居将に成らんとす）」であるのに対して、『草堂詩餘』は「退閑」とする。別集は詞が作られた環境、『草堂詩餘』は内容の要約を小題として附けようとする傾向があるといえるだろう。

この『草堂詩餘』が附す小題の傾向は、その「分類」という体例とおそらく最も大きく関係している。作品を主題によって分類する場合、作品が創作された情況よりも内容をわかりやすく要約して提示した小題の方が好まれるのが自然であろう。また、ここに別集と詞選集の作者や作品保存に対する意識の差を見ることも、あるいは可能かもしれない。

本文に目を移そう。

●一枕銀屏寒怯。曲岸持觴、垂楊立馬、此地曽経別。（『草堂詩餘』）

一夜雲屏寒怯。曲岸持觴、垂楊繫馬、此地曽軽別。（『稼軒詞』）

●旧悵春江流不尽、新恨雲山千畳。（『草堂詩餘』）
旧恨春江流未断（流不断）、新恨雲山千畳。（『稼軒詞』）

音の類似（銀 yin—雲 yun、立 li—繋 xi）、意味の類似（一枕—一夜、流不尽—流未断—流不断）、音と字形両方の類似（経 jing—軽 qing）等が、異同が生じた原因として挙げることができるだろう。いずれも些細といえば些細な異同ではある。しかし、特に一つ目の「曽経—別」「曽—軽別」は、ただ一字が異なるだけとはいえ、それで句作りや内容そのものが変わってしまうため、軽視することはできまい。しかも、この場合注意しなければならないのは、先に引いた『稼軒詞』范開序文が辛棄疾の親筆のテキストによって編んだと述べるように、これら詞のテキストは当時すでに文字化されたものによって伝承された可能性が高いことである。そうだとすれば、「音の類似」による異同は、少なくともテキストの伝承過程においては生じ得ない。

他の例も見ておこう。『草堂詩餘』はもう一首【酹江月】を収録する。

【酹江月】「西湖和韻」
晩風吹雨、戦新荷声乱、明珠蒼璧。誰把香奩収宝鏡、雲錦周遭紅碧。飛鳥翻空、遊魚吹浪、慣聴笙歌席。坐中豪気、看君一飲千石。　遥想処士風流、鶴随人去、已作飛仙客。茅舎竹籬今在否、松竹已非疇昔。欲望当年、望湖楼下、水与雲寛窄。酔中休問、断腸桃葉消息。（『草堂詩餘』）

【念奴嬌】「西湖和人韻」
晩風吹雨、戦新荷声乱、明珠蒼璧。誰把香奩収宝鏡、雲錦紅涵湖碧（雲錦周遭紅碧）。飛鳥翻空、遊魚吹浪、慣趁笙歌席。坐中豪気、看公（看君）一飲千石。　遥想処士風流、鶴随人去、老作飛仙伯（已作飛仙伯）。茅舎疎籬今在否、松竹已非疇昔。欲説当年、望湖楼下、水与雲寛窄。酔中休問、断腸桃葉消息。（『稼軒詞』）

詞牌名の異同については前にも述べたので繰り返さない。小題は、『稼軒詞』の方に「人」一字が加わっているが、これは『草堂詩餘』が何らかの理由でその一字を脱落させてしまった可能性が高いだろう。本文に見える異同は傍線で示したとおりである。それらの多くが、どちらかがどちらかを参照して生じるような種類のものでないことは注意しておきたい。

ところで、一首目の【酹江月】でもその傾向が見えるのだが、この【酹江月】においても、『草堂詩餘』のテキストは『稼軒詞』と遠く、『長短句』に一致することが多いのに気づくのではないだろうか。もしそれが九首すべての辛棄疾詞にあてはまるとすれば、その原因としてテキストの継承関係を想定することが可能となるかもしれない。しかし、事はそう単純ではないのであって、『稼軒詞』の方が『草堂詩餘』のテキストに一致する場合もある。たとえば先に挙げた【祝英台近】。これを『草堂詩餘』は次のようなテキストで掲載する。

【祝英台近】「春晩」

宝釵分、桃葉渡。煙柳暗南浦。怕上層楼、十日九風雨。断腸点点飛紅、都無人管、倩誰喚流鶯声住。　鬢辺覷。試把花卜帰期、纔簪又重数。羅帳灯昏、哽咽夢中語。是他春帯愁来、春帰何処。又不解帯将愁去。

『稼軒詞』は、傍線部をそれぞれ「断腸片片飛紅」「心期」「鳴咽」「却不解将帯帰去」に作る。では『長短句』の対応部分がどうかというと、最初の傍線部と最後の傍線部の「又」を『稼軒詞』と同じ「断腸片片飛紅」「却」に作るほかは、『草堂詩餘』と同じなのだが、『稼軒詞』が『草堂詩餘』と同じに作る前闋末の波線部を、『長短句』は却って「更誰勧啼鴬声住」にしているのである。なお、小題は『稼軒詞』『長短句』が同じ「晩春」に作り、『草堂詩餘』の「春晩」とは意味は類似していても異なった表現となっている。以上の異同を一覧にすると、次のようになるだろう。

テキスト	小題	本文				
『草堂』	春晩	断腸点点飛紅	倩誰喚流鴬声住	帰期	哽咽	又不解帯将愁去
『稼軒詞』	晩春	断腸片片飛紅	倩誰喚流鴬声住	心期	嗚咽	却不解将帯帰去
『長短句』	晩春	断腸片片飛紅	更誰勧啼鴬声住	帰期	哽咽	却不解帯将愁去

このようにしてみると、結局『草堂詩餘』のテキストは『稼軒詞』とも『長短句』とも異なっているといわざるを得まい。ということは、『草堂詩餘』は少なくともこの現存の異なった二種類の別集のうちのいずれかを参照して辛棄疾詞を収録したとは考えにくいのである。

だが、范開序文が示唆するように、当時すでに詞テキストの伝承は多く文字資料によって行われていたであろうこと、『草堂詩餘』が収録する幾人かの作品テキストの淵源が先行する註釈書等に求められることを考えた場合、辛棄疾の作品収録にあたっても先行資料があったと考えるのが自然である。つまり、辛棄疾詞には今に伝わる別集の二系統のほかに、『草堂詩餘』が参照した別の文字テキストが存在したのではないか。

では、その第三のテキストがどういうものであったのかを、節を改めて考えてみたい。

二、『草堂詩餘』と『花庵詞選』

『草堂詩餘』は一体どこから辛棄疾詞を収録してきたのだろうか。少なくとも現存する別集であるとは考えられない以上、次の手掛かりとなりうるのは当時の詞選集であろう。南宋期に編まれ、しかもまとまった数の辛棄疾詞を収録する現存の詞選集としては、黄昇の『中興以来絶妙詞選』をまず筆頭に挙げねばなるまい。

『中興以来絶妙詞選』は、同じく黄昇編の『唐宋諸賢絶妙詞選』とあわせて、『花庵詞選』と総称される。これは両書の編者黄昇の号「花庵」から採られた呼び名である。正名の通り、『唐宋諸賢絶妙詞選』は唐五代から南宋初に到るまでの、『中興以来絶妙詞選』には南宋（宋朝の中興）の、それぞれ詞人と作品がほぼ時代順に収録されている。『花庵詞選』は、後代には「詞史」と称されるほど高い評価を得る。[14] これには、『花庵詞選』が宋末までに成立した詩の総集や選集に多い、作者ごとに作品を掲載する人物本位の体例を採ること、[15] 姓と字で記された詞人名の下に註記の形で本名や貫籍・経歴といった情報がしばしば附されること、[16] この二点の特徴が大きく関わっていよう。

この『花庵詞選』は、本稿「はじめに」ですでに述べたように、現『草堂詩餘』との密接な関係を想定しうる書物のうちの一つである。そのことは、黄昇が『花庵詞選』の中で著した按語や作者の伝が、「玉林詞選云」「花庵詞客云」等の形で『草堂詩餘』の中に二十則以上引用されていることからも明らかと言える。[17] また、『草堂詩餘』に収録される詞の半数以上が『花庵詞選』の選択と一致していることも、両者の密接な関係を暗示していよう。ところが、こういった詞話や詞人の共有は指摘されていながら、両者の具体的な作品のテキストについては、これまでほとんど検討されてこなかったように思われる。『草堂詩餘』の源流を探るために、本節では作品のテキストに着目して『花庵詞選』との比較考察を行ってみたい。

『花庵詞選』は『中興以来絶妙詞選』の巻三に辛棄疾詞を収録する。作品数はすべて四十二首。『花庵詞選』全体を見渡したとき、この数は劉克荘とならんで第一位である。辛棄疾は全作品数が約六百首と、両宋を通じて最も多作な詞人であることも関係していようが、それでも相対的に見て黄昇が辛棄疾を重視していたのはおそらく疑いを容れまい。[18] 対する『草堂詩餘』は前節で挙げたように十首を収録し、そのうち『花庵詞選』と共通するのはやはり【金菊対芙蓉】を除く九首である。

まず、前節で別集とテキスト比較を行った【祝英台近】を見てみよう。『草堂詩餘』のテキストは別集二系統とは異なっていた。『花庵詞選』とはどうであろうか。[19]

【祝英台近】「春晩」

宝釵分、桃葉渡。煙柳暗南浦。怕上層楼、十日九風雨。断腸点点飛紅、都無人管、倩誰喚流鴬声住。

鬢辺覰。試把花卜帰期、才簪又重数。羅帳灯昏、哽咽夢中語。是他春帯愁来、春帰何処。又不解、帯将愁去。

（『草堂詩餘』）

【祝英台近】「春晩」

宝釵分、桃葉度。煙柳暗南浦。怕上層楼、十日九風雨。断腸点点飛紅、都無人管、倩誰喚流鴬声住。

鬢辺覰。試把花卜帰期、才簪又重数。羅帳灯昏、哽咽夢中語。是他春帯愁来、春帰何処。又不解、帯将愁去。

（『花庵詞選』）

前関二句目の「渡」を「度」に作るが、この二字はしばしば通用されるので、特に異同と見なす必要はあるまい。つまり、小題・本文ともに完全に一致するのである。そして本詞のほかに【鷓鴣天】【沁園春】【水龍吟】の三首においても、同様の一致を認めることができる。

また、本文は同じだが小題のみ異なる例もある。たとえば【蝶恋花】の小題を『草堂詩餘』は「元日立春」に作るのに対し、『花庵詞選』は「戊申元日立春」、【千秋歳】は『草堂詩餘』が「寿史致道」、『花庵詞選』が「建康寿史致道」に作る。いずれも、『花庵詞選』の小題から干支と地名を省いたものが『草堂詩餘』の小題、ということができる。『草堂詩餘』の方が具体性・個別性という点で希薄になっていることは、注意しておきたい。もう一つの【摸魚児】は、『草堂詩餘』が「春晩」とするのに対して『花庵詞選』が「暮春」に作っており、前二首とは異なって、類似の内容を別の言葉で表したものとなっている。

では、『草堂詩餘』が【酹江月】という詞牌名で収録していた残りの二首についてはどうか。まず、『花庵詞選』はこの二首を『草堂詩餘』と同じ【酹江月】という名で収録している。次いで小題を見ると、『草堂詩餘』が「春恨」としていた方は『花庵詞選』も「春恨」に作り、『草堂詩餘』が「西湖和韻」としていた方は『花庵詞選』は「西湖和人韻」とする。最後に本文については、前者が「帰説」を「能説」に、後者が「却望」を「却説」に作るのみで、ともに一箇所の異同にとどまっている。

以上を総合すると、ごくわずかな違いは見いだせるにしろ、『草堂詩餘』と『花庵詞選』とはほとんど同じテキストということができるだろう。これらを別集のそれと比較してみるとどうであろうか。まず、『草堂詩餘』と『花庵詞選』が完全に一致するもののうち、すでに別集との比較を行った【祝英台近】を除く三首から見てみよう。

【鷓鴣天】小題「春行即事」（『草堂』『花庵』）
「鵝湖帰、病起作（鵝湖より帰り、病起こりて作る）」（別集二種）
【沁園春】小題「退閑」（『草堂』『花庵』）
「帯湖新居将成（帯湖の新居将に成らんとす）」（別集二種）、
本文前闋九句目「要早」（『草堂』『花庵』）／「貴早」（別集二種）
【水龍吟】小題「寿韓南澗（韓南澗を寿す）」（『草堂』『花庵』）
「為韓南澗尚書寿甲辰歳（韓南澗尚書の為に甲辰の歳に寿す）」（『稼軒詞』）
「甲辰歳寿韓南澗尚書（甲辰の歳韓南澗尚書を寿す）」（『長短句』）
本文前闋末句「君知否」（『草堂』『花庵』『稼軒詞』）／「公知否」（『長短句』）

【水龍吟】は別集の題から干支を省略すれば『草堂詩餘』『花庵詞選』の題となり、また【鷓鴣天】【沁園春】の両者の題は、別集のような詞作環境の提示ではなく内容の要約となっている。これが前節で見た傾向と同じであることは言うまでもあるまい。

次に、小題に異同のある三首。

テキスト	【蝶恋花】小題	【千秋歳】小題	【摸魚児】小題
『草堂』	元日立春	寿史致道	春晩
『花庵』	戊申元日立春	建康寿史致道	暮春
『稼軒詞』	戊申元日立春席間作	為金陵史致道留守寿	淳熙己亥、自湖北漕移湖南同官、王正之置酒小山亭、為賦

『長短句』	元日立春		金陵寿史帥致道、時有版築役		淳熙己亥、自湖北漕移湖南同官、王正之置酒小山亭、為賦

『草堂詩餘』と『花庵詞選』は確かに異なっているが、別集と比較すればその違いははるかに些細と言えよう。

またこの三首は、本文のテキストについても、別集との間にわずかながら異同を確認できる。

【蝶恋花】前闋末句「為花長抱新春恨」（『草堂』『花庵』）／「為花長把新春恨」（別集二種）
【千秋歳】後闋五句目「従容帷幄裏」（『草堂』『花庵』）／「従容帷幄去」（別集二種）
【摸魚児】前闋四句目「長怕」（『草堂』『花庵』『長短句』）／「長恨」（『稼軒詞』）
前闋八句目「無帰路」（『草堂』『花庵』『長短句』）／「迷帰路」（『稼軒詞』）
後闋十句目「危欄」（『草堂』『花庵』『長短句』）／「危楼」（『稼軒詞』）

最後に、『草堂詩餘』と『花庵詞選』が本文にも異同を持っていた【酹江月】二首。それぞれのテキスト間の異同を一覧にすると、次のようになる。

【一首目】

テキスト	詞牌名	小題	本文					
草堂	酹江月	春恨	一枕銀屏	立馬	曽経別	帰説	曽見	流不尽
花庵	酹江月	春恨	一枕銀屏	立馬	曽経別	能説	曽見	流不尽
稼軒詞	念奴嬌	書東流村壁	一夜雲屏	繋馬	曽軽別	能説	長見	流未断
長短句	念奴嬌	書東流村壁	一夜雲屏	繋馬	曽軽別	能説	曽見	流不断

【二首目】（詞牌名は同右）

テキスト	小題	本文					
草堂	西湖和韻	周遭紅碧	慣聴	看君	已作	飛仙客	竹籬	却望
花庵	西湖和人韻	周遭紅碧	慣聴	看君	已作	飛仙客	竹籬	却説
稼軒詞	西湖和人韻	紅涵湖碧	慣趁	看公	老作	飛仙伯	疎籬	却説
長短句	西湖和人韻	周遭紅碧	慣趁	看君	已作	飛仙伯	疎籬	却説

『草堂詩餘』と『花庵詞選』のテキストの間には確かに幾つかの異同を指摘し得るものの、別集との間に見られる異同と比較すれば、やはりほとんど問題にならない程度のものと言えるのではないだろうか。

以上の比較から、『草堂詩餘』と『花庵詞選』が収録する辛棄疾詞は極めて類似したテキストを持ち、しかもそれは別集二系統とは異なったものであることは明らかであろう。とすれば、次に問題となるのは、ではその『草堂詩餘』と『花庵詞選』が共有する別集とは異なったテキストは、一体どこに淵源を求めるべきものであるのか、ということである。

もし仮に右で見たような現象、つまり小題が別集のそれに比べて具体性を削除したり詞の内容を要約するような短い単語に置き換えられていたり、本文のテキストが現存する別集とは異なるといった現象が、辛棄疾詞だけに見られるのであれは、あるいは辛棄疾には当時『稼軒詞』『長短句』以外にもまた別集が存在し、その別集がこの別のテキストを持っていて、『草堂詩餘』『花庵詞選』はそれを参照して辛詞を収録した、と考えることができる。だが、少なくとも現存する資料の中にそのような別集が存在したという記録や痕跡を見出せない。[20]そして、実は他の詞人の作品についても、『草堂詩餘』『花庵詞選』と別集の間に、辛棄疾詞と同様の現象を指摘しうるのである。

たとえば張元幹（字は仲宗）[21]の場合を見てみよう。彼の詞集が南宋期に刊行されていたことは、『直斎書録解題』に「蘆川詞一巻、三山張元幹仲宗撰」と著録が見えることによって知られる。[22] 次に挙げるのは張元幹の代表作の一つ、【満江紅】である。

【満江紅】「春晩」

春水連天、桃花浪幾番風悪。雲乍起遠山遮尽、晩風還作。緑遍芳洲生杜若。楚帆帯雨煙中落。認向来沙嘴共停橈、傷驪泊。　寒猶在、衾偏薄。腸欲断、愁難著。倚蓬窓無寐、引盃孤酌。寒食清明都過了、可憐辜負年時約。想小楼日日望帰舟、人如削。

（『草堂詩餘』）

『花庵詞選』はこの詞の小題を「旅思」とするが、本文は『草堂詩餘』と完全に一致する。却って別集は、「自豫章阻風、呉城山作（豫章より風に阻まる、呉城山にて作る）」と、具体的な詞作環境を小題として附すほか、本文の傍線部をそれぞれ「迷天」「緑巻芳洲」「数帆」「傍向来」「都過却」「最憐軽負」「終日」に作る。この小題の変更が辛棄疾詞【摸魚児】等とよく似ていることは言うまでもあるまい。また、【石州慢（寒水依痕）】についても、小題・本文ともに『草堂詩餘』は別集よりも『花庵詞選』と近い。[23] つまり、彼の詞も辛棄疾詞と同様に『草堂詩餘』と『花庵詞選』とがテキストをほぼ共有し、それは別集とは異なったものである。

もう一人、劉克荘の詞も見ておこう。[24] 本節冒頭で述べたように、『花庵詞選』は劉詞を辛棄疾と同じ四十二首収録する。他方『草堂詩餘』はそのうちたったの一首を収めるにとどまるのだが、そのたった一首のテキストが、やはり辛・張詞と同じ傾向を示していることには注意すべきであろう。異同の集中している前半のみを以下に示す。

【賀新郎】
深院榴花吐。画簾開綵衣紈扇、午風清暑。児女紛紛新結束、時様釵符艾虎。早已有游人観渡。老大逢場慵作戯、任白頭年少争旗鼓。渓雨急、浪花舞。

『花庵詞選』と別集はともに、この詞の小題を「端午」とする。『草堂詩餘』には小題はないが、これを後集巻上「節序」「端午」の類目中に収めていることからすれば、本詞の理解は共有されていたのであろう。ところが本文に目を移すと、『花庵詞選』が『草堂詩餘』と完全に一致するのに対し、別集は傍線部を「綀衣紈扇」「夸結束」「新様」「任陌頭」に作る。

このように、辛棄疾詞以外でも『草堂詩餘』と『花庵詞選』はそのテキストに一致を見、しかもそれは各人の別集が持つテキストとは大きく異なっていることが多い。作品の重複具合や詞話として引用される黄昇の按語の多さから見ても、両者の密接な関係は容易に推測できる、では、『草堂詩餘』は直接『花庵詞選』を参照して編纂されたのだろうか。

答えは恐らく否である。第一に、『花庵詞選』と『草堂詩餘』のテキストは、書写の過程で誤られたり脱落した可能性は否定できないにしろ、完全に同じではない。これは、本節で挙げた幾つかの例からも明らかであろう。第二に、詞話として『草堂詩餘』が引用する『花庵詞選』の按語や小伝がしばしば形を変えている。たとえば次の一文をみてみよう。

玉林詞選云、公東都故老、及見中興之盛者。詞多感慨。庚寅春奉使過京師作【金人捧露盤】【憶秦娥】等曲、悽然有黍离之悲。如邯鄲道上望叢台有感作【憶秦娥】云、「…（本文略）…」亦有感概、故併録之。

これは、『草堂詩餘』前集巻上が収録する曽純甫（名は覿）【金人捧露盤（記神京）】に附された詞話である。「玉林詞選」とはすなわち『花庵詞選』のこと（玉林は黄昇の号）。『花庵詞選』は『中興以来絶妙詞選』巻一に曽純甫の詞十四首を収め、そのうち第一首目がこの【金人捧露盤】なのだが、そこに上のような詞話が附されてはいない。実は波線を引いた部分は曽純甫の名前の下に著された小伝の一部である。傍線部は順に【金人捧露盤】と曽詞の第三首目として引かれている【憶秦娥】小題、そして【憶秦娥】の本文も丸ごと詞話中に組み込まれてしまっている。つまり、たしかに『花庵詞選』中に『草堂詩餘』が附す詞話のすべての要素は揃っているのだが、それらが組み合わされ、置き換えられ、また処処に補足の文字が加えられ、最後は「亦有感概、故併録之（亦た感慨有り、故に併せて之を録す）」という編者の言葉らしき語によって締めくくられるのである。

『草堂詩餘』の引用する詞話は、多少の文字の異同はあれ、その多くが元になった書物から丸ごと移植されたものである。ところが『花庵詞選』に対しては、しばしばこういった一種の「操作」が行われた形跡がある。『草堂詩餘』全体の性格から見た場合、この「操作」は独自に行われたものというよりは、むしろすでにそういう形に操作されたものがあって、『草堂詩餘』はそれを流用したと考えるのが自然であろう。

そして第三に、『草堂詩餘』は収録作品とそのテキストが『花庵詞選』とかなりの一致をみせるにもかかわらず、『花庵詞選』が収録しない詞も収録することがある。本稿で採り上げた辛棄疾についてみれば、十首中九首までが一致するが、残りの一首【金菊対芙蓉】は『草堂詩餘』のみが保存する作品となっている。また、前稿で採り上げた柳永にも、『花庵詞選』と収録の重ならない作品が複数存在している。[25]

これらの事実から浮かびあがるのは、『花庵詞選』と『草堂詩餘』の間には更に別の「詞選集」が存在していた可能性であろう。しかも、その詞選集も両者と同じテキスト系統を持っていなければならない。これまで、『草堂詩餘』はそのテキストの杜撰さを時に指摘されてきた。㉖確かに別集のテキストを是とし、総集や選集を編む場合には最も良いテキストを用いるべきであると考えるならば、『草堂詩餘』は極めて「杜撰」な詞選集ということになるだろう。だが、その別集との間にあるテキストの異同は、本当に『草堂詩餘』編者による「杜撰」によって生み出されたものだったのか。もしそうだとすれば、『草堂詩餘』のテキストの多くが『花庵詞選』と共有されるものであること、さらに両者の他にもまだ同じテキスト系統を持った詞選集があったと推測されることは、どのように説明すればよいのか。結局のところ、『草堂詩餘』のテキストは別集の系統から外れた「杜撰」なものとして捉えるよりも、『花庵詞選』等とともに別集とは別の「流れ」の中に位置するものと捉える方が、むしろ実情に近いのではないだろうか。

では、『花庵詞選』『草堂詩餘』等が共有する別集とは異なった「流れ」とは何か。それを考える手掛かりの一つとなるのは、黄昇自身が著した『花庵詞選』序文である。

長短句始於唐、盛於宋。唐詞具載花間集、宋詞多見於曽端伯所編、而復雅一集又兼采唐宋迄於宣和之季、凡四千三百余首。吁、亦備矣。況中興以来、作者継出、及乎近世人各有詞、詞各有体、知之而未見、見之而未尽者、不勝算也。暇日裒集得数百家、名之曰絶妙詞選。佳詞豈能尽録、亦嘗鼎一臠而已。㉗

長短句は唐に始まり、宋に盛んなり。唐詞は具さに花間集に載り、宋詞は多く曽端伯の編する所に見え、而して復雅の一集は又た兼ねて唐宋を采りて宣和の季に迄《およ》び、凡て四千三百余首なり。吁《ああ》、亦た備われるかな。

> 況んや中興以来、作者継出し、近世に及ぶや人に各おの詞有り、詞に各おの体有りて、之を知りて未だ見ず、之を見て未だ尽きざる者は、算うるに勝えざるなり。暇日裒集して数百家を得、之を名づけて絶妙詞選と曰う。佳詞豈に能く尽く録さんや、亦た鼎の一臠を嘗むるのみ。

この中で黄昇は、彼が選集を編む以前に存在し、おそらく彼自身も目を通したのであろう詞選集として、『花間集』「曽端伯所編」「復雅一集」という三つの名を挙げる。『花間集』は言うまでもなく五代後蜀・趙崇祚によって編まれた選集であり、唐五代詞の最もまとまったテキストである。宋詞の「曽端伯所編」とは、南宋・曽慥編の『楽府雅詞』（端伯は曽慥の字）を指し、その名の通り欧陽脩をはじめとする北宋の名家の「雅詞」が収録されている。さらに唐宋詞ともに収録するものとして挙げる「復雅一集」は、鯛陽居士なる人物の序と本文の断片のみが様々な書物に引用されて残る『復雅歌詞』と題された詞選集を指すだろう。[28]『復雅歌詞』は唐五代から北宋末までの約四千三百首を収録する、と黄昇は言う。現存しないため、この集の全体像は確かめようもないが、もしもその数が事実だとすれば、『草堂詩餘』の収録数が四百首に満たず、『花庵詞選』でも全体で千二百余首であるのとは、まるで桁違いの大部の書であったことになる。選集と言うより、北宋末までの詞作の総集とでも称すべきものだったのかもしれない。[29]

次いで黄昇は、宋の中興、つまり南宋に入ってからは、詞人・詞作ともに増加の一途をたどり、すべてを見ることなどできないほどの情況になっていると述べる。そして、それらの中から選び集めて詞選集を編んでみたが、佳詞を網羅できたわけではなく、ほんの一部に過ぎないと弁明するのである。

黄昇が『花庵詞選』を編むに当たって先行する諸詞集から詞を受容し取捨選択したらしいことは注目に値するだ

ろう。しかも、黄昇が序文の中で北宋末までの詞籍として挙げるのがいずれも選集であることは、極めて示唆的ではないだろうか。もちろん当時別集がなかったわけではない。『直斎書録解題』等南宋期の書目を繰れば、詞の別集が多数収録されている。しかし、黄昇はそういった別集については作者小伝の中でごく稀に存在に言及することがあるに過ぎない。㉚つまり、黄昇は詞人によっては別集を参考にすることもあったかもしれないが、多くの場合は選集から作品を選んでいたのではあるまいか。そして興味深いのは、「はじめに」の部分で述べたように、祖本『草堂詩餘』が『花庵詞選』以前には存在していたと考えられるにもかかわらず、黄昇がそれについては序文の中で一言も触れていないことであろう。黄昇が『草堂詩餘』を知らなかった可能性ももちろんあるが、あるいは当時上述のもの以外に非常に多くの詞選集が存在し、祖本『草堂詩餘』もそれらのうちの一つに過ぎなかったことを意味するかもしれない。

三、小結

最後に、南宋から元代にかけて編まれた書目の著録をもとに、『花庵詞選』や『草堂詩餘』が成立する以前および同時代の詞選集の刊行情況を概観しておく必要があるだろう。

この時期の主な書目としては、先にも何度か言及した陳振孫『直斎書録解題』のほか、晁公武の『郡斎読書志』、『宋史』「芸文志」、馬端臨『文献通考』が挙げられる。このうち、『郡斎読書志』と『宋史』「芸文志」には、詞の別集は幾つか収録されるものの、選集については詩文のそれが名を連ねるにとどまる。㉛また『文献通考』には「歌詞類」と題された一巻があるが、その部分は実は『直斎書録解題』のほぼ引き写しと言ってよい。㉜結局、元代までの主な書目で詞の選集を著録するのは、『直斎書録解題』のみということになる。[33]そこで、『直斎書録解題』巻二一が載せる書名とその解題を以下に示す。

『楽府雅詞』三巻『拾遺』二巻[34]　曾慥編。

『復雅歌詞』五十巻　題鯛陽居士序、不著姓名、末巻言宮詞音律頗詳然、多有調而無曲（鯛陽居士序と題す、姓名を著さず、末巻は宮詞音律を言うこと頗る詳然たり、多くは調有りて曲無し）。

『草堂詩餘』二巻

『類分楽章』二十巻

『群公詩餘前後編』二十二巻

『五十大曲』十六巻

『万曲類編』十巻　皆書坊編集者。

『陽春白雪』五巻　趙粹夫編。取草堂詩餘所遺、以及近人之詞（草堂詩餘の遺す所を取り、以って近人の詞に及ぶ）。

これらのうち、『草堂詩餘』を除いて現在なお全体を見ることができるのは、『楽府雅詞』『陽春白雪』の二種類である。そこでまず、この両者について見ておこう。

『楽府雅詞』は南宋・曾慥の編にかかる詞選集で、紹興十六年（一一四六）の自序を持つ。その中で曾慥は、この集に採った作品について次のように述べる。

余所蔵名公長短句、裒合成篇、或後或先、非有詮次。多是一家、難分優劣。渉諧謔則去之、名曰『楽府雅詞』。……凡三十有四家、雖女流亦不廃。[35]

余の蔵する所の名公の長短句、裒合して篇を成し、或いは後に或いは先にありて、詮次有るに非ず。多くは是れ一家たりて、優劣は分かち難し。諧謔に渉るは則ち之を去る、名づけて『楽府雅詞』と曰う。……凡て三十有四家、女流と雖も亦た廃せず。

「名公」の作品であって、「諧謔に渉」らないもの。それが曽慥がこの選集を編むに当たって採った収録基準であった。収録される三十四人の中には、李清照のような女流や毛沢民・王履道のような今日では必ずしも有名でない人物が含まれる一方で、柳永や蘇軾・秦観といった北宋の名家の名は見えない。「名公」といいながらこの偏りが生じた理由は今となっては知りようもないが、あるいは曽慥の詞観がそのうちの一つであったかもしれない。『草堂詩餘』と収録が重なる作品もあるものの、テキスト的にはかなりの異同が見られる場合が多い。

次に『陽春白雪』。この選集は編者趙聞礼が生卒年不詳であるだけでなく、当時の序跋も残っていないため、正確な出版年代が分からない。選ばれている作品の年代が淳祐十年（一二五〇）頃を下限としていることからすれば、成立はそこからそれほど降らない時期と考えるのが妥当であろう（これは『花庵詞選』とほぼ同時期[36]）。収録する作品について、解題には「『草堂詩餘』の遺す所を取る」という。ここに言及される『草堂詩餘』とは、直前に挙げられている『草堂詩餘』のことであろうが、実際に現行の『草堂詩餘』と『陽春白雪』を比較してみると、その重複は十首にも満たない。[37]この事実は、『陽春白雪』が編まれ、陳振孫が『直斎書録解題』を著した頃には、すでに現『草堂詩餘』にほぼ近い形の『草堂詩餘』が存在していたことを意味するかもしれない。

さて、この二種以外に前節末で言及した『復雅歌詞』にも、近人趙万里による輯本が存在する。[38] 趙氏は『復雅歌詞』の原形について次のような見解を示す。

明刻『重校北西廂記』引李邴【調笑令】、云出『復雅歌詞』後集、知其書又分前後集。観陳元靚『歳時広記』所引、知其体例与『本事曲子集』『古今詞話』及『本事詞』『詩詞記事』（倶引見『歳時広記』）相類似、同可視為最古之『詞林記事』。[39]

明刻『重校北西廂記』引く李邴【調笑令】は、『復雅歌詞』後集に出ると云い、其の書の又た前後集に分かたるるを知る。陳元靚『歳時広記』に引く所を観るに、其の体例の『本事曲子集』『古今詞話』及び『本事詞』『詩詞記事』（倶に『歳時広記』に引見す）と相い類似するを知る、同に最古の『詞林記事』と視為すべし。

『復雅歌詞』は単なる選集ではなく、それぞれの作品に詞話を伴ったものであったのではないか、という。しかも、この書物は黄昇が述べるように四千三百首もの作品を収めていた。その作品排列が具体的にどのようなものであったのか（人物本位か、分類か）についてはわからないが、「詞話を伴う」らしいという点からすれば、一種網羅的な側面の強い『草堂詩餘』に類した選集を想像すればよいかも知れない。

『類分楽章』『群公詩余』については、『復雅歌詞』のように手掛かりとなりうる断片すら残っていないため、その姿については何も分からないというしかない。ただその名称から、前者は『草堂詩餘』のような分類編次（『草堂詩餘』の正名は『類選羣英草堂詩餘』）、後者は『花庵詞選』と類似した人物本位の、それぞれ体裁を採る選集であったのではないかと推測される。

また、『直斎書録解題』には著録されないが、南宋末の詞選集で重要なものに周密（一二三二～一二九八）の『絶妙好詞』がある。㊵　全七巻、張孝祥に始まり仇遠に終わる南宋詞人およそ百三十家、約四百首の作品を収録している。これは非常に早くに一旦伝が途絶えるのだが、清朝期に入ってから「再発見」され、査為仁・厲鶚による箋註本『絶妙好詞箋』の形で広く行われるようになった。序跋等が無い代わりに、張炎『詞源』「雑論」の中に次のような記述が残っている。㊶

近代詞人用巧者多。如『陽春白雪』集、如『絶妙詞選』、亦自可観。但所取不精一、豈若周草窓所選『絶妙好詞』之為精粋。惜此板不存、恐墨本亦有好事者蔵之。

近代の詞人は巧を用いる者多し。『陽春白雪』の集の如き、『絶妙詞選』の如きは、亦た自ずから観るべし。但だ取る所は精一ならず、豈に周草窓（周密の号）選ぶ所の『絶妙好詞』の精粋と為すに若かんや。惜しむらくは此の板存せず、恐らくは墨本も亦た好事の者の之を蔵す有らん。

ここでは、『陽春白雪』や『絶妙詞選』（『花庵詞選』のこと）と比較して、『絶妙好詞』は近代（南宋末から元初を指すだろう）詞人の優れた作品を多く収録すること、その版木がすでに失われ、墨本も好事家によって秘蔵されるだけであることが述べられる。㊷　この『絶妙好詞』と『草堂詩餘』との間には、作品の重複が極めて少ない。㊸

現『草堂詩餘』の来源がどこにあるのかという問題に対しては、結局のところ現存資料からはわからないというしかない。ただ、『草堂詩餘』のテキストがどれほど別集と異なっていたとしても、それはなんらかの文字化された資料から引き写されたものである、ということは動くまい。『草堂詩餘』が『花庵詞選』というテキスト系統を共有する資料を持つこと、范開の序文が示唆するように当時詞のテキスト伝承は書面によってなされるものとの認識があったことは、その有力な傍証となるだろう。そして、中田勇次郎氏が『草堂詩餘』の元・至正十一年刊本に「建安古梅何士信君実編選」の一行があり、『花庵詞選』の編者黄昇や『詳註周美成詞片玉集』の校正者蔡慶之[44]といった『草堂詩餘』に関係の深い人物がいずれも建安の人であることから、『草堂詩餘』の編纂は「建安と極めて密接な関係にある」と述べておられることを参考にするならば[45]、その文字化された資料とは、現存しないがやはり建安という地域で編纂された「詞選集」であった可能性が、恐らくもっとも高いのである。[46]

注

① 王楙『野客叢書』の最初の自序は慶元元年（一一九五）に記されているが、その後の加筆を経て嘉泰二年に再び自序が書かれている。『草堂詩餘』への言及が見えるのは第二十四巻であり、そこでは張仲宗【満江紅】に附された註についての考証が行われている。ただし、この張仲宗詞は現存する最古の『草堂詩餘』刊本には見えず、却って明・顧従敬刊本（顧氏は家蔵の宋本を参照したという）に収録される。

② 中田勇次郎「『草堂詩餘』版本の研究」（『大谷大学研究年報』第四号、一九五一年。後に『読詞叢考』（創文社、一九九八年）所収）参照。

③ 中田氏は前掲論文に於いて、一二〇〇年頃に存在していた『草堂詩餘』の祖本は一旦断絶、その後、別に註釈や詞話のついた詞選集が行われて、一二五〇年頃に現『草堂詩餘』のもととなる刊本ができたのではないかと考察している。また氏は、『直斎

書録解題』の著録する「『草堂詩餘』二巻」がその祖本ではないかと述べる。

④ 拙稿「『草堂詩餘』の類書的性格について」（『風絮』第三号、二〇〇七年）、「『草堂詩餘』と書会」（『日本中国学会報』第五十九集、二〇〇七年）、「『草堂詩餘』と柳永」（『橄欖』第十五号、二〇〇八年）。

⑤ 辛棄疾の生涯についての考証は、鄧広銘『辛稼軒年譜』（上海古籍出版社、初版は一九四七年。筆者は一九九七年増訂本を参照した）が最も精密で詳細とされる。また、最近発表された研究成果としては、村上哲見『宋詞研究─南宋篇』第二章「辛稼軒詞論」がある。

⑥ 宋代の多作な詞人には、他に蘇軾・劉克荘・呉文英等がいるが、彼らの現存する全作品数は三百五十首程度であり、辛棄疾の約半分である。

⑦『直斎書録解題』巻二一「稼軒詞四巻」の項参照。

⑧ 辛棄疾別集の刊本については、饒宗頤『詞集考』（中華書局、一九九二年）を参照。『稼軒詞』系統の主なものとしては、現在汲古閣旧蔵影宋鈔本（後に涵芬楼蔵）、明・呉訥『百家詞』本、及び本稿が底本とした陶湘渉園景宋本の三種がある。後二者については、その基づくところは汲古閣影宋鈔本とされ、『百家詞』本には四巻全てが有るが、陶湘本は丁巻を欠く。『長短句』系統には黄丕烈旧蔵の元大徳己亥広信書院刊本がある。陶湘渉園景印の小草斎鈔本は、その広信書院本を影写したものという。

⑨『長短句』は本詞の詞牌名を【木蘭花】とする。

⑩『長短句』は本詞の題を「江行簡楊済翁周顕先」に作る。

⑪ 周邦彦詞の註釈本である陳元龍集註『詳註周美成詞片玉集』と『草堂詩餘』の継承関係と、蘇軾詞の注に傅幹『注坡詞』を襲ったものがあることは、中田氏が前掲論文の中で既に指摘する。また周邦彦詞の註に関する問題については、前註④所掲の拙稿「『草堂詩餘』の類書的性格について」においても考察している。

⑫ 元来『草堂詩餘』には句間に註が挿入されるが、煩瑣になるため省略する。なお、本稿において『草堂詩餘』を引用する際、

底本とするのは洪武二十五年刊本である。

⑬【摸魚児】は実は強い諷諭性が託された詞であり、その意味では「春晩」という小題は本来の意図と内容を反映出来てはいない。ただし、表面的には特に前闋部分で晩春の風物描写が行われており、「春晩（春の終わり）」と題が附けられることに不自然はない。

⑭明・汲古閣『詞苑英華』本『花庵詞選』に附された毛晋の跋文に「蓋可作詞史云（蓋し詞史と作すべし）」とあるほか、同刊本の顧起綸による跋では『花庵詞選』を「詞家菁英尽於是乎（詞家の菁英是に尽きたり）」と絶賛する。また、『四庫全書総目提要』は「非草堂詩餘之類参雑俗格者可比。又毎人名之下各注字号里貫、毎篇題之下亦間附評語、倶足以資考核（草堂詩餘の類の俗格を参雑する者は比すべきに非ず。又た毎人名の下に各おの字号里貫を注し、毎篇題の下に亦た間ま評語を附す、倶に以って考核に資するに足る）」と述べて、『花庵詞選』に対する信頼を表明している。

⑮人物本位の詩集としては、宋代以前には『河岳英霊集』『国秀集』『中興間気集』『才調集』等がある。また宋代に入ってからも、王安石の『唐百家詩選』、洪邁『万首唐人絶句』といった諸選集が、人物本位に編まれている。

⑯『古文苑』には宋・章樵が註を施しており、彼は作者によっては史書等から伝を引く。また、人物本位の選集ではないが『文選』にも、註の形で作者の情報が記される。

⑰例えば『草堂詩餘』の冒頭を飾る周邦彦【瑞龍吟】には「花庵詞」と白抜きで表示された後に分段の箇所についての議論が附され、後集巻上に収録される僧仲殊【訴衷情近】には「玉林詞選云」として仲殊の詞風についての評語が附されている。これらは、いずれも『唐宋諸賢絶妙詞選』の中で黄昇がそれぞれの作品に附したものと一致する。

⑱『花庵詞選』が辛棄疾と同数の詞を収録する劉克荘の全作品数は、前註⑥で述べたようにおよそ三百五十余首と辛棄疾の約半分である。ちなみに、蘇軾詞は三十一首、呉文英詞は九首が収録される。

⑲『花庵詞選』の刊本は『唐宋諸賢絶妙詞選』『中興以来絶妙詞選』とで別々に刻され流布していたらしい。現存する刊本で二種

が合刻されるのは明末毛晋の汲古閣『詞苑英華』本が最も早い。本稿が参照した『四部叢刊』本は、前者は万暦四年（一五七六）舒伯明翻宋刻本、後者は無錫孫子小淥天蔵明翻宋刻本である。

⑳なお、明代嘉靖年間の記録になるが、晁瑮及びその子東呉の蔵書録である『晁氏宝文堂書目』「楽府」の条には、『稼軒余興』という書物名が見える。その名から辛棄疾の集と考えられるが、この書目以外には全く見られないものであるため、それが別集なのか個人の選集なのかは元より、具体的にどのようなものであったのかについては何も分からない。

㉑『草堂詩餘』は張元幹の詞を四首、『花庵詞選』は十三首収録する。そのうち、共通するのは【満江紅】【石州慢】【蘭陵王（巻珠箔）】の三首である。

㉒『宋史』「芸文志」にも「蘆川詞二巻」が著録される。『蘆川詞』の刊本で今に伝わる主なものとしては、明・呉訥『百家詞』本、明・毛晋『宋六十名家詞』本、呉昌綬双照楼景宋本がある。ここでは、最後に挙げた景宋本『蘆川詞』を底本として用いた。

㉓異同を列挙しておく。小題「初春感旧」（草・花）、別集には無し。前関末句「怕黄昏時節」（草）「怕昏黄時節」（花）「是愁来時節」（蘆）、後関十句目「到得再相逢」（草・花）「到得却相逢」（蘆）。

㉔劉克荘には彼の門人林秀発の編纂にかかるという別集『後村居士集』五十巻があり、その詞は一九・二〇の二巻に収められている。この二巻については宋刻が残っており、陶湘がそれを『宋金元明本詞』の中の一つとして収録している。本稿のテキストはこれに拠った。別に、呉訥『百家詞』本や汲古閣刻『後村別調』といったテキストがあるほか、彼の詩文集である『後村大全集』（『四部叢刊』所収）も一八七～一九一の五巻に詞を収める。

㉕前註④所掲拙稿「『草堂詩餘』と柳永」参照。

㉖例えば明・楊慎は周邦彦【瑞龍吟（章台路）】「愔愔坊曲人家」の句について考証する中で、「近刻草堂詩餘、改作坊陌、非也（近刻の草堂詩餘、改めて坊陌に作るは、非なり）」という（『詞品』巻二）。また、『草堂詩餘』とは明言しないが、秦観【満庭芳】冒頭「山

抹微雲、天粘衰草」について「今本改粘作連、非也（今本粘を改めて連に作るは、非なり）」といい（『詞品』巻三）、『草堂詩餘』『花庵詞選』はこの句を「天連衰草」と作る。さらに、清代の宋翔鳳は『楽府余論』の中で「草堂一集、……其中詞語、間与集本不同。其不同者、恒平俗、亦以便歌。以文人観之、適当一笑、而当時歌伎、則必需此也（草堂一集、……其の中の詞語は、間ま集本と同じからず。其の同じからざる者は、恒に平俗にして、亦た以って歌うに便なり。文人を以て之を観れば、適に当に一笑すべくも、而れども当時の歌伎は、則ち必ず此れを需《もと》むるなり）」と述べる。

㉗ 序文後半は以下の通り。「然其盛麗如游金張之堂、妖冶如攬嬙施之袪、悲壮如三閭、豪俊如五陵。花前月底、擧盃清唱、合以紫簫、節以紅牙、飃飃然作騎鶴揚州之想。信可楽也。親友劉誠甫謀栞諸梓、伝之好事者。此意善矣。又録余旧作数十首、附於後。不無珠玉在側之愧、有愛我者、其為刪之。淳祐已酉百五。玉林（然るに其の盛麗なること金張の堂に游ぶが如く、妖冶なること嬙施の袪を攬るが如く、悲壮なること三閭の如く、豪俊なること五陵のごとし。花前月底、盃を擧げて清唱し、合するに紫簫を以てし、節するに紅牙を以てすれば、飃飃然として騎鶴揚州の想を作す。信に楽しかるべきなり。親友劉誠甫諸《これ》を梓に栞し、之を好事の者に伝えんと謀る。此の意たるや善し。又た余の旧作数十首を録して、後に附す。珠玉側に在るの愧無きにあらず、我を愛する者有れば、其れ為に之を刪れ。淳祐已酉百五。玉林）」。この部分では、詞の効能及び刊行の経緯、巻末に自作を載せたことについて述べる。

㉘ 中田氏は前掲論文の中で『復雅歌詞』について、「絶妙詞選の序にこの書の名が掲げられているのは、その編集に当ってこの書が参考されたのであろうと思われる。絶妙詞選が草堂詩餘と共通する点が多いのは、あるいはその原型が復雅歌詞にあったことを示すのではないかという想像も許されてよいのではなかろうか」と述べる。

㉙ 呉熊和氏は「関於鯛陽居士『復雅歌詞序』」（『呉熊和詞学論集』（杭州大学出版社、一九九九年）所収）の中で「『復雅歌詞』……是宋代規模最大的一部詞的総集」と述べる。なお、この序文は宋・謝維新『古今合璧事類備要』外集巻一一が「復雅歌詞序略」

として載せるもので、その一部分は宋・祝穆『新編古今事文類輯』続集巻二四「歌曲源流」にも、『能改斎漫録』からの引用として見える。呉熊和氏は、序文中に「紹興壬戌（十一年、一一四二）」とあること、『能改斎漫録』の成書が紹興二十四年（一一五五）頃であることから、『復雅歌詞』は紹興十一～二十四年に当たる十二三年の間に編纂されたのではないかと推測する。

㉚ 晏叔原「有楽府行於世、山谷為之序（楽府の世に行わるる有り、山谷之が為に序す）」、王通叟「有冠柳集（冠柳集有り）」、毛沢民「有東堂集十巻（東堂集十巻有り）」、万俟雅言「有大声集五巻、周美成為序（大声集五巻有り、周美成序を為す）」、徐幹臣「有青山楽府一巻行於世、然多雑周詞（青山楽府一巻の世に行わるる有り、然れども多く周（邦彦）詞を雑う）」、康伯可「書市刊本皆仮託其名、今得官本、乃其婿趙善貢及其友陶安世所校定（書市刊本は皆な其の名を仮託す、今官本を得たり、乃ち其の婿趙善貢及び其の友陶安世の校定する所なり）」、劉叔擬「吉州刊本多遺落、今以家蔵善本選集（吉州刊本は遺落多し、今家蔵の善本を以て選び集む）」、呉子和「有詞五巻、鄭国輔序之（詞五巻有り、鄭国輔之に序す）」といった数則が確認される。

㉛ 『宋史』「芸文志」には『辛棄疾長短句』十二巻、『易安詞』六巻をはじめとする詞の別集が、数種著録されている。

㉜ 『文献通考』巻二四六参照。この部分は、書名の後に「陳氏曰」として『直斎書録解題』に見える陳振孫の解題が引用されるだけの場合がほとんどである。ただし、『楽府雅詞』の項目には陳振孫解題の後に曽慥の自序が引かれるなど、例外もある。

㉝ その情況は、明代の書目まで調査範囲を拡げてもあまり変わらない。著録される詞選集に限定するならば、むしろ種類は減少し、例えば『復雅歌詞』の名は見えなくなる。

㉞ 『文献通考』は『楽府雅詞』の巻数を「十二巻」とする。

㉟ 引用は『四部叢刊』所収の影鮑淥飲校鈔圏点本を用いた。

㊱ この『陽春白雪』が著録されていることからすれば、『直斎書録解題』が編まれた時期も或いは一二五〇年前後と同定できるかも知れない。陳振孫の生没年は不詳だが、この頃まで生きていた可能性は十分にあるだろう。ただし、それは現行の『陽春白雪』

と『直斎書録解題』の著録する『陽春白雪』が同じものであることが前提となる。現行『陽春白雪』が八巻本であることを考えると、それについてはなお疑問が残るだろう。

㊲ なお、中田氏は前掲論文の中で『草堂詩餘』と『陽春白雪』の関係を論じており、「要するに、陽春から見た草堂の祖本の姿は、洪武本の添増の詞を取り除いたものの中に彷彿されるといっても、ほぼ差し支えはないであろう」と述べる。

㊳ 趙万里『校輯宋金元人詞』所収。ここでは『詞話叢編』所収のテキストを参照した。全十則のうち、『歳時広記』からの収録が六則で最も多数を占め、残りは『花草粋編』からが二則、『類編草堂詩餘』と『重校北西廂記』からがそれぞれ一則ずつとなっている。

㊴ 趙万里「復雅歌詞輯本題記」(『校輯宋金元人詞』)。

㊵ 『直斎書録解題』は瑞平年間(一二三四～一二三六)から、遅くとも淳祐十年(一二五〇)頃には成立していた蔵書録と考えられるため、一二三二年生まれの周密が編んだ『絶妙好詞』が収録されていないのは当然といえよう。

㊶ 張炎は南宋・淳祐八年(一二四八)に生まれ、元朝に入ってから一三二〇年頃に没したとされる人物。『詞源』は彼の晩年の著で、巻末には銭良祐による跋文が附されている。跋文中で銭は「乙卯歳玉田来寓銭塘県学舎(乙卯の歳、玉田来たりて銭塘県の学舎に寓す)」という。玉田は張炎の号、「乙卯の歳」は元の延祐二年(一三一五)。

㊷ 「惜此板不存、恐墨本亦有好事者蔵之」について、詞源研究会訳註『宋代の詞論―張炎『詞源』―』(二〇〇四年、中国書店)は、「残念ながらこの集は刊本になっておらず、おそらくは鈔本も好事家が手元に収蔵してしまっているのであろう」と訳し、註(8)「墨本」に「「墨本」は主に拓本類を指して言う」と述べる。「此板不存、墨本亦…」というのだから、ここにいう「板」は版木、「墨本」は刊本を指すのではあるまいか。

㊸ 史達祖【双双燕】【綺羅香】など、五首に満たず、また文字にも異同が存在する。

㊹『詳註周美成詞片玉集』には、巻頭標題の下に「廬陵陳元龍少章集註、建安蔡慶之宗甫校正」と列記される。

㊺註②所掲論文参照。

㊻同じ福建でも泉州の人曽慥の編んだ『楽府雅詞』、山東出身の趙聞礼の編纂にかかる『陽春白雪』、そして恐らく杭州で出版されたであろう周密『絶妙好詞』（周密は晩年杭州に寓居し、張炎や王沂孫等と交友を結んだ。また、宋の遺民として故国の文献を多く収集したというから、『絶妙好詞』も恐らくその頃編まれたものであろう）の収録作品が『草堂詩餘』とほとんど重複しないこと、また重複する作品でも文字テキストにしばしば大きな異同が見られることは、中田氏の述べる『草堂詩餘』の地域性を補強するのではないだろうか。

『魏氏楽譜』中の詞について

村越　貴代美

一、『魏氏楽譜』と『魏氏楽譜』研究の概略

『魏氏楽譜』は、明末に兵乱を避けて長崎へ移り住んだ福建の魏之琰（一六一七〜一六八九、字は双侯、後に帰化して「鉅鹿《おおが》」姓を名乗る）が伝えた歌曲で、曽孫の魏皓（一七二八〜一七七四、字は子明、号は君山、日本名は鉅鹿民部）がよく習得し、京都に出て日本の人々に伝えた。最盛期は百人ほどの門弟を抱えるに至ったというが、その最初の弟子である平信好（岡崎廬門、一七三四〜一七八七）に勧められて曲譜を刊行することになり、伝えられていた二百余曲のうち五十曲をまず刻したのが、明和五年（一七六八）の刊本『魏氏楽譜』一巻である。この刊本『魏氏楽譜』は中国にも伝えられて、『続修四庫全書』に影印が収録されている。魏氏の伝えた歌曲は、江戸中期から明治初期にかけて日本各地で流行し、後に明楽と呼ばれるが、刊本『魏氏楽譜』は明楽伝承と研究の主要な文献となった。

刊行された五十曲のほかに、魏皓が伝習していた二百余曲は抄本『魏氏楽譜』六巻として鉅鹿家に伝えられ、明

治十八年（一八八五）に鉅鹿家所有の明楽器とともに音楽取調所（東京芸術大学の前身）に売却された。抄本『魏氏楽譜』六巻の存在は、一九六三年に林謙三「明楽新考」によって紹介され、現在は東京芸術大学図書館の貴重資料データベースで画像資料が公開されている。[1] 学外研究者も申請して許可を得れば、画像データとして抄本六巻全部を閲覧、ダウンロード、印刷ができ、画面上では拡大して細部を見ることもできるので便利である。ただ以前はそれほど利用しやすい資料ではなく、林謙三氏によってつとに紹介されていたものの、研究には刊本『魏氏楽譜』一巻が利用されることが多かった。

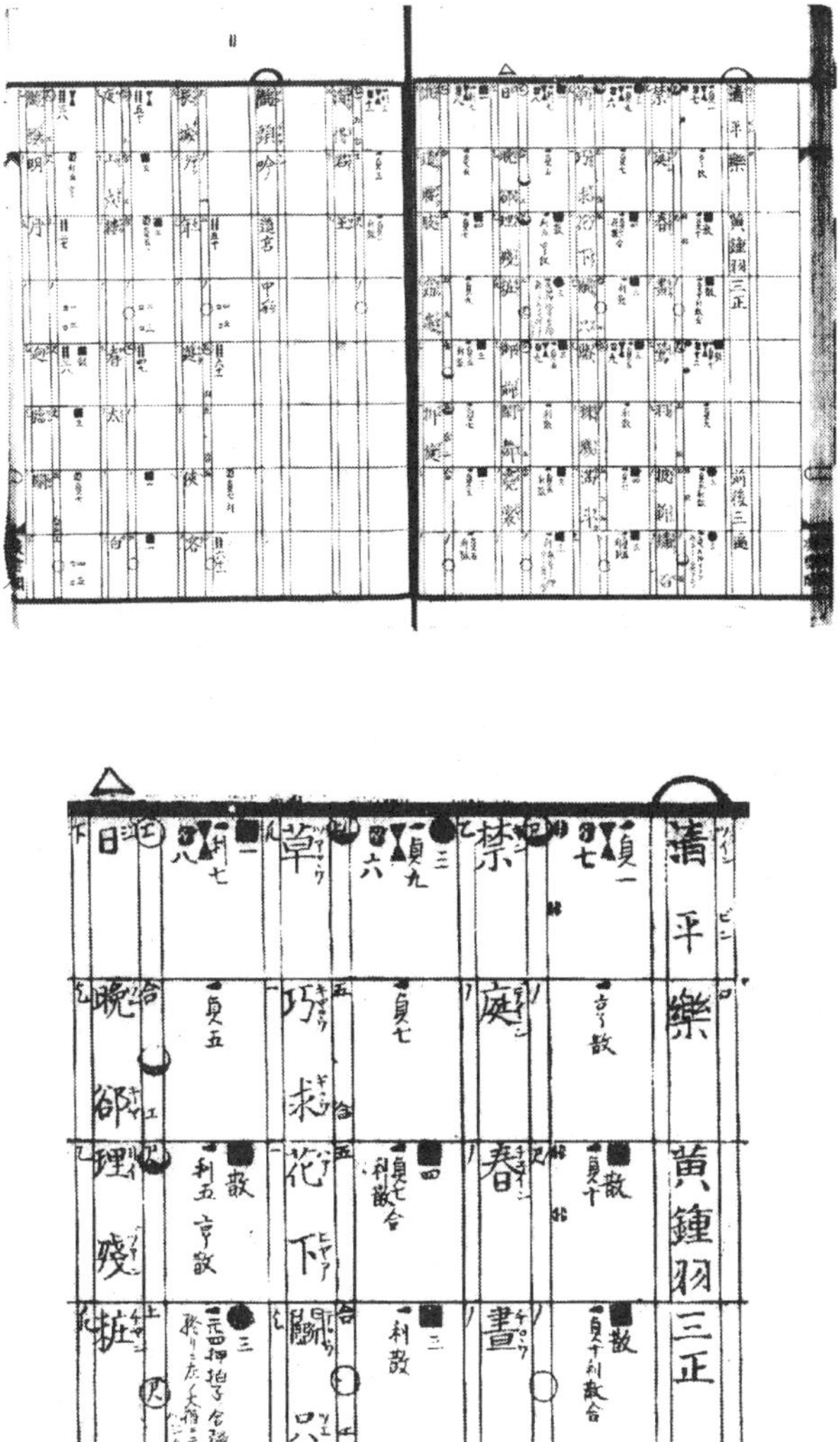

【書影1　抄本『魏氏楽譜』六巻（巻一「清平楽」）と部分　東京芸術大学図書館蔵】

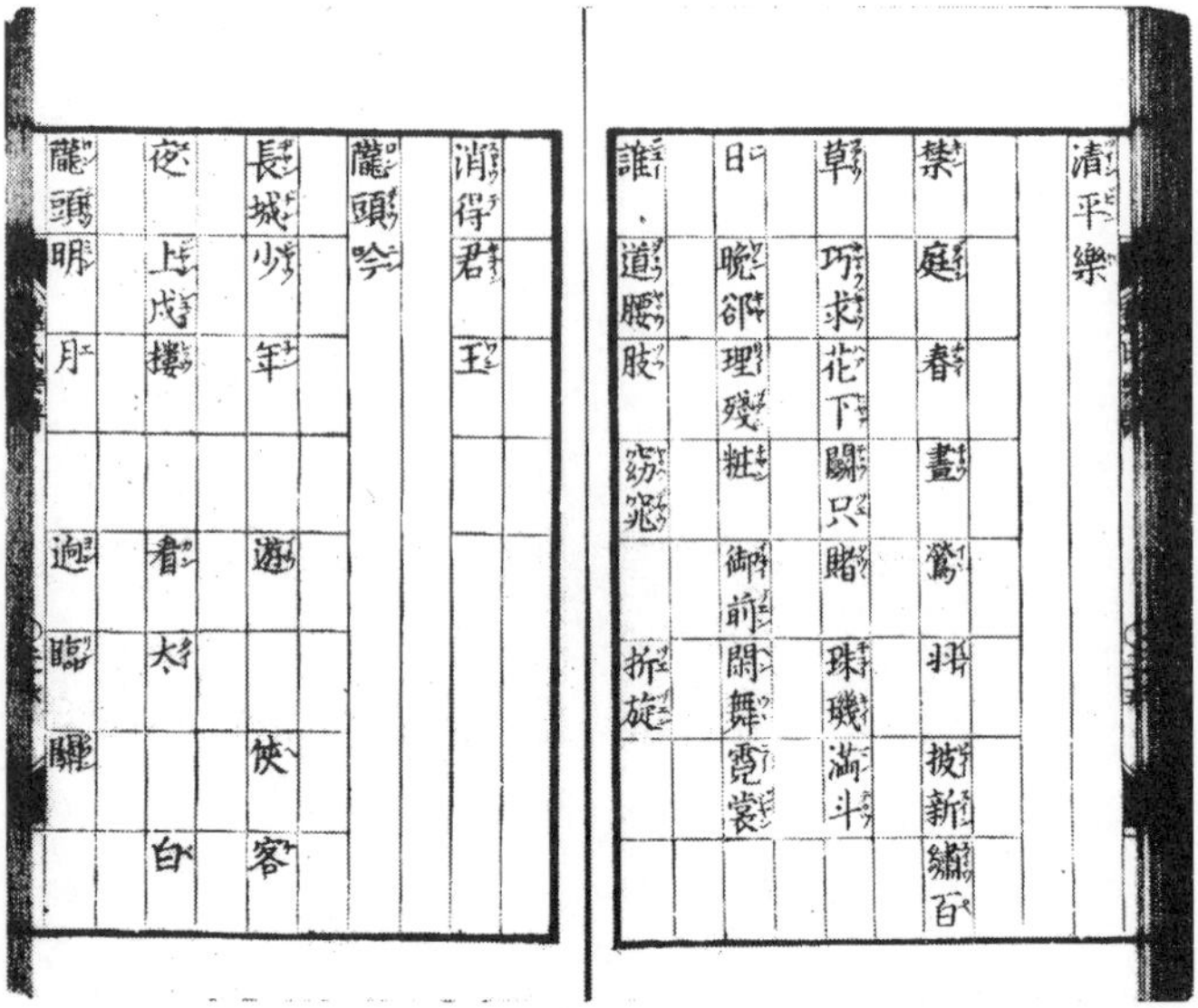

【書影２　刊本『魏氏楽譜』一巻（「清平楽」）　東京芸術大学図書館蔵】

刊本『魏氏楽譜』一巻を抄本『魏氏楽譜』六巻と比べてみると、六巻本の巻一の五十曲がそのまま一巻本として刊行されている。ただし、どちらも一行八マスの中に歌辞と音譜を併記する形式ながら、抄本では歌辞の傍らにカタカナによる唐音（中国語の発音）と工尺譜、そのほか曲により使用する楽器それぞれの記譜法による音譜が記入されているのに対し、刊本では歌辞と唐音しか印刷されておらず、音譜は傍らの余白に学習者が自ら記入する形になっている。そのため各地の図書館等に所蔵される刊本『魏氏楽譜』は、その書き込みにかなり違いがある。

東京芸術大学図書館には他に、『魏氏楽器』一巻（石印本）、『魏氏楽品弾秘調』一巻（写本）も所蔵され、こちらも貴重資料データベースで利用できる。『魏氏楽器』の巻頭には宝暦九年（一七五九）の「魏双幸」の序文があり、魏皓の記したものと思われる。序文に、「頃者《このごろ》余に従いて此の曲を学ぶ数輩、梓して以て大いに行い、且つ之が為に序するを欲す。余辞するも得ず、遂に亦た題す」とある。魏皓の没後、安永九年（一七八〇）には門人の筒井郁（号は景周）も『魏氏楽器図』一巻を刊行したが、封面には「明魏双幸伝　魏氏楽器図　松寿亭蔵版」とあるも、魏双幸の序文はない。内容は、『魏氏楽器』は十一種類の楽器（長簫・龍笛・篳篥・檀板・笙・月琴・瑟・琵琶・太鼓・雲鑼・小鼓）をスケッチして名称を記すのみで、『魏氏楽器図』は「坐楽式」「立楽式」「明服衣巾図」を載せて演奏時の楽器の配置と衣冠を記した上で、各楽器のスケッチを解説付で載せている。『魏氏楽品弾秘調』は、魏氏の十一種類の楽器について詳細に楽律的な解説をしたもの[2]だが、これと『魏氏楽器図』中の解説は一致しない。それぞれ篳篥を載せる箇所を比べてみる。

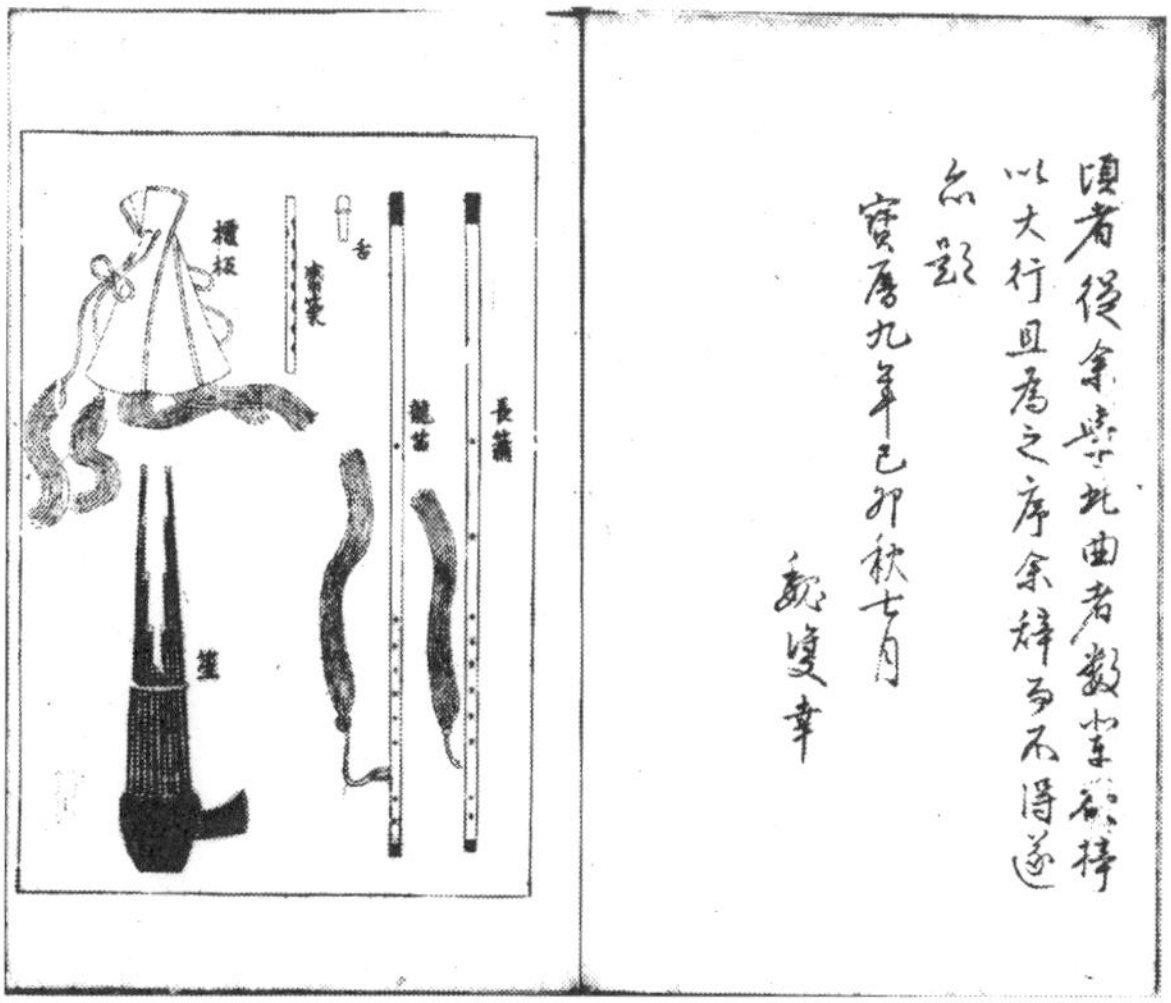

【書影 3 『魏氏楽器』一巻　東京芸術大学図書館蔵】

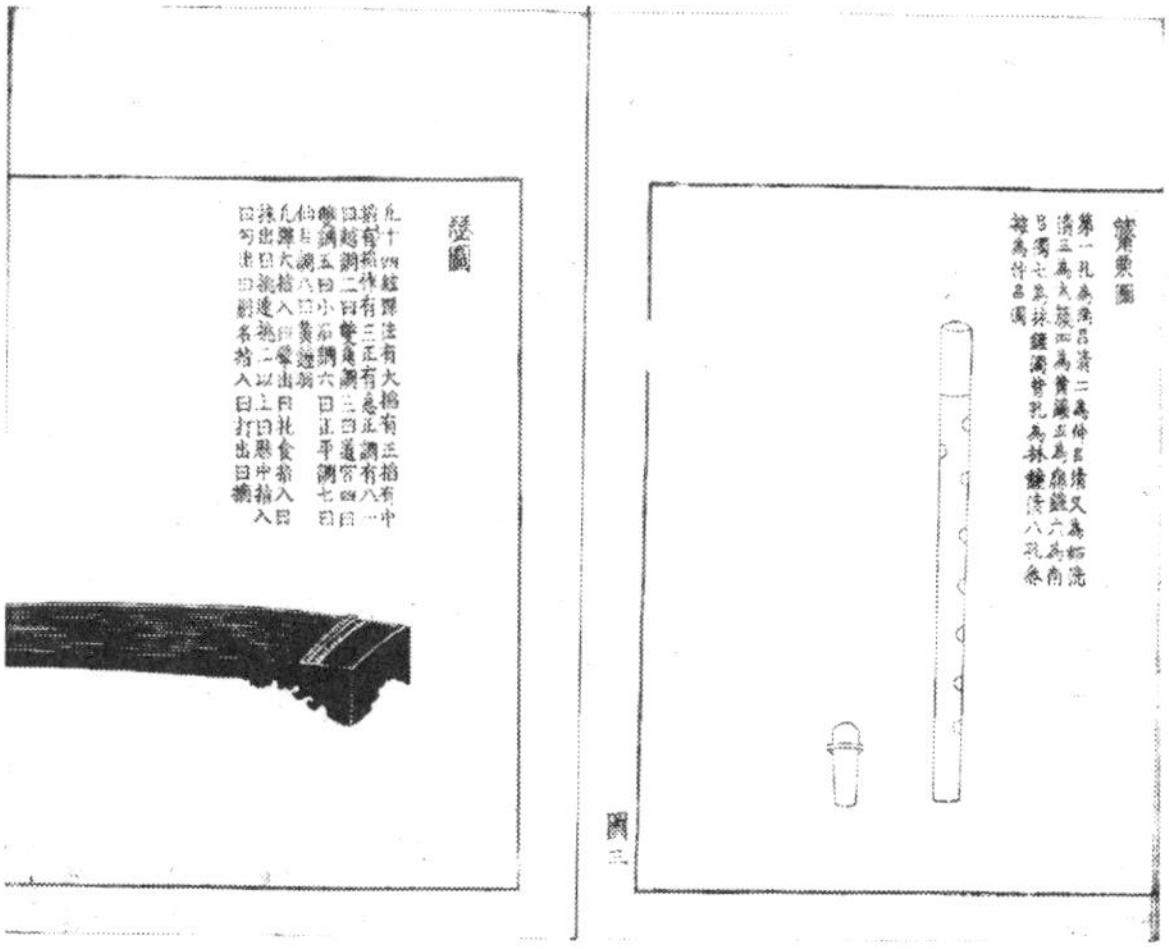

【書影 4 『魏氏楽器図』一巻　国会図書館蔵】

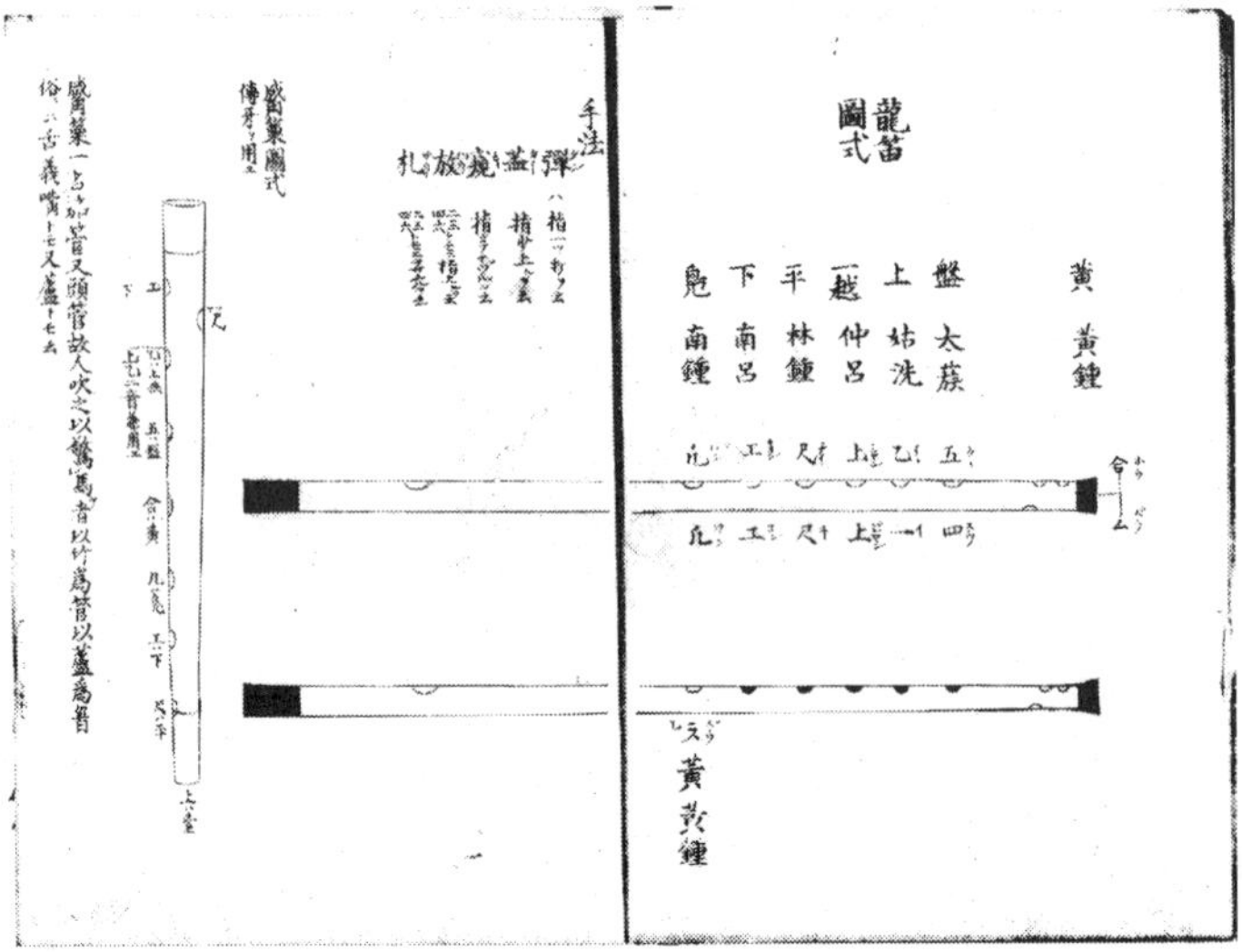

【書影5 『魏氏楽品弾秘調』一巻　東京芸術大学図書館蔵】

弟子たちによって刊行された『魏氏楽譜』一巻には、平信好の跋文のほか、龍公美・関世美・宮崎筠圃ら漢学者の序文が寄せられ、『魏氏楽器図』一巻には芥川思堂の引言や筒井郁の「君山先生伝」、さらに「君山魏先生肖像」も載せられて、いずれも魏氏とその音楽の由来等を知る貴重な資料である。

明楽の資料としては、天理大学図書館蔵『明楽唱号』他もあり、互いに徴すべきことを付け加えておく。

以上、簡略に過ぎたかも知れないが、『魏氏楽譜』と明楽に関する先行研究には次のものがあるので、参照されたい。

☆林謙三「明楽八調について」、『田辺先生還暦記念　東亜音楽論叢』、山一書房、五七一～六〇一頁、一九四三年。

☆饒宗頤「魏氏楽譜管窺」、付「魏氏楽譜影本」、『詞楽季刊』第一集、香港南風出版社、一四九～一七〇頁、一九五八年。

☆林謙三「明楽新考」、「奈良学芸大学紀要　人文・社会科学」十一巻、一九六三年。
☆浜一衛「明清楽覚え書き――其の一　明楽」、『文学論輯』第十二号、九州大学教養部、一～二〇頁、一九六五年。
☆中田喜勝「魏氏の用いた特殊な音符について――『訳詞長短話』を資料として」、「長崎県立国際経済大学論集」第八巻第二号、六一～九二頁、一九七四年。
☆中田喜勝「魏氏と『魏氏楽譜』――徳川時代の中国語」、「長崎県立国際経済大学論集」九号、長崎県立国際経済大学学術研究会、一三三～一八一頁、一九七六年。
☆楊蔭瀏「明末留存的一些古代歌曲」、『中国古代音楽史稿』下冊、八〇六～八一一頁、人民音楽出版社、一九八一年。
☆塚原康子「明清楽――江戸の外来音楽」、「季刊コンソート」一九八八年十号「特集　失われ行く日本音楽」、草薬社、一一九～一二五頁、一九八八年。
☆銭仁康「『魏氏楽譜』考析」、上海音楽学院学報『音楽芸術』、一九八九年第四期、三八～五〇頁、一九八九年。
☆張前「『魏氏楽譜』与明代的中日音楽交流」、「中央音楽学院学報（季刊）」、一九九八年第一期、二八～三三頁、一九九八年。
☆中純子「天理図書館『明楽唱号』――江戸時代における明楽の伝承」、天理図書館「ビブリア」一一四号、八六～一〇一頁、二〇〇〇年。
☆徐元勇「『魏氏楽譜』研究」、「中国音楽学」二〇〇一年第一期、北京音楽研究所、一二九～一四四頁、二〇〇一年。
☆楊桂香「『魏氏楽譜』の解読について」、「黄檗文華」一二二号（二）、二三〇～二三六頁、二〇〇一年。
☆楊桂香「『魏氏楽譜』の解読について――明楽における中国の宮廷音楽と仏教音楽」、「黄檗文華」一二三号（三）、三七一～三六六頁、二〇〇二年。
☆坂田進一「江戸の文人音楽（四）伝来の文人音楽と江戸期における展開（その三）」、「文人の眼」四号、里文出版、七〇～七七頁、二〇〇二年。
☆坂田進一「江戸の文人音楽（五）伝来の文人音楽と江戸期における展開（その四）」、「文人の眼」五号、里文出版、六九～七六頁、二〇〇二年。
☆坂田進一「江戸の文人音楽（六）伝来の文人音楽と江戸期における展開（その五）」、「文人の眼」六号、里文出版、五八～六四頁、二〇〇二年。
☆劉崇徳「『魏氏楽譜』中之詞楽譜」、『燕楽新説』上篇第四章「今存其他詞楽楽譜資料」第四節、黄山書社、三一〇～三二一頁、二〇〇三年。
☆習毅「『魏氏楽譜』考析」、「文芸研究」二〇〇三年第二期、九四～九九頁、二〇〇三年。
☆朴春麗「江戸時代の明楽と『魏氏楽譜』」、『楽は楽なり　I』、中京大学文化科学叢書、好文出版、一三七～一八一頁、二〇〇五年。
☆朴春麗「江戸時代の明楽譜『魏氏楽譜』――東京芸術大学所蔵六巻本をめぐって」、"Journal of East Asian Studies" 四号、二五～四〇頁、二〇〇五年。
☆朴春麗「天理図書館蔵『明楽唱号』考」、「文化科学研究」十七号（一）、中京大学、四四～二七頁、二〇〇五年。
☆王耀華「『魏氏楽譜』与沖縄工工四」、王耀華等『中国伝統音楽楽譜学』第十四章、福建教育出版社、五八三～六三〇頁、二〇〇六年。
☆朴春麗「長崎の『明清楽』と中国の『明清時調小曲』」、「文化科学研究」十七号（二）、中京大学、四八～二一頁、二〇〇八年。
☆坂田進一「魏氏明楽と姫路」、「特別展　姫路城主　酒井宗雅の夢――茶と美と文芸を愛したお殿様」、姫路文学館、五二～五七頁、二〇〇八年。
☆中尾友香梨「江戸時代の明楽『五更曲』復元の試み」、『楽は楽なり　Ⅱ』、中京大学文化科学叢書、好文出版、一五一～一七六頁、二〇〇七年。

発表順に並べたが、研究の内容は、楽調や記譜法など音楽面に関するもの、魏氏と周辺の人々に関するもの、当時の中国語の発音に関するもの、魏氏の歌曲における歌辞に関するもの、と多方面にわたり、それが『魏氏楽譜』研究の面白さでもある。

筆者が『魏氏楽譜』に注目したのは、本研究会の明木茂夫の主宰する中国音楽研究の成果『楽は楽なり』に載せられた中尾友香梨（朴春麗）の論考からである。本会誌『風絮』の前号（第四号）にも「市野迷菴手抄『東皐琴譜』」と巻頭の書影（「清平楽」の琴譜を含む）を寄せていただいた坂田古典音楽研究所の坂田進一氏より古琴の手ほどきを受ける傍ら、明楽についても一端を知り、『魏氏楽譜』に歌辞として宋代を中心とする詞が多く採用されていることから興味を持った。本稿では『魏氏楽譜』に収められた歌曲の歌辞、とくに詞について、少し整理しておきたい。

二、『魏氏楽譜』の歌曲

『魏氏楽譜』には、「詩楽」（『詩経』中の歌）、楽府、詩詞、さらに宮廷祭祀楽や舞楽、仏楽まで、さまざまな時代とジャンルを由来とする歌曲が集められている。歌曲を伝えた魏之琰は、長崎へ移住する前は兄の魏毓禎とともに東京国（今のベトナム北部）と長崎を往来する生糸貿易で莫大な財産を築いた貿易商で、「明の再興のために安南国王に援兵を求めたり、東京国の王族の女性を後妻として迎えたり、日本に移り住んだ後も安南国の太子から軍用金貸借の申し出を受けたり」し、「長崎崇福寺の建立時には多額の寄進をして四大檀越の一人」だったというが、③ 個人でこれだけの規模と範囲の歌曲を所有していたというのは驚かされる。

崇福寺は黄檗宗の寺で、巻六の巻末に収められる仏楽は黄檗宗の梵唄（声明）に由来する。④ 黄檗宗の開祖隠元によって将来し、現在も黄檗宗の法要で使われているという『禅林課誦』一巻に、『魏氏楽譜』中の「朔望祝聖儀」を確認することができる。傍に付されているカタカナの唐音は、若干違っているものもあるが、かなり近い発音である。

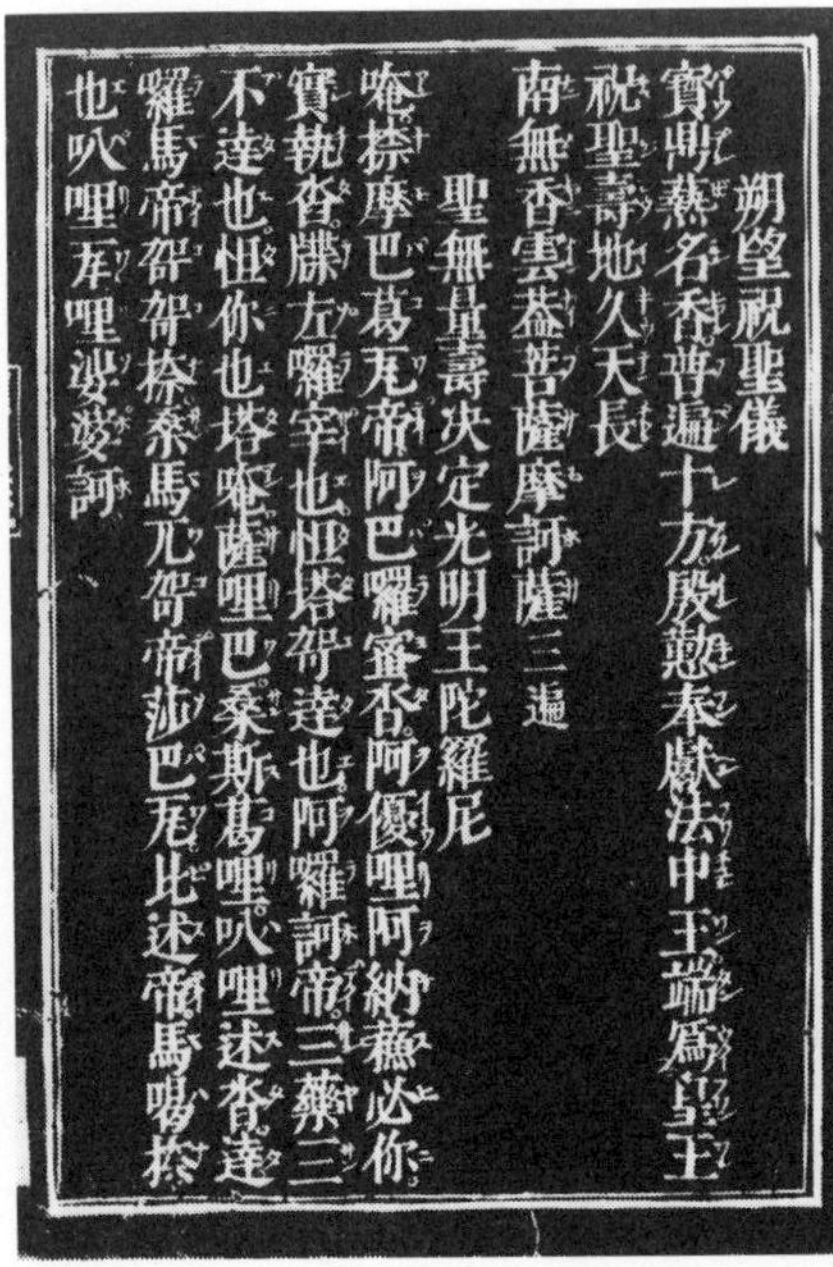
朔望祝聖儀
寶鼎爇名香普遍十方殷懃奉獻法中王端爲皇王
祝聖壽地久天長
南無香雲蓋菩薩摩訶薩 三遍
聖無量壽決定光明王陀羅尼
唵捺摩巴葛瓦帝阿巴囉蜜哆阿優哩阿納播必你
實執咨膩左囉宰也怛塔哿達也阿囉訶帝三藐三
不達也怛你也塔唵薩哩巴桑斯葛哩吹哩述沓達
囉馬帝哿哿捺桑馬瓦哿帝波巴瓦比述帝馬喝捺
也吹哩瓦哩娑婆訶

【書影6 『禅林課誦』一巻（「朔望祝聖儀」） 駒沢大学図書館蔵】

また施餓鬼（飢餓に苦しむ餓鬼、焔口に食物を施す）を行なう際に使われるという不空（訳）『瑜伽集要焔口施食起教阿難陀縁由』一帖に、『魏氏楽譜』中の「五供養」「音楽咒」と同じ文句が確認できる。⑤

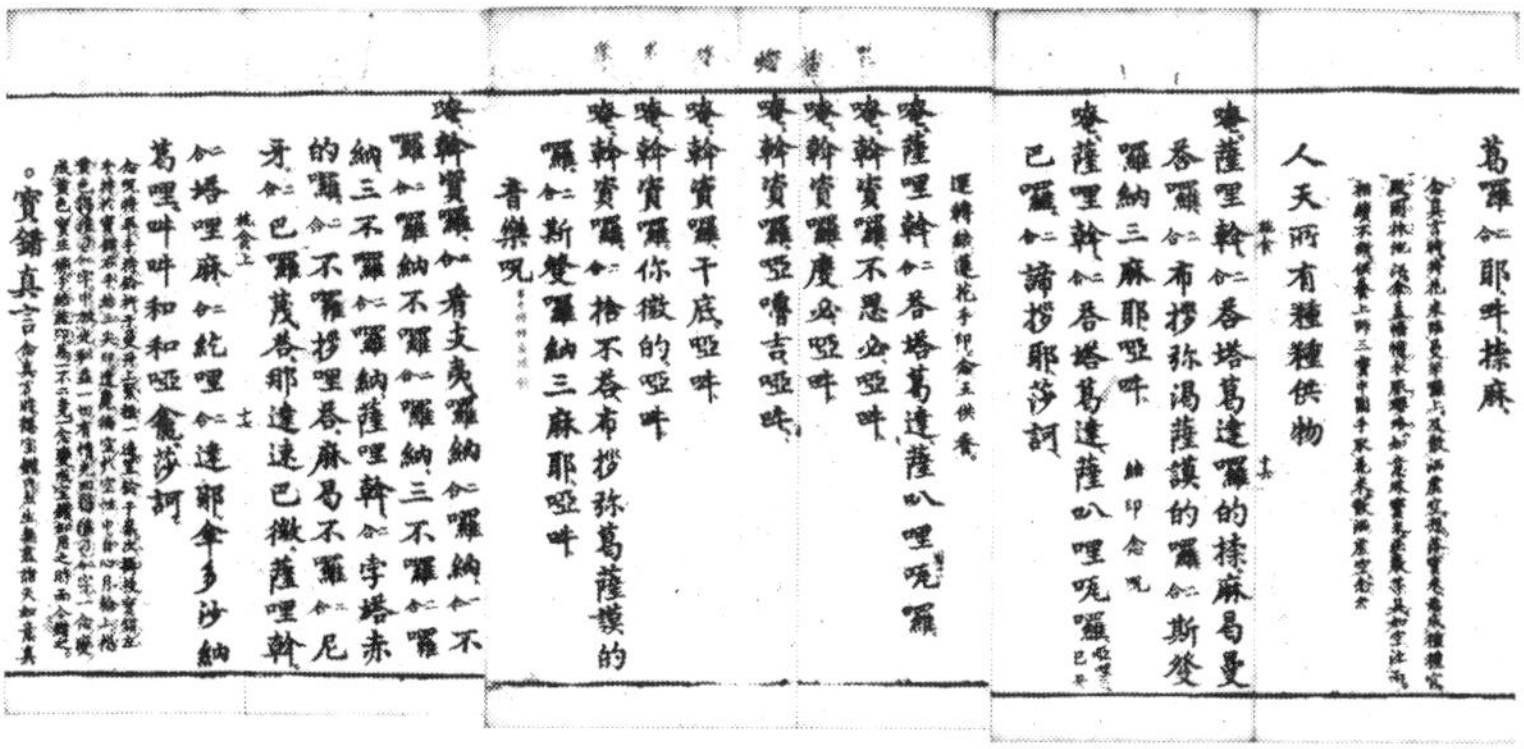

葛囉耶吽捺麻
人天所有種種供物
唵薩哩斡呑塔葛達囉的捺麻曷曼
呑囉布捞弥渴薩謨的囉斯發
囉納三麻耶啞吽
唵薩哩斡呑塔葛達薩叭哩唲囉
巳囉諦捞耶莎訶
唵薩哩斡呑塔葛達薩叭哩唲囉
唵斡資囉不思必啞吽
唵斡資囉度必啞吽
唵斡資囉啞嚕吉啞吒
唵斡資囉干底啞吽
唵斡資囉你徹的啞吽
唵斡資囉捨不呑布捞弥葛薩謨的
囉斯發囉納三麻耶啞吽
音樂呪
唵斡資囉看支麦囉納囉納不
囉囉納不囉囉納三不囉囉
納三不囉囉納薩哩斡孛塔赤
的囉不囉捞哩呑麻曷不囉尼
牙巳囉莨呑耶達逺巳徹薩哩斡
塔哩麻紇哩達耶傘多沙納
葛哩吽吽和和啞奄莎訶
寶鍇真言

【書影7　『瑜伽集要焔口施食起教阿難陀縁由』一帖（「人天所有種種供物」「音楽呪」）　早稲田大学図書館蔵】

抄本六巻の構成についてはすでに指摘されているように、巻一から巻四までの四巻と、巻五・巻六の二巻とでは、収録している曲の傾向が明らかに異なる。前四巻は楽府、唐詩、宋代を中心とする詞がほとんどで、後二巻は宮中祭祀楽・舞楽・仏楽である。巻一から巻四の中でも、巻二の途中までは各時代とジャンルから万遍なく網羅したようにも見えるが、配列がなされているわけではないし、巻二の後半以降は大きく楽府と詞に分けた程度の粗さである。しかも巻四は詞だけで、最後の数首には歌辞のみで音譜がない。巻五と巻六には重複があり、また目次との齟齬もあって、さらに整理が不完全な印象を受ける。

曲数は全二百余曲、巻一に五十曲、巻二に五十曲、巻三に五十曲、巻四に三十曲が収められる。巻一から巻四までは独立した曲が一曲ずつ記されて分かりやすいが、巻五・巻六には重複や、目次にあって本文にない曲、逆に目次にはないが本文にある曲などがあるために、どれを一曲と見なすべきか、研究者によって揺れがある。林謙三「明楽新考」では、巻一から巻四を「本曲」、巻五・巻六を「外曲」とし、本曲が計百八十曲（1～180）、外曲を六十曲（181～240）とする。[6] 王耀華はこの数え方をそのまま用い、張前も踏襲しているようだが、数が微妙に合わない。朴春麗は重複や目次にない曲も拾って、巻五・巻六あわせて六十八曲（181～248）とする。[7] 本稿では朴春麗に従うこととする。以下、作品番号とタイトル（巻一から巻四にはジャンルも付す）を挙げる。

巻一

1	江陵楽	楽府
2	寿陽楽	楽府
3	楊白花	楽府
4	甘露殿	唐詩
5	蝶恋花	詞
6	估客楽	楽府
7	燉煌楽	楽府
8	沐浴子	楽府
9	聖寿	楽府
10	喜遷鴬	詞
11	関山月	楽府
12	桃葉歌	楽府
13	関雎	詩経

巻二

51	述帝徳	楽府
52	玉烏	宮中祭祀楽
53	荷葉杯	詞
54	登仙台	唐詩
55	宣政殿	唐詩
56	帰雁	唐詩
57	白雪曲	楽府
58	採蓮曲	楽府
59	折楊柳	唐詩
60	人月円	詞
61	梁甫吟	楽府
62	大明宮	唐詩
63	聴琴	唐詩

巻三

101	夏雲峰	詞
102	玉階怨	楽府
103	瑯琊王	楽府
104	紫騮馬	楽府
105	碧玉歌	楽府
106	上留田	楽府
107	白鼻騧	楽府
108	成徳楽	唐詩
109	宣烈楽	楽府
110	梅花落	楽府
111	金殿楽	楽府
112	桂花曲	楽府
113	有所思	楽府

巻四

151	最高楼	詞
152	酔春風	詞
153	品令	詞
154	闘百花	詞
155	双双燕	詞
156	応天長	詞
157	玉燭新	詞
158	桂枝香	詞
159	南浦	詞
160	帰朝歓	詞
161	霜葉飛	詞
162	丹鳳吟	詞
163	武陵春	詞

14 清平調 楽府
15 酔起言志 唐詩
16 行経華陰 唐詩
17 小重山 詞
18 昭夏楽 楽府
19 江南弄 楽府
20 玉蝴蝶 詞
21 遊子吟 楽府
22 太玄観 唐詩
23 陽関曲 唐詩
24 杏花天 詞
25 採桑子 詞
26 思帰楽 唐詩
27 宮中楽 楽府
28 平蕃曲 楽府
29 賀聖朝 詞
30 瑞鶴仙 詞
31 清平楽 詞

64 南柯子 詞
65 隴頭水 楽府
66 臨江仙 詞
67 江南曲 楽府
68 望春宮 唐詩
69 迎春楽 詞
70 箜篌引 楽府
71 寿酒 楽府
72 斉房 楽府
73 嘉祚楽 楽府
74 君馬黄 楽府
75 短歌行 楽府
76 于飛楽 詞
77 木蘭花 詞
78 燕春台 詞
79 永遇楽 詞
80 昭君怨 詞
81 点絳唇 詞

114 終南山 唐詩
115 燕歌行 楽府
116 休成楽 楽府
117 宛転歌 楽府
118 姫人怨 歌行
119 昭遠楽 楽府
120 凱容楽 楽府
121 寒夜怨 楽府
122 宜春苑 唐詩
123 古従軍行 楽府
124 宝鼎現 詞
125 雲仙引 詞
126 隔浦蓮 詞
127 海棠春 詞
128 望江南 詞
129 霜天暁角 詞
130 好事近 詞
131 浣渓沙 詞

164 夜遊宮 詞
165 踏莎行 詞
166 漁家傲 詞
167 解佩令 詞
168 感皇恩 詞
169 天仙子 詞
170 芳草渡 詞
171 師師令 詞
172 江城梅花引 詞
173 燭影揺紅 詞
174 粉蝶児 詞
175 憶帝京 詞
176 満園花 詞
177 八声甘州 詞
178 風流子 詞
179 摸魚兎 詞
180 大酺 詞

32 隴頭吟　楽府
33 龍池篇　楽府
34 天馬　楽府
35 月下独酌　唐詩
36 秋風辞　楽府
37 万年歓　詞
38 白頭吟　楽府
39 洞仙歌　詞
40 千秋歳　詞
41 水龍吟　詞
42 鳳凰台　唐詩
43 大聖楽　詞
44 青玉案　詞
45 大同殿　唐詩
46 玉台観　唐詩
47 長歌行　楽府
48 風中柳　詞
49 慶春沢　詞

82 鷓鴣天　詞
83 卜算子　詞
84 金蕉葉　詞
85 阮郎帰　詞
86 行香子　詞
87 雨中花　詞
88 破陣子　詞
89 鳳棲梧　詞
90 大常引　詞
91 浪淘沙　詞
92 憶王孫　詞
93 酔太平　詞
94 女冠子　詞
95 憶秦娥　詞
96 如夢令　詞
97 伝言玉女　詞
98 鵲橋仙　詞
99 酔蓬莱　詞

132 謁金門　詞
133 寒翁吟　詞
134 風入松　詞
135 孤鸞　詞
136 綺羅香　詞
137 江神子　詞
138 賀新郎　詞
139 一剪梅　詞
140 西江月　詞
141 柳梢青　詞
142 後庭宴　詞
143 錦堂春　詞
144 満庭芳　詞
145 酔紅粧　詞
146 恋繍衾　詞
147 朝中措　詞
148 新荷葉　詞
149 魚遊春水　詞

50 斉天楽　詞
100 燕山亭　詞
150 四園竹　詞

巻五

大成殿雅楽奏曲

181 迎神
182 初献
183 亜献
184 終献
185 徹饌
186 送神

世宗粛皇帝御製楽章譜

187 大祈穀献香楽奏達馨之曲　四言
188 大祈穀献茶楽奏凝和之曲　四言
189 大祈穀初献楽奏寿熙之曲　五言
190 大祈穀亜献楽奏沖玄之曲　六言
191 洪応殿送神楽奏敷祥之曲　七言
192 大祈穀献玉帛楽奏通真之曲　八言
193 大祈穀送神楽奏敷祥之曲　九言

巻六

大常楽

229（慶源発祥）（目次なし）
230（顕兮幽兮）（目次なし）
231（猗与那与）（目次なし）
撃壌之歌（目次のみ）⑧
232 立我蒸民
233 思文后稷
234（水火金木土穀）（目次なし）
235 古南風歌譜章
236 古秋風辞譜章
237 立我蒸民（目次なし）
238 思文后稷（目次なし）
239（水火金木土穀）（目次なし）
240 古南風（目次なし）
241 滄浪歌

（詩楽）
194 鹿鳴
195 四牡
196 皇皇者華
197 南陔
198 白華
199 華黍
200 魚麗
201 由庚
202 南有嘉魚
203 崇丘
204 南山有台
205 由儀
206 関雎
207 鵲巣
208 葛覃
209 采蘩
210 巻耳

242 曽孫候氏
243 貍首
仏楽
244 朔望祝聖儀
245 五供養
246 音楽咒
247 陀羅尼（目次のみ）
248 六供養（目次のみ）

211 采蘋

（詩楽）

212 鹿鳴（目次なし）

213 四牡（目次なし）

214 皇皇者華（目次なし）

215 魚麗（目次なし）

216 南有嘉魚（目次なし）

217 南山有台（目次なし）

218 関雎（目次なし）

219 葛覃（目次なし）

220 巻耳（目次なし）

221 鵲巣（目次なし）

222 采蘩（目次なし）

223 采蘋（目次なし）

（舞楽）

224 立我烝民（目次なし）

225 思文后稷（目次なし）

226 （水火金木土穀）（目次なし）

227古南風歌譜章（目次なし）
228古秋風辞譜章（目次なし）

歌曲は、抄本・刊本ともに一行八マスの方格譜に記されている。一マスは一定の音の長さを表すので、歌辞や譜字がマスのどこにどのくらい記されているか、その数や字と字の間隔を見れば、当該の歌辞をどのくらいの長さで歌う（演奏する）のか分かる。つまり歌曲のリズムが分かるのであり、元・余載『韶舞九成楽補』「九徳歌音図」のようにマスを利用した楽譜は他にもあるが、『魏氏楽譜』ほど詳細に歌辞の音の長さを記す例は他に見られない、と言われている。⑨

三、『魏氏楽譜』中の詞と『古香岑草堂詩余四集』

先に挙げた先行研究のうち、『魏氏楽譜』の曲目だけではなく歌辞について述べているのは饒宗頤・銭仁康・習毅・朴春麗で、饒宗頤と銭仁康は刊本一巻に、習毅と朴春麗は抄本六巻に拠っている。『魏氏楽譜』は刊本・抄本ともに曲名と歌辞のみを記し、作者やその朝代等は記されていないために、それぞれ歌辞の出処を明らかにしようとし、宮調、最初と最後の工尺譜による音高、⑩起句の歌辞、ジャンル等を付したり、作品の時代順に配列する、あるいは宮調によって分類する等の工夫をしている。最も全面的に調査を行っているのは朴春麗であるが、若干、補足すべき点がないわけではない。

巻五・巻六の曲の一部は、宋の朱熹『儀礼経伝通釈』や明の朱載堉『律呂精義外篇』などに楽譜も含めて見えることが林謙三「明楽新考」によって指摘されていることから、前四巻の詩詞を中心とする歌曲にも相当する出典があったのではないかと推察し、朴春麗「江戸時代の明楽と『魏氏楽譜』」では、楽府は宋の郭茂倩編『楽府詩集』、詩は明の高棅編『唐詩品彙』、詞は明の沈際飛編『草堂詩余四集』で歌辞のすべてが確認できた、とする。朴春麗「江戸時代の明楽譜『魏氏楽譜』――東京芸術大学所蔵六巻本をめぐって」ではさらに最も分量の多い詞について取り上げ、異本の夥しい『草堂詩余』のうち、崇寧年間に刊行された沈際飛編『古香岑草堂詩余四集』(正集六巻、続集二巻、別集四巻、新集五巻)に抄本六巻に収録される百六首の詞がすべて確認できることを詳細に述べる。

刊本『魏氏楽譜』の中には『唐詩品彙』や『詩余後集』などの書き込みがされているものがあり、朴春麗の指摘は妥当であると思う一方、『草堂詩余』は(『楽府詩集』や『唐詩品彙』も同様に)決して工尺譜などの音譜を併記している書物ではない以上、「歌曲の」出処という扱いはもう少し慎重になされるべきではないか、とも思う。文中、『草堂詩余』があたかも「楽譜」であるかと間違えそうな記述があるのが気になる。[11] また朴春麗の二篇の論文にはどちらも詳しい表があってとても参考になるのだが、作者について名と字や号が混在しており、おそらく『草堂詩余』等もとの書物の表記に従ったまま作者の同定を行っていないため、「辛幼安」と「辛稼軒」を別人としてカウントするようなケアレスミスも見受けられる。

朴春麗は「『草堂詩余』は詞の作者について誤りが多く、テキストとしての価値や信憑性は高くない。しかし個々の詞の作者が誰であるか、といったことは小論には無関係であるため、…(中略)…そのまま踏襲した」(「江戸時代の明楽譜『魏氏楽譜』――東京芸術大学所蔵六巻本をめぐって」注22)という。いささか乱暴に思われるが、『魏氏楽譜』の歌辞が個々の別集ではなく選集にもとづいているとの判断に立つからであろうし、そもそも『魏氏楽譜』には作者名が記されていない。刊本『魏氏楽譜』の平信好の跋文に、魏皓に命じられて『文体明弁』『草堂詩余』および諸家の詩集などを参考に字句の誤りを訂正した（「子明氏、其の楽譜数百曲⑫を取りて、諸《これ》を梓に刊して以て学者に便たらんと欲す。余をして其の文字章句を校訂せしむ。余、誦み肄《なら》うの暇に、文体明弁・草堂詩余、及び諸家の集等数本を参考し、以て其の訛謬を訂す」）とあるから、作者については知ることができたのに敢えて記さなかった、とも考えられる。ただこの跋文から、『草堂詩余』（や『楽府詩集』『唐詩品彙』）が直接の出典ではなかったこともまた察せられるのではないだろうか。

北京図書館普通古籍部に所蔵される『古香岑草堂詩余四集（鐫古香岑批点草堂詩余四集）』（明末翁少麓印本）と抄本『魏氏楽譜』巻一の詞をつき合わせてみたところ、いくつか異同があった。

［5蝶恋花］

芳草満園花満目。簾外微微、細雨籠庭竹。楊柳千条珠緑簇(1)。碧池波皺鴛鴦浴。　窈窕人家顔似玉。紘筦(2)冷冷(3)、斉奏雲和曲。公子懽(4)筵猶未足。斜陽不用相催促。

（1）「簇」、『古香岑草堂詩余四集』は「簌」に作る。
（2）「筦」は「管」に作る。
（3）「冷冷」は「泠泠」に作る。
（4）「懽」は「歓」に作る。

［17小重山］

一閉昭陽春又春。夜寒宮(1)漏永。夢君恩。臥思陳事暗消(2)魂。羅衣湿、紅袂有(3)啼痕。　歌吹隔重閽。遶庭芳草緑、倚長門。万般惆悵向誰論。凝情立、宮殿欲黄昏。

（1）「宮」、『古香岑草堂詩余四集』は「更」に作る。

（2）「消」は「銷」に作る。

（3）「紅袂有」は「新揾旧」に作る。

【24杏花天】

抹紅匀粉牆頭面。軽烟混・垂揚（1）金線。半落半開春眘恋。掩映青旗林（2）店。　透韶光・初番嬌顫。看上苑・酒酣芳晏。不禁風剪剪、雨帯花飛一片。

（1）「揚」、『古香岑草堂詩余四集』は「楊」に作る。

（2）「林」は「村」に作る。

【43大聖楽】

千朶奇峰、半軒微雨、暁来初過。漸燕子・引教雛飛。菡萏暗薫芳草、池面涼多。浅斟瓊巵浮緑醸、展湘簟双紋生細波。軽紈挙、動団円素月、仙桂婆娑。　臨風対月恣楽、便好抱（1）千金邀艶娥。幸太平無事、撃壌鼓腹、携酒高歌。富貴安居、功名天賦、争奈皆由時命呵。休眉鎖。問朱顔去了、還更来麼。

（1）「抱」、『古香岑草堂詩余四集』は「把」に作る。

【44青玉案】

東風未放花千樹。早吹隕・星如雨。宝馬雕車香満路。風簫声動、玉壺光転、一夜魚龍舞。　蛾児雪柳黄金縷。笑翳盈盈暗香去。衆裏尋香（1）千百度。驀然回首、那人却在、灯火闌珊処。

（1）「香」、『古香岑草堂詩余四集』は「他」に作る。

【49慶春沢】

灯火烘春、楼台浸月、良宵（1）一刻千金。錦歩承蓮、彩雲簇仗難尋、蓬壺影動星毬転、映両行・宝珥瑶簪。恣嬉遊、玉漏声催、未歇芳心。　笙歌十里誇張地、記年時行楽、憔悴而今。客裏情懐、伴人間笑間吟。小桃未尽劉郎老、把相思・細写瑶琴。怕帰来、紅紫欺風、三径成陰。

（1）「霄」、『古香岑草堂詩余四集』は「宵」に作る。

【50斉天楽】

疎疎幾点黄梅雨。佳時又逢重午。角黍包金、香蒲泛玉、風物依然荊楚。形裁艾虎。更釵裊朱符、臂纏紅縷。撲粉香綿、喚風緩(1)扇小窓午。　沈湘人去已遠、勧君休対景、感時懐古。慢囀鶯喉、軽敲象板、勝読離騒章句。荷香暗度。漸引入醄醄、酔郷深処。臥聴江頭、画船喧韻鼓。

（1）「緩」、『古香岑草堂詩余四集』は「綾」に作る。

異同のある字は、刊本『魏氏楽譜』でも抄本と同じ字であって、刊行に際して『古香岑草堂詩余四集』に従って改めることもしていない。字形が似ていることによる異同も多いが、【17小重山】は少し異なって、かなり大きな違いもある。【17小重山】は五代・韋荘の作、これを『花間集』に収める「小重山」と比べてみるとほとんど異同はなく、『古香岑草堂詩余四集』から引用したと考えるほうが難しい例である。

【17小重山】

一閉昭陽春又春。夜寒宮(1)漏永。夢君恩。臥思陳事暗消(2)魂。羅衣湿、紅袂有(3)啼痕。　歌吹隔重閽。遶庭芳草緑、倚長門。万般惆悵向誰論。凝(4)情立、宮殿欲黄昏。

（1）「宮」、『古香岑草堂詩余四集』は「更」に作るが、『花間集』は「宮」に作る。

（2）「消」、『古香岑草堂詩余四集』は「銷」に作るが、『花間集』は「消」に作る。
（3）「紅袂有」、『古香岑草堂詩余四集』は「新☒旧」に作るが、『花間集』は「紅袂有」に作る。
（4）「凝」、『花間集』は「顒」に作るテキストもあり。

『魏氏楽譜』中に、詞は本曲百八十曲中に百六曲（隋一曲、唐一曲、五代七曲、宋九十曲、金一曲、明六曲）を占め、詞牌には重複がない。『草堂詩余』には異本が多いが、明詞を収めるものは限られる。『古香岑草堂詩余四集』はそのうちの一つで、第四集の『草堂詩余新集』五巻に明詞五二〇首を載せる。『草堂詩余』は、もとは南宋の書坊が編纂した二巻本（『直斎書録解題』巻二一に著録されている）であるから、明人の詞を収めようはずはない。時代を追うごとに作品が増やされ、「草堂詩余」を冠するさまざまな本が作られたのであるが、朴春麗「江戸時代の明楽譜『魏氏楽譜』——東京芸術大学所蔵六巻本をめぐって」で挙げられる『草堂詩余』諸本のうち、「⑩類編箋釈草堂詩余六巻続二巻附国朝詩余五巻　万暦四十二年陳継儒重校本」にも明詞は載せられているはずである。『魏氏楽譜』に明詞があるから明刊本『草堂詩余』でなければならない[13]というのは、『草堂詩余新集』五二〇首に対して『魏氏楽譜』中の明詞は六首しかないことを考えると、必ずしも拘らなくてよいかも知れない。同時代の作品は、まったく別のテキストから採録された可能性もあるのではないか。ちなみに明詞六首のうち、『魏氏楽譜』と『古香岑草堂詩余四集』で異同があるのは先にあげた【24杏花天】の一首のみである。

一方で、別集とは異同が多いのに、『古香岑草堂詩余四集』とは異同が（ほとんど）ない作品もある。たとえば、前に挙げた【44青玉案】【50斉天楽】は、『古香岑草堂詩余四集』と一字だけ異同があったが、別集と比べると異同はもっと多い。【44青玉案】は南宋・辛棄疾の作、『稼軒詞甲乙丙丁四集』四巻（呉訥『百家詞』所収）、『稼軒詞』四巻（毛晋『宋六十名家詞』所収)、『稼軒長短句』十二巻(王鵬運『四印斎所刻詞』所収)などがある。これとつき合わせてみると、次のような異同がある。

【44青玉案】

東風未(1)放花千樹。早(2)吹隕(3)・星如雨。宝馬雕車香満路。風簫声動、玉壺光転、一夜魚龍舞。　蛾児雪柳黄金縷。笑䃤(4)盈盈暗香去。衆裏尋香(5)千百度。驀然回(6)首、那人却在、灯火闌珊処。

(1)「未」、『稼軒詞甲乙丙丁四集』『稼軒詞』『稼軒長短句』は「夜」に作る。
(2)「早」、『稼軒詞甲乙丙丁四集』『稼軒詞』『稼軒長短句』は「更」に作る。
(3)「隕」、『稼軒詞甲乙丙丁四集』『稼軒詞』『稼軒長短句』は「落」に作る。
(4)「䃤」、『稼軒詞甲乙丙丁四集』『稼軒詞』『稼軒長短句』は「語」に作る。
(5)「香」、『稼軒詞甲乙丙丁四集』『稼軒詞』『稼軒長短句』は「它」に作る。『古香岑草堂詩余四集』は他に作る。
(6)「回」、『稼軒詞甲乙丙丁四集』『稼軒長短句』は「迥」に作る。『稼軒詞』は「廻」に作る。

また【50斉天楽】は北宋・楊无咎の作、『逃禅詞』一巻(毛晋『宋六十名家詞』所収)があるが、つき合わせてみると、次のような異同がある。

【50斉天楽】

疎疎幾点黄梅雨。佳時(1)又逢重午(2)。角黍包金、香(3)蒲泛玉、風物依然荊楚。形(4)裁艾虎。更釵裊朱符、臂纒紅縷。撲粉香綿、喚風綏(5)扇小窓午。　沈(6)湘人去已遠、勧君休対景、感時懐古。慢囀鶯喉、軽敲象板、勝読離騒章句。荷香暗度。漸引入酶酶(7)、酔郷深処。臥聴江頭、画船喧(8)韻(9)鼓。

(1)「佳時」、『逃禅詞』は「殊方」に作る。
(2)「午」は「五」に作る。
(3)「香」は「菖」に作る。
(4)「形」は「衫」に作る。
(5)「綏」は「綾」に作る。
(6)「沈」は「沅」に作る。
(7)「酶酶」は「陶陶」に作る。
(8)「喧」は「畳」に作る。
(9)『逃禅詞』には「韻」なし。

他にも、別集と異同のおびただしい例がある。【139一剪梅】は南宋・劉克荘の作、『後村居士詩余』二巻(呉訥『百家詞』、呉昌綬・陶湘『景刊宋金元明本詞』所収)、『後村別調』一巻(毛晋『宋六十名家詞』所収)、『後村居士長短句』五巻(朱祖謀『彊村叢書』所収)などがある。これとつき合わせてみると、次のような異同がある。

【139一剪梅】

陌上行行(1)怪府公。還是文(2)窮。還是詩(3)窮。下車上馬太匆匆。来是春風。去是秋風。　階衙免得管(4)

兵農。嬉到昏鐘。睡到斉(5)鐘。不須(6)提岳与知宮。喚作渓翁(7)。喚作山翁(8)。

(1)「行行」、『後村居士詩余』『後村別調』『後村居士長短句』は「行人」に作る。

(2)「文」、『後村居士詩余』『後村居士長短句』は「詩」に作る。

(3)「詩」、『後村居士詩余』『後村居士長短句』は「文」に作る。

(4)「管」、『後村居士詩余』『後村居士長短句』は「帯」に作る。

(5)「斉」、『後村居士詩余『後村別調』『後村居士長短句』は「斉」に作る。『古香岑草堂詩余四集』も「斉」に作る。

(6)「須」、『後村居士詩余』『後村居士長短句』は「消」に作る。

(7)「渓翁」、『後村居士詩余』『後村居士長短句』は「山翁」に作る。

(8)「山翁」、『後村居士詩余』『後村居士長短句』は「渓翁」に作る。

『後村居士詩余』二巻、『後村居士長短句』五巻とは異同が多いが、『後村別調』一巻とは一致しているものが多い。

このような文字の異同の多い例を見ると、個別に各詞人の別集から作品を採録したというのもまた考えにくい。前に述べたように、『魏氏楽譜』中に詞は百六曲、詞牌には重複がない。作者も、複数の詞が採録されている人もいるが、多くは一首のみで、一部の著名な詞人(詞集が別に成立するような)の作品に偏っているわけでもない。『古香岑草堂詩余四集』とは必ずしも断定できないにせよ、何らかの選集に拠った可能性は捨てきれないのである。では具体的に何に拠ったのか、『草堂詩余』の別のテキストなのか、あるいはまったく違う選集なのかは、まだ調査が及ばない。いまは、明末にはこの歌辞で実際に歌われていた、という点だけ確認しておこう。

四、『魏氏楽譜』中の詞

魏氏の伝えた詞は、明末に歌唱・演奏されていたばかりでなく明代以前の詞楽を保存しているのではないかとの期待も寄せられるが、実証に足る根拠はまだ十分とは言えないようである。たとえば、銭仁康「『魏氏楽譜』考析」では、巻一の五十曲に宮廷音楽の特徴が見えるとし、とくに南宋・康与之の詞（【10喜遷鶯】【30瑞鶴仙】）に注目する。康与之は「秦門十客」の一に数えられ、【10喜遷鶯】は秦檜の誕生日を寿ぐ詞、【30瑞鶴仙】も上元の応制の詞で、南宋の紹興年間に秦檜が権力を握っていた頃にはもてはやされたけれども、後には批判もされ、明代には康与之を評価する者はほとんどいなかった。明代にあらためて康与之の詞に曲をつけようとするはずはないので、それが『魏氏楽譜』に収められているということは、前朝の旧曲であるに違いない、という。⑭ 今後は、詞の内容にも踏み込んで考察が必要であろうが、これもいまは課題として残しておく。

『魏氏楽譜』中の詞について、時代ごとの詞の作者、小伝、作品番号は、次のとおり。

【隋】

◆煬帝、隋の第二代皇帝、在位は六〇四年～六一八年。【128】

【唐】

◆李白（七〇一～七六二）、字は太白、号は青蓮居士、綿州昌隆（今の四川省江油）の人。［31］

【五代】

◆韋荘（八三六?～九一〇）、字は端己、長安杜陵（今の陝西省西安市東南）の人。［17］
◆和凝（八九八～九五五）、字は成績、鄆州須昌（今の山東省東平）の人。［25］
◆毛熙震（生卒年不詳）、蜀に仕えた。［94］
◆孫光憲（九〇〇～九六八）、字は孟文、号は葆光子、陵州貴平（今の四川省仁寿）の人。［131］
◆馮延巳（九〇三～九六〇）、一に名は延嗣、字は正中、広陵（今の江蘇省揚州）の人。『陽春集』がある。［5］［85］［170］

【宋】

◆柳永（九八七?～一〇五五?）、字は耆卿、はじめ名は三変、崇安（今の福建省）の人。『楽章集』がある。［20］［154］［175］［177］
◆張先（九九〇～一〇七八）、字は子野、烏程（今の浙江省湖州）の人。『張子野詞』がある。［78］［145］［171］
◆欧陽脩（一〇〇七～一〇七二）、字は永叔、号は酔翁、晩号は六一居士、盧陵（今の江西省吉安）の人。『六一詞』がある。［77］［147］［166］
◆趙抃（一〇〇八～一〇八四）、字は閲道、西安（今の浙江省衢県）の人。［148］
◆王観（生卒年不詳、一〇五七年の進士）、字は通叟、海陵（今の江蘇省泰州）の人。『冠柳集』がある。［87］
◆蘇軾（一〇三七～一一〇一）、字は子瞻、一に字は和仲、号は東坡居士、眉州眉山（今の四川省）の人。『東坡詞』がある。［79］［86］［88］
◆舒亶（一〇四一～一一〇三）、字は信道、号は懶堂、明州慈谿（今の浙江省）の人。［83］
◆黄庭堅（一〇四五～一一〇五）、字は魯直、号は涪翁、また号は山谷道人、洪州分寧（今の江西省修水）の人。『山

谷詞』がある。［153］

◆秦観（一〇四九～一一〇〇）、字は少游、一に字は太虚、揚州高郵（今の江蘇省）の人。『淮海居士長短句』がある。［69］［176］

◆趙令畤（一〇五一～一一三四）、字は初め景貺、のち改めて徳麟、燕王徳昭玄の孫。［143］

◆仲殊（生卒年不詳）、仲殊は法号、俗姓は張、名は揮、字は師利、安州（今の湖北省安陸）の人。『宝月集』があるも伝わらず。［101］［141］

◆周邦彦（一〇五六～一一二一）、字は美成、号は清真居士、銭塘（今の浙江省杭州）の人。『清真集』がある。［126］［133］［150］［156］［157］［161］［162］

◆孔夷（生卒年不詳）、字は方平、汝州龍興（今の河南省宝豊）の人。［159］

◆毛滂（一〇六〇～一一二四？）、字は沢民、衢州江山（今の浙江省）の人。『東堂詞』がある。［76］

◆晁沖之（生卒年不詳）、字は叔用、晁補之の従弟。済州鉅野（今の山東省）の人。詞一巻があるも伝わらず。［97］

◆恵洪（一〇七一～？）、恵洪は法号、俗姓は喩、一に俗姓は彭、字は覚範、後に名を徳洪に改める。筠州新昌（今の江西省宜豊）の人。［89］

◆陸蘊（？～一一二〇）、字は敦信、侯官（今の福建省福州）の人。［168］

◆葛勝仲（一〇七二～一一四四）、字は魯卿、常州江陰（今の江蘇省）の人。『丹陽集』がある。［140］

◆范周（生卒年不詳）、字は無外、范仲淹の姪孫、呉県（今の江蘇省蘇州）の人。［124］

◆葉夢得（一〇七七～一一四八）、字は少蘊、蘇州長洲（今の江蘇省蘇州）の人。『石林集』がある。［99］

◆趙佶（一〇八二～一一三五）、徽宗、北宋の第八代皇帝、在位は一一〇〇年～一一二五年。［100］

◆李清照（一〇八四～一一五五？）、号は易安居士、済南（今の山東省済南）の人。『漱玉集』があるも伝わらず。［163］

◆楊无咎（一〇九七～一一七一）、字は補之、号は逃禅老人、清江の人。『逃禅詞』がある。［50］

◆呂本中（一〇八四～一一四五）、初め名は大中、字は居仁、開封（今の河南省）の人、南渡して金華（今の浙江省）に住む。『紫微詞』がある。［165］

◆向子諲（一〇八五？～一一五二？）、字は伯恭、号は薌林居士、開封（今の河南省）の人、南渡して臨江（今の江西省清江）に住む。『酒辺集』がある。［82］

◆李重元、不詳。［92］

◆張元幹（一〇九一～？）、字は仲宗、号は蘆川居士。向子諲の甥、長楽の人。『蘆川帰来集』がある。［66］

◆朱翌（一〇九七～一一六七）、字は新仲、舒集（今の安徽省潜山県）の人。［81］

◆康与之（生卒年不詳）、字は伯可、号は順庵、滑州（今の河南省滑県）の人。『順庵楽府』があるも伝わらず。

◆陸游（一一二五～一二一〇）、字は務観、号は放翁、山陰（今の浙江省紹興）の人。『渭南詞』がある。［98］［164］［10］［30］［132］

◆朱熹（一一三〇～一二〇〇）、字は元晦、一に字は仲晦、号は晦庵、晩号は晦翁、遯翁、滄州病叟、雲谷老人、徽州婺源（今の江西省）の人。『晦庵詞』がある。［95］

◆辛棄疾（一一四〇～一二〇七）、初め字は坦夫、後に改めて字は幼安、号は稼軒、済南歴城（今の山東省）の人。『稼軒詞』がある。［40］［41］［44］［90］［137］［151］［174］

◆徐似道（生卒年不詳）、字は淵子、号は竹隠、黄巌（今の浙江省）の人。『竹隠集』があるも伝わらず。［91］
◆馬子厳（生卒年不詳）、淳熙二年（一一七五）の進士。字は荘父、号は古洲居士、建安（今の福建省）の人。［29］［160］
◆張鎡（一一五三～?）、字は功甫、号は約斎、西秦（今の陝西省）の人。『南湖集』『玉照堂詞』がある。［173］
◆劉過（一一五四～一二〇六）、子は改之、号は龍洲道人、吉州太和（今の江西省泰和）の人。『龍洲集』がある。［169］
◆杜旟（生卒年不詳）、字は伯高、号は橋斎、金華（今の浙江省）の人。『橋斎集』があるも伝わらず。［179］
◆兪国宝（生卒年不詳）、臨川（今の江西省撫州）の人。『醒庵遺珠集』があるも伝わらず。［134］
◆史達祖（生卒年不詳）、字は邦卿、号は梅渓、汴（今の河南省開封）の人。『梅渓詞』がある。［136］［155］
◆劉鎮（生卒年不詳）、太和二年（一二〇二年）の進士。字は叔安、号は随如、南海（今の広東省広州）の人。［49］
◆方千里（生卒年不詳）、衢州三衢（今の浙江省）の人。『和清真詞』がある。［178］
◆張輯（生卒年不詳）、字は宗瑞、号は東沢、鄱陽（今の江西省波陽）の人。『欸乃集』がある。［158］
◆劉克荘（一一八七～一二六九）、初め名は灼、字は潜夫、号は後村、莆田（今の福建省）の人。『後村先生大全集』がある。［138］［139］
◆呉潜（一一九六～一二六二）、字は毅夫、号は履斎、徳清の人。『履斎詩余』がある。［144］
◆呉文英（一二〇〇?～一二六〇?）、字は君特、号は夢窓、晩号は覚翁、四明鄞県（今の浙江省寧波）の人。『夢窓甲乙丙丁稿』がある。［130］
◆馮偉寿（生卒年不詳）、字は艾子、号は雲月。［125］

◆劉辰翁（一二三二～一二九七、字は会孟、号は須渓、廬陵（今の江西省吉安）の人。『須渓集』がある。［180］

◆顔奎（一二三五～一三〇八）、字は子瑜、号は吟竹、永新（今の江西省）の人。［93］

◆蒋捷（生卒年不詳）、咸淳十年（一二七四年）の進士。字は勝欲、号は竹山、陽羨（今の江蘇省宜興）の人。『竹山詞』がある。［84］［129］［167］［172］

◆胡浩然、不詳。［37］

◆李太古（生卒年不詳）、古芸の人。［146］

◆無名氏。［43］［96］［152］［127］［149］［135］［142］

【金】

◆完顔亮（一一二二～一一六一）、金の海陵王、字は元功、太祖の孫。［80］

【明】

◆劉基（一三一一～一三七五）、字は伯温、号は犂眉、処州青田（今の浙江省）の人。『誠意伯詞』がある。［64］

◆顧潜（一四七一～一五三四）、字は孔昭、号は稃斎、晩号は西岩、崑山（今の江蘇省）の人。『静観堂詞』がある。［39］

◆楊慎（一四八八～一五五九）、字は用修、号は升庵、新都（今の四川省）の人。『升庵長短句』がある。［53］［60］

◆陳継儒（一五五八～一六三九）、字は仲醇、号は眉公、また麋鹿道人、麋公。松江華亭（今の上海松江）の人。『陳眉公詩余』がある。［48］

◆高濂（生卒年不詳）、字は深甫、号は瑞南、銭塘（今の浙江省杭州）の人。『芳芷楼詞』がある。［24］

最後に、詞について歌辞に句読をつけて示す。⑮

【5蝶恋花】　正平調　五代・馮延巳

芳草満園花満目。簾外微微、細雨籠庭竹。楊柳千条珠緑簇。碧池波皺鴛鴦浴。　窈窕人家顔似玉。絃管冷冷、斉奏雲和曲。公子慵鋋猶未足。斜陽不用相催促。

【10喜遷鶯】　正平調　南宋・康与之

臈残春早。正簾幕護寒、楼台清暁。宝運当千、佳辰余五、嵩岳誕生元老。帝遣阜安宗社、人仰雍容廊廟。尽総道、是文章孔孟、勲庸周召。　師表。方眷遇、魚水君臣、須信従来少。玉帯金魚、朱顔緑鬢、占断世間栄耀。篆刻鼎彝将遍、整頓乾坤都了。願歳歳、見柳梢青浅、梅英紅小。

【17小重山】　道宮　五代・韋荘

一閉昭陽春又春。夜寒宮漏永。夢君恩。臥思陳事暗消魂。羅衣湿、紅袂有啼痕。　歌吹隔重閽。遶庭芳草緑、倚長門。万般惆悵向誰論。凝情立、宮殿欲黄昏。

【20玉蝴蝶】　正平調　北宋・柳永

漸覚東郊明媚、夜来膏雨、一洒塵埃。満目浅桃深杏、露染煙裁。銀塘静・魚鱗簟展、煙岫翠・亀甲屏開。殷晴雷。雲中鼓吹、遊徧蓬萊。　徘徊。隼旟前後、三千珠履、十二金釵。雅俗熙熙、下車成宴尽春台。好雍容・東山妓女、堪笑傲・北海樽罍。且追陪。鳳池帰去、那更重来。

【24杏花天】　道宮　明・高濂

抹紅匀粉牆頭面。軽烟混・垂揚金線。半落半開春眷恋。掩映青旗林店。　透韶光・初番嬌顫。看上苑・酒酣芳晏。

不禁風剪剪、雨帯花飛一片。

［25採桑子］　正平調　五代・和凝

蝤蠐領上訶梨子、繡帯双垂。椒戺閑時。競学樗蒲賭茘枝。叢頭鞋子紅編細。裙窣金糸。無事嚬眉。春思翻教阿母疑。

［29賀聖朝］　小石調　南宋・馬子厳

遊人拾翠不知遠。被子規呼転。紅楼倒影背斜陽、墜幾声絃管。荼蘼香透、海棠紅浅。恰平分春半。花前一笑不須慳、待花飛休怨。

［30瑞鶴仙］　道宮　南宋・康与之

瑞煙浮禁苑。正絳闕春回、新正方半。氷輪桂華満。溢花衢歌市、芙蓉開遍。龍楼両観。見銀燭・星毬有爛。捲珠簾・尽日笙歌、盛集宝釵金釧。堪羨。綺羅叢裏、蘭麝香中、正宜遊翫。風柔夜煖。花影乱、笑声喧。閙蛾児満路、成団打塊、簇着冠児闘転。喜皇都・旧日風光、太平再見。

［31清平楽］　黄鐘羽　唐・李白

禁庭春昼。鶯羽披新繍。百草巧求花下闘。只賭珠璣満斗。日晩却理残粧。御前閑舞霓裳。誰道腰肢窈窕、折旋消得君王。

［37万年歓］　越調　南宋・胡浩然

灯月交光、漸軽風布煖、先到南国。羅綺嬌容、十里絳紗籠燭。花艶驚郎酔目。有多少・佳人如玉。春衫袂、整整斉斉、内家新様粧束。歓情未足。更闌謾勾牽旧恨、縈乱心曲。悵望帰期、応是紫姑頻卜。暗想双眉対蹙。断絃待・鸞膠重続。休迷恋、野草間花、鳳簫人在金谷。

【39洞仙歌】　正平調　　明・顧潜

婁江一碧、動鱸魚佳興。浩蕩鷗波放烟艇。過渓橋・十里香稲垂花、秋未晩、遠渚芙蕖万柄。野翁能愛我、酌酒烹雞、何処漁歌更堪聴。酔起試推篷、驟雨初収、斜陽外・山光雲影。顧百歳逍遥瀼西東、任華髪星星、換来青鏡。

【40千秋歳】　黄鐘羽　　南宋・辛棄疾

塞垣秋草。又報平安好。樽俎上、英雄表。金湯生気象、珠玉霏談笑。春近也、梅花得似人難老。莫惜金樽倒。鳳詔看看到。留不住、江東小。従容帷幄裏、整頓乾坤了。千百歳、従今尽是中書考。

【41水龍吟】　正平調　　南宋・辛棄疾

渡江天馬南来、幾人真是経綸手。長安父老、新亭風景、可憐依旧。夷甫諸人、神州沈陸、幾曽回首。算平戎万里、功名本是、真儒事・君知否。　況有文章山斗。対桐陰・満庭清昼。当年堕地、而今試看、風雲奔走。緑野風煙、平泉草木、東山歌酒。待他年、整頓乾坤事了、為先生寿。

【43大聖楽】　正平調　　南宋・無名氏

千朶奇峰、半軒微雨、暁来初過。漸燕子・引教雛飛。菡萏暗薫芳草、池面涼多。浅斟瓊巵浮緑醸、展湘簟双紋生細波。軽紈挙、動団円素月、仙桂婆娑。　臨風対月恣楽、便好抱千金邀艶娥。幸太平無事、撃壌鼓腹、携酒高歌。富貴安居、功名天賦、争奈皆由時命呵。休眉鎖。問朱顔去了、還更来麼。

【44青玉案】　正平調　　南宋・辛棄疾

東風未放花千樹。早吹隕・星如雨。宝馬雕車香満路。鳳簫声動、玉壺光転、一夜魚龍舞。　蛾児雪柳黄金縷。笑語盈盈暗香去。衆裏尋香千百度。驀然回首、那人却在、灯火闌珊処。

［48風中柳］　道宮　　明・陳継儒

燕燕于飛、補葺旧巣堪宿。草菴寛・何須華屋。水児一曲。山児一幅。画中人・鬚眉皆緑。　桂杖敲門、有客来看脩竹。但家懐・園蔬谿蔌。菊花酒足。松花飯熟。日三竿・図些清福。

［49慶春沢］　道宮　　南宋・劉鎮

灯火烘春、楼台浸月、良霄一刻千金。錦歩承蓮、彩雲簇仗難尋、蓬壺影動星毬転、映両行・宝珥瑶簪。恣嬉遊、玉漏声催、未歇芳心。　笙歌十里誇張地、記年時行楽、憔悴而今。客裏情懐、伴人間笑間吟。小桃未尽劉郎老、把相思・細写瑶琴。怕帰来、紅紫欺風、三径成陰。

［50斉天楽］　道宮　　北宋・楊无咎

疎疎幾点黄梅雨。佳時又逢重午。角黍包金、香蒲泛玉、風物依然荊楚。形裁艾虎。更釵裊朱符、臂纒紅縷。撲粉香綿、喚風緩扇小窓午。　沈湘人去已遠、勧君休対景、感時懐古。慢囀鴬喉、軽敲象板、勝読離騒章句。荷香暗度。漸引入醄醄、酔郷深処。臥聴江頭、画船喧韻鼓。

［53荷葉杯］　黄鐘羽　　明・楊慎

枕上一声鶏唱。天亮。好夢忽驚残。錦帳香消翠被単。寒麼寒。寒麼寒。

［60人月円］　越調　　明・楊慎

好風麗日相迎送、渺渺碧波平。玉几雲憑、金梭烟織、実刹霞明。　邀散神仙、尋間洲島、上小蓬瀛。海流東逝、海天南望、海月西生。

［64南柯子］　黄鐘羽　　明・劉基

汀苻青糸尽、江蓮白羽空。翠蕤丹粟眩芳叢。総把秋光管領属西風。　艶敵秦川錦、鮮欺楚岸楓。鯉魚却下水僊宮。

肯放斜陽、更向若華東。

［66臨江仙］　道宮　　　　　　　　　　　　　南宋・張元幹

鶯屏山驚睡起、嬌羞須索郎扶。荼蘼斗帳罷薫炉。翠穿珠落索、香泛玉流酥。　長記枕痕消酔色、日高猶倦粧梳。一枝春痩想如初。夢迷芳草路、望断素鱗書。

［69迎春楽］　越調　　　　　　　　　　　　　北宋・秦観

菖蒲葉葉知多少。唯有箇・蜂児妙。雨晴紅粉斉開了。露一点・嬌黄小。　早是被・暁風力暴。更春共・斜陽倶老。怎得花香深処、作個蜂児抱。

［76于飛楽］　道宮　　　　　　　　　　　　　北宋・毛滂

記曨朧、濃睡裏、一片行雲。未多時・夢破雲驚。聴轆轤、声断也、井底銀瓶。不如羅帯、等閒便・結得同心。　繋画船、楊柳岸、暁月亭亭。記陽関・断韻残声。被西風、吹玉枕、酒魄還清。有些言語、独自箇・説与誰麿。

［77木蘭花］　道宮　　　　　　　　　　　　　北宋・欧陽脩

檀槽響砕金糸撥。露湿潯陽江上月。不知商婦為誰愁、一曲行人留未発。　画堂花月新声別。紅葉調張弾未徹。試将深意祝膠絃、惟願絃絃無断絶。

［78燕春台］　道宮　　　　　　　　　　　　　北宋・張先

麗日千門、紫烟双闕、瓊林又報春回。殿角風微、当時去燕還来。五候池館屏開。探芳菲・走馬。重簾人語、轔轔車憾、遠近軽雷。　雕觴霞灔、翠幕雲飛、楚腰舞柳、宮面粧梅。金猊夜煖、羅衣暗裛香煤。洞府人帰、笙歌院落、灯火楼台。下蓬莱猶有花上月、清影徘徊。

［79永遇楽］　正平調　　　　　　　　　　　　北宋・蘇軾

明月如霜、好風如水、清景無限。曲港跳魚、円荷瀉露、寂寞無人見。紞如五鼓、鏗然一葉、黯黯夢雲驚断。夜茫茫、重尋無覓処、覚来小園行遍。　天涯倦客、山中帰路、望断故園心眼。燕子楼空、佳人何在、空鎖楼中燕。古今如夢、何曾夢覚、但有旧歓新怨。異時対、南楼夜景、為徐浩歎。

［80昭君怨］　道宮　金・完顔亮

昨日樵村漁浦。今日瓊川銀渚。山色捲簾看。老峰巒。　錦帳美人貪睡。不覚天花剪水。驚問是楊花。是蘆花。

［81点絳唇］　道宮　南宋・朱翌

流水泠泠、断橋斜路梅枝亜。雪花飛下。渾似江南画。　白壁青銭、欲買春無価。帰来也。風吹平野。一点香随馬。

［82鷓鴣天］　正平調　南宋・向子諲

紫禁煙花一万重。鼇山宮闕隠晴空。玉皇端拱彤雲上、人物嬉遊陸海中。　星転斗、駕回龍。五侯池館酔春風。而今白髪三千丈、愁対寒灯数点紅。

［83卜算子］　越調　北宋・舒亶

池台小雨乾、門巷香輪少。誰把青銭襯落紅、満地無人掃。　何時闘草帰、幾度尋花了。留得人蓮歩痕、宮様鞋児小。

［84金蕉葉］　黄鐘羽　南宋・蔣捷

雲褰翠幕。満天星砕珠迸索。孤蟾闌外、照我看看過転角。　酒醒寒砧正作。待眠来・夢魂怕悪。枕屏那更、画了平沙断雁落。

［85阮郎帰］　正平調　五代・馮延巳

南園春半踏青時。風和聞馬嘶。青梅如豆柳如眉。日長蝴蝶飛。　花露重、草煙低。人家簾幕垂。鞦韆慵困解羅衣。

画梁双燕棲。

【86行香子】　仙呂調　北宋・蘇軾

一葉舟軽。双将鴻驚。水天清・影湛波平。魚翻藻鑑、鷺点煙汀。過沙渓急、霜渓冷、月渓明。　重重似画、曲曲如屏。算当年・空老厳陵。君臣一夢、今古虚名。但遠山長、雲山乱、暁山青。

【87雨中花】　双調　北宋・王観

百尺清泉声陸続。映瀟灑・碧梧翠竹。面千歩迴廊、重重簾幕、小枕欹寒玉。　試展鮫綃看画軸。見一片・瀟湘凝緑。待玉漏穿花、銀河垂地、月上闌干曲。

【88破陣子】　正平調　北宋・蘇軾

白酒新開九醖、黄花已過重陽。身外儻来都似夢、酔裏無何即是郷。東坡日月長。　玉粉旋烹茶乳、金齏新搗橙香。強染霜髭扶翠袖、莫道狂夫不解狂。狂夫老更狂。

【89鳳棲梧】　道宮　北宋・恵洪

碧瓦籠晴香霧繞。水殿西偏、小駐聞啼鳥。風度女牆吹語笑。南枝破臈応開了。　道骨不凡江瘴暁。春色通霊、医得花重少。爆煖醸寒春杳杳。江城画角留残照。

【90大常引】　黄鐘羽　南宋・辛棄疾

一輪秋影転金波。飛鏡又重磨。把酒問嫦娥。被白髪・欺人奈何。　乗風好去、長安万里、直下看山河。斫去桂婆娑。人道是・清光更多。

【91浪淘沙】　黄鐘羽　南宋・徐似道

風緊浪花生。蛟吼鼉鳴。家人睡着怕人驚。只有一翁捫虱悄、依約三更。　雪又打残灯。欲暗還明。有誰知我此時情。独対梅花傾一盞、又是詩成。

【92憶王孫】　正平調　　南宋・李重元

颼颼風冷荻花秋。明月斜侵独倚楼。十二珠簾不上鈎。黯凝眸。一点漁灯古渡頭。

【93酔太平】　道宮　　南宋・顔奎

茶辺水経。琴辺鶴経。小窓甲子初晴。報梅花小春。　小冠晋人。小車洛人。酔扶児子門生。指黄河解清。

【94女冠子】　黄鐘羽　　五代・毛熙震

碧桃紅杏。遅日媚籠光影。綵霞深。香暖薫鶯語、風清引鶴音。　翠鬟冠玉葉、霓袖捧瑶琴。応共吹簫侶、暗相尋。

【95憶秦娥】　道宮　　南宋・朱熹

雲垂幕。陰風惨淡天花落。天花落。千林瓊玖、満空鸞鶴。　征車渺渺穿華箔。路迷迷路増離索。増離索。楚渓山水、碧湘楼閣。

【96如夢令】　道宮　　北宋・無名氏

鶯嘴啄花紅溜。燕尾点波緑皺。指冷玉笙寒、吹徹小梅春透。依旧。依旧。人与緑楊倶痩。

【97伝言玉女】　道宮　　北宋・晁沖之

一夜東風、吹散柳梢残雪。御楼烟煖、対鼇山綵結。簫鼓向晩、鳳輦初回宮闕。千門灯火、九街風月。　繡閣人人、乍嬉遊・困又歇。艶粧初試、把珠簾半揭。嬌波溜人、手撚玉梅低説。相逢長是、上元時節。

【98鵲橋仙】　道宮　　南宋・陸游

華灯縦博、雕鞍馳射、誰記当年豪挙。酒徒一半取封侯、独去作・江辺漁父。　軽舟八尺、低蓬三扇、占断蘋川煙雨。鏡湖元自属間人、又何必・官家賜与。

【99酔蓬莱】　道宮　北宋・葉夢得

問春風何事、断送繁紅、便拚帰去。牢落征途、笑行人羈旅。一曲陽関、断雲残靄、做渭城朝雨。欲寄離愁、緑陰千囀、黄鸝空語。　遥想湖辺、浪揺空翠、絃管風高、乱花飛絮。曲水流觴、有山翁行処。翠袖朱欄、故人応也、弄画船烟浦。会写相思、尊前為我、重翻新句。

【100燕山亭】　正平調　北宋・趙佶（徽宗）

裁前氷綃、軽畳数重、浅淡臙脂注。新様靚妝、艶溢香融、羞殺蘂珠宮女。易得凋零、更多少・無情風雨。愁苦。問院落凄涼、幾番春暮。　憑寄離恨重重、這双燕、何曽会人言語。天遥地遠、万水千山、知他故宮何処。怎不思量、除夢裏・有時曽去。無拠。和夢也・有時不做。

【101夏雲峰】　道宮　北宋・仲殊

天闊雲高、渓横水遠。晩日寒生軽暈。間堦静・楊花漸少、朱門掩・鶯声猶嫩。悔匆匆・過却清明、旋占得余芳、已成幽恨。都幾日陰沈、連宵慵困。起来韶華都尽。　怨入双眉間闘損。怎捨得情懐、看承全近。深深態・無非自許。厭厭意・終羞人問。争知道・夢裏蓬莱、待忘了余香、時伝音信。縦留得鶯花、東風不住、也則眼前愁悶。

【124宝鼎現】　道宮　北宋・范周

夕陽西下、暮靄紅隘、香風羅綺。乗麗景・華灯争放、濃焔焼空連錦砌。覩皓月・浸厳城如昼、花影寒籠絳蘂。漸掩映・芙蕖万頃、迤邐斉開秋水。　太守無限行歌意。擁麾幢・光動珠翠。傾万井・歌台舞榭、瞻望朱輪駢鼓吹。控宝馬・耀貔貅千騎。銀燭交光数里。似乱簇・寒星万点、擁入蓬壺影裏。　宴閣多才、環艶粉・瑶簪珠履。恐看看・丹詔催奉、宸遊燕侍。便趁早・占通宵酔。緩引笙歌妓。任画角・吹老寒梅、月満西楼十二。

［125雲仙引］　黄鐘羽　南宋・馮偉寿

紫鳳台高、紅鸞鏡裏、緋緋幾度秋馨。黄金重、緑雲軽。丹砂鬢辺滴粟、翠葉玲瓏煙剪成。含笑出簾、月香満袖、天霧縈身。

年時花下逢迎。有遊女・翩翩如五雲。乱擲芳英、為簪斜朶、事事関心。長向金風、一枝在手、嗅蘂悲歌双黛顰。遶臨渓樹、対初弦月、露下更深。

［126隔浦蓮］　道宮　北宋・周邦彦

新篁揺動翠葆。曲径通深窈。夏果収新脆、金丸落・驚飛鳥。濃靄迷岸草。蛙声鬧。驟雨鳴池沼。水亭小。

浮萍破処、簾花簷影顛倒。綸巾羽扇、困臥北窓清暁。屏裏呉山夢自到。驚覚。依然身在江表。

［127海棠春］　越調　北宋・無名氏

流鶯窓外啼声巧。睡未足・把人驚覚。翠被暁寒軽、宝篆沈煙裊。宿酲未解宮娥報。道別院・笙歌会早。試問海棠花、昨夜開多少。

［128望江南］　黄鐘羽　隋・煬帝

湖上花、天水浸靈芽。浅蕋水辺匀玉粉、濃苞天外剪明霞。只在列仙家。開爛熳、插鬢若相遮。水殿春寒幽冷艶、玉軒暗照煖黍華。清賞思何除。

［129霜天暁角］　道宮　南宋・蒋捷

人影窓紗。是誰来折花。折則從他折去、知折去・向誰家。簷牙。枝最佳。折時高折些。説与折花人道、須插向・鬢辺斜。

［130好事近］　道宮　南宋・呉文英

鴈外雨糸糸、将恨和愁都織。玉骨西風添痩、減尊前歌力。袖香曽枕酔紅腮、依約唾痕碧。花下淩波入夢、引春雛双鵜。

［131浣渓沙］　越調　五代・孫光憲

烏帽斜欹倒佩魚。静街偸歩訪仙居。隔牆応認打門初。将見客時微掩斂、得人憐処且生疎。低頭羞問壁辺書。

［132謁金門］　黄鐘羽　南宋・康与之

春又晩。風勁落紅如剪。睡起繍床飛絮満。日長門半掩。不管離腸欲断。聴尽梁間双燕。試上小楼還不見。楼前芳草遠。

［133寒翁吟］　道宮　北宋・周邦彦

暗葉啼風雨、牕外暁色瓏璁。散水麝、小池東。乱一岸芙蓉。蘄州簟展双紋浪、軽帳翠縷如空。夢遠別・涙痕重。淡鉛粉斜紅。　忡忡。嗟憔悴・新寛帯結、羞艶冶・都銷鏡中。有蜀紙・堪憑寄恨、等今夜・灑血書詞、前燭親封。菖蒲漸老、早晩成花、教見薫風。

［134風入松］　道宮　南宋・兪国宝

一春常費買花銭。日日酔湖辺。玉驄慣識西湖路、驕嘶過・沽酒楼前。紅杏香中歌舞、緑楊影裏鞦韆。煖風十里麗人天。花圧鬢雲偏。画船載得春帰去、余情付・湖水湖煙。明日重扶残酔、来尋陌上花鈿。

［135孤鸞］　黄鐘羽　南宋・無名氏

天然標格。是小萼堆紅、芳姿凝白。淡竚新粧、浅点寿陽宮額。東君想留厚意、倩年年与伝消息。昨夜前村雪裏、有一枝先折。　念故人・何処水雲隔。縦駅使相逢、難寄春色。試問丹青手、是怎生描得。暁来一番雨過、更那堪・数声羌笛。帰去和羹未晩、勧行人休摘。

［136綺羅香］　黄鐘羽　南宋・史達祖

做冷欺花、将烟困柳、千里偸催春暮。尽日冥迷、愁裏欲飛還住。驚粉重・蝶宿西園、喜泥潤・燕帰南浦。最妨他・佳約風流、鈿車不到杜陵路。　沈沈江上望極、還被春潮急、難尋官渡。隠約遥峰、和涙謝娘眉嫵。臨断岸・新緑生時、是落紅・帯愁流処。記当日・門掩利花、翦灯深夜語。

［137江神子］　道宮　南宋・辛棄疾

暗香横路月垂垂。晩風吹。暁風吹。花意争春、先出歳寒枝。畢竟一年春事了、緑太早、却成遅。　未応全是雪霜姿。欲開時。未開時。粉面朱唇、一半点臙脂。酔裏謗花花莫恨、渾冷澹、有誰知。

［138賀新郎］　正平調　南宋・劉克荘

渓上収残雨。倚危欄・薄綿乍脱、日陰亭午。鬧市不知春色処、散在荒園廃墅。漸小白・長紅無数。客子雖非河陽令、也随縁・暫作鶯花主。那可負、甕中醑。　碧雲四合千巌暮。恨匆匆・余方有事、子姑帰去。趁取群芳未揺落、暇日提魚就煮。歎激電・光陰如許。回首明年何処在、問桃花・尚記劉郎否。公莫笑、酔中語。

［139一剪梅］　黄鐘羽　南宋・劉克荘

陌上行行怪府公。還是文窮。還是詩窮。下車上馬太匆匆。来是春風。去是秋風。　階衔免得管兵農。嬉到昏鐘。睡到斉鐘。不須提岳与知宮。喚作渓翁。喚作山翁。

［140西江月］　正平調　北宋・葛勝仲

鞦韆斜紅帯柳、琉璃漲緑平橋。人間風月正新妖。不数江南蘇小。　恨寄飛花欹欹、情随流水迢迢。鯉魚風送木蘭撓。廻棹荒雞報暁。

［141柳梢青］　正平調　北宋・仲殊

岸草平沙。呉王故苑、柳裊煙斜。雨後寒軽、風前香軟、春在梨花。　行人一棹天涯。酒醒処・残陽乱鴉。

門外鞦韆、牆頭紅粉、深院誰家。

［142後庭宴］　道宮　宋・無名氏

千里故郷、十年華屋。乱魂飛過屏山簇。眼重眉褪不勝春、菱花知我銷香玉。　双双燕子帰来、応解笑人幽独。断歌零舞、遺恨清江曲。万樹緑低迷、一庭紅樸簌。

［143錦堂春］　正平調　北宋・趙令時

楼上縈簾弱絮、牆頭礙月低花。年年春事関心事、腸断欲棲鴉。　舞鏡鸞衾翠減、啼珠鳳蠟紅斜。重門不鎖相思夢、随意遶天涯。

［144満庭芳］　正平調　南宋・呉潜

漠漠春陰、疎疎春雨、鵓鳩喚起春眠。小園人静、独自倚鞦韆。又見飃紅堕雪、芳径裏・都是花鈿。年年事、閑愁閑悶、挂在緑楊辺。　尋思、都遍了、功名竹帛、富貴貂蟬。但身為利鎖、心被名牽。争似依山傍水、数椽外・二頃良田。無縈絆、炊粳醸秫、長是好花天。

［145酔紅粧］　黄鐘羽　北宋・張先

瓊林玉樹不相饒。薄雲衣・細柳腰。一般粧様百般嬌。眉眼秀・総如描。　東風揺草雑花飃。恨無計・上青条。更起双歌郎且飲、郎未酔・有金貂。

［146恋繡衾］　黄鐘羽　南宋・李太古

橘花風信満園香。摘青梅・猶自怕嘗。向緑密・紅疎処、喜相逢・飛下一双。　堪憐堪惜還堪愛、喚青衣・推上繍牕。暗記得・凭肩語、対菱花・啼損晩粧。

［147朝中措］　双調　北宋・欧陽脩

平山欄檻倚晴空。山光有無中。手種堂前楊柳、別来幾度春風。　文章太守、揮毫万字、一飲千鍾。行楽直須年少、樽前看取衰翁。

［148新荷葉］　双調　北宋・趙抃

雨過回塘、円荷嫩緑新抽。越女軽盈、画橈穏泛蘭舟。波光艶粉、紅相間・脉脉嬌羞。菱歌隠隠、漸遥依約凝眸。堤上郎心。波間粧影遅留。不覚帰時、暮天碧襯蟾鈎。風蟬噪晩、余霞映・幾点沙鷗。漁笛不道、有人独倚危楼。

［149魚遊春水］　黄鐘羽　宋・無名氏

秦楼東風裏。燕子還来尋旧塁。余寒猶峭、紅日薄侵羅綺。嫩草方抽碧玉茵、媚柳軽払黄金楼。鶯囀上林、魚遊春水。幾曲闌干遍倚。又是一番新桃李。佳人応怪帰遅、梅粧涙洗。鳳簫声絶沈孤鴈、望断清波無双鯉。雲山万重、寸心千里。

［150四園竹］　道宮　北宋・周邦彦

浮雲護月、未放満朱扉。鼠揺暗壁、蛍度破窓、偸人書幃。秋意濃、閑佇立・庭柯影裏。好風襟袖先知。　夜何其。江南路遶重山、心知謾与前期。奈向灯前堕涙、腸断蕭娘、旧日書辞。猶在紙。鴈信絶、清宵夢又稀。

［151最高楼］　黄鐘羽　南宋・辛棄疾

長安道、投老倦遊帰。七十古来稀。藕花雨湿前湖夜、桂枝風淡小山時。怎消除、須殢酒、更吟詩。　也莫向・竹辺辜負雪。也莫向・柳辺辜負月。間過了、総成痴。種花事業無人問、惜花情緒只天知。笑山中、雲出早、鳥帰遅。

［152酔春風］　道宮　南宋・無名氏

陌上清明近。行人難借問。風流何処不帰来、悶悶悶。回鴈峰前、戯魚波上、試尋芳信。　夜永蘭膏燼。春睡何曾穏。枕辺珠涙幾時乾、恨恨恨。唯有窓前、過来明月、照人方寸。

〔153品令〕　越調　　北宋・黄庭堅

鳳舞団団餅。恨分破・教孤另。金渠体浄、隻輪慢碾、玉鹿光瑩。湯響松風、早減・二分酒病。　味濃香永。酔郷路・成佳境。恰如灯下、故人万里、帰来対影。口不能言、心下快活自省。

〔154闘百花〕　道宮　　北宋・柳永

煕色韶光明媚。軽靄低籠芳樹。池塘浅蘸烟蕪、簾幕間垂風絮。春困懨懨、抛擲闘草工夫、冷落踏青心緒。終日扃朱戸。　遠恨綿綿、淑景遅遅難度。年少伝粉、依前酔眠何処。深院無人、黄昏乍折鞦韆、空鎖満庭花雨。

〔155双双燕〕　道宮　　南宋・史達祖

過春社了、度簾幕中間、去年塵冷。差池欲住、試入旧巣相並。還相雕梁藻井。又軟語・商量不定。飄然快払花梢、翠尾分開紅影。　芳径。芹泥雨潤。愛貼地争飛、競誇軽俊。紅楼帰晩、看足柳昏花暝。応自楼香正穏。便忘了・天涯芳信。愁損翠黛双蛾、日日画欄独凭。

〔156応天長〕　道宮　　北宋・周邦彦

条風布煖、霏霧弄晴、池塘遍満春色。正是夜堂無月、沈沈暗寒食。梁間燕、前社客。似笑我・閉門愁寂。乱花過、隔院芸香、満地狼籍。　長記那回時、邂逅相逢、郊外駐油壁。又見漢宮伝燭、飛烟五侯宅。青青草、迷路陌。強載酒・細尋前跡。市橋遠、柳下人家、猶自相識。

〔157玉燭新〕　道宮　　北宋・周邦彦

渓源新臘後。見数朶江梅、剪裁初就。暈酥破玉芳英嫩、故把春心軽漏。前村昨夜、想弄月・黄昏時候。孤岸峭、疎影横斜、濃香暗沾襟袖。　樽前賦与多才、問嶺外風光、故人知否。寿陽謾闘。終不似、照水一枝清痩。風嬌雨秀。好乱挿・繁花盈首。須信道、羌管無情、看看又奏。

【158桂枝香】　黄鐘羽　南宋・張輯

梧桐雨細。漸滴作秋声、被風驚砕。潤逼衣篝、線裊蕙鑪沈水。悠悠歳月天涯酔。一分秋、一分憔悴。紫簫吟断、素牋恨切、夜寒鴻起。　又何苦、凄涼客裏。負草堂春緑、竹渓空翠。落葉西風、吹老幾番塵世。従前諳尽江湖味。聴商歌・帰興千里。露侵宿酒、疎簾淡月、照人無寐。

【159南浦】　道宮　北宋・孔夷

風悲画角、聴単于・三弄落譙門。投宿駸駸征騎、飛雪満孤村。酒市漸閑灯火、正敲窓・乱葉舞紛紛。送数声驚鴈、下離烟水、嘹唳度寒雲。　好在半朧淡月、到如今・無処不銷魂。故国梅花帰夢、愁損緑羅裙。為問暗香閑艶、也相思・万点付啼痕。算翠屏応是、両眉余恨倚黄昏。

【160帰朝歓】　小石調　南宋・馬子厳

聴得提壺沽美酒。人道杏花深処有。杏花狼籍鳥啼風、十分春色今無九。麝煤銷永昼。青烟飛上庭前柳。画堂深、不寒不煖、正是好時候。　団団宝月憑纖手。暫借歌喉招舞袖。真珠滴破小槽紅、香肌縮尽纖羅瘦。投分須白首。黄金散与親和旧。且銜杯・壮心未落、風月長相守。

【161霜葉飛】　越調　北宋・周邦彦

露迷衰草。疎星桂、涼蟾低下林表。素娥青女闘嬋娟、正倍添悽悄。漸颯颯・丹楓撼暁。横天雪浪魚鱗小。見皓月相看、又透入・清輝半餉、特地留照。　迢遞望極関山、波穿千里、度日如歳難到。鳳楼今夜聴西風、奈五更愁抱。想玉匣・哀絃閉了。無心重理相思調。念故人・牽離恨、屏掩孤顰、涙流多少。

【162丹鳳吟】　正平調　北宋・周邦彦

迤邐春光無頼、翠藻翻池、黄蜂遊閣。朝来風暴、飛絮乱投簾幕。生憎暮景、倚牆臨岸、杏靨夭邪、楡銭軽薄。

昼水思惟傍枕、睡起無憀、残照猶在庭角。　況是別離気味、坐来便覚心緒悪。痛引澆愁酒、奈愁濃如酒、無計銷鑠。那堪昏暝、簌簌半簷花落。弄粉調朱柔素手、問何時重握。此時此意、長怕人道着。

〔163武陵春〕　双角調　北宋・李清照

風住塵香花已尽、日晩倦梳頭。物是人非事事休。欲語涙先流。　聞説双渓春尚好、也擬泛軽舟。只恐双渓舴艋舟。載不動・許多愁。

〔164夜遊宮〕　道宮　南宋・陸游

独夜寒侵翠被。奈幽夢・不成還起。欲写新愁涙濺紙。憶承恩、歎余生、今至此。　簌簌灯花墜。問此際・報何人事。咫尺長門過万里。恨君心、似危欄、難久倚。

〔165踏莎行〕　黄鐘羽　南宋・呂本中

雪似梅花、梅花似雪。似和不似都奇絶。悩人風味阿誰知、請君問取南楼月。　記得去年、探梅時節。老来旧事無人説。為誰酔倒為誰醒、到今都怕軽離別。

〔166漁家傲〕　黄鐘羽　北宋・欧陽脩

粉蘂丹青描不得。金針線線功難敵。誰傍暗香軽採摘。風淅淅。船頭触散双鸂鶒。　夜雨染成天水碧。朝陽借出臙脂色。欲落又開人共惜。秋風逼。盤中已見新荷菂。

〔167解佩令〕　双調　南宋・蒋捷

春晴也好。春陰也好。著些兒・春雨越好。春雨如糸、繍出花枝紅裊。怎禁他・孟波合皂。　梅花風小。杏花風小。海棠風・驀地寒峭。歳歳春光、被二十四風吹老。楝花風・爾且慢到。

〔168感皇恩〕　双角調　北宋・陸藴

残角両三声、催登古道。遠水長山又重到。水声山色、看尽輪蹄昏暁。風頭日脚下、人空老。　四馬旧時、西征談笑。糸鬢朱顔正年少。旗亭斗酒、任是十千傾倒。而今酒興減、詩情少。

〔169天仙子〕　正平調　南宋・劉過

別酒醺醺渾易酔。回過頭来三十里。馬児只管去如飛、牽一憩。坐一憩。断送殺人山共水。　是則青衫終可喜。不道恩情拚得未。雪迷前路小橋横、住底是。去底是。煩悩自家煩悩你。

〔170芳草渡〕　小石調　五代・馮延巳

梧桐落、蓼花秋。煙初冷、雨纔収。蕭条風物正堪愁。人去後、多少恨、在心頭。　燕鴻遠。羌笛怨。渺渺澄波一片。山如黛、月如鈎。笙歌散。夢魂断。倚高楼。

〔171師師令〕　道宮　北宋・張先

香鈿宝珥。払菱花如水。学粧皆道称時宜、粉色有・天然春意。蜀綵衣長勝未起。縦乱霞垂地。　都城池苑誇桃李。問東風何似。不須回扇障清歌、唇一点・小於朱蘂。正値残英和月墜。寄此情千里。

〔172江城梅花引〕　道宮　南宋・蔣捷

白鷗問我泊帰舟。是身留。是心留。心若留時・何事鎖眉頭。風拍小簾灯暈舞、対閒影、冷清清、憶旧游。　旧遊旧遊今在否。花外楼。柳下舟。夢也夢也、夢不到・寒水空流。漠漠黄雲・湿透木棉裘。都道無人愁似我、今夜雪、有梅花、似我愁。

〔173燭影揺紅〕　道宮　南宋・張鎡

宿雨初乾、舞梢煙痩金糸裊。嫩雲扶日做新晴、旧碧尋芳草。幽径蘭芽尚小。怪今年・春帰太早。柳塘花院、万朶紅蓮、一宵開了。　梅雪翻空、忍教空対東風老。粉囲香陣擁詩仙、戦退春寒峭。現楽歌弾閙暁。宴親賓・

団圞同笑。酔帰時候、月過珠楼、参横蓬島。

［174粉蝶児］　　南宋・辛棄疾

昨日春如、十三女児学繍。一枝枝・不教花瘦。甚無情、便下得、雨僝風僽。向園林・鋪作地衣紅縐。　而今春如、軽薄蕩子難久。記前時・送春帰後。把春波、都釀作、一江醇酎。約清愁・楊柳岸辺相候。

［175憶帝京］　　北宋・柳永

薄衾小枕涼天気。乍覚別離滋味。展転数寒更、起了還重睡。畢竟不成眠、一夜長如歳。　也擬拋・却回征轡。又争奈・已成行計。万種思量、多方開解、只恁寂寞厭厭地。繫我一生心、負你千行涙。

［176満園花］　　北宋・秦観

一向沈吟久。涙珠盈襟袖。我当初不合・苦撋就。慣縦得軟頑、見底心先有。行待痴心守。甚捻着脈子、倒把人来僝僽。　近日来・非常羅皂醜。仏也須眉皺。怎掩得衆人口。待収了孛羅、罷了従来斗。従今後。休道共我、夢見也・不能得勾。

［177八声甘州］　　北宋・柳永

対蕭蕭・暮雨灑江天、一番洗清秋。漸霜風凄緊、関河冷落、残照当楼。是処紅衰緑減、苒苒物華休。惟有長江水、無語東流。　不忍登高臨遠、望故郷渺邈、帰思難收。歎年来縦跡、何事苦淹留。想佳人・粧楼顒望、誤幾回・天際識帰舟。争知我・倚闌干処、正恁凝愁。

［178風流子］　　南宋・方千里

河梁携手別、臨歧語、共約踏青帰。自双燕再来、断無音信、海棠開了、還又参差。料此際、笑随花便面、酔騁錦韉泥。不憶故園、粉愁香怨、忍教華屋、緑惨紅悲。　万家歌舞地、生疎久、塵暗鳳縷羅衣。何限可憐心事、難訴歓期。但雨点愁蛾、才開重歛、幾行清涙、欲制還垂。争表為郎憔悴、相見方知。

［179摸魚兎］　　　　南宋・杜旟

放扁舟・万山環処、平鋪碧浪千頃。仙人憐我征塵久、借与夢游清枕。風乍静。望両岸群峰、倒浸玻瓈影。楼台相映。更日薄烟軽、荷花似酔、飛鳥堕寒鏡。　　中都内、羅綺千街万井。天教此地幽勝。仇池仙伯今何在、堤柳幾眠還醒。君試問。此意・只今更有何人領。功名未竟。待学取鴟夷、仍携西子、来動五湖興。

［180大酺］　　　　南宋・劉辰翁

任銷窓深・重簾閉、春寒知有人処。当年笑花信、問東風情性、是嬌是妬。水柳成鬚、吹桃欲削、知更海棠堪否。相将燕帰又、看香泥半雪、欲帰還誤。謾低回芳草、依稀寒食、朱門封絮。　　少年慣羈旅。乱山断、欹樹喚船渡。正暗想・雞声落月、梅影孤屏、更夢衾・千重似霧。相如倦遊去。掩四壁・凄其春暮。休回首・都門路。幾番行暁、個個阿嬌深貯。而今断烟細雨。

注

① 抄本六巻について、林謙三は「その全巻頭に『魏皓之印』をおしてあり、出所の良さを示しているが、皓の手沢本であったかどうかは、なお吟味を要するであろう」（「明楽新考」、一二九頁）という。

② 坂田進一は、「書中の後からの書き込みに、別の手跡で、……我伝来ノ琵琶、……我伝来ノ月琴、……などとあることからも、原書は双侯の手沢本で、君山の手控えであった可能性が高い」とする（「江戸の文人音楽（五）　伝来の文人音楽と江戸期における展開（その四）」、七六頁）。

③ 朴春麗「江戸時代の明楽と『魏氏楽譜』」に、魏氏と周辺の人々について詳しい。

④ 黄檗梵唄と『魏氏楽譜』中の仏楽の関係については、佐藤瑞保「現行黄檗梵唄の経文と旋律について」（『大正大学大学院研究論集』一二二号、一二三～一三二頁、一九九七年）、周耘「黄檗梵唄にみられる明清交替期の中国仏教音楽の遺産」（『黄檗文華』一一八号、一四二～一五一頁、一九九八年）を参照。

⑤ 早稲田大学図書館所蔵の『瑜伽集要焔口施食起教阿難陀縁由』一帖は、『瑜伽集要焔口施食儀』一帖と合わせて、題箋に「瑜伽集要焔口科範」とある。

⑥ 他に「本曲補」として『魏氏楽譜』以外の資料から四曲を加えて計二百四十四曲とする。

⑦ 林謙三の数え方との違いは、「江戸時代の明楽と『魏氏楽譜』」、一六二頁、に詳しい。

⑧ 「立我蒸民」の後半の歌辞が「撃壌之歌」である。巻五の〔224立我烝民〕〔225思文后稷〕は、明・朱載堉『霊星小舞譜』（『楽律全書』巻四一）に見える舞楽であることが朴春麗「江戸時代の明楽と『魏氏楽譜』」（一六〇頁）で指摘されているが、『楽律全書』巻一八では「堯謡一首」として「立我蒸民」を工尺譜付で載せた後に「附録一首」として「撃壌之歌」をやはり工尺譜付で載せる。

⑨ 王耀華「『魏氏楽譜』与沖縄工工四」、六〇七頁。余載『韶舞九成楽補』「九徳歌音図」では歌辞と音符が一字一音で対応していて、リズムは分からない。また朱載堉『霊星小舞譜』では歌辞の一字にいくつかの音符が記されるが、マスではないので小節や拍の様子は分からない。詞に傍譜を残した南宋・姜夔も、一字一音であって音の長さは分からない。

⑩ 大多数の曲は起音と畢音が同じ音高であり、雅楽の伝統に近いことを示す。

⑪ 『楽府渾成集』に関する記述にも疑問が残る。たとえば、王驥徳『曲律』に「予、都門に在りし日、一友人の携えし文淵閣所蔵刻本『楽府大全』、又の名『楽府渾成』一本を示さる」とあることから、「明末には宋詞の楽譜を多く収めた『楽府渾成』が民間に出回っていた（傍線は引用者）」から、「明楽を日本に伝えた魏之琰もしくはその祖先がそれを目にした可能性は皆無とはいえないだろう」とする点。『楽府渾成集』は清初の黄虞稷『千頃堂書目』に著録されて以後、記録が途絶える。

『魏氏楽譜』中の詞について

⑫ 刊本『魏氏楽譜』の「書魏氏楽譜後」、『魏氏楽器図』の「君山先生伝」では、ともに魏皓が「二百余曲」を伝えていたとして、抄本『魏氏楽譜』六巻の曲数とほぼ一致する。

⑬ 朴春麗「江戸時代の明楽譜『魏氏楽譜』――東京芸術大学所蔵六巻本をめぐって」、三三頁。

⑭ 銭仁康「『魏氏楽譜』考析」、四二頁。

⑮ 『魏氏楽譜』では、詞には△や▲で段の区切りが記されているが、それ以上の意味の区切りは分からない。作者や句読については、『全唐五代詞』（曽昭岷・曹済平・王兆鵬・劉尊明、中華書局、一九九九年）、『全宋詞』（唐圭璋、中華書局、一九六五年）、『全金元詞』（唐圭璋、中華書局、一九七九年）、『全明詞』（饒宗頤初纂・張璋総纂、中華書局、二〇〇四年）、また万樹『詞律』、欽定『詞譜』等で確認をした。

（本稿は、平成二十年度慶應義塾学事振興資金による研究成果の一部である）

適園論詞

清・袁学瀾　撰
孫　克強　整理

袁学瀾、生於嘉慶八年（一八〇三）、卒於光緒二十年（一八九四）、又名景瀾、字文綺、号春巣居士、江蘇元和（今呉県）人。年少苦学、補諸生、郷試屢不第、居家著書課子、曾任蘇州詹事府主簿。民国《呉県誌》有伝。袁学瀾有著述多種、如《適園叢稿》四巻、《適園剰稿》不分巻、《適園詩》五十二巻、《呉郡歳華紀麗》十二巻、《呉俗箴言》一巻等。詞集有《零錦集詞稿》二巻。

《適園論詞》載於《零錦集詞稿》集中、蘇州護龍街中文学山房刻本。

一

律詩変而為詞、故詞為詩余、約略似長短句之詩。自古之明於音律者、偶吟一調、後人遂奉為金科玉律、字数不能増減、平仄不能更易、世無後夔、師曠之審音、亦無鐘期、公瑾之明律、孰能知其謬誤？近人当按譜而填、方為合調、稍一錯誤、便群相詆誹之矣。

二

考万紅友《詞律》、為調六百六十、為体一千一百八十有奇、可知古人原是矢口成吟、自鳴天籟、原無一定之腔調、有何字数之不容增減、平仄之不能更易耶？士生古人後、則能奉古人為法、若不遵古人旧調、自度一腔、便群相唾棄之矣。

三

昔袁簡斎太史、鴻才博学、不屑作詞、謂必按譜而填、不能自逞己意、為人束縛、故不屑為、此真高見。鴻伝博金冬心先生、有自度曲詞冊、刊以行世。詞雖甚佳、然不依古人旧調、終無人信其為是、則何如簡斎太史之不作為省事也。

四

自虹亭徐氏、著《嘯余譜》、新安程氏輯之、百年以来、剞劂伝訛、後人又創填詞図譜、竟欲有便於人、遇有拗句難填、遂易平辞可葉、可仄可平。列調既謬、分句尤訛、世人宗之、実足貽誤。自万氏《詞律》既行、居今世而欲作為詞者、雖使夔、曠複生、亦当斂材就範、俯循規矩、此時世為之、不可強也。詞韻上去通押、入声韻数韻通押、平声韻亦数韻通押、惟〝麻〟、〝尤〟、〝青〟等韻独用、較寛於詩。然作詞上去必厳、平仄必准、則較難於詩矣。然作詞而不論工拙、但准去上、平仄亦自無難、要必須詞句絶妙、上去平仄又准、方為佳耳。

五

古之作詞者、其中英雄欺人、自我作古、諒複不少。世無夔、曠、孰能知之？今既采其詞入《詞律》中、又孰敢不遵従之耶。此所以古人作詞易而今人作詞難也。

六

詞中名家、如三李、周秦、呉柳、蘇辛、姜史諸君、所創之詞調、人震其名、自然音律不差分抙。然《詞律》所収詞調、作者姓名間有絶無人知、其詞亦複拙劣、安見其音律之不差耶？而一被紅友采入《詞律》、便為俎豆不祧。世無鐘期、公瑾、孰能知之？此所謂尽信書不如無書也。然今人作詞、必奉其調以為准、則詞家方無訾議、否則群起攻之矣。

七

揚子雲謂：作賦為雕虫小技、然賦中如《三都》、《両京》、《羽猟》、《耕田》諸賦、鴻篇巨制、発皇典麗、安得以小道目之耶。遍閲列朝詞選、大都風情旖旎、閨房児女之作居多、勧戒無関、使子雲見之、真可斥之為小技矣。

八

今之論詞者、謂詞以托興閨幨、以譬君臣朋友之事。然如永叔之〝水晶双枕畔、猶有堕釵横〟、朱希真之〝和衣倒在人懐〟、柳屯田之〝何期小会幽歓、変作離情別緒〟、此等詞明是床笫之言、有何君臣朋友之托諷耶？作詞者自当戒之。

九

屈平之《離騒》、少陵之詩篇、皆忠君愛国之詞見於言表、所以卓然可伝、独有千古。填詞家系情児女、托興風懐、鮮有能及之者、惟東坡《水調歌頭》〝我欲乗風帰去、只恐瓊楼玉宇、高処不勝寒〞、当時主人亦知其有愛国之心。辛稼軒云：〝且莫倚危欄、斜陽疏柳、正在断腸処〞、人亦知其有憂国之懐。此等詞庶不為徒作耳。此蘇、辛之所以並伝不朽也。

十

詞中三李並重。青蓮筆挟飛仙、飃飃有淩雲之気、自是詞中上乗。李後主哀思纒綿、伮是亡国之音、終致牽機薬賜。清照憂思凄怨、語多蕭瑟、晩景凄涼。両人遭際、並多坎坷。未始非詞語惨楚、有以感召之也。

十一

張子野〝雲破月来花弄影〞、〝隔墻送過秋千影〞、両〝影〞字下得佳。李易安之〝応是緑肥紅痩〞、又〝簾巻西風、人比黄花痩〞、両痩字下得妙。宋子京之〝紅杏枝頭春意鬧〞、姜白石之〝鬧紅一舸〞、両〝鬧〞字亦倶有致。

十二

欧陽公之〝平山欄檻倚晴空、山色有無中〞一詞、范希文之〝濁酒一杯家万里、燕然未勒帰無計〞、此二詞語意自有士大夫気象、作詞者自当効之。

十三

詞之起由於隋煬之《望江南》、。青蓮之《菩薩蛮》、為詞源濫觴之始。其詞多宛転綿麗、倩豔娟俏、挾春月煙花於閨幨內奏之、此其大較也。後人変本加厲、幾於江河日下、其可砥柱矣。至於慷慨磊落、縦横豪爽、如東坡之〝大江東去〞一詞、世称〝用鉄板銅琶、使関西大漢高唱之〞、真覚浩気流行、雖非詞之正源、然亦自当取法。

十四

屯田之〝今宵酒醒何処、楊柳岸、暁風残月〞、少遊之〝酒醒処、残陽乱鴉〞、同叙別離光景、各極其妙。

十五

論詞家言：詞上不侵詩、然詞中《小秦王》、《楊柳枝》明是七言詩；又云：下不侵曲、如《詞律》中《玉抱肚》明明是曲。且如唐人之〝黄河遠上〞、〝奉帚平明〞等詩、皆付歌伶伝唱、則合詩詞曲為一矣。総之、詞之俗者、即近乎曲、如尤悔庵之《新嫁娘》詞云：〝昨宵猶是女孩児、今日居然娘子〞、則俗而似曲矣。如湯臨川之〝原来姹紫嫣紅開遍、都付与断井頽垣。良辰美景奈何天、賞心楽事誰家院〞、則雅而近詞矣。大抵詩詞曲原是一流文字、其中各分境界。今作者寧可為臨川之雅、而弗為悔庵之俗可也。

十六

国朝詞家、朱厲並称。竹垞詞清麗芊眠、時露豪爽之気、自是当代名家。樊榭詞一味幽淡、毫無情味、不称其名。

十七

宋儒説理、所以治正事。詞人言情、所以陶写性霊、令人尋味不尽。

十八

詞有情景交融、悠悠不尽者、如周草窓《西湖詞》云："看画船尽入西泠、閒却半湖春色。"又于国宝《風入松》詞云："画船載取春帰去、余情在湖水湖煙"、写情景極其清遠、並無淫褻之詞擾其筆端。

十九

詞有一往情深者、如"燕子不帰花有恨、小院春寒。"又范希文云："酒入愁腸、化作相思涙。"又馮延巳《蝶恋花》詞云："涙眼問花花不語、乱紅飛過秋千去"、皆詞之一往情深者也。

二十

詞有写静細之景而情味盎然者、如"碧紗窓下水沉煙、其声驚昼眠"、又詞云"碧梧深院小藤床、此意一江春水正難量"。

市野迷庵手抄『東皐琴譜』補筆　上

坂田進一

はじめに

本誌第四号「市野迷菴手抄『東皐琴譜』」なる小文は、巻頭に置いた図版のキャプションであって、論でも考でもない。従って今号からの補筆により、市野迷菴（一七六五〜一八二六）の周辺とその琴癖の一端を改めてご紹介し、江戸市井の文人一般の琴事に焦点を当て、ひいては彼らが実際に演奏した琴曲や琴歌の歌辞に用いられた唐音の詩詞にも言及しようというのが拙稿論旨である。

なお、漢文および和文例文中の読み下し文や句読点のないものについては筆者が暫定的に補足し、例文は一段、引用文中の例文は二段落とし、また例文中の筆者注は(※)、割り書きは小字一行で示した。さらに引用文献は本文中、もしくは例文末に明記するようにした。

一、市野迷庵その人となり

知音松崎慊堂による迷庵評

市野迷菴（前号小伝参照）は江戸は神田の弁慶橋に住した市井の学者で、今日考証学者として名を残すものの、迷菴自身の伝と併せ、六芸中の楽、ことに琴を学んだことは、従前は一部の学者以外にほとんど知られることはなかった。しかるにわれらは地下家伝中の人々の調査や掃苔作業に担たり、たまたま古人の断簡零墨中や書誌学者によって提示された参考文献などに往々にして重要なヒントを見いだすことがあるが、まず森銑三（一八九五〜一九八五）の『人物くさぐさ』（一九八八年小澤書店刊）中の「素材録」に、「市野迷庵逸事」という短文が紹介され、これによって迷庵の人となりの一端を垣間みることができるため、参考までにこれを引用しておこう。なお、文中にある星野博士とは星野豊城（一八三九〜一九一七。名は恒《ひさし》、世育、恒太郎、字徳夫、通称七五三蔵《しめぞう》）のことで、新潟白根町の産にして、後に東京帝大の教授となった史学家を兼ねた漢学者である。

…また星野博士の「旧話三則」と題する短稿ありて、その前二則に慊堂と江戸町人学者市野迷庵のことを記せり。すなわち、先の如し。

松崎慊堂市野迷庵紹介して、初めて林述斎に謁せしめし時、迷庵唐桟の外套に股引を穿ち、尻を褰げ、丁稚一人を随へ、林氏に入来れり。慊堂迎て、袴にても穿きて来らるれば宜しきにと云はれしかば、迷庵吾は町人なれば、是にて相当なりとて、少しも頓着する様子なかりしとぞ。

迷庵一に林下人と号す。慊堂も亦林下人と称せり。迷庵嘗て慊堂に向つて、書生は林下人と為り得あたはずと云へり。蓋し資産なき者は真の退隠を為す能はざればなり。

筆者寡聞にして、いまだ豊城の『旧話三則』の原本を目睹し得ぬが、いずれ味読したい一書ではある。蛇足ながら豊城の本名恒や次出する渋江抽斎の幼名恒吉などに使用された「恒」字も『孟子』から採った名で、時代を超えて人気のあったものとみえる。

常人等しく世の権威に遵わねばならぬ風潮のこの時代にあって、傲岸で何者にも諂わず、しかも拘泥せぬ質の迷庵のその人となりを良く伝える逸話であるが、鑑みるに『孟子』「梁上編」を引用するまでもなく、迷庵の生業は家祖重光以来すでに江戸で六代目の質商を営み、莫大とはいわずもある程度の資産に支えられた生活水準に達していたため、さらには好学の祖父光業遺愛の書籍を縦横に活用して、商人ながら家業監督の傍ら勉学に励むことができたのであろう。また、迷庵の『静思精舎記』には「松崎子璋之遊江戸也、因余而入昌平学舎、…余与子璋交義最厚、…」と知己ともいうべき松崎慊堂に言及するし、逆に慊堂自身の「迷庵市野先生碣銘」によれば、「吾友迷庵先生市野君…」、また「顧うに、君を知ることの深くして且つ旧きは余に如くはなし。而して君が平生推服せるは卿雲なり。」（※次項参照）とあるよう、後年天下の大儒となる松崎慊堂に対して、実は迷庵は学問の師というよりも六歳違いの兄貴分で恩人の立場にあったのだ。ならばこそ傍目には不遜ともとれるこうした態度で慊堂に接することができたのである。もっとも同碣銘によれば迷庵の人となりを称して、「君幼崖異、読大父遺書、乃発憤、受業黒沢迂仲氏、」とあり、迷庵は幼いころから高慢で人と同調しない質、かつ努力家であったようである。慊堂の七絶「市俊卿先生賛」にもいう。白髪で唇は朱を注いだようだし、元龍の豪気は江湖を圧するばかり。老いて舌は巻き歯牙は落ちたれども、なおその眼光は四隅を射るようとあるので、推して知るべし。要するに迷庵その人は町人ながらも恐ろしく矜持が高く、辺りを睥睨するようで不遜な質であったことが解る。因みに林下人なる号は、隠者と林家門下生とを掛けたものであることは容易に知られようし、卿雲は狩谷棭斎（後記）の号である。

松崎慊堂（一七七一～一八四四）名は密また復、通称は退蔵。明復また慊堂と号す。別号に益城、当帰山人、羽沢山人、謚は五経先生である。迷庵の紹介で林家塾述斎門人となり、昌平黌に学び佐藤一斎と双称される碩学となる。林述斎（一七六八～一八四一）は第八代大学頭（祭酒）で昌平黌の幕府直轄化に尽力し、慊堂が終世の師として仰いだ人物である。しかもその上慊堂も若きころ一時琴を学んだ経験があるのは、恐らくは迷庵の影響であったろう。

『慊堂日暦』

次に慊堂の日記『慊堂日暦』（『東洋文庫』平凡社版）二十一年間の記録より、慊堂自身の琴事と楽事、ならびに迷庵とに係るものを読んでみよう。これにより天下に範を垂れた碩儒慊堂の楽に対する軌跡と、琴を廃してすでに久しきに、なおいまだ琴を忘れぬ姿勢の一端が知られ非常に興味深いものがあるが、さらにこの二十一年間には『学記』や『楽記』の講読、また笛に関連したものなども数度混え、左記に列挙する以外にも楽に関する記述は少なからずあり、冒頭の文政六、七年の例では、晩年衰えたりといえども未だ楽に対する興味を失っていない。

文政六年七月六日

律呂

文政六年十二月九日

黄鐘子、壱越大呂丑、断金太簇寅、平調夾鐘卯、勝絶姑洗辰、下無仲呂巳、双調蕤賓午、鳧鐘林鐘未、黄鐘夷則申、鸞鏡南呂酉、盤渉無射戌、神仙応鐘亥、上無

文政六年十二月九日

古琴の断紋

古琴、真ならば断紋は剣鋒の如し、偽ならばしからず。洞天清録。

文政七年九月二十九日

釈奠に用うるところの楽

越天楽三成、奠幣、五常楽。進饌、慶雲楽。奠爵、万歳楽。読祝訖、三台急。奠爵配坐、太平楽配坐祝訖、還城楽。今の儀になし。初献受福訖、雞徳。亜献、越天楽。三献既畢、夜半楽。

文政八年五月十五日

迷庵を訪う。迷庵は病困甚だし。…

文政九年五月十日

百納琴

「劉賓客嘉話録」唐の韋絢。蜀王は嘗て千面琴を造る。散じて人間に在り。王はすなわち隋文の子の楊秀なり。」

李勉は桐孫の精なるものを取って雑綴してつくり、これを百納琴といい、蝸殻をもって徽となす。その間の三面はもっとも絶異にして、通じてこれを響泉、韻磬と謂う。絃一たび上せば、十年絶えずと。

文政九年八月十六日

市迷庵病没す。

十四日未時に没す。年六十二。十五日に訃いたる。十六日に会葬す。墳は東本願寺塔頭真福寺に在り。会葬をなす人多く、本坊に就いてこれを行なう。おわって椸斎とともに萩を亀戸龍眼寺萩寺なりに観る。玉屋にて飲み、酔って歩くこと能わず。

文政九年十二月十五日

昨の如し。俊卿の死後百日の法要のために、真福寺墓所に赴く。帰路に称念寺の祖師会をよぎる。夜、俊卿の室を訪う。

文政十年一月二十八日

律管。佐伯氏に就いて借る。

文政十二年十一月十九日

菊池衡岳　※筆者注　四代にわたる和歌山藩文学で名琴を家蔵した。孫の善甫は十六曲本『東皐琴譜』刊本の編者。関禎と号す。

その子は元習、号は西皋。その孫は善助、号は学聚堂。世々紀藩に仕う。

文政十三年二月二十三日

笛

風俗通。笛は滌なり。邪穢を蕩滌して、これを雅正に入るるなり。

俊卿

一生あり。来たって業を俊卿に受けんことを請う。俊卿曰く、汝が齎すところの金はすくなし。貧しと雖も五十金を得ざれば、学は成るべからざるなり。十三経注疏、その余の買うところの書、その値かくの如し。この書なければ学は成らず。もしこの金なければ、郷に帰耕すべきのみと。

俊卿の言うところに依って、椨翁とともに書估を擬議す。

易八銭　書十銭　詩十四銭　礼記二十銭　周礼十五銭　儀礼十二銭　左伝三十銭　公穀十五銭　爾雅十一銭

論語七銭　大戴七銭　計百五十銭

説文二十　玉篇五　韻会十五　五経文字九経字様十五　字典百二十　計百七十五匁

方言、釈名、広雅、急就。

史百　漢百二十　文選九十　韓柳九十　国語、国策、世説、釈文。

孟七　荀二十　老三　荘十三　列七　韓非二十　管子二十　呂氏二十　淮十五　説苑新序二十　法言五

文子三　賈誼新書五　塩鉄論七　陸賈五　呉越、

越絶、独断、博物、家語、孔叢、西京雑記、晏子、墨子、列女、水経、家訓、七書、唐類函、羣玉、

文政十三年閏月十日

迷庵市野先生碣銘

丙戌（※文政九年）の歳、吾が友迷庵先生市野君は神田柳原の肆宅に終る。墳僧はその法を以て火化し、その骨を浅草本願寺真福の祖塋の卵塔内に攢葬す。地は陝くして碣を建つべからず。後五年、嗣子三富はその平生の遺稿を棺にし、これを某所に蔵す。夫れ君の骸は既に火に葬れども、遺稿はすなわちその心血の出だすところなり。棺にしてこれを蔵し、碣してこれを表すは、また礼に無きの礼なるか。君は諱は光彦、字は俊卿、市野氏、篔窓と号し、晩には迷庵に改む。六世の祖某、質庫を神田に開く。四世の諱士曄に至り、学を好んで太宰先生春台純に従って游び、極めて賞識を蒙る。事は祖塋墓表に詳し。

子の光紀は香花某の女を娶って君を生む。君は幼にして崖異、太夫士曄の遺書を読み、すなわち発憤して業

を黒沢迂仲氏に受く。日夜淬厲し、経芸を講貫し、弱冠にして儼として老師宿儒の如し。述斎林公は時に岩村公子たり。諸名士と詩古文を修む。君は市人を以て常に賓位に居り、平沢旭山、市川寛斎と雖も、またみな歯徳を忘れてこれと好を交う。ここに於て俊卿の名は一時に籍甚す。年三十、嘻めて曰く、商人の道は守銭を要となすと。一切の交游を謝絶し、質庫に坐し、算籌を運らし、暇にはすなわち叉手して深醰の思いある者の如し。

また十余年、徐に出でて旧盟に講ぜんと欲すれば、すなわち諸老は死亡憔悴してほぼ尽き、而して君もまた皓首一白、見るところは前時と絶異す。顕るる者は、時に相見ること昔の如くなるを得ず。而して少年の浮慕する者は、君はまた屑とせず。潜居焚修し、漠として世と相忘るるものの如し。また数年にして風疾を得て言うこと能わず、

最後に余は狩谷卿雲と、特に往きてその疾を訪う。君はただ黙坐して談論するところを聴き、唖々として声涙ともに下るのみ。文政九年八月二十五日より、明和二年二月二十五日に生まるるに距るまで、六十二。君は弟あり某と曰い、別に下谷に居貨す。初め某氏の女を娶り、一子を生む。すなわち光富なり。継いで某氏の女を娶り、一子を生み、房と曰う。四女は各々名商に帰ぐ。

君の学は、初めは洛閩を主とし、理を析ち精詣し、通ぜざるところあれば、或は旦に達するまで寐ぬること能わず。諸経にみな箚記あり。文は宋明に出入し、帰有光を以て宗となす。然れども多くは稿を留めず。僅かに遺文二巻を存するのみ。交游を謝するの後、老仏に出入し、融合鎔化し、自然に瞑し、語録一巻あり。独り経を解して専ら漢儒を宗として以為らく、七十子は経を孔子に親受し、こもごも相授受して両漢に学ぶ。すなわち毛、鄭、賈、馬の学は、まま齟齬することありと雖も、またみな洙泗の源流なりと。ここに於て皇

朝学令三条を掲げ、併せて秦漢以来の伝授の次第を叙し、以て読書指南二巻を作る。既にしてまた朱氏の学を論ずる一篇を著す。その略に云う。唐宋の時、仏教盛行し、朱氏はその説が儒を圧せんことを悪み、これに勝たんと思欲し、竊かにその説に效って新意を創めしは、先王孔子の旧に非ず。古は小学にて教うるに六書を以てせるのみなるに、朱氏は改めて小学の書を改作し、洒掃、応対、進退の節よりして、愛親、敬長、隆師、親友の道にいたる。これは仏氏の小乗をもって宗となす意あるなり。六経は平淡にして、以て仏氏の巧妙なるに当るに足らず。

因って天命、率性、明徳、太極を掲げて、学問の至極の処となす。然れども要は無極の理を以て根本となす。これは仏氏の大乗が無を以て宗となすの説に效えるなり。豁然貫通は、すなわち仏氏の頓漸の悟りにして、有無に属せず方体に落ちざるは、すなわちまた禅家の有無の会を作すことなく、虚無の会を作すことなきなり。彼は既に先王孔子を宗とせずして、周氏の説の仏に出ずるを宗とす。吾は故に曰く、朱氏の学はすなわち仏氏の学にして、先王孔子の旧に非ざるなりと。余は君と往復論弁し、竟に屈すること能わず。卿雲（※狩谷棭斎）は側に在り。節を撃って曰く、俊卿の説は是なりと。君はすなわち洪声一喝して曰く、理は宜しくかくの如くなるべしと。ああ、その言のなお耳に在ること、今に殆ど十年なり。

顧うに、君を知ることの深くして且つ旧きは余に如くはなし。而して君が平生推服せるは卿雲なり。ここに光富の嘱するに及び、不腆の文を以てして辞することを得ず。すなわち君の概略を叙し、卿雲に請うてこれを石に書す。君にして知ることあらば、まさに洪声一喝せんとするか。銘して曰く、

白皙長身にして厚唇は朱、眼は天際に沖して声は窌に鳴る。

鼻は隆く項は俛して人に向かって強く、

発言は鷙悍にして、傍らに（※人）無きが如し。
中寔悃愊にして佗腸なく、人は囂豪を憚って媚嫵を遺《わす》る。
これすなわち三代に道を直くして行なう。
老を如せん仏を如せん真儒を如せん。
初め我は人に中てられ天に終る。胸に涇渭あり巧狙を謝す。
吾この銘を作り貞珉に勒す。状は克せざるも墓諛に匪ず。

（※この条目のみ『慊堂遺文』明治三十四年刊より）

二月二十三日の条は、江戸の市人が儒学で身を立てんと欲し、まして家系に蔵書のないまったくの零からの出発であれば、これだけ基本となる教科参考書代にかかろうかという説得力と具体的な数字は、日本儒学史上からも参考となろう。

文政十三年五月五日
市野迷庵の詩
二帝三王周孔の道、元来当らず半文銭、
而るに吾は幾歳か経世を窮む、白髪春風また一年。
己卯元旦試筆　迷庵光彦題する
市俊卿先生賛

白髪は髣像唇は朱を注ぎ、元龍の豪気は江湖を圧す、
老来舌は巻き歯牙は落ちたれども、なお自ら眼光は四隅を射る。
眷弟松復（※慊堂）

惜しむらく、『慊堂日暦』は全三十八冊の内その頭書の一、二冊が紛失するため、慊堂壮年の五十三歳から最晩年期七十四歳まで二十一年間の記述のみが遺る。従って本人が日記を書ける年齢に達して以降、肝心の修学期と就職、活躍期三項の重要記述部分を欠き、慊堂若き日の具体的学習体験を知ることができない。もしこの部分が遺存すれば、かなりの事実が明らかとなるに違いないが、不幸中なお幸いなことに、後に往年を懐古した記述（一八三一）があり、慊堂の学琴とその師承は知れるのである。

天保二年四月七日
余は二十歳にて俊卿、樗園と琴を新楽郷右衛門に学ぶ。二子はみなその譜を受けたれども、余は天分に乏しく、調絃入弄、長相思、陽関三畳を受けて止む。新（※楽）は時に御徒衆たり、ほぼ能く博渉す。後に致士して閑叟と号し、足利学校に寓すと聞く。その後、相聞せざること四十年なり。昨、才佐来り、近日の蝦夷のことを語って云う。寛政の季年に、閑叟は官船に付して蝦夷に入り、夷冠を物色すと。今日、たまたま南畝莠言を読むに、上巻末に足利学校所蔵の帰蔵抄のことを載す。首巻を周易要事記と曰い、和漢の易学の伝来及び諸式を載録し、且つ云う。需の上六に、招かざる客三人を説くに、重氏出頭乱に逢い、その兄弟三人来って援くることを以てするは、その言は閑叟の説所に出ずという。

もちろん琴学の同門俊卿とは市野迷庵、樗園とは医生で後に幕府侍医法眼・法印となった杉本樗園（一七七〇～一八三六、名は良）、しかして師の新楽郷右衛門は幕府御徒目付の新楽閑叟（一七六四～一八二七）である。閑叟名は定、字は子固、郷右衛門また伝蔵と通称し、郷里下野国馬門村に住すをもって馬門と号し、また牛込北町の居を愛閑堂と名づくゆえに閑叟と別号した。琴師の閑叟は後年の大儒慊堂をして「学は頗る博く」といわしめたほどの人で、事実寛政六（一七九四）年、閑叟は科挙の日本版ともいうべき幕府第二次の「学問吟味」に応じて見事御家人枠の次席となる。この時の首席は大田南畝（一七四九～一八二三）で、さらには後に閑叟の養嗣子金十郎が南畝女婿の弟となり、こうした縁で秀才一家は後に眷属となる。

新楽閑叟

一日慊堂は塾生の三好才佐と談たまたま蝦夷のことにおよび、話中閑叟の名が出るにおよんで、すでに華甲を迎えている慊堂は過ぎにし四十年前の寛政年間初め、二十歳のころに閑叟に就いて琴を学んだことをはたと想起したのである。閑叟の琴師は児玉空空（一七三五～一八一一）後に復姓した宿谷黙甫で、聖堂同門の久保盅斎の兄弟子で田安徳川家の文学となりその博覧強記を謳われた。空空は幕府の文学篠本竹堂（一七六四～一八〇九）とともに牛門の琴社を結社した人で、この琴社の幹部で「琴会の約」を司馬温公の「真率の会」に倣って草したのが閑叟で、通常は各々その琴師があり、さらにその師の許しと紹介を以てはじめて琴社の例会に出席し得たのである。無論、客人は別扱いである。

琴会約

昔日司馬温公輩、為真率会、脱粟一飯濁酒数行而巳、可見先賢用心、雖在貴富節倹自守、不趨習俗奢侈也、今同社相約倣而行之、蓋我輩貧不能豊盛、又性質不能矯飾、然出于不得已、而暗合真率意者也、仍設條例如左、

一　会之人　同社人也、若不速客不甚俗者弗妨、但挟貴富不解字等人俱不許、

一　会之期　一月一挙或二挙、惟以暇日風雨不更、期巳集酉散、不卜其夜、失期者不到者並不罰、

一　会之地　牛門外安養精舎也、若有故則換之、必以仏院若別業、蓋避人家雑囂也、

一　会之具　一茶一菓琴二張几坐、若当日頗有力者、別供酒挟点心等不復妨、

一　会之事　弾琴之余、賦詩誦書作字描画、或唱詞曲弄絲竹、従各所好、但衆人相会語言易譁、或談経史論文章、固自佳説鬼毀俗、又無不可、特不許説雲路談市井耳、

約成以告先生、先生曰、善而惟賓無主雖真率茶菓有誰弁之、同社曰、毎回二人輪次、以執事其事、而可乎、先生曰、善、於是挙常会者名別列左、

天明己酉花期　同社名二十七人

新楽　定　誌

「一つ、会するの人。同社人なり。もし速《まね》かざる客も甚だしく俗ならざる者は妨たげず。但し貴富を挟《ほこ》り字を解せざる人などは倶に許さず。」

「一つ、会するの期。一月に一挙、或は二挙。惟、暇日風雨を以て更えず。期は巳に集い酉に散じ、その夜はト（※定宿）せず。期を失す者到らざる者も並に罰せず。」

「一つ、会するの地。牛門外安養精舎なり。若し故ありて則ち之に換うるは、必ず仏院若しくは別業を以てす。蓋し人家雑囂を避くるなり。」

「一つ、会するの具。一茶、一菓、琴二張、几坐。若し当日頗る力ある者は、別に酒を供し点心等を挟《さしはさ》むも復た妨げず。」

「一つ、　会するの事。弾琴の余は、詩を賦し、書を誦し、字を作し、画を描き、或は詞曲を唱し、絲竹を弄し、各々好むところに従う、但し衆人相会せば語言易譁なり易し。或は経史を談じ、論文章を論ずるは、固より自ら佳し。鬼を説き、俗を毀すは、また可らざるなし。特に許さざるは雲路を説き、市井を談ずることのみ。」など、無論、会規は当時流行した司馬温公の真率会を模したものに違いはないが、秀才閑叟ならではの文才が垣間みえるもので、この会規の下、神楽坂寺町通りに琴を抱いた人士が天明から寛政の昔、三々五々と集う様子が床しくも偲ばれる。なお「琴会約」中にいう先生とは、前述した閑叟の琴師児玉空空のことで、樗園については閑叟自ら同『閑叟雑話』に左記する。同「琴会約」についての詳細は『神楽坂ニュース』（第一五九号、一九九四年、筆者稿）を参照されたい。

杉本仲温　名良号樗園少而才敏以文辞称著述数百巻行于世今為侍御医法眼兼督医学事　少年之時共に芸苑に游の日、はしめ予に就て琴を学ふ。稍成て牛門社に入。又蘭室に従て数曲を受く。性尤琴を嗜む。居常に坐右に置て少間あれは撫す。於是二十余年已に至る所に至る。多紀法印の後、又其人ありといふへし。往し享和改元辛酉の冬、

輪王寺宮　諱公澄　一品親王日光山へ赴給ふ。官より仲温へ陪駕を命せられ　是時いまた侍御医ならす、内班に侯す。日光へ旅行志給ふ時、上より医を附せらる例なり　予も又従行、年も暮春に至れとも、深山積雪の中、殿も寥々粛索なり。一夕伶官侍臣等に命して管絃あり。畢而仲温か琴を聴給ふ。伶人等ハはしめての事故、奇異の思ひをなし、謹て聴のミ。正月の末までおハしまする事なれハ、志ハく〳〵これらの事、又作詩の会もあり、後遂に琴を仲温に学ひ給ふ。然共僅数曲にして、いまた津くし給ハ須。庚午の春、病によつて京師に帰り給ふ。歓喜心院宮と称し奉る。山科に隠居し給ふ　又仲温に陪駕を命せらる。医薬の事に付こハせ給へとも、侍御医にて参りし例なしとて止むへかりしに、特旨によりて参る事になりたり　予も江戸に在て、又従行になる。とゝまる事、漸十余日にして去る。遺憾といふへし。

仲温一夕伏見親王の召によりて参る。兼て聞召よし仰せありて、琴をいたすへしとて南薫操、秋風辞、離別難等数曲を弾す。大ニ賞し給ひて賜ものあり。且侍臣に命して、琵琶を見せし免給ふ。一ハ渓風、一ハ後生楽といふ。ともに王家の珍蔵の器也といふ。これらの事も琴事の盛話な里。

木屋町旅舎に在日、公務煩劇片晷のいとまなし。偶半日の間を得たり。いさや詩仙堂の琴を見んとて昨夜より雨、従者これを拒む。仲温及ひ我、蓑笠艸鞋竹杖を曳て発す。従者不得已して追及ふ。鴨河に沿て行。四山の翠来て人を襲ふ。夏初風景妙といへ共、雨蓋甚し。霏々濛々を冒して、か良くして一乗寺村の山荘に至る。古松密竹翠苔清泉幽栖の趣を極む。檗尼ありてこれを守る。遺物等見畢て、古琴を見んと乞に、尼敢てゆるさ須。再三にして漸々かへん須。故ある事とそ　これを見るに満甲断紋、古香襲人、真古物也。鳳足四柱奇体といふへし　調絃両三四、其音清遠爽亮、古雅可愛、相伝へ云、明陳仲醇の物也と。或然ん。丈山先生の高義、眉公の隠徳を慕給ふにや。両先生の高尚の徳、琴と山荘と合て相称ふ三絶といふへし。搊鼓数曲にして返る。

閑叟と樗園は少年のときからの学友であったが、閑叟が樗園や市野迷庵に琴を手ほどきし、しかる後閑叟の琴師児玉空空の書屋「迎暾閣」に樗園を紹介したようである。空空はさらに牛込の安養寺や隣接する行願寺などで開催される「琴会」を天明年間より主催していて、その盛時には牛込の寺町（※神楽坂）には江戸中の琴客ばかりか、諸藩江戸勤番の侍や各藩推薦の聖堂生徒などが集い、琴を中心とした一大サロンを形成していたのである。なお、傲岸な質の迷庵はこの琴社によらず、閑叟とも袂を分かち、後に浅草の蘭室に就くことになるのが、拙稿の主題と結びつき後述することになる。

また、文政六年十二月の条には久保喜三郎について触れているが、その先考久保盅斎（一七三〇～一七八五）は一橋徳川家の文学として嘱望された琴の名手で幕儒柴野栗山の兄貴分。盅斎琴門に水戸の立原翠軒（一七三〇～一七八五）がある。

『慊堂日暦』に、「二子はみなその譜を受けたれども、余は天分に乏しく、調絃、（※平凡社『東洋文庫』版ではここに句読点が入っている）入弄、長相思、陽関三畳を受けて止む」とあり、迷庵と樗園は譜を受けたとあるので皆伝まで至ったことが判明する。また、調絃、入弄は「調絃入弄」という一曲で、又の名を「仙翁操」ともいう。心越派では正式に琴曲を弾奏する場合には、その前に必ず調絃するためにこの曲を弾ぜねばならない規則で、「長相思」とともに『東皐琴譜』に採られる。「陽関三畳」は刊本では鈴木蘭園版の『東皐琴譜』に所収されるが、『東皐琴譜正本』の杉浦琴川版にはなく、小野田東川が市井に琴を始めて教授した折り、当道座瞽者の免許階梯に倣い、また後人の需めに応じて「初学十六曲」を撰し、「陽関三畳」の抜粋を入れたのである。当時、儒を学びさらに進んで礼楽の規範に至らんとすれば、琴学はその捷径として当然帰結するところとなり、また折よくも当時の江戸では琴が流行していたのである。因みに壁上の無絃琴は例外とし、一般の学者は四、五曲（柴野栗山など）で、一応琴客といわれる学者ではこの十六曲と皆伝の「漁樵問答」、宝暦以前に学んだ琴師では三十三曲、および四十八曲などで、彼らは東川の歿後には市中に帷を下ろすことができたのであるが、東川中年以降の門弟は概して十六曲組である。

それから十二年後（一八四三）の『慊堂日暦』にまたいう。

天保十四年七月二十九日

二叟譚奇二巻

記。文化四年 丁卯 四月二十七日、エトロフ島舎那会所騒擾。二十九日、夷人来寇。五月朔、会所戸田、関谷二番長、その下および南部津軽の戍士と奔走、ルベツ、フウレベツ、オイト、ホロホロコタシツ、ナイホ、タンチモイ みなエトロフの地 を踰え、海を渡り アトイヤ、クナシリに抵る。或は舟、十七日昏刻箱崎に達す。箱崎より蝦夷地オシャマンベに至る。山越内十八九里。始末。

上巻は久保田見達の記す所。旧名北地日記、見達は何許の人なるかを知らず。自ら云う、余は武の家に生まれ、幼に撃刺を好み、また軍法を喜ぶ。これを以て身を誤る。中年に医を業とし遠遊す。今この夷境に入りこの変に遭う。計を以て主師を干して用いられず、相与に奔って北還す。」

下巻。新楽閑叟の記すところ。

丁卯三月、官艪万全丸に乗ってエトロフに赴く。海中五月七日、エトロフ帰船に遇う。蝦夷の事を聞きますます進む。十六日、途中にてまた難民の言うところを聞き、筆記して二通を作る。大畑陸夷を招いて函館江戸に報ず。十九日函館に抵り久保田見達に遇う。云く、昨夜始めて達すと。二十二日、エトロフ冦後再び戍兵を発す 船は万全丸 新楽閑叟・久保田見達もまた雇医を以て往く。六月朔、初めて夷疆海に入る。十五日ネモロ会所に抵り、二十三日発してクナシリに抵る。七月十六日エトロフ島に抵る。これより年を経て、明年四月代戍、五月八日に至り出船、十八日函館に達す。」

新羅閑叟は郷右衛門と称し、幕廷徒士、中年に致仕す。学は頗る博く、また琴を善くし、心越の指法を伝う。余は杉本君忠温・市野俊卿とみな就いて学ぶ。後に漫遊しこの役に従い、終るところを知らず。別後殆ど五十年、その記すところをこの巻に観るを得て、感愴の余に書す。

『慊堂日暦』天保二年の前条に、蝦夷地のことから閑叟を想起し、さらに十二年を経てたまたま『二叟譚奇』を閲し、「別後殆ど五十年、その記すところをこの巻に観るを得て、感愴の余に書す。」と、感慨も新たに閑叟に就いて琴を学んだ半世紀前の往事を懐かしむのである。閑叟は幕吏を致仕したが、さらに密命を帯びて函館奉行戸川安倫に医師として随行し、その見聞したところを報告していたのである。そうして蝦夷の地でもその琴癖はいよいよ盛んであったことが解る。

慊堂は迷庵の引きで林述斎の塾生となり、中年時代には掛川藩の儒者として名を馳せ、目黒羽沢村に退隠して家塾石経山房を開き、考証と著述に耽りつつ門弟を育生し、また天下の名士との交遊を病苦と戦いながらも楽しんでいたのである。

ことの序でに「蝦夷のこと」を、閑叟自身の手になる琴事の覚え書き『閑叟雑話』から引用してみよう。なお文頭の越師とは、本邦琴道中興の祖東皐心越禅師のことで、当時の琴客は越師と徒略尊称していた。

越師もと悟道の人、異域寂寞をいとひ給ふまし。我曾て蝦夷地に周遊数年、日々異類に交り言語ハ不通、見る所の山川風土大に異也。時々実にたへさる事ありき。仙凡志な不同といへ共、師の孤身天涯寂寥無聊の趣に至てハ一ツならんと、師の古を想像する事あり。蝦夷地冱寒風土大異也。松杉も生せ須、まして桐をや。然に函立官庁の旧址に桐一株あり。甚大なら須といへ共、近年のものならす。往年松前氏の人の植る所也。官に乞てこれを獲たり。琴に作らんとはかるに、寒風氷雪の地に生し、枝も過半折、幹も朽たる所多し。やう〳〵一張を造るにたゆ。底板にハ蘭馬尼 又ランヌニ松前方言ヲンコといふ といふ木を用ゆ。江戸へ持せ遣、銘を空々老翁に乞ひ、工に命して琴に作らしむ。音調清亮、新物に阿らさるに似たり。後エトロフ島 松前より里程海陸四百里餘 へ携行、丁卯夏変事阿りて、これを失ふ。捜索するに志れす、其後辛未の夏、摂州兵庫津、高田某の家にありて、これを得たり。変事の中倉皇の間、帰船の持帰りしなり 是北陲夷地、古聖王の器を作るの祖なるへし。抑不思議にして桐を得、琴と成て後、不思議にして丁卯辺冠の火を免れ、又不思議にして海上万里の風波をまぬかれ、また不思議にして千里の外の摂州に得たる。大に天の救護を蒙り、大奇といふへし。

此琴平松亜相公へ奉呈して、今彼家に在り。

二、渋江抽斎と迷菴

次に迷庵の人となりを別に伝えるものに迷庵門下の渋江抽斎の父允成ものした「酔堂説」がある。酔堂とは迷庵の別号で、迷庵の酒癖と徳川の治世とに酔うをかけたものであろうことが解る。
迷庵の益友江敬・允成は、説に「敬後ち名を允成と改む。通称は道陸、定所と号す、弘前藩の儒医なり、」とある。

酔堂説

江敬

夫人之有好也、人情之必所不免、而唯好読書最上善事、蓋学人之所以為人之道、棄此而何適、士君子之所不可不以務也、怪近世少年輩、僅好読書、動輙流于俗儒、聖読而庸行漫乎、不内自省悪在人之所以為人也、余友俊卿、幼好読書、孜々矻々、今已学成、游道日広、則余亦時々相会而講習焉、放是乃謂、有是哉益友也、我得若人、而吾学亦稍進矣、今夫俊卿、篤信守業、余力則学文、孝以事親、信以交友、郷党称其為人也、可謂読書以学人之所以為人之道者曰方今昇平二百余年、吾儕小人幸為舜之民、当是時、以俊卿之才之弥也、私淑聖人之道、旁通百家之書、賦詩作文、優游以終歳、詩曰、既酔以酒、既飽以徳、由此言之、俊卿之従事斯文、非酔聖世之徳沢乎、客曰唯々、是為記寛政元年九月十八日、
寿阿云、渋江敬後改名允成、通称道陸、号定所、弘前藩儒医也、

…、余が友俊卿は、幼くして読書を好み、孜々矻々、今已に学の成り、道に游び日に広し。則ち余も亦時々相会して講習す。…、
今夫れ俊卿は、信を篤くし業を守る。余力は則ち文を学び、孝は以て親に事へ、信は以て交友と交わる。郷党其の人と為り和を称するなり。…、

方今昇平二百余年、吾が儕小人幸いに舜の民たり、当に是の時、俊卿の才を以て之を弥とすべし。聖人の道に私淑し、旁ら百家の書に通じ、賦詩を賦し文を作し、游に優り以て歳に終わる。詩に曰く、既に酒を以て酔い、既に徳を以て飽く、此に由りて之を言わば、俊卿の斯文に従事するは、聖世の徳沢に酔うに非ざるか、客の曰く唯々と、是が為に記す。寛政元年九月十八日。

市野畧系図

鴎外森林太郎（一八六二～一九二二）は、大正五（一九一六）年一月から同年五月まで大阪毎日と東京日々両新聞同時連載の史伝『渋江抽斎』を編むにあたり、それに先立つ数年以前から多くの資料蒐集に苦心していたが、就中、抽斎（一八〇五～一八五八。迷庵と同じく弁慶橋に生まれる）の儒学の師であった迷庵の事蹟を調べんと、迷庵の実弟で分家した光忠の後裔四代光孝が当時所蔵していた『市野略系図』を借り受けてこれを筆写した。時に大正五年二月のことで、文士たるもの如何にその原資料を探索しこれを有意義に活用したかの手本となるような件例でもあり、一方、『渋江抽斎』中に描かれたそのフィールドワークの手段などは現代にも充分通用しようし、実に筆者などの体験と重なり共感を呼ぶこと多々である。

その鴎外筆写の『市野略系図』（現東大総合図書館所蔵）はごく短く本紙四、五丁の薄冊小本であるので、筆者が抄写して次に提供掲載するが、各名前の右にある漢数字が本家の何代目かを表し、原本では分家を表した赤色漢数字は、本稿では表示できぬためやむを得ず〇中に洋数字とし、改行はそのままとした。

表紙書き題箋　市野略系図　単

内題　　市野畧系図

鴎外覚え書き　大正五年丙辰二月十五日借覧市野光孝所蔵本抄出之

○重光（一）
勢州白子大別保村産
江戸神田佐久間町四丁目住
延宝八年庚申九月四日卒

なべ
光遠（二）

清遠（三）

光業（四）
文治郎

吉

竹

五 光紀
配香月氏

六 光彦
小字三次、迷庵
辨慶橋住
文政九年八月十八日歿、年六十二

① 光忠　市三郎
外神田住
天保十一年六月九日歿

なを

つね

七 光寿
大崎氏出、小字松太郎

天保十一年七月二日歿、年五十一

政

ゆふ

光雅

永井氏出、小字房次郎

弥次右衛門

光②長

嘉永六年九月四日歿

光八徳

天保三年二月二十一日家督

みち

光③義

明治三十六年五月十一日歿、年七十

好

市松
徳次郎
鈴
源三郎 九 後寅吉
宮内庁御用掛、勧業銀行員
亀島町住
光孝 ④
旅籠町住（一丁目十九番地）配黒川氏、後川名氏
忠次郎
はな　福岡氏妻
せい　伊東氏妻
某 十　養子
常太郎
黒川氏出

この畧系図に、市野家近世の家祖たる重光は「江戸神田佐久間町四丁目住」とあり、その六代迷庵こと光彦は「弁慶橋住」とある。弁慶橋とは橋に因んだ同名の町名であったが、橋梁そのものは今は赤坂の清水谷に遷されてある。その移転前の昔はちょうど「お玉が池」にほど近い神田松枝町と同神田岩本町の間に橋があったという。弁慶橋は佐久間町（向柳原）とは神田川を挟んだ対岸を入った位地にあるが、どうやら市野屋の店舗を兼ねた家宅はこの両街どちらにもあったようであるし、別に迷庵の弟で分家初代の光忠は外神田住で、分家四代でこの畧系図を所蔵した光孝の住所は「旅籠町住（一丁目十九番地）」とあるので、これは現在の秋葉原駅から湯島聖堂方向に寄った万世橋警察署は旧旅籠町三丁目、昌平通り沿い角のオノデンのちょっと先辺りがちょうど二丁目に相当しようか。また、迷庵終焉の地は松崎慊堂の「迷庵市野先生碣銘」によれば、

丙戌ノ歳、吾ガ友迷庵先生市野君ハ神田柳原ノ肆宅ニ於テ終ル。壙ハ僧ノ以其法火ニ化スヲ以テ、其骨ヲ浅草本願寺真福（寺）ノ祖塋塔内ニ攢メ葬ル。……

「市野君ハ神田柳原ノ肆宅ニ於テ終ル」とあり、ここに肆宅と明記するからには、これは紛れもなく神田岩本町辺りのことをいい、そこに店舗兼居宅があったのだ。町域はその後周辺の小路小町を統合して今では肥大化し、昔に比せばかなり拡張されたものの、元々の神田岩本町を含んでいることに違いはない。同じく市野先生碣銘に「君は弟あり某と曰い、別に下谷に居貨す。」とあり、分家した光忠が当時は一時下谷の土蔵を兼ねた住居に暮らしたこともいうが、要するに市野家は伊勢の白子から江戸に出て以降、明治の御代を迎えるまでは本家九代源三郎の日本橋亀島町に住した以外は、おおむね本家も分家も何代にもわたり御府内神田の内に在ったようで、迷庵が学業で

聖堂付属の昌平黌（寄宿舎跡が現在の東京医科歯科大学と病院）および林家塾に通うにも、交遊との往来にも頗る至便な場所に居を構えていたことが解るのだが、詳細な互いの位置関係や分家との経緯などについては、次掲するよう『渋江抽斎』（岩波文庫一九四〇年版参照）に鴎外の手堅い考証に裏付けられた史伝体がある。

※漢字のみ現行の常用漢字体である

その十二

…抽斎の経学の師には、先ず市野迷庵がある。次は狩谷棭斎である。医学の師には伊沢蘭軒がある。次は抽斎が特に痘科を学んだ池田京水である。それから抽斎が交つた年長者は随分多い。儒者又は国学者には安積艮斎、小島成斎、岡本况斎、海保漁村、医家には多紀の本末両家、就中茝庭《さいてい》、伊沢蘭軒の長子榛軒がゐる。それから芸術家及芸術批評家に谷文晁、長嶋五郎作、石塚重兵衛がゐる。此等の人は皆社会の諸方面にゐて、抽斎の世に出づるを待ち受けてゐたやうなものである。

その十三

他年抽斎の師たり、年長の友たるべき人々の中には、現に普く世に知れわたつてゐるものが少くない。それゆゑわたくしはこゝに一々其伝記を挿まうとは思はない。只抽斎の誕生を語るに当つて、これをして其天職を尽さしむるに与つて力ある長者のルビュウをして見たいと云うに過ぎない。

市野迷庵、名を光彦、字俊卿又子邦と云ひ、初め篔窗、後迷庵と号した。其他酔堂、不忍池漁等の別号がある。抽斎の父允成が酔堂説を作つたのが、容安堂文稿に出てゐる。通称は三右衛門である。六世の祖重光が伊勢国白子から江戸に出て、神田佐久間町に質店を開き、屋号を三河屋と云つた。当時の店は弁慶橋であった。迷庵の父光紀が、香月氏を娶つて迷庵を生せたのは明和二年三月十日であるから、抽斎の生れた時、迷庵はもう四十一歳になつてゐた。

迷庵は考証学者である。即ち経籍の古版本、古抄本を捜り討めて、そのテクストを閲し、比較校勘する学派、クリチツクをする学派である。此学は源を水戸の吉田篁墩に発し、抽斎が其後を承けて発展させた。篁墩は抽斎の生れる七年前に歿してゐる。迷庵が抽斎等と共に研究した果実が、後に至つて成熟して抽斎等の訪古志となつたのである。此人が晩年に老子を好んだので、抽斎も同嗜の人となつた。

狩谷棭斎、名は望之、字は雲卿、棭斎は其号である。通称を三右衛門と云う。家は湯嶋にあつた。今の一丁目である。棭斎の家は津軽の用達で、津軽屋と称し、棭斎は津軽家の禄千石を食み、目見諸士の末席に列せられてゐた。先祖は参河国苅谷の人で、江戸に移つてから苅谷氏を称した。しかし棭斎は苅谷保古の代に此家に養子に来たもので、実父は高橋高敏、母は佐藤氏である。安永四年の生で、抽斎の母縫と同年であつたらしい。果してさうなら、抽斎の生れた時は三十一歳で、迷庵よりは十少かつたのだらう。抽斎の棭斎に師事したのは二十余歳の時だと云ふから、恐らくは迷庵を喪つて棭斎に適いたのであらう。迷庵の六十二歳で亡くなつた文政九年八月十四日は、抽斎が二十二歳、棭斎が五十二歳になつてゐた年である。迷庵も棭斎も古書を集めたが、棭斎は古銭をも集めた。漢代の五物を蔵して六漢道人と号したので、人が一物足らぬではないかと詰つた時、今一つは漢学だと答へたと云ふ話がある。抽斎も古書や古武鑑を蔵してゐたばかりでなく、矢張古銭癖があつたさうである。

迷庵と棭斎とは、年歯を以て論ずれば、彼が兄、此が弟であるが、考証学の学統から見ると、棭斎が先で、迷庵が後である。そして此二人の通称がどちらも三右衛門であつた。世にこれを文政の六右衛門と称する。抽斎は六右衛門のどちらにも師事したわけである。

六右衛門の称は頗る妙である。然るに世の人は更に一人の三右衛門を加へて、三三右衛門などとも云ふ。この今一人の三右衛門は喜多氏、名は慎言、字は有和、梅園亦又静廬と号し、居る所を四当書屋と名づけた。其氏の喜多を修して北慎言とも署した。新橋金春屋敷に住んだ屋根葺で、屋根屋三右衛門が通称である。本は芝の料理店鈴木の倅定次郎で、屋根屋へは養子に来た。少い時狂歌を作って網破損針金《あみのはそんはりがね》と云つてゐたのが、後博渉を以て聞えた。嘉永元年三月二十五日に、八十三歳で亡くなつたと云ふから、抽斎の生れた時には、其師となるべき迷庵と同じく四十一歳になつてゐた筈である。此三右衛門が殆ど毎日往来した小山田与清の擁書楼日記を見れば、文化十二年に五十一歳だとしてあるから、此推算は誤つてゐない積である。しかし此人を迷庵棭斎と併せ論ずるのは、少しく西人の所謂髪を握んで引き寄せた趣がある。屋根屋三右衛門と抽斎との間には、交際が無かつたらしい。

…略…

その三十九

五百《いお》は女中に書状を持たせて、程近い質屋へ遣つた。即ち市野迷庵の跡の家である。彼の今に至るまで石に彫られずにある松崎慊堂の文に云ふ如く、迷庵は柳原の家で亡くなつた。其跡を襲いだのは松太郎光寿で、それが三右衛門の称をも継承した。迷庵の弟光忠は別に外神田に店を出した。これより後内神田の市野屋と、外神田の市野屋とが対立してゐて、彼は世《よゝ》三右衛門を称し、此は世市三郎を称した。五百が書状を遣った市野屋は当時弁慶橋にあつて、早くも光寿の子光徳の時代になつてゐた。光寿は迷庵の歿後僅に五年にして、天保三年に光徳を家督させた。光徳は小字を徳治郎と云つたが、此時更めて三右衛門を名告つた。外神田の店は此頃まだ迷庵の姪光長の代であつた。…

ちなみに、「その三十九」の文頭にある五百（自からは伊保と署名したと）とは渋江抽斎の四人目にして最後の妻の名である。

かく鴎外の史伝により迷庵その人の輪郭がある程度は浮き彫りにされてこようが、これらをもって充分とは未だいえず、ましてここに琴や楽に関する記述などはまったくないのであるからして、古人一面の嗜好、時間芸術である音楽などは、本人の日記や他の筆になる随筆などにあらばこそ、大海中に視野の狭い眼と小さな網とで一粒の真珠を探し求めるようなもので、今も昔も音楽の漁書やフィールドワークは実に困難といわれる所以であるが、時として搦手から攻め望外の結果を生み出すこともあるし、案外見過ごしやすい手近な通行本によってこれらを知ることもある。

この岩波文庫版には鴎外実弟の森潤三郎による「校勘記」があり、就中『青帰書屋蔵書目録』を紹介してある。これは代々質商たる豊富な財力を得て儲蓄せられた祖父光業の蔵書を引き継ぎ、これを基本としてさらには自身で蒐集した迷庵の愛蔵書目録で、優に万巻を有した江戸の蔵書家としても著名であった迷庵自慢の書籍目録であるが、華甲を過ぎた迷庵一書の跋文に記して曰く、

余少キトキ学ヲナス志有リ、頗ル以テ儲蔵ス。年六十ニ及ブモ業未ダ成ラズ、子孫ヲ顧ルニ亦之ヲ保ツコト能ハズ。売リテ他人ニ与ヘ、以テ盃酒ノ料ニ代フニ如カズ。

文政庚寅夏月　迷庵市野光彦志

と自ら自嘲するよう、還暦を過ぎて後迷庵自身がその蔵書を整理する境地に達したことが解る。そうして事実、生前と歿後二度に分けてその大半は弟子の狩谷棭斎と渋江抽斎に引き継がれ、後にこれが抽斎三万五千部といわれた蔵書数の基幹をなしたのだが、棭斎、抽斎と継蔵された後、抽斎第四子性善若気の至りのため一部目ぼしき書は売却せられ、抽斎の歿後維新の動乱期に一家が弘前に帰藩し、さらには抽斎第七子で渋江家の継嗣子となった性善（後の保）が東京遊学するに際し、別に船便で故抽斎手沢の和漢の古刊本などを東京に送らんとしたところ、明治四年七月九日の航海中にその船が暴風雨に遭って転覆し、迷庵以来の貴重な古籍は悉く海の藻くずとなってしまったというが、それもこれも筆者は『渋江抽斎』中にあったからこそ知ったことである。

三、迷庵著『簣窗摘藁』など

一、『正平本論語集解』　趙翼箚記　※『論語』何晏集解　札記　文化十三（一八一六）年青帰書屋刊
二、『読書指南』　渋江抽斎補　昭和十（一九三五）年弘文堂刊
三、『詩史顰』　『日本詩話叢書』第七巻に翻刻
四、『迷庵雑記』　『日本芸林叢書』第三巻に翻刻
五、『好古日録』　筆者未見
六、『迷庵文稿』　未刊
七、『迷庵遺稿』　未刊
八、『簣窗摘藁』　未刊

一般に知られる市野迷庵の主著には右掲の書などが遺るものの他はおおむね散逸し、また一から四までの刊本ないしは翻刻された書を除いては自筆草稿本の類いで、他には他筆になる抄写本が極少部伝わるのみである。しかして『篔窗摘藁』とは、迷庵若年の斎号篔窗を冠した旧作の自作詩稿から適宜取捨選択して編んだ詩稿集であるため、後年の編輯になる雑記、文稿、遺稿などに収録されたものと重複する詩も多く、摘藁した後に四首を補足した「詩稿後録」もあるが、無論未刊の書である。

近日家業少キ間、廃笥ヲ探リテ旧詩ヲ得、乃チ読ムベキモノ若干首ヲ摘シ之ヲ録ス。昔二、三ノ兄弟ト相共ニ吟詠以テ遊ブ。今マタ交遊離散シ、予も亦営〻ト治産ス。学ヲ廃シテ十年、口ニ詩ヲ言ハズ、人生意ニ如カザルハ此ノ如シ、掻首シテ嘆息スルノミ。

文化乙丑冬日　篔窗

と『篔窗摘藁』迷庵自跋に示すごとく、文化二（一八〇五）年、すでに不惑の年齢を迎えていた迷庵であるが、胸中に去来するものも多かったようである。また『好古日録』なる書は、『漢学者伝記及著述集覧』の記載によるもその原本はなく、筆者も未見の書である。しかして京都の藤原貞幹による寛政八年序の同書名の別本が存在する。

以下列記するは慶大斯道文庫中「浜野文庫」に現蔵される市野迷庵著書である。

一、『市野迷庵手牒』　　目録　迷庵手控え　文政二年

二、『迷菴漫鈔』
巻冊　一冊　分類　漢詩文
国書所在　【写】慶大斯道（自筆）

三、『迷庵文草』
巻冊　一冊　分類　漢詩文
国書所在　【写】慶大斯道、旧安田（自筆稿本）

四、『迷庵先生自筆文稿』
巻冊　二冊　分類　漢詩文
国書所在　【写】慶大斯道（自筆稿本）

五、『迷庵遺稿』
巻冊　二巻一冊　分類　漢詩文
国書所在　【写】慶大斯道（自筆）

六、『読書指南』
巻冊　一冊　分類　漢学　市野迷庵編
著作注記〈般〉付録は本邦諸家著撰書籍目録。
国書所在　【写】国会、内閣、静嘉（竹添光鴻写）、慶大斯道（浜野知三郎写）、早大、東大、東北大狩野、杏雨（自筆稿本）（渋江抽斎写）、尊経、大東急（付録共、天保三写）（嘉永七写）、竹清、茶図成簣（文政五写）、無窮織田（付録共）、無窮神習（付録共）、龍門、学書言志（明治写）、中山久四郎、〔補遺〕日比谷諸家（付録共、明治写）【複】〔活〕読書指南（昭和一〇）

七、『正平本論語札記』
巻冊　一冊　分類　漢学
国書所在　【写】東洋岩崎、慶大斯道、東大史料（東京都安田善之助蔵本写）【版】国会、内閣（文化版論語の付）、東洋岩崎（一冊）（文化版論語の付）、宮書（文化版論語の付）、京大（同上）、教大（同上）、東大（同上）、大東急（同上）、〔補遺〕静嘉（文化版論語の付）、早大（同上）、龍谷、日比谷青淵（文化版論語の付）、龍門（同上）【複】〔活〕日本名家四書註釈全書論語部二〔複〕論語（大正一一）

八、『詩集伝筆録』
巻冊　一冊　分類　漢学
国書所在　【写】慶大斯道（自筆草稿）

九、『詩経集伝皷吹』
巻冊　一冊　分類　漢学
国書所在　【写】慶大斯道（自筆稿本）

十、『篔窗摘藁』
巻冊　一冊　分類　詩文稿
国書所在　【写】慶大斯道（自筆稿本）

十一、『篔窗居士文稿』
巻冊　一冊　分類　文集
国書所在　【写】慶大斯道（自筆稿本）

四、市野迷菴の琴癖

ヴァン・グーリック

琴が奈良朝に多くの雅楽の楽器や楽書などと共に朝鮮半島を経由してわが国に齎来され、平安朝末に至るにおよび漸く廃れた第一次期の昔はさて置き、江戸期延宝年間に至り東皐心越禅師のわが国に投化するにおよんで琴学第二次の再伝がなされることとなる。

昭和十（一九三五）年、駐日オランダ王国大使館の参事官として赴任したのが故ローベルト・ハンス・ヴァン・グーリック（Robert Hans van Gulik, 一九一〇～一九六七）である。その名については、グーリック夫人水世芳女史は旗人名家の出であるし、グーリック自身も清の画家高其佩を慕っていて華名を高羅佩と名乗ったほどだ。本名こそ平成の今日ではオランダ語の発音に従いファン・ヒューリックとされるが、当時は先生自身もヴァン・グーリックで通していたため本稿でもこれに倣おう。

先生は戦中から戦後にかけ日本人自らが忘れかけていた日本琴史を発掘し、学界に大いなる貢献をなした先駆者であるが、生前はまた碧眼の文人と異名を取った一代の博識でもあった。清末期の日本留学生となり、その後北京大学の講師や外交部秘書を経て東京の駐日公使館・大使館に勤務した孫伯醇（一八九一～一九七三。名は湜、简道人と号す）とは中国古典を共に語り合える数少ない相識となったが、このころすでにグーリックはすでに琴癖甚だしいものがあり、それは独身時代に北京においてこれまた清朝旗人の葉鶴伏（一八六三～一九三七。詩夢と号す）に琴を学んでいたことから当然の成り行きであったのだが、しかも伯醇と話せば伯醇の生家と葉家とは隣同士であったというのである。こんな偶然が重なり両人はいよいよ交誼を深めることになるが、一九三六年以降のある時、伯醇は東京の骨董屋で寛政年間製の和製古琴、後銘「秋籟」を見つけ、これをグーリックに贈呈したことにより、グーリックはこれより日本の琴史にも興味を抱くに到ったという訳で、以後、東皐心越を中興の祖とする江戸の琴学研究に深くのめり込み、それらに関する多くの資料を蒐集し出し、その結実として大著『Lore of the Chinese Lute』（邦題『琴道』一九四三年上智大学初版、一九六七年改訂版）をものしたが、第二次世界大戦勃発に伴いオランダは敵国となり、惜しくも貴重な資料は没収され、その上オランダ大使館は重慶に移ることになったのである。

大戦集結直後、新たに戦勝国側に立った駐日オランダ王国全権大使として再来日したグーリックは、もともと日本のみならず韓国、中国、台湾、香港、シンガポールなどの中国文化圏はもとより欧米に令名を轟かせていたことや、かつ和漢洋の学を縦横に駆使した剛柔両面の著作が多いことでも知られた真に文人肌の人であったのだ。とりわけ琴癖を深くした結果、当時まだ高校生であった筆者なども琴を通して先生のご厚誼をいただいた記憶も懐かしいが、大戦直後の混乱期にあってグーリックは日本、朝鮮、シンガポール三国の全権大使を兼務し、その激務の余暇には深更におよぶまで著作に耽り、また頗る愛煙家であったため、その余生と多くの著述を全うするに至らず、一年未満にして間もなく逝去してしまったことは斯界の一大損失であった。その博覧強記で生前にものした珠玉の著作群は、残念ながらおおむね私家版であって、しかもその発行部数は百部（ごく稀に二百部）と限られたため、今日その原本を目睹することは滅多になく、現在目睹するところ大半の著書はこの中から大小の出版社によって改めて復刻公刊されたものが多いのである。

そのライデンとユトレヒトでの学生時代から戦後にかけての主著は以下の通りだが、これらの他に世に彼の名を高からしめた探偵推理小説の通行本「狄公案シリーズ」が今もって世界諸国で訳されているし、艶なる方面でも『秘戯図考―花営集錦』なる名著もあるが、ここにその琴事に関わる主著のみを挙げておこう。

※邦題のないものは筆者の意訳を含む

I　Chinese Literatur Music Thats introduction in to Japan.

『長崎高等商業学校創立三十周年記念論文集』1935,

※『中国文人音楽とその日本への導入』

Ⅱ The Lore of the Chinese Lute, an Essay in Chin ideology. Monumeenta Nipponica Monografhs.Tokyo, 1940. Revised edition, 1969.

※『琴道』

Ⅲ His Kang and his Poetical Essay on the Lute. Monumeenta Nipponica Monografhs. Tokyo, 1941.Revised edition, 1969.

※『嵇康の琴賦』

Ⅳ Tung-kao-chan-shih-chi-kan (collected writings of the Chan master Tung-kao, a loyal monk of the end of the Mingperiod), In Chinese. Chungking, 1944.

※『明末義僧 東皐禅師集刊』

Ⅱは、なぜにグーリックはこの一見初歩的な誤訳ともとれる「琴」を「Lute」（独訳ではLüte）と意訳し書名に用いたのであろうか。実はこの意訳こそがグーリックの見識であり、彼の名をして琴界に後世にまで留めしめることとなった要因なのである。

「Lute」は一般に「琵琶」と訳されるが、直接にはヨーロッパ中世の「リュート」を指す。一方、今日音楽学や楽器学における「琴」は「Chinese seven stringed zither」と英訳されるのが正しいのだが、無論「Chinese Lute」の直訳は「中国琵琶」となろうが、中国の琴は音楽学や楽器学上ではロング・チター属に分類されるため、碧眼の文人と異名をとり、和漢洋の古典学と楽までにも通じたグーリックにしてみればあまりに味気ない訳であるため、『モニュメンタ・ニッポニカ』（日本学叢書）に連載され、世界中の日本および中国学者に好評を博した際に、敢えてロア・オブ・ザ・チャイニーズ・ルート（リュート）と意訳し、中世欧州の紳士たちがリュートに託した思いと、あたかも中国文人の琴に対する姿勢とが一脈相通じることにこそ重きをおき、読者の題名を読む視点から、内面に存在するであろう意識へと喚起を促したのである。そうしてこの大著『琴道』は程なく単行本として刊行されるに至るが、初版発売は大戦中のことでもあり、一部識者のみへの提供であることを余儀なくされたが、グーリックの歿後二年目にあたる一九六九年には改訂版が出されて以降、さらにあらたな世界中の読者を得ることとなったのである。

市野迷菴の琴系譜

『琴道』中の第四章「Chinese Lute in Japan」には、天明から寛政年間にかけての江戸の心越派の琴の主流であった牛込を拠点とした琴の結社「安養寺琴社」（※グーリックの命名になる）のために、琴社の重鎮新楽閑叟が起草した「琴会（の）約」を根拠にグーリックが再構築し、幕末明治以降ようやく忘れ去られようとしていた日本琴学の伝統を、かえって当時の知識人や諸外国に再紹介し認識させたし、また、牛込の琴社に関してはその後に『琴社諸友記』などが新出し、琴社の概要が裏付けられもしたのに比し、この大著『琴道』にしての瑕瑾は迷菴およびその周辺の琴人は大概疎漏していたため、牛込の琴社と拮抗していた一方の浅草の蘭室上人の徒の全体像の把握は大幅に遅れ、今もって曖昧模糊として調査しにくいままにあることである。

ここで読者諸賢にお断りしておかなければならぬが、江戸琴学の系譜上、市野迷庵は先に新楽閑叟に学び、後には浅草真龍寺蘭室門に属したが、その修めた学芸中、迷庵が琴を表芸にした人でないことは当然であり、もとよりアマチュアであるが、これは当時名だたる学者一般にしていえる風潮であった。

迷庵の遺稿集『賞窗摘藁』に、早くも「琴説―贈蘭室上人」が引用文献として紹介されていたため、ちょうど青年期にあった筆者は迷菴その人の存在を初めて知り、グーリックの他の引用例や文献などをも知って大いに啓発され影響を受けたもので、これらを通してそれまで不明であった迷庵その人も、この後江戸の琴系譜に加えることができたのである。しかし迷菴その人に関してのこれ以上の詳細な情報は皆無で、隔靴掻痒の感を長い間抱いていた。しかるにその後、迷菴の遺稿類が慶大の斯道文庫に蔵されることを聞き及び、当時三田に奉職されていた金文京先生を通じて、『迷菴遺稿』を閲覧させせていただき、これを筆写したまでは良かったのだが、安堵のあまりいたずらに年月を重ねそのまま放置してしまっていた。しかし、『迷庵文稿』や『迷庵遺稿』、そして『賞窗摘藁』など吟味再読してみれば以下を得、やはり目睹するだけのことはあったのだ。

浙江金華府産の東皐心越禅師（一六三九～一六九六）の小伝は前号でご紹介したため贅言を避けるが、同禅師の伝えた江戸期琴学の主流となった心越流（派とも）の琴派は日本の各地に根ざし、各々小さな派閥となったのであるが、其の頂点とも云える江戸の天明から寛政年間には牛込と浅草に二大琴派があって、迷菴が最初の琴師新楽閑叟の他に、後に蘭室に師事しようとしたことや、主流であった牛込の琴社と拮抗していた割には、その陰に隠れてあまり知られざる浅草の蘭室の主宰した琴社などのことである。

『迷庵遺稿』上巻に「題琴」と題す七絶があり、迷庵自身の琴事に直接かかわることを詠んでいる。

題　琴　嘗製琴一張、名曰風雨琴、

琴に題す　嘗て琴一張を製す、名づけて曰く風雨琴と、

瀟々風雨零瑤琴　瀟々たる風雨零瑤の琴
韻與幽心不可尋　韻と幽心と尋ぬる可からず
妙到無絃誰解道　妙到れば無絃とは誰か道を解せん
寒厳枯木也龍吟　寒厳の枯木も也《また》龍吟

本邦琴学伝授略系

延宝五（一六七七）年の正月に至り、中国曹洞宗寿昌派第三十五世正宗たる東皐心越禅師は長崎に上陸し、その後日本曹洞と黄檗の宗派間の軋轢もあって翻弄されることとなるが、そんな中にも長崎在住の福建省福清県華人の二世で唐大通事の役職にあった何可遠（?～一六八五。諱兆晋、号心声子）居士と琴を通じての交遊に暫し安らぎを得るも、ほどなく禅師は水戸公徳川光圀卿の手厚い庇護のもと江戸の水戸藩邸に引き取られ、光圀は藩邸中の後楽園「琴画亭」傍らに禅師のために小庵を建て、そこで平安朝末以来、最初の琴学教授ともなろう記念すべき伝授が行われたのである。

禅師来朝後の再伝では、人見竹洞、杉浦琴川に小さな種子が栽えられ、その種子は天和から元禄年間にかけて温存されて芽吹き、杉浦琴川の家宰で少時から琴を学び、長ずるにおよび江戸随一の琴家と喧伝された小野田東川の、享保から宝暦年間にかけて江戸市井に琴学の門戸を立てたことにより、遂に江戸で琴学の花が数輪開くようになるや、さらには天明から寛政にかけて株分けされ、多くの愛好家に栽培されるようになったのである。

「壁上に琴無くんば人をして卑俗ならしむ」とまで巷間喧しく、「学者たるもの琴を学ばずして礼楽を語らず」とばかり、聖堂や各私塾の生徒たちにまで琴癖は蔓延し、引っ越し荷物の上に一張りの琴があるのを見て、庶民でさえ「学者さまの引っ越しだ！」と頷首したとまでいわれたものだが、無論、難解な琴学をそうした一般の学者全てが理解した訳ではなく、まして実際の琴技や理論にまで通ずる者は極少数であって、逆に、五柳先生の無絃琴の例を引き、書斎に一張の無絃の琴（わざと絲をかけぬ）を掛けて、「若し琴中の趣きを知らば、何ぞ絃を弄せん」と、弾けもせぬ名琴を己のステイタス・シンボルにした学者も多く、実際に琴技に長け腹に一家言持つ迷庵にしてみれば、こんな輩を前掲した詩などで揶揄せずにはおられなかったのであろう。

「本邦琴学伝授略系」

明末浙派
東皐心越禅師
├ 人見竹洞 ─ 人見桃源
└ 杉浦琴川
　├ 荻生徂徠
　├ 山県大弐
　└ 幸田子泉 ─ 児玉空空
　　├ 鈴木鶤亭
　　├ 篠本竹堂
　　└ 新楽間叟
　　　├ 杉本樗園
　　　├ ○市野迷庵
　　　├ 松崎慊堂
　　　└ 山本徳甫

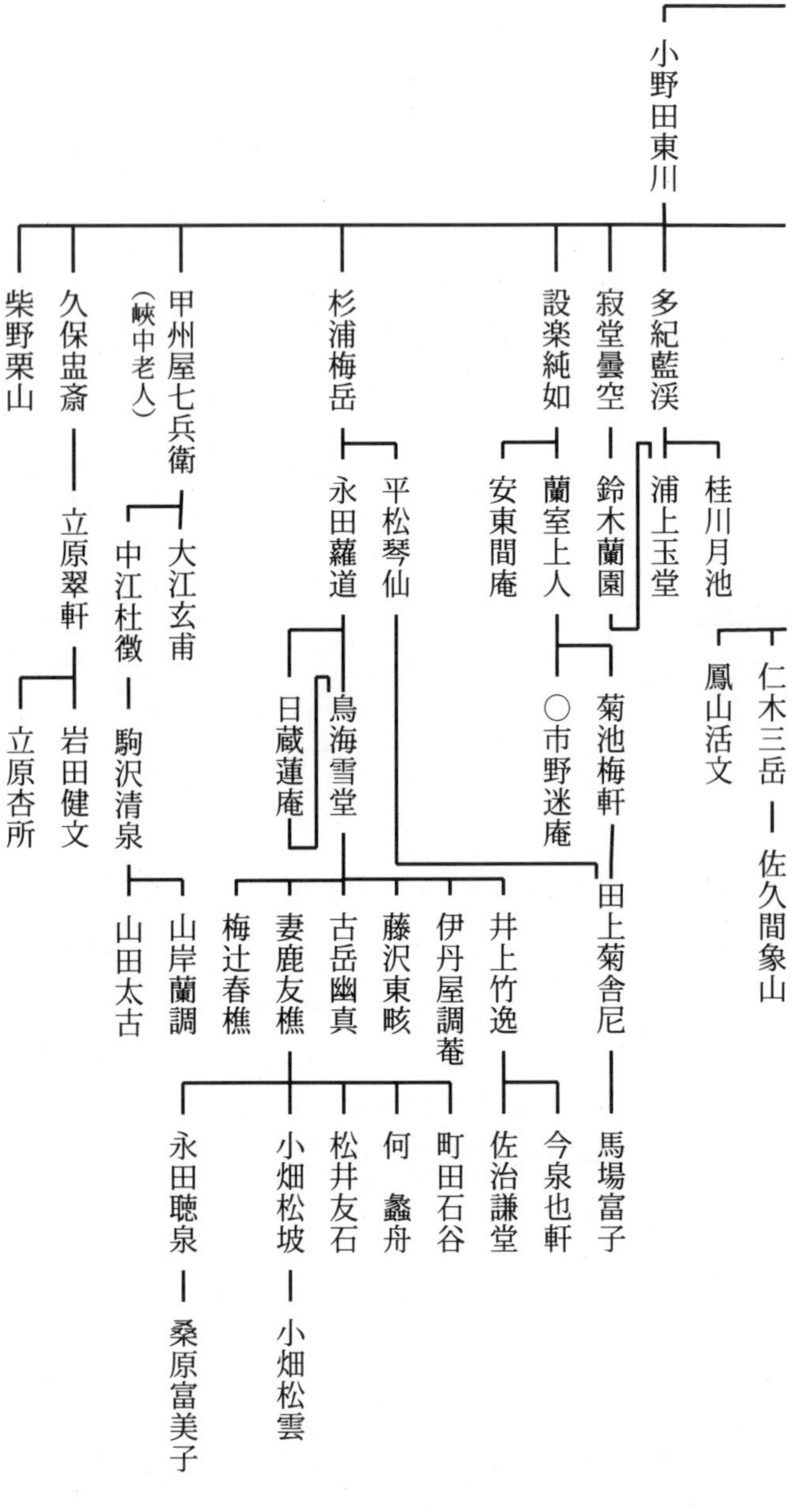

琴客はおおむねその十代から遅くも二十代の若年中に琴を学ぶ。その多くは都鄙の別は除き寺子屋を経て学者に師事して後、ようやく経書や和漢の古典中に琴の存在を知り、始めて琴学を志すようになるからである。無論、中

年以降これに志すものは非常に稀である。これは現代にも通じることで、不祥愚門に集うものも、大抵は美術、中文、中哲や国文系、稀に音楽を学ぶうちに琴を知り、これに志すことが多いのである。ここで前記略系譜を俯瞰する場合に注意を要することは、譜中各自の生歿年齢と学琴期、また自立後に学と楽とのどちらを表芸にしたかで、歴史上に活躍した実年齢と若干の違和感があることとである。

蛇足ながら、一般の学者が君子の教養として嗜み程度に学び得る曲数はおおむね四、五曲で、やや進んだ上級生が小野田東川撰の「初学十六曲」。これを了えた者が『東皐琴譜』には採られぬ「漁樵問答」を終えてようやく皆伝となり、晴れて市中に帷を下ろすことを許されたのである。後に迷庵の属した浅草真龍寺派では十六曲、児玉空空、新楽閑叟の牛込の琴社では三十三曲であった。この両派はまったく相反目していた訳ではないが、後記するように牛込派から浅草派は眉唾視されていたことは事実である。しかしこの状態を不足とし、彼にあり此れにない欠けた琴操を学び合い、別伝の琴曲を相互に補った者もあったようである。けだし琴川撰の『東皐琴譜』正本は五十七曲ををもって完結する所以である。

南宋・沈義父『楽府指迷』訳注稿（上）

池田智幸・岡本淳子・平塚順良　訳注

【凡例】

一、本訳注稿は、南宋・沈義父が記した詞話『楽府指迷』の全訳および諸家の序跋の訳注を試みるものである。今回は唐圭璋の序文及び第一則から第五則までの訳注を掲載する。

一、底本には唐圭璋編『詞話叢編』修訂本（中華書局、二〇〇五年）を用いた。

一、本訳注稿は、本文・【校記】・【訓読】・【訳】・【注】の五つの部分から成っている。

一、本文及び【校記】では旧漢字を用い、【訓読】・【訳】・【注】では常用字体を用いる。ただし、固有名詞については、【訓読】・【訳】・【注】でも旧漢字を用いる場合がある。また、仮名遣いはすべて現代仮名遣いを用いる。

一、本訳注稿では以下のテキストを用いて底本と校勘している。ダッシュの下には【校記】で用いる略称を記す。

①明・陳耀文編『花草粋編』十二巻本（南京国学図書館陶風楼影印、民国二十二年刊本）—陳本
②『文淵閣四庫全書』所収本—淵本
③『文津閣四庫全書』所収本—津本
④『指海』所収本（『百部叢書集成』所収『指海』第十集、清・道光銭煕祚校刊本影印）—銭本
⑤清・王鵬運編『四印斎所刻詞』所収本（清・光緒刊本）—王本
⑥思賢書局所刻『詞学書』所収本（清・光緒刊本）—思本
⑦近人・唐圭璋編『詞話叢編』所収本（民国二十三年序刊本）—叢甲本
⑧近人・胡雲翼編『詞学小叢書』所収本（上海教育書店、民国三十八年）—胡本
⑨近人・蔡嵩雲箋釈本（人民文学出版社、『詞源注』との合印本、一九六三年）—蔡本
なお、【校記】において底本は「叢乙本」と略称する。

一、『楽府指迷』原文の句読は、底本に従っている。しかし訓読の句読は、必ずしも底本に従わない場合がある。

一、【注】で語句の用例を挙げる場合、特に必要な場合を除いて拠ったテキストは明記しなかった。ただし、宋詞を引用する場合は、唐圭璋編『全宋詞』（中華書局、竪排繁体字本）を用いて典拠を示した。

一、本訳注稿は、二〇〇八年度立命館大学大学院文学研究科人文学専攻中国文学・思想専修の講義「中国書講読」（担当・萩原正樹教授）において作成・検討したものである。

唐圭璋序

宋沈義父樂府指迷凡二十八則、附刻花草粹編巻首。四庫全書本四印齋所刻詞本百尺樓叢書本皆從此出。然誤字互見、無一完善之本。明萬曆刊本花草粹編聞誤作聋、采摘誤作深摘、直捷誤作直拔、不必更說書字、更誤作便、臉薄難藏淚、臉誤作賒、含有餘不盡之意、含誤作合。四印齋本並沿其誤、未能是正。百尺樓叢書用翁大年校本、翁本亦據庫本、於此類誤處皆已改正。然礙作硋、①遊字作遊人、猶未盡當也。茲以金繩武活字本花草粹編爲主、而以他本彙校。諸家序跋、並附於後、以備省覽。圭璋記。

【校記】

①礙作硋＝用事作詠書礙作硋（叢甲本）（「用事作詠書」とは、第十三則「詠物不可直說」における校記である。第十三則【校記】を参照のこと。）

【訓読】

唐圭璋序

宋の沈義父『楽府指迷』は凡そ二十八則、『花草粋編』の巻首に附刻す。『四庫全書』本・『四印斎所刻詞』本・『百尺楼叢書』本は皆此より出づ。然れども誤字互見すれば、一として完善の本無し。明の万暦刊本『花草粋編』「聞」は誤りて「聋」に作り、「采摘」は誤りて「深摘」に作り、「直捷」は誤りて「直拔」に作り、「不必更説書字」の「更」

は誤りて「便」に作り、「臉薄難蔵涙」の「臉」は誤りて「賒」に作り、「含有余不尽之意」の「含」は誤りて「合」に作る。四印斎本は並びに其の誤りに沿い、未だ能く是正せず。『百尺楼叢書』は翁大年の校本を用い、翁本は亦た庫本に拠り、此の類の誤処において皆已に改正す。然れども「礙」は「硋」に作り、「遊字」は「遊人」に作れば、猶お未だ尽くは当らざるなり。茲《ここ》に金縄武活字本の『花草粋編』を以て主と為し、他本を以て彙校す。諸家の序跋は、並びに後に附し、以て省覧に備う。圭璋記す。

【訳】

唐圭璋の序文

宋・沈義父の『楽府指迷』は全部で二十八則あり、『花草粋編』の巻首につけて刊行された。『四庫全書』本・『四印斎所刻詞』本・『百尺楼叢書』本はすべて『花草粋編』を底本として刊行された。しかし、それぞれのテキストに誤字が見えるので、完全なテキストは一つも存在しないのである。明の万暦刊本『花草粋編』本では「聞」は間違って「聋」に作り、(「要求字面当看唐詩」における)「采摘」は間違って「深摘」に作り、(「詠物不可直説」における)「直捷」を間違って「直抜」に作り、「不必更説書字」の「更」を間違って「便」に作り、(「坊間歌詞之病」における)「臉薄難蔵涙」の「臉」は間違って「賒」に作り、(「論結句」における)「含有余不尽之意」の「含」は間違って「合」に作っている。『四印斎所刻詞』本はすべて『花草粋編』の間違いに従ったままで、訂正を加えていない。『百尺楼叢書』は翁大年の校本を使い、翁本は『四庫全書』本に拠っていて、このような誤った箇所は全部訂正している。しかし(「詞中去声字最緊要」における)「礙」は間違って「硋」字に作り、「遊字」は「遊人」に作っているので、まだ全部訂正しているとは言えない。そこで金縄武活字本『花草粋編』を底本として、他の本を用いて校勘した。諸家の序抜は、すべて後ろに付けて、参考に備えた。圭璋記す。

【注】

(1) 唐圭璋　唐圭璋（一九〇一―一九九〇）は龍楡生・夏承燾と共に中国近代詞学を代表する学者であった。その研究業績は、王兆鵬「論唐圭璋師的詞学研究」（『唐宋詞史論』、人民文学出版社、二〇〇〇年）に詳しく説明されている。代表的な論文として「両宋詞人占籍考」「宋詞互見考」「宋詞版本考」などがあり、『詞学論叢』（上海古籍出版社、一九八六年）に収められている。また、『宋詞三百首箋注』『唐宋詞簡釈』など唐宋詞の鑑賞に益する書物も出版している。加えて、『全宋詞』『全金元詞』『詞話叢編』という詞学研究の基本文献を編纂し、出版後も可能な限り修訂し続けたことは特筆に値しよう。ただ、本訳注稿で底本にする『詞話叢編』修訂本については、謝桃坊氏が問題点も指摘される。『中国詞学史』（巴蜀書社、一九九三年）では「由于唐圭璋晩年患病与極度辛労、致使『全金元詞』和『詞話叢編』在校勘等方面略有粗疏之処（唐圭璋は晩年病気を患い極度の疲労があったので、『全金元詞』と『詞話叢編』の校勘などの面において些か粗略な所がある）」と述べる。また、「読『詞話叢編』札記」（『詞学弁』、上海古籍出版社、二〇〇七年）では諸詞話の本文で改めるべき箇所を列挙する。しかし、『楽府指迷』については問題の指摘はされていない。

(2) 沈義父　字は伯時、号は時斎。書物によっては「沈義甫」とも記される。第一則「論作詞之法」にあるように、呉文英・翁元龍兄弟と親交があった。彼の伝記については、平塚順良「沈義甫（沈義父）の生平について」（『学林』第四十九号、中国芸文研究会、二〇〇九年）があるので、そちらを参照されたい。ここでは、彼が白鹿洞書院の山長を務め、朱子学とのゆかりがあったことを指摘するにとどめたい。『江南通志』巻一六三に「沈義甫建明教堂、祀蘋以陳長文楊邦弼配、皆其弟子也。義甫亦有名行、嘗為白鹿洞書院山長、力行朱子学規（沈義甫明教堂を建て、（王）蘋を祀るに陳長文・楊邦弼を以て配す、皆其の弟子なり。義甫亦た名行有り、嘗て白鹿洞書院山長と為りて、力めて朱子の学規を行なう）」とあり、『蘇州府志』巻一〇四に「沈義甫字伯時、嘉定中、領郷薦為南康軍白鹿洞書院山長、挙行朱子学規。時称良師。久之致仕、帰震沢鎮、建義塾講学、又建明教堂、又於堂東為祠以祀王蘋陳長方楊邦弼三賢。学者称時斎先生。卒年七十八（沈義甫字は伯時、嘉定中、郷薦を領して南康軍白鹿洞書院山長と為りて、朱子の学規を挙行す。時に良師と称せらる。之を久しうして致仕し、震沢鎮に帰り、義塾を建て学を講ず、又た明教堂を建て、又た堂東に於いて祠を為り以て王蘋・陳長方・楊邦弼の三賢を祀る。学ぶ者は時斎先生と称す。卒年は七十八なり）」とある。なお、翁大年も沈義父の事跡について言及している。底本の「附録」、「翁校本旧跋」を参照。

（3）楽府指迷　「楽府」は詞（曲子詞、填詞）の異名。村上哲見「詞の異称について」（『宋詞研究　唐五代北宋篇』、序説〔附考二〕、創文社、一九七六年）に、詞の異称として「楽府」の語が使われていたことが詳述される。「指迷」は指南する、疑問を解く。北宋・欧陽脩「再和聖兪見答詩」に「嗟哉我豈敢知子、論詩頼子初指迷（嗟哉《ああ》我豈に敢えて子を知らん、詩を論ずるに子に頼りて初めて指迷す）」とある。また「指迷」が書名に付く例としては、『三命指迷賦』一巻（珞琭子撰、南宋・岳珂補注）、『上清司命茅真君修行指迷訣』一巻などがある。したがって『楽府指迷』は「詞の指南をする書物」の意味となる。なお、『詞源』諸テキストが『楽府指迷』の名で通行していたことがある。このことについては、松尾肇子「『詞源』諸本について」（『詞論の成立と発展―張炎を中心として』、第七章、東方書店、二〇〇八年）に詳述されるので、参照されたい。

（4）凡二十八則　現行のテキストを見る限り、『楽府指迷』には全部で二十九則の記述がある。ただ、諸本の序跋では「二十八則」と記されることが多い。「四庫全書提要」では「此本附刻陳耀文花草粋編中、凡二十八条（此の本陳耀文『花草粋編』中に附刻するに、凡そ二十八条）」とあり、『四印斎所刻詞』所収本の跋文では「此巻附刻花草粋編、凡二十有八則（此の巻『花草粋編』に附刻し、凡そ二十有八則）」とある（「四庫全書提要」及び「四印斎所刻詞跋」は底本の「附録」に収録される）。なお、蔡嵩雲『楽府指迷箋釈』の引言（『詞源注　楽府指迷箋釈』合印本）には、「沈氏是編、除首段為総論外、余二十八則。毎則或数語、或数十語、而含義頗広（沈氏の是の編、首段を総論と為すを除くの外、余は二十八則。毎則或いは数語、或いは数十語なるも、而れども含義頗る広し）」と記される。恐らく、唐氏も「四庫全書提要」以来の考えに則り、第一則を「総論」もしくは「序」と位置づけ、第二則以下より数えて全体では「二十八則」あると考えたのだろう。【訳】では、本文に従い「二十八則」と訳す。

（5）花草粋編　明・陳耀文輯、十二巻。序文に「是刻也、由花間草堂而起、故以花草命編（是の刻や、花間・草堂に由りて起こる、故に花草を以て編に命《な》づく）」とあるように、唐・五代蜀の『花間集』と宋代の『草堂詩余』とを意識した書物で、明代では最も規模の大きい唐宋詞の選集である。主な版本としては、万暦十一年（一五八三）の陳氏自刻本、『四庫全書』本（ただし、この本は二十四巻本）、清・咸豊七年（一八五七）の金縄武評花仙館活字印本（この本また二十四巻本）、民国二十二年（一九三三）陶風楼影印万暦本がある。なお、唐氏は金縄武活字本を『楽府指迷』の底本としている。（16）も併せて参照のこと。

（6）四庫全書　清・乾隆帝の勅命により編纂された漢籍叢書を指す。詔勅が発せられたのが乾隆六年（一七四一）、事業が発足したのが乾隆三十七年（一七七二）、完成したのが乾隆四十六年（一七八一）であった。全書の正本七部、副本一部が浄書されて、正本は、文淵閣（北京・紫禁城）・文源閣（北京・円明園）・文津閣（熱河・避暑山荘）・文溯閣（奉天）・文匯閣（揚州）・文宗閣（鎮江）・文瀾閣（杭州）にそれぞれ収められ、副本は翰林院に収蔵された。現存するのは、北京図書館（文津閣本）・甘粛省図書館（文溯閣本）・浙江省図書館（文瀾閣本）・台湾故宮博物院（文淵閣本）の四部である。なお、凡例で記したように本訳注稿では『文淵閣』本と『文津閣』本とをテキストの校勘に用いている。

（7）四印斎所刻詞本　清・王鵬運校輯。王鵬運（一八四八―一九〇四）、字は幼霞、号は半塘。広西臨桂の人、同治九年（一八七〇）の進士。内閣中書、内閣侍読学士、礼部給事中になる。「四印斎」は彼の書斎名で、光緒七年（一八八一）より二十四年の歳月を経て、唐五代・宋・元人の別集、総集など五十五種の詞集を刊行して、これを『四印斎所刻詞』という。文字の妄改が見られるが、諸家の鈔本や稀覯本を用いて校勘をしている点では、詞学に果たした貢献が極めて大きい書物である。なお、凡例で記したように本訳注稿では該書をテキストの校勘に用いている。

（8）百尺楼叢書本　「百尺楼」は近人・陳去病の書斎名。陳去病は江蘇呉江の人。孫文の「中国同盟会」に参加し、「南社」の主要な発起人として知られる文学者である。該書は、現在中国国家図書館に所蔵されるが未見。

（9）采摘誤作深摘　唐氏は第十二則「要求字面当看唐詩」中の「采摘用之」の采字の下に「明万暦本・四印斎本並誤作探」と記す。今、『花草粋編』所収本・『四印斎所刻詞』所収本を見ると該当箇所は「探摘用之」に作っている。したがってこの部分は「采摘誤作探摘」と記すべきかとも疑われるが、唐氏が底本に用いた金縄武活字本『花草粋編』は未見ゆえ、指摘するのみに留めたい。

（10）直捷誤作直抜、不必更説書字、更誤作便　第十三則「詠物不可直説」における誤字の指摘である。第十三則【校記】を参照。

（11）瞼薄難蔵涙、瞼誤作臉　第十七則「坊間歌詞之病」における誤字の指摘である。第十七則【校記】を参照。

（12）含有余不尽之意、含誤作合　第十則「論結句」における誤字の指摘である。第十則【校記】を参照。

（13）翁大年校本　翁大年、字は叔均。著名な歴史家翁広平の子。著作に『古兵符考略』十二巻、『金石著録考』一巻などがある。「翁大年校本」とは、『晩翠楼叢書』所収本を指す。咸豊四年（一八五四）に記された翁大年の跋文には「頃至杭州、得瞻閲文瀾閣全書、因伝写是本（頃《このごろ》杭州に至り、文瀾閣全書を瞻閲するを得、因りて是の本を伝写す）」とあるので、該書が『文瀾閣』本に拠っていることが分かる。その後、戦火の為に灰燼に帰したが、光緒八年（一八八二）息子の翁棨が重刊した。底本の「附録」、「翁校本旧跋」を参照のこと。なお、『晩翠楼叢書』の所蔵は現在不明である。

（14）翁本亦據庫本　（13）を参照のこと。ここでいう「庫本」とは、『文瀾閣』本を指す。

（15）然礙作硋、遊字作遊人　第十六則「詞中去声字最緊要」における誤字の指摘である。第十六則【校記】を参照。

（16）金縄武活字本『花草粋編』　（5）を参照のこと。現在該書は南京図書館に所蔵されるが未見。

（17）彙校　諸テキストを集めて校勘する。清・楊捷『平閩紀』巻三「恭謝天恩疏」に「正当畏威懐徳之年、務求内聖外王之学、爰命儒臣、於日講四書解義、彙校成帙、親加裁定、復灑宸翰、序之篇首（正に畏威懐徳の年に当たり、内聖外王の学を求むるに務む。爰《ここ》に儒臣に命じ、『日講四書解義』に於いて、彙校して帙を成さしめ、親《みずか》ら裁定を加え、復た宸翰を灑《ふる》い、之が篇首に序す）」とある。

（18）備省覧　参考に備える。「省覧」は参考にする。南宋・李如篪『東園叢説』巻下「学者自出己見」に「時世日趨浮薄、学者観書不務本原、伝注雖存、而未嘗省覧、即用己見立説、反謂先儒所不能到、甚可嘆也（時世日々に浮薄に趨《おもむ》き、学者書を観て本原を務めず、伝注存りと雖も、未だ嘗て省覧せず。即ち己見を用いて説を立て、反て先儒の到る能わざる所と謂うは、甚だ嘆くべきなり）」とある。また、『明史』巻一七六「李賢伝」に「景泰二年二月上正本十策、曰、勤聖学、顧箴警、戒嗜慾、絶玩好、慎挙措、崇節倹、畏天変、勉貴近、振士風、結民心。帝善之、命翰林写置左右、備省覧（景泰二年二月、正本十策を上《たてまつ》る、曰わく、「聖学に勤め、箴警を顧み、嗜慾を戒め、玩好を絶ち、挙措を慎み、節倹を崇び、天変を畏れ、貴近に勉め、士風を振るい、民心を結ぶ」と。帝之を善しとし、翰林に命じ写して左右に置き、省覧に備えしむ）」

とあり、「備省覧」の形で見える。

（池田智幸）

第一則　論作詞之法

余自幼好吟詩。壬寅秋、始識靜翁於澤濱。癸卯、識夢窗。暇日相與倡酬、率多填詞、因講論作詞之法。然後知詞之作難於詩。蓋音律欲其協、不協則成長短之詩。下字欲其雅、不雅則近乎纏令之體。用字不可太露①、露則直突而無深長之味。發意不可太高、高則狂怪而失②柔婉之意。思此、則知所以爲難。子姪輩往往求其法於余、姑以得之所聞③、條列下方。觀於此、則思過半矣。

【校記】

①不可＝爲可（叢甲本）　②失＝無（津本）　③所聞＝所聓（陳本）、所畨（王・思・胡本）

【訓読】

作詞の法を論ず

余幼きより詩を吟ずることを好む。壬寅の秋、始めて静翁を沢浜に識れり。癸卯、夢窓を識る。暇日相い与に倡酬するに、率ね詞を填すること多く、因りて作詞の法を講論せり。然る後に詞の作の詩よりも難きを知る。蓋し音律は其の協わんことを欲し、協わざれば則ち長短の詩と成る。字を下すには其の雅ならんことを欲し、雅ならざれば則ち纏令の体に近し。字を用うるに太《はなは》だ露わなるべからず、露わなれば則ち直突にして深長の味無し。意を発するには太だ高くすべからず、高ければ則ち狂怪にして柔婉の意を失するなり。此を思えば、則ち難しと為す所以を知る。子姪の輩往往にして其の法を余に求むれば、姑く之を得て聞く所を以て、条して下方に列す。此を観れば、則ち思い半ばに過ぐ。

【訳】

作詞の方法を論じる

わたしは幼少より詩を吟じるのが好きであった。壬寅（淳祐二年〔一二四二〕）の秋、初めて翁元龍と震沢の水辺にて知り合った。癸卯（淳祐三年〔一二四三〕）には、呉文英と知り合った。ひまな日には互いに唱和し合ったが、ほとんどの場合填詞であることが多かった、それで作詞の方法について議論をするようになった。それからと言うもの、詞を作ることは、詩を作るのよりも難しいことが分かった。そもそも、音律はよく調和するようでありたい、調和しなければ長短不揃いな詩になってしまう。字を当てはめるには雅正な文字を用いるようにしたい、雅正でなければ卑俗な纏令の文体に近くなってしまう。語の用い方はあまり露骨にはすべきでない。露骨であると、あからさまになって、深い味わいが無くなってしまう。着想は、あまりにも高尚であるべきではない。高尚であると奇を衒って、やんわりとした婉曲さが失われてしまう。こうした事を考えれば、難しいとする理由が分かるであろう。子供や甥たちが往々にしてその方法を私に聞いてくるので、ひとまず私が会得したことや翁元龍・呉文英から聞いたことなどを、以下に箇条書きにすることにした。これをみれば、つまり大半は了解することができるだろう。

【注】

(1) 壬寅・癸卯　それぞれ淳祐二年(一二四二)と淳祐三年(一二四三)を指す。

(2) 静翁・夢窓　朱孝臧『夢窓詞集小箋』「解語花(処静)」(『彊村叢書』)に「絶妙好詞箋翁元龍、字時可、号処静、句章人。浩然斎雅談時可与呉君特為親伯仲、作詞各有所長。世多知君特而知時可者甚少。按沈義父楽府指迷壬寅秋、始識静翁於沢浜。癸卯、識夢窓。亦連挙之。静翁疑即処静(『絶妙好詞箋』に、翁元龍、字は時可、号は処静、句章の人なり、と。『浩然斎雅談』に、時可と呉君特と親伯仲為り、作詞各おの長ずる所有り。世多く君特を知るも時可を知る者甚だ少し、と。按ずるに沈義父『楽府指迷』に、壬寅の秋、始めて静翁を沢浜に識れり。癸卯、夢窓を識る、と。亦た連ねて之を挙ぐ。静翁は疑うらくは即ち処静ならん)」とある。夢窓とは、呉文英、字は君特、号は夢窓のこと。嘉定十年の科挙及第者である翁逢龍が長男、呉文英が次男、翁元龍が三男であり、三兄弟である。呉文英が呉姓を名乗っていることについては、養子に出された説と、母が卑賤な生まれのため翁姓を名乗らせてもらえなかった説との二説が提示されている。村上哲見「呉夢窓詞論」(『宋詞研究　南宋篇』、第四章、創文社、二〇〇六年)に詳しい。

(3) 沢浜　おそらく震沢の水辺のことであろう。沈義父は震沢の人である。

(4) 倡酬　詩詞を詠い交わすこと。『宋史』巻四四二「楊蟠伝」に「蘇軾知杭州、蟠通判州事、与軾倡酬居多。平生為詩数千篇(蘇軾は杭州に知たりて、蟠は通判州事なれば、軾と倡酬すること多きに居る。平生詩を為ること数千篇)」とある。

(5) 講論　議論をする。『世説新語』「言語」に「謝太傅寒雪日内集、与児女講論文義。俄而雪驟、公欣然曰、白雪紛紛何所似。兄子胡児曰、撒塩空中差可擬。兄女曰、未若柳絮因風起(謝太傅寒雪の日に内集して、児女と文義を講論せり。俄かにして雪驟す、公欣然として曰わく「白雪の紛紛たるは何の似る所ぞ」と。兄の子胡児曰わく「塩を空中に撒けば差《や》や擬《ぎ》すべし」と。兄の女曰わく「未だ柳絮の風に因りて起つに若かず」と)」とある。

(6)詞之作難於詩　詞を作るのは、詩を作るのよりも難しい。南宋・張炎『詞源』巻下「詠物」に「詩難於詠物、詞為尤難（詩は詠物に難く、詞は尤も難しと為す）」とある。南宋・仇遠「山中白雲詞序」に「世謂詞者詩之余、然詞尤難于詩、詞失腔猶詩落韻、詩不過四五七言而止、詞乃有四声五音均拍重軽清濁之別（世に詞は詩の余と謂う、然れども詞は尤も詩よりも難し。詞の腔を失するは猶お詩の韻を落とすがごとし、詩は四五七言にして止むに過ぎず。詞には乃ち四声五音の均拍・重軽清濁の別有り）」とある。

(7)音律　詞の楽律を言う。『詞源』巻下「雑論一」に「音律所当参究、詞章先宜精思（音律は当に参究すべき所なるも、詞章先ず宜しく精思すべし）」とあり、また「雑論十三」には「近代楊守斎精於琴、故深知音律（近代の楊守斎は琴に精しくして、故に深く音律を知る）」とある。

(8)協　楽律にしっかりのること。『詞源』巻下「音譜」に「詞以協音為先（詞は音に協するを以て先と為す）」とある。

(9)長短之詩　『詞源』巻下「雑論十四」に「辛稼軒劉改之作豪気詞、非雅詞也。於文章余暇、戯弄筆墨為長短句之詩耳（辛稼軒・劉改之は豪気の詞を作るも、雅詞に非ざるなり。文章の余暇に於いて、戯れに筆墨を弄して長短句の詩を為るのみ）」とある。『宋代の詞論』二五九頁は、「長短句は詞の別称でもあるが、ここでは、単に字数だけを合わせたもので、詞の格好はしているが、音楽に乗らないことを批判的に言う」と注する。

(10)下字　文字の用い方。漢字一字一字を決定して当てはめる。南宋・厳羽『滄浪詩話』「詩法」には「下字貴響、造語貴円（字を下すには響きを貴び、語を造るには円きを貴ぶ）」とある。南宋・胡仔『苕渓漁隠叢話後集』巻二十五「半山老人」に「介甫善下字、如荒埭暗鶏催月暁空場老雉挟春驕、下得挟字最好、如孟子挟貴挟長之挟（介甫字を下すを善くす、「荒埭の暗鶏月暁を催し、空場の老雉春驕を挟む」の如きは、挟字を下し得て最も好し、孟子の挟貴・挟長の挟の如し）」

とある。南宋・魏慶之『詩人玉屑』巻六には「下字」という項目が立てられており、そこに「鍾山語録云、暝色赴春愁、下得赴字最好、若下起字、便是小児語也（『鍾山語録』に云う、「暝色春愁に赴く」、赴字を下し得て最も好し、若し起字を下さば、便ち是れ小児の語なり）」とある他、「詩下双字極難（詩は双字を下すに極めて難し）」、「古人下連綿字不虚発（古人は連綿字を下すに虚発せず）」などの表現が見られる。

(11) 雅　格調高い。『詞源』巻下「雑論七」に「詞欲雅而正（詞は雅にして正ならんと欲す）」とあり、これは『詩経』「大序」などに基づいた表現である。『宋代の詞論』二二八頁を参照されたい。また北宋・陳師道『後山詩話』巻一に「閩士有好詩者、不用陳語常談。写投梅聖兪、答書曰子詩誠工、但未能以故為新、以俗為雅爾（閩の士に詩を好む者有りて、陳語常談を用いず。写して梅聖兪に投ずるに、答書に曰わく「子の詩は誠に工なれども、但だ未だ故を以て新と為し、俗を以て雅と為すこと能わざるのみ」と）」とある。

(12) 纏令　「唱賺」と呼ばれる「引子」（序段）と「尾声」を有する民間歌曲の一種。俗なものとして引用される。『事林広記』所収『遏雲要訣』に「夫唱賺一家、古謂之道賺……三拍起引子、……尾声総十二拍、第一句四拍、第二句五拍、第三句三拍煞。此一定不踰之法（夫れ唱賺の一家は、古え之を道賺と謂う……三拍にして引子を起こし、……尾声は総じて十二拍にして、第一句は四拍なり、第二句は五拍なり、第三句は三拍にして煞《お》わる。此れ一定にして踰えざるの法なり）」とある。南宋・耐得翁『都城紀勝』には「唱賺在京師、曰有纏令・纏達。有引子・尾声為纏令。引子後、只以両腔迎互、循環間用者、為纏達（唱賺は京師に在りては、纏令・纏達有りと曰う。引子・尾声有るを纏令と為す。引子の後、只だ両腔の迎えて互いし、循環間用する者を以て、纏達と為す）」とある。『宋代の詞論』六五・一七三頁を参考のこと。

(13) 用字　語の用い方。南宋・張表臣『珊瑚鉤詩話』巻二に「贈蔡希魯詩云、身軽一鳥過、力在一過字、徐歩詩云蕊粉上蜂鬚、功在一上字、茲非用字之精乎（「蔡希魯に贈る」詩に云わく「身軽く一鳥過る」と、力は一過字に在り、「徐歩」詩に云わく「蕊粉蜂鬚に上る」と、功は一上字に在り、茲れ用字の精に非ずや)」とある。また北宋・阮閲『詩話総亀後集』巻三十二に「周美成水亭小、浮萍破処、担花簾影顛倒。按杜少陵詩灯前細雨担花落、美成用此担花二字、全与出処意不相合、乃知用字之難矣(周美成「水亭小さく、浮萍の破らるる処、担花の簾影顛倒す」と。按ずるに杜少陵の詩に「灯前細雨担花落つ」と、美成此の担花の二字を用うるに、全く出処と意相い合わざるなり、乃ち用字の難きことを知る)」とある。

また「下字」「用字」が一文の中に見られる用例としては、『詩人玉屑』巻六「陵陽論下字之法」に「僕嘗請益曰、下字之法当如何。公曰、正如奕棋、三百六十路都有好着、顧臨時如何耳。僕復請曰、有二字同意、而用此字則穏、用彼字則不穏、豈牽於平仄声律乎。公曰、固有二字一意、而声且同、可用此而不可用彼者。選詩云庭皐木葉下、雲中弁煙樹。還可作庭皐樹葉下、雲中弁煙木(僕嘗て益を請いて曰わく、下字の法は当に如何にすべし、と。公曰わく、正に奕棋の如く、三百六十路都《すべ》て好着有り、顧《た》だ時に臨みて如何するのみ、と。僕復た請いて曰わく、二字の意を同じくする有りて、而して此の字を用うれば則ち穏、彼の字を用うれば則ち不穏、豈に平仄声律に牽かれんや、と。公曰わく、固より二字一意にして、而も声すら且つ同じなれば、此を用うべくして彼の者を用うべからざる者有り。選詩に云う「庭皐木葉下る」「雲中煙樹を弁ず」。還《ま》た「庭皐樹葉下る」「雲中煙木弁ず」にも作るべし、と)」とある。

(14)不露　はっきりし過ぎない。あけすけでない。『詩人玉屑』巻十「含蓄」に「詩文要含蓄不露、便是好処。古人説雄深雅健、此便是含蓄不露也(詩文は含蓄ありて露わならざらんことを要《ほっ》すれば、便ち是れ好処なり。古人の雄深雅健を説くは、此れ便ち是れ含蓄ありて露わならざるなり)」とある。『滄浪詩話』「詩法」には「語忌直、意忌浅、脈忌露、味忌短、音韻忌散緩、亦忌迫促(語は直なるを忌み、意は浅なるを忌み、脈は露わなるを忌み、味は短なるを忌み、音韻は散緩なるを忌み、亦た迫促なるを忌む)」とある。

(15)直突　あからさまである。北宋・蘇軾「与滕達道六十八首」其八に「輒恃深眷、信筆直突、千万恕之。死罪(輒ち深眷を恃みて、筆に信《まか》せて直突す、千万之を恕せ。死罪）」とある。

（16）深長　奥深い含意を秘めている。『漢書』巻四十五「蒯通伝」に「通論戦国時説士権変、亦自序其説、凡八十一首、号曰雋永（通戦国時の説士権変を論じ、亦た自ら其の説を序す、凡そ八十一首、号して『雋永』と曰う）」とあり、顔師古注には「言其所論甘美、而義深長也（言うこころは其の論ずる所甘美にして、義は深長なり）」とある。

（17）発意　発想・着想。北宋・晁迥『昭徳新編』巻上に「常人発意率多妄想、不名実想。常人発言率多戯論、不名至論（常人の発意は率ね妄想多く、実想と名づけず。常人の発言は率ね戯論多く、至論と名づけず）」とある。

（18）高　格調が高い。北宋・欧陽脩『六一詩話』に「其詩極有意思、亦多佳句、但其格不甚高（〔鄭谷〕其の詩極めて意思有りて、亦た佳句多けれども、但だ其の格甚だしくは高からず）」とある。

（19）狂怪　奇を衒っている。南宋・陳善『捫蝨新話』巻八「東坡論盧仝馬異杜黙詩」に「東坡嘗言、作詩狂怪、至盧仝馬異極矣。（東坡嘗て言う、作詩の狂怪、盧仝・馬異に至りて極まれり、と）」とある。

（20）柔婉　しとやかで、遠まわしなことを言う。『詞源』巻下「賦情」に「簸弄風月、陶写性情、詞婉於詩（風月を簸弄し、性情を陶写すること、詞は詩より婉なり）」とある。また、南宋・呉文英「解語花（梅花）」詞（『全宋詞』第四冊二八八一頁）には、「伴蘭翹清瘦、簫鳳柔婉（伴うは蘭翹の清痩、簫鳳の柔婉）」という表現が見られる。

（21）思過半矣　大半は了解できる。『易』「繋辞下」に「噫亦要存亡吉凶、則居可知矣。知者観其彖辞、則思過半矣。（噫《そも》そも亦た存亡吉凶を要すれば、則ち居ながらにして知るべし。知者は其の彖辞を観れば、則ち思い半ばに過ぎん）」とある。

（平塚順良）

第二則　作詞當以淸眞爲主

凡作詞、當以淸眞爲主。蓋淸眞最爲知音、且無一點市井氣。下字運意、皆有法度、往往自唐宋諸賢詩句中來、而不用經史中生硬字面、此所以爲冠絶也。學者看詞、當以周詞集解爲冠。

【校記】

諸本同じ。

【訓読】

作詞は当に清真を以て主と為すべし

凡そ詞を作るに、当に清真を以て主と為すべし。蓋し清真は最も知音為りて、且つ一点の市井の気無し。字を下し、意を運ぶに、皆法度有り。往往にして唐・宋諸賢の詩句中より来りて、経史中の生硬なる字面を用いず。此れ冠絶為る所以なり。学ぶ者は、詞を看るに、当に『周詞集解』を以て冠と為すべし。

【訳】

詞を作る事においては、周邦彦を中心とするべきである

詞を作る事においては、周邦彦を中心とするべきである。思うに周邦彦は最も音律を理解している人物であって、

かつ少しも俗気が無い。文字を用いるにも詞中の構想の展開にも、どちらも手本とするべきものがあり、往往にして唐・宋時代の諸賢の詩句中から借用しており、決して経史中のなめらかでない語彙を用いてはいない。これらが冠絶（最もすぐれている）たり得る理由である。詞を学ぶ者は、『周詞集解』を最上と見なすべきである。

【注】

（1）清真　周邦彦（一〇五六―一一二一）の号。周邦彦、字は美成、銭塘の人。清真居士と号した。『宋史』巻四四四「周邦彦伝」に「邦彦好音楽、能自度曲、製楽府長短句、詞韻清蔚、伝於世（邦彦音楽を好み、能く自ら曲を度り、楽府長短句を製す。詞韻清蔚にして、世に伝わる）」とある。周邦彦の作品については村上哲見「周美成詞論」（『宋詞研究　唐五代北宋篇』、下篇「北宋詞論」第五章）に詳しい。

（2）当以清真為主　周邦彦を中心とするべきである。清・周済『宋四家詞選』「目録序論」に「序曰、清真集大成者也。……問塗碧山、歴夢窓稼軒、以還清真之渾化、余所望於世之為詞人者、蓋如此（序に曰わく、清真は集大成者なり。……塗《みち》を碧山に問い、夢窓・稼軒を歴《へ》て、以て清真の渾化に還る。余　世の詞人為る者に望む所は、蓋し此の如し）」とある。また清・戈載『宋七家詞選』「序」に「詞学至宋盛矣、備矣、然純駮不一。優劣迴殊、欲求正軌、以合雅音、惟周清真、史梅渓、姜白石、呉夢窓、周草窓、王碧山、張玉田七人、允無遺憾（詞学は宋に至りて盛なり、備われり。然れども純駮一ならず。優劣迴《はる》かに殊なれり。正軌を求め、以て雅音に合せんと欲せば、惟だ周清真・史梅渓・姜白石・呉夢窓・周草窓・王碧山・張玉田の七人のみ、允《まこと》に遺憾無し）」とあり、その「跋」には「清真之詞、其意澹遠、其気渾厚、其音節又復清妍和雅、最為詞家之正宗。所選更極精粋無憾、故列為七家之首（清真の詞、其の意は澹遠、其の気は渾厚、其の音節又た復た清妍和雅にして、最も詞家の正宗為り。選ぶ所更に精粋を極めて憾み無し。故に列して七家の首と為す）」とある。

また呉梅『詞学通論』（『呉梅全集』、理論巻上、河北教育出版社、二〇〇二年）に「詞至美成、乃有大宗。前収蘇秦之終、後開姜史之始。自有詞人以来、為万世不祧之祖宗（詞は美成に至りて、乃ち大宗有り。前は蘇・秦の終りを収め、後は姜・史の始まりを開くなり。詞人有りてより以来、万世不祧の祖宗為り）」とあり、周邦彦を詞人の大宗としている。張炎の周邦彦に対する評価は、次の（3）に挙げる。その他、周邦彦評価については、（1）に挙げた村上哲見「周美成詞論」の第三節「周美成詞に対する歴代の評価」（『宋詞研究　唐五代北宋篇』）に詳しい。

（3）知音　音律・音楽をよく理解している。『礼記』「楽記」に「凡音者生於人心者也。楽者通倫理者也。是故知声而不知音者、禽獣是也。知音而不知楽者衆庶是也。唯君子為能知楽。是故審声以知音、審音以知楽、審楽以知政、而治道備矣（凡そ音は人心に生ずる者なり。楽は倫理に通ずる者なり。是の故に声を知りて音を知らざる者は、禽獣是れなり。音を知りて楽を知らざる者は衆庶是れなり。唯だ君子のみ能く楽を知ると為す。是の故に声を審らかにして以て音を知り、音を審らかにして以て楽を知り、楽を審らかにして以て政を知り、而して治道備わる）」とある。『詞源』巻下「序」に「迄於崇寧、立大晟府、命周美成諸人、討論古音、審定古調。淪落之後、少得存者、由此八十四調之声稍伝。而美成諸人又復増演慢曲、引、近、或移宮換羽為三犯、四犯之曲、按月律為之、其曲遂繁。美成負一代詞名、所作之詞、渾厚和雅、善於融化詩句。而於音譜且間有未諧、可見其難矣（崇寧に迄《いた》りて、大晟府を立て、周美成ら諸人に命じて、古音を討論し、古調を審定せしむ。淪落の後、存するを得る者少なきも、此に由りて八十四調の声稍く伝われり。而して美成ら諸人又た復た慢曲・引・近を増演し、或は宮を移し羽を換え、三犯・四犯の曲を為し、月律を按じて之を為し、其の曲遂に繁し。美成一代の詞名を負いて、作る所の詞、渾厚和雅にして、詩句を融化するに善し。而れども音譜においては且つ間ま未だ諧わざるもの有り。其の難きを見るべし）」と記されている。また、「雑論七」には「詞欲雅而正、志之所之、一為情所役、則失其雅正之音。耆卿、伯可不必論、雖美成亦有所不免（詞は雅にして正ならんと欲し、志の之く所、一たび情の役する所と為らば、則ち其の雅正の音を失す。耆卿・伯可 必ずしも論ぜず。美成と雖も亦た免れざる所有り）」とある。このように、張炎は周邦彦が音楽に詳しい者であると紹介する一方、音律に適わない所もあると指摘している。このことに関して、松尾肇子「『詞源』と『楽府指迷』」第三節「二書の主張」（『詞論の成立と発展―張炎を中心として』、第一章）では、「張炎は、周邦彦を基本的には評価しながらも、欠点を指摘する言葉を合わせ述べており、むしろその方に重点が置かれているように感じられる。」と説明されている。

（4）市井気　俗気を言う。『詩話総亀後集』巻四十に「歌之輒以俚語竄入、睟然有市井氣。不類神仙中人語也（之を歌えば輒ち俚語を以て竄入し、睟然として市井の気有り。神仙中の人の語に類せざるなり）」とある。

（5）下字　第一則「論作詞之法」【注】（10）を参照のこと。また、他の用例として南宋・何汶『竹荘詩話』巻一「品題」に「復斎漫録云、杜老歌行与長韻律詩、後人莫及。而蘇黄用韻、下字、用故事処亦古所未到（『復斎漫録』に云う、「杜老の歌行と長韻律詩とは、後人及ぶもの莫し。而れども蘇・黄の韻を用いること、字を下すこと、故事を用うる処も亦た古の未だ到らざる所なり。」と）」とある。

（6）運意　詞中における構想の展開。「意」は意趣のこと。ここでは「意趣を運《めぐ》らせる」、つまり詞中で意趣をどのように展開させるか、の意。「意」については、『宋代の詞論』一三〇・一三一頁等を参照。唐・張懐瓘『書絶』巻下に「其独運意、踈字、緩轡、猶楚音（其の独り意を運び、字を踈んじ、轡を緩にすること、猶お楚音のごとし）」とあり、宋・韋居安『梅磵詩話』巻上に「運意高妙、真能発前人之未発（運意高妙にして、真に能く前人の未だ発せざるを発するなり）」とある。また、元・呉海『聞過斎集』巻二に「其叙事明潔類太史公。其運意精深類柳子厚。其遺辞不滞類蘇子瞻（其の叙事 明潔にして太史公に類す。其の運意 精深にして柳子厚に類す。其の遺辞 不滞にして蘇子瞻に類す）」とある。また、同書巻七に「古人作字不苟。其運意執筆、各自有法度（古人 字を作るに苟せず。其の意を運び筆を執るに、各《おの》おの自《みずか》ら法度有り)」とある。

(7)有法度　手本・規範となり得るものが有ること。『旧唐書』巻一四八「裴垍伝」に「垍雖年少、驟居相位、而器局峻整、有法度、雖大僚前輩、其造請不敢干以私(垍は年少と雖も、驟に相位に居りて、器局峻整にして、法度有り。大僚の前輩と雖も、其の造請するや敢えて干すに私を以てせず)」とある。また、南宋・劉粛「詳注周美成詞片玉集序」には「周美成以旁捜遠紹之才、寄情長短句、縝密典麗、流風可仰。其徴辞引類、推古誇今、或借字用意、言言皆有来歴。(周美成遠紹の才を旁捜するを以て、情を長短句に寄せること、縝密典麗にして、流風仰ぐべし。其の辞を徴し類を引き、古を推し今を誇り、或は字を借り意を用いること、言言皆来歴有り)」とある。

(8)往往自唐宋諸賢詩句中来　往々にして唐・宋代の詩句を用いる。南宋・陳振孫『直斎書録解題』巻二十一に「美成詞、多用唐人詩、檃括入律、渾然天成。長調尤善鋪叙、富艶精工、詞人之甲乙也(美成の詞は、多く唐人の詩を用い、檃括《いんかつ》して律に入り、渾然として天成す。長調は尤も鋪叙を善くし、富艶精工にして、詞人の甲乙なり)」とあるように、周邦彦は特に唐代の著名な詩人の詩句を詞中に多用していたようである。以下に例を挙げる。「虞美人(疏籬曲径田家小)」詞(『全宋詞』第二冊六一八頁)の「天寒山色有無中、野外一声鐘起送孤(天寒山色有無の中、野外一声鐘起りて孤を送る)」は、唐・王維「漢江臨汎詩」の「江流天地外、山色有無中(江流天地の外、山色有無の中)」を用いている。また、「満庭芳」詞(『全宋詞』第二冊六〇一頁)の冒頭二句「風老鶯雛、雨肥梅子(風に老いる鶯雛、雨に肥ゆる梅子)」は、唐・杜甫「陪鄭広文游何将軍山林詩(鄭広文に陪して何将軍の山林に游ぶの詩)」の「緑垂風折笋、紅綻雨肥梅(緑は垂る風に折らるる笋、紅は綻ぶ雨に肥ゆる梅)」を用いている。

(9)生硬　文字が他の字ととけこまず、ごつごつしていて練れていない。『詞源』巻下「字面」に、「句法中有字面、蓋詞中一箇生硬字用不得。須是深加煅煉、字字敲打得響、歌誦妥溜、方為本色語。如賀方回、呉夢窓、皆善於錬字面、多於温庭筠、李長吉詩中来。字面亦詞中之起眼処、不可不留意也（句法中に字面有り、蓋し詞中に一箇の生硬の字も用い得ず。須らく是れ深く煅煉を加え、字字敲打し得て響き、歌誦妥溜にして、方《はじ》めて本色の語為り。賀方回・呉夢窓の如きは、皆字面を練るに善く、多く温庭筠・李長吉の詩中より来れり。字面も亦た詞中の眼を起こす処にて、意を留めざるべからざるなり）」とある。『宋代の詞論』九四・九五頁を参照されたい。

(10) 字面　詞を構成している用語・文字のこと。先の(9)に引用した『詞源』巻下「字面」を参照のこと。また『詞源』巻下「製曲」にも「詞既成、試思前後之意不相応、或有重畳句意、又恐字面麤疎、即為修改（詞既に成らば、試に前後の意相い応ぜざるか、或は句意を重畳せる有らんかを思う。又た字面の麤疎《そそ》なるを恐れ、即ち修改を為すなり）」とある。

(11)『周詞集解』　周邦彦詞の注釈書の一つ。佚書であり、現在は伝わらない。『楽府指迷箋釈』に「按周詞集解、必為有註解之清真集。伯時既以為冠、必為当時第一善本。惜其佚而不伝。……註清真詞二巻、其書亦不伝。今存者、惟元人陳元龍註片玉集十巻本耳（按ずるに『周詞集解』は、必ず註解有るの『清真集』為らん。伯時既に以て冠と為すは、必ず当時の第一の善本為らん。其の佚して伝わらざることを惜しむ。……『註清真詞』二巻、其の書も亦た伝わらず。今存する者は、惟だ元人・陳元龍註の『片玉集』十巻本のみ）」とある。『直斎書録解題』巻二十一は『註清真詞』二巻を挙げ、その著者を「曹杓、字季中、号一壺居士（曹杓、字は季中、一壺居士と号す）」と記している。この他、『詞源』巻下「雑論十三」には、楊纉（号は守斎）が『圏法周美成詞』を著したと記されている。このように、南宋末の頃には既に数種の注本が存在する事から、村上哲見氏は（1）に挙げた「周美成詞論」の第一節「周美成の経歴と著述」（『宋詞研究　唐五代北宋篇』）において「南宋における（周美成詞の）流行の一証としてよいだろう。」と述べておられる。

（岡本淳子）

第三則　康柳詞得失

康伯可柳耆卿音律甚協、句法亦多有好處。然未免有鄙俗語。

【校記】

諸本同じ。

【訓読】

康柳詞の得失

康伯可・柳耆卿は音律甚だ協い、句法も亦た多く好処有り。然れども未だ鄙俗の語有るを免れず。

【訳】

康与之と柳永の詞の長所と短所

康与之と柳永の詞は、音律が非常に合っていて、句作りにも良いところが多くある。しかし、いやしくて下品な語があることは避けられない。

【注】

（1）康伯可　康与之。『直斎書録解題』巻二十一に『順庵楽府』五巻が著録される。南宋・羅大経『鶴林玉露乙編』巻四「中興十策」に「建炎中、大駕駐維揚、康伯可上中興十策。……時宰相汪黄輩不能聴用、而伯可名声由是甚著。余観其策正大的確、雖李伯紀趙元鎮亦何以遠過。然厥後秦檜当国、伯可乃附会求進、擢為台郎。値慈寧帰養、両宮燕楽、伯可専応制為歌詞、諛艶粉飾、於是声名掃地、而世但以比柳耆卿輩矣。檜死伯可亦貶五羊（建炎中、大駕維揚に駐む。康伯可中興十策を上る。……時に宰相汪・黄の輩聴用する能わず、而れども伯可の名声是れ由り甚だ著わる。余其の策を観るに正大にして的確、李伯紀・趙元鎮と雖も亦た何を以てか遠く過ぎん。然れども厥の後、秦檜国に当たるや、伯可は乃ち附会して進を求め、擢んでられて台郎と為る。慈寧に帰養するに値《あ》い、両宮の燕楽、伯可専ら制に応じて歌詞を為れば、諛艶にして粉飾たり。是に於いて声名は地を掃い、而して世は但だ以て柳耆卿の輩に比するのみ。檜死して伯可も亦た五羊に貶せらる）」とある。彼の代表的な応制詞としては「瑞鶴仙（上元応制）」詞があり、南宋・黄昇『中興以来絶妙詞選』巻一に収録され、「按此詞進入、太上皇帝極称賞風柔夜暖以下至於末章、賜金甚厚（按ずるに此の詞の進入するや、太上皇帝極めて『風柔らかにして夜暖かし』以下末章に至るまでを称賞し、金を賜うこと甚だ厚し）」と評される。また、同書巻一には「喜遷鶯（丞相生日）」詞があり、黄昇は「此詞雖佳、惜皆媚竈之語、蓋為檜相作耳（此の詞佳しとは雖ども、惜しむらくは皆媚竈《びそう》の語なり。蓋し檜相の為に作るのみ）」との評語を加えている。

（2）柳耆卿　柳永。詞集に『楽章集』がある。詞の歴史において、慢詞というスタイルを広めたことは、彼の最大の功績だと言われる。北宋・葉夢得『避暑録話』巻下には「柳永、字耆卿。為挙子時、多游狭邪。善為歌辞、教坊楽工毎得新腔必求永為辞、始行于世。于是声伝一時（柳永、字は耆卿。挙子為りし時、多く狭邪に游ぶ。歌辞を為るに善く、教坊の楽工、新腔を得る毎に必ず永に求めて辞を為らしめ、始めて世に行わる。是において声は一時に伝わる）」と記述される。なお、柳永と康与之は『詞源』でも一揃いで言及される。第二則【注】（3）に引く「雑論七」に「詞欲雅而正、志之所之、一為情所役、則失其雅正之音。耆卿伯可不必論、雖美成亦有所不免（詞は雅にして正ならんと欲す、志の之く所、一たび情の役する所と為らば、則ち其の雅正の音を失す。耆卿・伯可必ずしも論ぜず、美成と雖も亦た免れざる所有り）」とあり、また「雑論十五」に「康柳詞、亦自批風抹月中来。風月二字、在我発揮、二公則為風月所使耳（康・柳の詞は、亦た批風抹月中より来たる。風月の二字、我に在りて発揮す、二公は則ち風月の使する所と為るのみ）」とある。張炎の二人への評価は非常に厳しく、否定的な言辞しか述べない。一方、『楽府指迷』本則では「有鄙俗語」と柳永・康与之を批判する反面、「音律甚協」及び「句法亦多有好処」と一定の評価もしている点は見逃せない。従って、『詞源』と『楽府指迷』とでは柳永・康与之の詞への評価に違いがあると言えるだろう。

（3）音律甚協　「音律」「協」は第一則「論作詞之法」の【注】（7）・（8）をそれぞれ参照されたい。柳永が音律に詳しかったことは多くの書物に言及される。例えば、北宋・李清照「詞論」に「始有柳屯田永者、変旧声作新声、出楽章集、大得声称於世、雖協音律、而詞語塵下（始め柳屯田永なる者有り、旧声を変じて新声を作り、楽章集を出す。大いに声称を世に得たり。音律に協うと雖も、詞語は塵下なり）」とあり、『直斎書録解題』巻二十一に「其詞格固不高、而音律諧婉、詞意妥貼（其の詞格は固より高からず、而して音律は諧婉にして、詞意は妥貼なり）」とある。

（4）句法　一句一句の構成の仕方、句作り。『滄浪詩話』「詩弁」に「其用工有三、曰起結、曰句法、曰字眼（其れ用工に三有り、曰わく起結、曰わく句法、曰わく字眼、と）」とあり、荒井健氏は「句づくり、一句の構成についての修辞法」と説かれる（『文学論集』、『中国文明選』第十三巻、朝日新聞社、一九七二年、二七八頁）。また、『詞源』巻下には「句法」条があり、句法に関する詳細な記述がある。詳しくは、『宋代の詞論』八三～九二頁を参照のこと。

（5）有好処　良いところがある。『詩人玉屑』巻十七「石曼卿」に「石曼卿詩極有好処（石曼卿の詩極めて好処有り）」とある。なお、南宋・朱熹『朱子語類』には数多くの用例がある。例えば、巻五「性理二」に「仏家説心処、儘有好処。前輩云、勝於楊墨（仏家の心を説きし処に、儘《はなは》だ好処有り。前輩云わく、楊墨に勝れりと）」とあり、巻十九「論語一」に「読論語、須将精義看。……一章之中、程子之説多是、門人之説多非。然初看時，不可先萌此心、門人所説亦多有好処（『論語』を読むに、須らく精義を将《もっ》て看るべし。……一章の中、程子の説は是《ぜ》多く、門人の説は非多し。然れども初めて看る時は、先ず此の心を萌《きざ》すべからず、門人の説く所も亦た多く好処有り）」とある。

（6）鄙俗　いやしくて下品であること。『韓詩外伝』巻九に「威儀固陋、辞気鄙俗（威儀は固陋にして、辞気は鄙俗なり）」とある。康与之詞に鄙俗の語があることは、『直斎書録解題』巻二十一『順庵楽府』の解題に「世所伝康伯可詞鄙褻之甚、此集頗多佳語（世の伝うる所の康伯可の詞は鄙褻の甚しきなり、此の集頗る佳語多し）」と記される。一方、柳永詞に鄙俗な語が用いられたとする記述は数多く、例えば黄昇『唐宋諸賢絶妙詞選』巻五に「長於繊艶之詞、然多近俚俗。故市井人悦之（繊艶の詞に長ず、然れども多く俚俗に近し。故に市井の人之を悦ぶ）」とあり、宋・徐度『却掃編』巻下に「其詞雖極工緻然、多雑以鄙語。故流俗人尤喜道之（其の詞は工を極むること緻然たりと雖も、多く雑うるに鄙語を以てす。故に流俗の人尤も之を道うを喜ぶ）」とある。なお、（3）に引く李清照「詞論」中には「詞語塵下（詞語は塵下なり）」と見えている。

（池田智幸）

第四則　姜詞得失

姜白石清勁知音、亦未免有生硬處。

【校記】

諸本同じ。

【訓読】

姜詞の得失

姜白石は清勁知音、亦た未だ生硬の処有るを免れず。

【訳】

姜夔の詞の長所と短所

姜夔の詞は、すっきりとして力強いし、音律にも通暁しているが、すこしごつごつとして練れていない部分のある点は避けられない。

【注】

（1）姜白石　姜夔、字は尭章、鄱陽の人、白石道人と号した。夏承燾「姜白石繋年」（『夏承燾集』第一冊、『唐宋詞人年譜』、浙江古籍出版社・浙江教育出版社、一九九七年）は、生年を紹興二十五年（一一五五）、卒年を嘉定十四年（一二二一）頃と推定する。幼くして孤児となったが、蕭徳藻に激賞され、その兄娘を娶った。また慶元三年（一一九七）に、雅楽を論じて「大楽議」「琴瑟考古図」を献上したものの、その才能を嫉まれて採用されなかったことがある。また慶元五年（一一九九）には、「聖宋鐃歌鼓吹曲」十四編を献上して、解試免除となって礼部試験に応じたが及第しなかった。姜夔『白石道人歌曲』には、旁譜を記す自度曲が収められており、音律に通暁していたとされている。村上哲見「姜白石詞論」（『宋詞研究　南宋篇』、第三章）に詳しい。

（2）清勁　凛として一本筋の通った力強さを言う。書法や人物評に用いられる。書法評としては、南宋・葛立方『韻語陽秋』巻十四に「顔平原書妙天下。……余家旧蔵数碑、皆用筆清勁、而剛方之気、如其為人（顔平原の書は天下に妙たり。……余の家の旧蔵数碑、皆な用筆清勁、剛方の気は、其の人と為りの如し）」とある他、北宋・周紫芝『竹坡詩話』に「後又見一石刻、乃李太白夜宿山寺所題、字画清勁而大、且云布衣李白作（後に又た一石刻を見るに、乃ち李太白の夜に山寺に宿りて題する所なり。字画清勁にして大、且つ布衣李白の作と云う）」とある。人物評としては、『旧唐書』巻一八九上「李善伝」に「李善者、揚州江都人。方雅清勁、有士君子之風（李善は、揚州江都の人。方雅清勁、士君子の風有り）」とある。また、『詞源』には「清空」条が立てられている。

（3）知音　第二則「作詞当以清真為主」【注】（3）を参照。

（4）生硬　第二則「作詞当以清真為主」【注】（9）を参照。

（平塚順良）

第五則　呉詞得失

夢窗深得清眞之妙。其失在用事下語太晦處、人①不可曉。

【校記】

①叢甲・叢乙本云「『百尺樓叢書』作「令人」(『百尺楼叢書』は「令人」に作る)」

【訓読】

呉詞の得失

夢窓は深く清真の妙を得たり。其の失は事を用いること・語を下すことの太だ晦き処に在り、人暁るべからず。

【訳】

呉文英詞の長所と短所

呉文英は深く周邦彦の詞の素晴らしい所を得ている。しかしその短所は、故事を用いること・語を用いる事が甚だ晦渋である点にあり、だから人々は理解出来ないのである。

【注】

(1) 夢窓　呉文英を指す。字は君特、夢窓と号した。第一則「論作詞之法」【注】(2)を参照のこと。

(2) 深得　深く得ること。『滄浪詩話』「詩評」に「唐人惟柳子厚、深得騒学。退之李観、皆所不及。若皮日休九諷、不足為騒(唐人は惟だ柳子厚のみ、深く騒学を得たり。退之・李観、皆及ばざる所なり。皮日休の九諷の若きは、騒と為すに足らず)」とある。また、同書「答出継叔臨安呉景僊書(出継の叔なる臨安の呉景僊に答うる書)」に「所論屈原離騒、則深得之（屈原の離騒を論ずる所は、則ち深く之を得たり）」という用例がある。

（3）得清真之妙　周邦彦の素晴らしい所を得る。『中興以来絶妙詞選』巻十は、南宋・尹煥の語を引用し、「求詞於吾宋者、前有清真、後有夢窓、此非煥之言、四海之公言也（詞を吾が宋に求むる者は、前に清真有り、後に夢窓有り、此れ煥の言に非ず、四海の公言なり）」と述べている。また、清代の評価としては戈載『宋七家詞選』に「夢窓従呉履斎諸公遊、晩年好填詞、以綿麗為尚、運意深遠、用筆幽邃、練字練句、迴不猶人。……此与清真、梅渓、白石並為詞学之正宗（夢窓は呉履斎諸公に従いて遊び、晩年詞を填するを好み、綿麗を以て尚《たっと》しと為し、意を運ぶこと深遠、筆を用うること幽邃、字を練り句を練ることは、迴かに猶お人のごとくならず。……此れ清真・梅渓・白石と並んで詞学の正宗為り）」とある。なお、村上哲見氏は、「呉夢窓詞論」（『宋詞研究　南宋篇』、第四章）において「呉文英が同時代の人たちから周邦彦（清真）の後継者のごとく目されていたらしいことが窺える」と述べておられる。周邦彦と呉文英の対比については、同論文の第五節「周邦彦と呉文英」に詳しい。

（4）用事　故事を用いること。『詞源』巻下「用事」に「詞用事最難。要体認著題、融化不渋（詞は事を用うること最も難し。体認して題に著し、融化して渋せざるを要す）」とあり、また『詩人玉屑』巻七「用事」に「杜少陵云、作詩用事、要如禅家語水中著塩、飲水乃知塩味。此説、作家秘密蔵也（杜少陵云う、「詩を作り事を用うるは、禅家の語の〝水中にて塩を著すとは、水を飲みて乃ち塩味を知る。〟が如きを要するなり。此の説、作家秘密にして蔵するなり。」と）」とある。

（5）下語　詞や詩中の語の使い方。第一則「論作詞之法」【注】（10）「下字」を参照。宋・呉可『蔵海詩話』に「凡作文其間叙俗事多、則難下語（凡そ文を作るに其の間俗事を叙ぶること多ければ、則ち語を下し難し）」とある。また、『詩人玉屑』巻十「含蓄」に「詩文要含蓄不露、便是好処。古人説雄深雅健、此便是含蓄不露也。用意十分、下語三分、可幾風雅、下語六分、可追李杜。下語十分、晩唐之作也。用意要精深、下語要平易、此詩人之難（詩文含蓄ありて露わならざるを要するは、便ち是れ好処なり。古人雄深雅健を説くは、此れ便ち是れ含蓄ありて露わならざるなり。意を用いること十分、語を下すこと三分たるは、風雅に幾かるべし。語を下すこと六分なれば、李・杜を追うべし。語を下すこと十分なれば、晩唐の作なり。意を用いることは精深なるを要す、語を下すことは平易なるを要す。此れ詩人の難なり）」とある。

（6）晦　明瞭でない。暗くてはっきりと分からない。ここでは、晦渋であること。『詞源』巻下「詠物」に「模写差遠、則晦而不明（模写すること差《や》や遠ければ、則ち晦にして明らかならず）」という用例がある。

（7）人不可暁　人が理解出来ない。『朱子語類』巻六十六「易二」に「何故恁地回互仮托、教人不可暁（何の故に恁《かくのごと》く地 回互仮托して、人をして暁るべからざらしむるや）」とある。なお、『楽府指迷箋釈』に「夢窓喜用代字。善練字面、故無不雅之病、亦無太露之嫌。然有時研練過深、令人莫測其旨、故指迷以為太晦（夢窓 代字を用うるを喜《この》み、字面を練るに善くし、故に雅ならざるの病無く、亦た太だ露わなるの嫌無し。然れども時に研練深を過ぐる有りて、人をして其の旨を測ること莫からしむるなり。故に『指迷』以て太だ晦しと為すなり）」とあり、呉文英があまりにも修辞に凝りすぎて、人々にその趣旨を理解出来ないようにさせてしまっている、としている。

（岡本淳子）

施蟄存著『詞学名詞釈義』訳注稿（五）

宋詞研究会　編

本稿は、施蟄存著『詞学名詞釈義』（「文史知識文庫」、中華書局、一九八八）の訳注であり、訳文と「注」「参考」から成る。

『詞学名詞釈義』には、**「詞」「雅詞」「長短句」「近体楽府」「寓声楽府」「琴趣外篇」「詩余」「令・引・近・慢」「大詞・小詞」「闋」「変・徧・遍・片・段・畳」「双調・重頭・双曳頭」「換頭・過片・么」「拍（一）、（二）」**「促拍」「減字・偸声」「攤破・添字」「転調」「遍・序・歌頭・曲破・中腔」「犯」**「塡腔・塡詞」**「自度曲・自制曲・自過腔」「領字（虚字、襯字）」**「詞題・詞序」**「南詞・南楽」の、すべて二十五条に及ぶ項目がある（ゴチック表記の条は既訳）。今回はこれまで未訳であった「十五、促拍」「十六、減字・偸声」「十七、攤破・添字」「十八、転調」「十九、遍・序・歌頭・曲破・中腔」「二十、犯」「二十一、自度曲・自制曲・自過腔」「二十三、領字（虚字、襯字）」「二十五、南詞・南楽」の訳注を掲載し、今号をもって本訳注稿の連載を終了する。

十五、促拍

楽曲の名に「促拍」の二字を加えることは、唐代から見られる。『楽府詩集』に「簇拍六州[1]」があるが、これは七言絶句である。また「簇拍相府蓮[2]」があり、これは五言八句の詩である。唐代の詩人は歌曲の詞を作るとき、楽曲の音節の長短に合わせて句を作ることはしなかったので、その歌詞は句法が整った五言詩や七言詩だった。こうした詩句からは、歌曲の拍子を知ることができない。このため、「簇拍六州」が「六州」とどう違うのか、歌詞の字句から判断することはできないのである。

宋人が詞を作るとき、一部の詞調名の前に「促拍」の二字を加えて、本調と区別することがあった。たとえば「醜奴児」には「促拍醜奴児」があり、「満路花」には「促拍満路花」がある。詞名の後に「促拍」を加える例もあり、『松隠楽府[3]』には「長寿仙促拍」がある。「促拍」とは「簇拍」である。唐人が「促」の字を使い始め、宋人では「簇（むらがる）」の字を使うことは完全になくなった。初めは音が同じことから間違えられたのかも知れないが、「促」のほうが意味を理解しやすい。「促」とは「急促（せわしない）」である。「促拍満路花」はせわしないリズムで演奏・歌唱する「満路花」の詞調で、いわゆる「急曲子」である。唐の詩人、劉言史の「胡騰を舞うを観る歌[4]」に、「四座無言皆瞪目、横笛琵琶偏頭促（四座に言無く皆な瞪目す、横笛・琵琶の偏頭促たり）」とある。宋の詞人賀方回の詞[5]には、「按舞華裀、促偏涼州、羅袜未生塵（舞を華裀に按ず、促偏涼州、羅袜未だ塵を生ぜず）」とある。「偏」は「遍」である。「偏」の冒頭が「促」であるものを、「促遍」という。張祜「悖拏児舞[6]」詩に、「春風南内百花時、道調涼州急遍吹（春風の南内百花の時、道調涼州　急遍吹く）」とあり、「急遍」も「促遍」のことである。『宋史』楽志に「涼州曲」を載せるが、[7]正宮・道調・仙呂・黄鐘の諸調があり、[8]道調の「涼州曲」がとくに急促な節拍であったことが分かる。李済翁『資暇録』[9]に「三台は十拍促曲の名」とあり、「急遍」「促遍」「促曲」「促拍」がどれも同義語であることが分かる。唐宋の人々はテンポの速い音楽を好み、舞曲はとくに「急遍」でなければだめだった。趙虚斎の詞[10]に、「聴曲曲仙韶促拍。趁画舸飛空、雪浪翻激（曲曲たる仙韶促拍を聴く。画舸を趁《お》い飛空し、雪浪翻って激し）」とある。これもテンポの速い舞いの姿を形容している。

　だが、いわゆる「促拍」は、楽曲のテンポが変わるだけで、歌詞もそのために変わることはあっても、「攤破」「減字」等を加えなければならない詞調ほど顕著ではなかった。たとえば、「醜奴児」はもともと唐・五代の「採桑子」で、周美成の『清真集』になって「醜奴児」の名に変わった。黄山谷にも「醜奴児」二首があるが、その句格は周美成の「醜奴児」とはまた異なる。趙長卿の二首は黄山谷の「醜奴児」と同じ句格だが、調名は「似娘児」である。ほかにも「醜奴児」一首と「採桑子」二首があり、句格はどれも完全に一致している。元好問には黄山谷の「醜奴児」と同じ句格の詞が三首あり、題に「促拍醜奴児」とある。ここから分かるように、「醜奴児」は本調がはっきりせず、どれが正格か分からない。そこに「促拍」の二字が加えられると、その違いがどこにあるのかもっと分からなくなる。また「促拍満路花」の場合、黄山谷・柳耆卿・趙師俠がこの調を作っている。[11]山谷の詞[12]には小序があり、「往時、有る人、此の詞を州東の酒肆の壁間に書し、其の詞を愛するも、歌う能わざるなり。一十年前、酔える道士の広陵市中に歌う有り、群小児、歌に随い之を得。乃ち其の『促拍満路花』為るを知るなり。俗子、口伝するに鄙語を加醸し、其の好処を政敗す。山谷老人、為に旧文を録し、以て義味を深くする者に告ぐ」とある。この小序から、歌詞があってもそれがどの調なのか知ることはできなかった、と分かる。誰かが歌うのを聞いた後に、はじめてその詞の調名が「促拍満路花」だったと分かったのである。だが黄山谷のこの詞の文字の句格は、周美成の「満路花⑬」二首と比べて、換頭と結拍が少し違うだけで、「促拍」の形跡を見て取ることはできない。『詞律』『詞譜』などの書では、「促拍」とする詞調がいくつかあるけれども、様々な議論があり、要領を得ないようである。杜小舫は「促拍醜奴児」を論じて、「促拍は促節短拍にして、減字と彷彿たり。此の調、字数は『醜奴児』より多く、促拍を以て之を名づくこと能わざるなり。応に『詞譜』並びに『楽府雅詞』に遵《したが》いて、改めて『攤破南郷子』と為す⑭」とある。また、徐誠庵は「促拍採桑子」を論じて、「竊《ひそか》に謂《おもえら》く、此の詞、字数は『南郷子』より少なし、応に『促拍南郷子』と名づくべし。黄詞は字数『南郷子』より多く、応に『攤破南郷子』と名づくべし⑮」という。両者とも「促拍」を「減字」と考えているようだが、あまり正確とは言えない。音楽のテンポが速いことと歌詞の字数の多少は、関係がない。文字はいくつか多めに歌ったり少なめに歌ったりすることができるし、増減なしでもかまわない。要は、どの調子にするかの問題で、字数ではない。このため、字句の異同から「促拍」の意味を解釈しようとしても、宋詞においては、それは不可能なのである。

注

① 『楽府詩集』巻七十九、全文は「西去輪台万里余、故郷音耗日応疎、隴山鸚鵡能言語、為報閨人数寄書」。
② 『楽府詩集』巻八十、全文は「莫以今時寵、寧無旧日恩。看花満眼涙、不共楚王言。閨燭無人影、羅屏有夢魂。近来音耗絶、終日望応門」。
③ 曹勛『松隠楽府補遺』に「長寿仙促拍」二首、『全宋詞』第二冊（一二三一頁）。
④ 劉言史「王中丞宅夜観舞胡騰」、『全唐詩』巻四六八。胡騰舞は、涼州から伝来した男性の舞。

⑤　賀鋳、字は方回、「苗而秀」、『全宋詞』第一冊（五一一頁）。

⑥　『全唐詩』巻五一一。

⑦　『宋史』巻一二一「礼志」に「涼州曲」が見える。

⑧　王灼『碧鶏漫志』巻三「涼州曲」の項には、「今涼州見于世者凡七宮曲、曰黄鐘宮・道調宮・無射宮・中呂宮・南呂宮・仙呂宮・高宮、不知西涼所献何宮也。然七曲中、知其三是唐曲、黄鐘・道調・高宮者是也」とある。

⑨　李匡義『資暇録』巻下。

⑩　趙以夫、字は用夫、号は虚斎、「桂枝香（青霄望極）」、『全宋詞』第四冊（二六七三頁）。

⑪　『詞譜』巻二十。

⑫　『宋六十名家詞』所収の黄庭堅『山谷詞』に「促拍満路花」があるが、『全宋詞』第一冊（四一七頁）では存目詞とし、呂洞賓（無名氏）の作とする。『詞譜』巻二十も無名氏の作とする。『詞譜』巻二十に載せる詞の全文は、「秋風吹渭水、落葉満長安。黄塵車馬道、独清間。自然鉟鼎、虎繞与龍盤。九転丹砂就、琴心三畳、蕊宮看舞胎仙。任万釘宝帯貂蝉。富貴欲薫天。黄粱炊未熟、夢驚残。是非海裏、直道作人難。袖手江南去、白蘋紅蓼、又尋湓浦廬山」。双調八十六字、前段八句、四平韻、後段八句、五平韻とする。

⑬　周邦彦、字は美成の「満路花」、『全宋詞』第二冊（六〇八頁）。『詞譜』巻二十に載せる詞の全文は、「金花落燼燈、銀礫鳴窓雪。夜深微漏断、行人絶。風扉不定、竹圃琅玕折。玉人新間濶。著甚悰情、更当恁地時節。無言欹枕、帳底流清血。愁如春後絮、来相接。知他那裏、争信人心切。除共天公説。不成也還、似伊無箇分別」。双調八十三字、前後段各八句、五仄韻とする。

⑭　『詞律』巻四「促拍醜奴児」の杜文瀾（字は小舫）注。

⑮　『詞律拾遺』巻一「促拍採桑子」の徐本立（字は誠庵）の注。

（村越貴代美）

十六、減字・偸声

詞楽家[1]の使う手法に減字・偸声がある。詞の曲調はそれぞれ定まった規格があるが、より美しく聞こえるように、少しばかり節回しを増減して歌うこともできる。[2]「添声楊柳枝」や「攤破浣渓沙」などが「増」したもの、「減字木蘭花」や「偸声木蘭花」などが「減」じたものである。音楽の側面からは「増」なら「添声」と、「減」なら「偸声」といい、歌詞の側面からは「増」なら「添字」または「攤破」といい、「減」なら「減字」という。

ここではまず「減字」と「偸声」について述べる。

歌詞の字数が減っていることからみると、歌えば自ずと数音短くなるはずだ。逆に、曲の短縮に応じて歌詞の字数も減少する。つまり、「減字」は必然的に「偸声」となり、「偸声」は必然的に「減字」となる。

「木蘭花」はもともと唐五代の「玉楼春」であった。『花間集』に次の牛嶠「玉楼春」一首がある。[3]

春入横塘揺浅浪。花入小園空惆悵。此情誰信為狂夫、恨翠愁紅流枕上。

小玉窓前嗔燕語。紅涙滴穿金線縷。雁帰不見報郎帰、織成錦字封過与。[4]

「玉楼春」は前後二段[5]あり、各段七言四句である。押韻は仄韻、後段で換韻する。[6]後段で換韻しなければまるで七言詩のようである。温飛卿の詩集に次の「春暁曲」がある。[7]

家臨長信往来道、乳燕双双払煙草。油壁車軽金犢肥、流蘇帳暁春鶏報。

籠中嬌鳥暖猶睡、簾外落花閑不掃。衰桃一樹近前池、似惜紅顔鏡中老。

この八句からなる詩を南宋初の人が前後二段に分けて「玉楼春」と改題して『草堂詩余[8]』に収録した。[9]こうして一首の詞と見なされるようになった。

唐五代の時、別の詞調の「木蘭花」があった。『花間集』に韋荘「木蘭花」一首がある。⑩

独上小楼春欲暮。愁望玉関芳草路。消息断、不逢人、却斂細眉帰繍戸。

坐看落花空嘆息。羅袂湿斑紅涙滴。千山万水不曽行、魂夢欲教何処覓。

「玉楼春」第三句の七言がこの韋荘「木蘭花」では二つの三言句となっている。それだけの違いだが明らかに別体である。『花間集』収録の魏承班「玉楼春」二首は、いずれも七言八句で、⑪牛嶠の作と同じ。では「木蘭花」はどうだろうか。⑫

小芙蓉、香旖旎。碧玉堂深清似水。閉宝匣、掩金鋪、倚屏拖袖愁如酔。

遅遅好景煙花媚、曲渚鴛鴦眠錦翅。凝然愁望静相思、一双笑靨嚬香蘂。⑬

この魏承班「木蘭花」と韋荘「木蘭花」とはすでに違いが見られる。韋荘詞の前段第一句と第三句の七言二句が三三の句式に変わり、⑭後段は変化なし。ここに「減字」「偸声」の在り方が窺える。

宋代になると、「玉楼春」が「木蘭花」と混同されてくる。牛嶠「玉楼春」が諸家の選本中では全て「木蘭花」と題されている。⑮清人の万樹『詞律』は次のように言う。「或は之に名づけて玉楼春と曰い、或は之に名づけて木蘭花と曰い、又た或は名づくるに令字を加え、両体遂に合して一為《た》り、想うに必ず拠る所有らん、故に今玉楼春の名を立てず」。⑯これによると、詞家は「木蘭花」を「玉楼春」の別名とみなしている。これは、唐五代詞及び宋詞の研究において論ずべき問題の一つであるが、ここではふれない。今、論じなければならないのは、北宋以後「木蘭花」に二つの減字形式が現れたことだ。一つは、晏幾道の「減字木蘭花」である。晏幾道『小山詞』に「木蘭花」八首がある。その第一首を次に挙げる。⑰

鞦韆院落重簾暮。彩筆閑来題繍戸。墻頭丹杏雨余花、門外緑楊風後絮。

朝雲信断知何処、応作襄王春夢去。紫騮認得旧遊踪、嘶過画橋東畔路。

別に「減字木蘭花」二首もある。[18] その第一首を挙げる。

長亭晩送。都似緑窓前日夢。小字還家。恰応紅灯昨夜花。

良時易過。半鏡流年春欲破。往事難忘。一枕高楼到夕陽。

この「減字木蘭花」を「木蘭花」と比較すると、前段及び後段の第一句と第三句いずれも三字減り、四七、四七の句式となっている。押韻の方法は、一首を通して同じ韻の「木蘭花」に対し、これは前段後段いずれも二韻用いている。[19] 字数は減ったが、押韻は逆に複雑になっている。

これとは別の形式の「減字木蘭花」もある。張先詞が最も早い用例である。

雪籠瓊苑梅花瘦。外院重扉聯宝獣。海月新生、上得高楼没奈情。

簾波不動銀釭小。今夜夜長争得暁、欲夢荒唐。只恐覚来添断腸。

この詞牌名は「偸声木蘭花」である。[20] 前段及び後段の各第三句で三字減らし、前段後段とも七七四七の句式。押韻は晏幾道の詞と同じく前段後段いずれも二韻用いている。

晏幾道の詞を「減字木蘭花」と呼び、字句の減らし方が異なる張先の詞が同じ詞牌名では具合が悪いので、「偸声木蘭花」と名付けて区別しているわけだが、その実、いずれも（唐五代に七言八句だった）「玉楼春」の文字を削減したにすぎない。

「減字木蘭花」は宋代に最も盛んに作られた詞調で、略して「減蘭」と呼ばれた。[21] 柳永の詞集では「減蘭」及び「玉楼春」いずれも仙呂調に属す。[22] 張孝祥『于湖詞』でも「減蘭」は仙呂調に属している。[23]『金奩集』では韋荘「木蘭花」

は林鐘商調に属し、㉔張先集では「減蘭」及び「木蘭花」いずれも林鐘商だが、「偸声木蘭花」は仙呂調に属している。㉕このことから、「木蘭花」が偸声減字されると、その曲子の宮調も変化するとわかる。よって、減字・偸字は移宮転調㉖に関連している。

周密に西湖十景を詠んだ「減字木蘭花慢」十闋があり、㉗句式は諸家の「木蘭花慢」と全く同じで、㉘「木蘭花令」㉙を増し伸ばした慢詞だから、「減字」二字本来の意味が失われている。

賀方回に「減字浣渓沙」七首がある。㉚本来「浣渓沙」は前後二段、各段七言三句で平声韻を用いる。賀方回の七首もこの古い形式の「浣渓沙」で、全く減字されていない。それなのに「減字浣渓沙」と題するのはなぜだかわからない。当時、「攤破浣渓沙」が非常に流行していたので、皆それを「浣渓沙」の正格と思い込み、攤破によって増えた三字を削減した句式と同じ賀方回七首を「減字浣渓沙」と称したのだろう。これこそが正格本調の「浣渓沙」だと知らなかったわけである。

『小山詞』は「月夜与花朝、減字偸声按玉簫（月夜と花朝と、減字偸声 玉簫を按ず）㉛」といい、『清真詞』は「香破豆、燭頻花、減字歌声穏（香りは破《ほころ》ぶ豆《つぼみ》、燭は花を頻《つら》ね、減字の歌声は穏やかに）㉜」といい、『逃禅詞』は「換羽移宮、偸声減字、不怕人腸断（換羽移宮、偸声減字、人の腸断つを怕れず）㉝」という。これらの詞句から、減字・偸声の及ぼす効果㉞を知ることができる。

注

① 「詞楽家」は原文のまま。原文中、「詞楽家」と区別し、詞の原作者、つまり我々のいう詞人を「詞家」といい（「一、詞」「二、雅詞」「六、琴趣外篇」等）、また『詞源』『詞律』『楽府指迷』の著者たちや詞選集や詩話の編著者や、現代の詞学研究者も「詞家」と

いう（「十一、変・偏・遍・片・段・畳」、「十三、換頭・過片・么」）。原文中、「詞家」と並列する「楽家」は、『墨荘漫録』や『資暇録』『碧鶏漫志』の著者たちや、作曲もした姜白石を指し、「詞楽家」と区別する（「十四、拍」）。「詞楽家」とは、詞を歌う芸能として享受する場に提供するために、歌う歌手を指導する者や曲をアレンジする者や楽器を演奏する者を指すようだ。原文中、「詞楽家」とほぼ同義と思われる語彙がいくつかある。「音楽師」（「十二、双調・重頭・双曳頭」）や、「教師」（「十七、攤破・添字」）、「音楽家」（「十四、拍」及び「十八、転調」）である。「十四、拍」の「音楽家」は『都城紀勝』「嘌唱、上鼓面唱令曲小詞、駆駕虚声、縦弄宮調、与叫果子、唱耍曲児為一体」の「嘌唱」を指している。

② 原文は「還可以対音節韻度、略有増減、使其美聴」。「韻度」は風格・品格を意味し、ここの「増減」の対象ではないので、「音節韻度」を「音韻節度」の互文として「節回し」と解釈した。「音韻」は音のひびき、聞こえ。劉禹錫「武昌老人説笛歌」に「如今老去語尤遅、音韻高低耳不知。気力已微心尚在、時時一曲夢中吹」とあり、また「百舌吟」に「笙簧百囀音韻多、黄鸝吞声燕無語」とある。「節度」は節目。本訳注稿「十四、拍」（『風絮』第四号所載）冒頭に「拍是音楽的節度（拍とは音楽の節目である）」とある。

③ 『花間集』巻四。牛嶠は五代蜀の人、詞集に『牛給事詞』がある。

④ 諸本『花間集』及び『全唐五代詞』正編巻三（五一三頁）いずれも前段第二句の「花入」を「花落」に作り、後段第一句の「瞋」を「嗔」に作る。本訳注稿の引用する『全唐五代詞』は、特にことわらない限り、曽昭岷・曹済平・王兆鵬・劉尊明編著の中華書局二冊本を指す。

⑤ 原文は「上下二片」。以下、原文の「上片」を前段と、「下片」を後段と訳す。

⑥ 前段は去声二十三漾。後段は「語」が上声六語、「縷」が上声七麌、「与」が上声六語。

⑦ 清・曽益『温飛卿詩集箋注』（中国古典文学叢書）巻三は「春暁曲」と題して収録する。この「春暁曲」七言八句一首を『花間集』は前後二段からなる「玉楼春」として収録する。

⑧『草堂詩余』の板本については、本訳注稿「九、大詞・小詞」(『風絮』第四号所載)の注①を参照。
⑨四部叢刊本『増修箋注妙選草堂詩余』巻上は「春意　玉楼春」とし、「紅顔」を「容顔」に作る。
この詞を『全唐五代詞』副編巻一(一〇二一頁)は温庭筠「玉楼春」として収録し、「考弁」に次のようにある。「『木蘭花』は唐の教坊曲、三句が仄声で押韻する七言四句二つから成っており、この詞と『木蘭花』とは実は別体である。この詞は『玉楼春』とも異なっている。……しかも『玉楼春』は最も早いものが蜀の詞人らの詞で、『木蘭花』よりも約百五十年おくれており、五代の曲名なのだから温詞とは関係ない。これについては任半塘『唐声詩』下編に、明快な考察がある。もしかすると、宋人が『玉楼春』の調子でこの詞を歌うようになったのを、『草堂詩余』が収録し、それを諸本が踏襲したことで、温詞とされてしまった。古詩とする『温飛卿詩集』に従うべきだ」。
⑩『花間集』巻三。
⑪『花間集』巻九、魏太尉(承班)「玉楼春」二首は次のとおり(『宋本花間集』。句読は李一氓『花間集校』による。『花間集校』は「鷰」を「燕」に、「巻」を「捲」に作る。)

寂寂画堂梁上鷰。高巻翠簾横数扇。一庭春色悩人来、満地落花紅幾片。
愁倚錦屏低雪面。涙滴繡羅金縷線。好天涼月尽傷心、為是玉郎長不見。(其一)
軽斂翠蛾呈皓歯。鶯囀一枝花影裏。声声清迴遏行雲、寂寂画梁塵暗起。
玉斝満斟情未已。促坐王孫公子酔。春風筵上貫珠匀、艶色韶顔嬌旖旎。(其二)

⑫『花間集』巻九。
⑬『全唐五代詞』正編巻三(四八三頁)は「笑靨」を「突靨」に作る。
⑭原文は「韋荘詞的上片第一句和第三句、両個七言句、已変成両個三三句法」。韋荘詞の前段第三句は三三の句式であり、前段七

言四句の『玉楼春』の第一句と第三句が魏承班「木蘭花」で三三の句式に変わっているのであって、韋荘詞との違いは第一句だけなので「韋荘詞は前段第三句だけが三三の句式に変わっていたが、魏承班詞は前段第一句も変わり、三三の句式が二つに増えた」とするのが正しい。

⑮ 王国維『唐五代二十一家詞輯』（六訳館叢書「王観堂先生全集」）収録の『牛給事詞』（巻八）が、「木蘭花」の題で収録し、「花入」を「花落」に、「瞋」を「嗔」に、「紅涙」を「紅縷」に、「過与」を「寄与」に作る。王国維の注記に「今従花間集録出嶠詞三十二首、都為一巻」とある。

⑯ 原文は「或名之曰玉楼春、或名之曰木蘭花、又或加令字、両体遂合為一、想必有所拠、故今不立玉楼春之名」。これは万樹『詞律』の記述そのままではなく、要約している。『詞律』巻七「木蘭花」の項では、五十二字の毛熙震「木蘭花」の後に、魏承班詞を「又一体　五十四字」、韋荘詞を「又一体　五十五字」、牛嶠詞を「又一体　五十六字　又名玉楼春」として挙げ、さらに葉夢得詞を「又一体　五十六字　又名春暁曲・惜春容」として挙げ、次のように述べる。「前後倶七字四句。此宋体也。○按唐詞木蘭花如前所列四体是矣。其七字八句者、名玉楼春。至宋則皆用七言、而或名之曰玉楼春、或名之曰木蘭花、又或名加令字。両体遂合為一。想必有所拠。故今不立玉楼春之名、而載注前三体之後。蓋恐另収玉楼春、則如此葉詞、無所附、而体同名異、不成画一耳」。

⑰ 『全宋詞』第一冊（二二三頁）、晏幾道「木蘭花」八首之一。『全宋詞』は「回橋」を「画橋」に作る。

⑱ 原文は「別外有両首減字木蘭花」だが、『全宋詞』第一冊（二三四頁）及び『小山詞』は四七四七の句式の「減字木蘭花」を三首収録する。

⑲ 前段第一・二句が去声一送、第三・四が下平六麻、後段第一・二句が去声二十一箇、第三・四が去声二十三漾。

⑳ 『全宋詞』第一冊（七十二頁）「偸声木蘭花」二首の第一首。六十八頁に前段後段とも四七四七の句式の「減字木蘭花」一首と、その前に、前段後段とも七言四句の「木蘭花」三首がある。

㉑『全唐五代詞』副編巻三（一三四六頁）は呂巌「減蘭」一首を収録するが、その注に「『全宋詞』三八五八頁が、『詩話総亀』前集によって宋人が呂巌の詞としたのに拠るのは、正しい」とある。

㉒『全宋詞』第一冊は、柳永「玉楼春」五首（十九・二十頁）を「大石調」に、「減字木蘭花」（四十六頁）を仙呂調として収録する。『楽章集校注』（中国古典文学基本叢書）も同様。

㉓『全宋詞』第三冊は、張孝祥「減字木蘭花」十首（一七〇九・一七一〇頁）に曲調を記さない。

㉔唐圭璋『唐宋人選唐宋詞』（上海古籍出版社）所収『金奩集』は、「林鐘商調」に「木蘭花（独上小楼春欲暮）」を収録する。朱孝臧は『金奩集』を、撰者に温庭筠の名を冠し、温庭筠・韋荘・張泌・欧陽炯他の唐五代詞を、歌唱のために調によって類編した選集とする。

㉕『全宋詞』第一冊では、張先「木蘭花」三首と「減字木蘭花」一首は林鍾商に属し（六十八頁）、「偸声木蘭花」二首は仙呂調に属している（七十二頁）。

㉖「移宮」も「換調」「転調」と同じく宮調を変化させる意味。減字偸声によって歌う宮調が変わる。「宮調」については、本訳注稿「十八、転調」の注①に詳しい。それを参照。

転調の歴史は古く、南宋・王灼『碧鶏漫志』に次のようにある。「荊軻入秦、燕太子丹及賓客送至易水之上、高漸離撃筑、軻和而歌、為変徴之声、士皆涕涙。又前為歌曰『風蕭蕭兮易水寒、壮士一去兮不復還。』復為羽声慷慨、士皆瞋目、髪上指冠。軻本非声律得名、乃能変徴換羽于立談間、而当時左右聴者、亦不憒憒也。今人苦心造成一新声、便作幾許大知音矣」。

㉗『全宋詞』第五冊（三二六四～三二六六頁）に収録の周密「木蘭花慢」十首は西湖十景を詠んだものだが、「減字」と冠されていない。周密の詞集としては『蘋洲漁笛譜』『草窓詞』があり、『四印斎所刻詞』所収「草窓詞」補下に「減字木蘭慢」（「花」無し）の詞調名で収録し、『彊村叢書』所収「蘋洲漁笛譜」巻一は「木蘭花慢」（「減字」無し）の詞調名で収録する。

㉘ 諸家の「木蘭花慢」はいずれも全百字だが、『全宋詞』の句読によると次のように句式に相違がある。
五六五四四二四八六六　二四六五四四六　八　六六（周密「木蘭花慢」、第五冊、三二六四頁）
五六五四四二四八六六　二四六五四四二四八　六六（柳永「木蘭花慢」、第一冊、四十七頁）
五六五四四六　八六六　二四六三六四五　八　六六（万俟詠「木蘭花慢」、第二冊、八一一頁）
五六五四四六　七六六　七五　五四四六　三五六六（元・陸文圭「減字木蘭花慢」『全金元詞』）
五六五四四六　八六三三六五　五四四六　三五六六（元・陸文圭「減字木蘭花慢」『全金元詞』）
㉙『全宋詞』が「木蘭花令」の詞牌名で収録するのは前段後段とも七言四句の句式である。
㉚ 原文は「七首」とするが『全宋詞』第一冊（五三五～五三七頁）は、賀方回「減字浣渓沙」を十五首収録する。
㉛『全宋詞』第一冊（二二九頁）の晏幾道「南郷子（渌水帯青潮）」は「月夜落花朝。減字偸声按玉簫」に作る。
㉜『全宋詞』第二冊（六二六頁）の周邦彦「驀山渓（江天雪意）」にある。『全宋詞』は「驀山渓」二首について「清真集不載此二闋」と注する。
㉝『逃禅詞』は楊無咎の詞集。『全宋詞』第二冊（一二〇二頁）の楊無咎「雨中花令（已是花魁柳冠）」に「換羽移宮、偸声減字、不顧人腸断」とある。
㉞ 転調と減字偸声の関係については、注㉖参照。晏幾道の詞句「月夜与花朝、減字偸声按玉簫」の「月夜」及び「花朝（落花朝）」いずれも「閨怨」の情を表す景物だから、減字偸声によって玉簫に「閨怨」の情を込めることができるのだとわかる。この詞句と、周邦彦の詞句「減字歌声穏」から推測すると、字数が減るとゆるやかにしみじみと情感を込めた歌になり哀切さを増すのだろう。
（小田美和子）

十七、攤破・添字

「攤破」二字を加えた詞調名がある。ある曲調の一、二句を攤破して字と音が増えて、新しい別の曲調にするが、もとの詞調名を用いるので、区別するために「攤破」二字を加えたものである。文字と音楽の両側面から「攤破」といい、文字の側面からのみいうなら「添字」である。

よく見る詞調名に「攤破浣渓沙」がある。もとの「浣渓沙」は前後二段①で、各段七言三句、平声韻を用いる。次に例を挙げる。

堤上遊人逐画船。拍堤春水四垂天。緑楊楼外出鞦韆。
白髪戴花君莫笑、六幺催拍盞頻伝。人生何処似尊前。（欧陽脩②）

「攤破」するには二つの方法がある。一つには、各段第三句を四言一句と五言一句に変えて、七七四五の句式とし、押韻は平声韻のまま。次に例を挙げる。

相恨相思一箇人。柳眉桃臉自然春。別離情思、寂寞向誰論。
映地残霞紅照水、断魂芳草碧連雲。水辺楼上、回首倚黄昏。（失名、『草堂詩余』所収③）

もう一つの方法は、各段第三句を仄声に変えて終え、加えた三字一句は平声韻のままで押韻し④、七七七三の句式となる。次に例を挙げる。

菡萏香銷翠葉残。西風愁起緑波間。還与韶光共憔悴、不堪看。
細雨夢回鶏塞遠。小楼吹徹玉笙寒。多少涙珠何限恨、倚闌干。（南唐中主李璟⑤）

これと同じ句式の「浣渓沙」八闋を、元大徳刻本『稼軒長短句』が「添字浣渓沙」の詞牌名で収録するのは、⑥「攤破浣渓沙」第一の句式と識別するためだとわかる。こうして添字された「浣渓沙」が、唐代の詞「山花子」と同じ音調・句式となることに注意しなければならない。⑦次に『花間集』収録の和凝「山花子」二首の第一首を挙げる。

鴬錦蝉紗馥麝臍。軽裾花早暁烟迷。鸂鶒顫金紅掌墜、翠雲低。
星靨笑偎霞臉畔、蹙金開襜襯銀泥。春思半和芳草嫩、緑萋萋。⑧

この二つの異なる詞調名は完全に同じ句式である。そのため汲古閣刻本『稼軒詞』は「添字浣渓沙」八首全てを「山花子」として収録している。⑨『花間集』は次の毛文錫の詞も収録する。

春水軽波浸緑苔。枇杷洲上紫檀開。晴日眠沙鸂鶒穏、暖相偎。
羅襪生塵游女過、有人逢着弄珠廻。蘭麝飄香初解珮、忘帰来。⑩

詞調名は「浣沙渓」だが、和凝「山花子」と同一の句式である。この詞と、その後に置かれている前段後段いずれも七言三句の「浣渓沙」一首について、巻頭の目録が「浣沙渓一首」続いて「浣渓沙一首」と別々に記載するのは誤刻ではない。⑪このことは鄂州本『花間集』によって確認できることで、明清坊本では「浣渓沙二首」とまとめてしまっている。⑫「浣沙渓」という詞調名はこの一例だけなので気付きにくいのであろう。万樹『詞律』及び徐本立『詞律拾遺』は「添字浣渓沙」という詞調名を載せない。⑬前掲の毛文錫の詞は、『全唐詩』では「攤破浣渓沙」と改題して収録する。⑭

南唐中主李璟の「菡萏香銷翠葉残」一首を、『花庵詞選』は「山花子」の詞調名で収録し、⑮『南詞』本『南唐二主詞』では「攤破浣渓沙」と改名して収録している。⑯

上記の数例から、七七七三の句式の曲調は、五代の時の原名が「山花子」であり、「浣渓沙」とは無関係だったことがわかる。それを宋人が「浣渓沙」の変体と見なして「攤破浣渓沙」と改名した。「山花子」の存在を知らなかったのである。万樹『詞律』に云う、「此の調は本と浣渓沙原調結句を以って七字を破して十字と為す、故に攤破浣渓沙と名づく、後に別に山花子と名づくるのみ。後人李主の此の詞の、細雨・小楼二句の千古に膾炙するに因りて、竟に名づけて南唐浣渓沙と為す」[17]。万樹のこの考察はまさしく本末転倒である。万樹は詞集の版本を充分には見なかったので、[18]五代の時にはすでに詞調名「山花子」が存在し、後から詞調名「攤破浣渓沙」が現れたことに思い至らなかった。ここで重要なのは、宋人が「攤破浣渓沙」と言っているのは概ね第一の（七七四五の）の破法のもので、もう一つの、「山花子」と同じ句式（七七七三）のものは「添字浣渓沙」と称すべきことである。

程正伯『書舟詞』にある「攤破江神子」は、実は「江梅引」であり、「攤破南郷子」は「醜奴児」に他ならない。「攤破醜奴児」という詞調名もあるが、これは「采桑子」である。[19]こうした情況になったのは、もしも故意に新しい詞名を創ろうとしたのでなければ、なんの意図もなく、ある一つの曲調を「攤破」したと思い込み、実は別の曲子と同一のものになったと気付かなかったのだ。

『楽府指迷』に云う、「古曲譜に異同有ること多し、一腔に両三字の多き少き有る者、或いは句法の長短等しからざる者に至っては、蓋し教師に改換せらるるならん。亦た嘌唱の一家の、多く字を添え了る有らん。吾が輩は只だ当に古雅を以って主と為すべし」[20]。また『都城紀勝』に云う、「嘌唱は、鼓面に上《のぼ》せて令曲小詞を唱う、虚声を駆駕し、縦《ほし》いままに宮調を弄す、叫果子・唱耍曲児と一体為《た》り。昔は只だ街市のみ、今は宅院にも亦た之有り」[21]。上記二条の記載から、減字であれ偸声であれ、また攤破であれ添字であれ、最初は市井の芸人たち又はその師匠が、技巧を凝らして歌うために、[22]詞調の音律や字句を増減したものだとわかる。後にこうした歌い方が定着すると、作者は別の旋律として填詞するようになった。

注

① 原文は「上下二片」。以下、本訳注稿「十六、減字・偸声」と同様に原文の「上片」を前段、「下片」を後段と訳す。

② 『全宋詞』第一冊（一四三頁）。韻字は船・天・韆・伝・前、下平一先。

③ この無名氏「攤破浣渓沙」は『増修箋注妙選草堂詩余』（四部叢刊本）及び『草堂詩余』（四庫全書本）とも収録しない。『草堂詩余』の版本については、本訳注稿「九、大詞・小詞」の注①参照。句読は、曽慥『楽府雅詞』（新世紀万有文庫）拾遺下、及び『全宋詞』第五冊（三六六〇頁）による。韻字は人・春・論・雲・昏、上平十一真（上平十二文）。

④ 原文は「別一種攤破是将上下片第三句均改用仄声結尾、而別加三字一句、仍協平声韻」。「結尾」は各段の終わりを意味する。平声韻の本調の各段末尾句を仄声に変えるが、その後に加えた三字一句を平声韻にもどすことで詞の韻律を崩さないこと。韻字は、前段が残・間・看、後段が寒・干。看・干は加えた三字句の脚韻。「協韻」は、脚韻が詞の韻律に合うこと。韻字を用いる意味の場合は原文では「押韻」という（「十四、拍」）。

⑤ 句読は、曽昭岷等『全唐五代詞』正編巻三（七二六頁）、「浣渓沙」二首之二による。

⑥ 元・大徳年間に広信書院が刊行した十二巻本『稼軒長短句』に基づいて増訂したものに、鄧広銘箋注『稼軒詞編年箋注（増訂本）』（上海古籍出版社「中国古典文学叢書」）があり、「添字浣渓沙」の詞牌名で以下の八首を収録する。「三山戯作・記得瓢泉快活時」（巻三、三二六頁）、「答傅巌叟酬春之約・艶杏妖桃両行排」、「用前韻謝巌叟瑞香之恵・句裏明珠字字排」（巻四、三七四頁）、「日日間看燕子飛」、「与客賞山茶一朶忽堕地戯作・酒面低迷翠被重」（巻四、三七九頁）、「簡傅巌叟・総把平生入酔郷」、「用前韻謝傅巌叟餽名花鮮葷・楊柳温柔是故郷」（巻四、三八九頁）、「病起独坐停雲・彊欲加餐竟未佳」（巻四、四二九頁）。全て七七七三、七七七三の句式である。一方『全宋詞』は「用前韻謝巌叟瑞香之恵・句裏明珠字字排」、「三山戯作・記得瓢泉快活時」、「日日間看燕子飛」、

「用前韻謝傳巖叟餽名花鮮蕈・楊柳温柔是故郷」（第三冊、一九六八・一九六九頁）の四首のみ収録する。

⑦『全唐五代詞』正編巻三（四七〇頁）の和凝「山花子」注に次のようにある。「『山花子』と『浣渓沙』とは、唐代では別の曲調だった。だから『教坊記』はこの二つの詞調名を併記している。句法は同じだが、一方は仄韻で押韻し、一方は平韻である。敦煌曲が発見されてから、ようやく校合してこの二つの詞調名をそれぞれ別の曲調とすることができた。最初どちらも『七七三』両編からなる長短句体で、後に減字によって『七七七』両編からなる斉言体となった。五代以後、二つの詞調名が混同されて、長短句体の『浣渓沙』を『山花子』とし、斉言体の『山花子』を『浣渓沙』とするようになった。後世の人は敦煌曲辞を見ていないので、李璟の長短句体『浣渓沙』二首を、『南唐浣渓沙』と名付け、この長短句体の方が斉言体よりも古い形だと知らないので、『浣渓沙』の別体だと誤認し、そうして『添字』や『攤破』を加えた名称がうまれた。和凝のこの詞は『山花子』ではなく、『浣渓沙』とすべきである」。

⑧句読は『全唐五代詞』（四七〇頁）による。韻字は臍・迷・低・泥・萋（上平八斉）。『宋本花間集』巻六（芸文印書館）及び『全唐五代詞』は「蝉紗」を「蝉縠」に、「花早」を「花草」に作る。『花間集校』は「顫金」を「戦金」に、「緑」を「碧」に作る。『宋本花間集』は「偎」を「隈」に作る。

⑨「拠汲古閣本校刊」とする四部備要『宋六十名家詞』所収『稼軒詞』（四巻）は、巻四に「山花子」として八首を収録する。

⑩『花間集』巻五、毛文錫「浣沙渓」。句読は『全唐五代詞』正編巻三（五三七頁）による。『宋本花間集』は「偎」を「隈」に作り、『花間集校』は「廻」を「回」に作る。

⑪「浣沙渓一首」に続いて収録される「浣渓沙一首」を挙げる。句読は『全唐五代詞』（五三七頁）による。

七夕年年信不違。銀河清浅白雲微。蟾光鵲影伯労飛。
毎恨蟪蛄憐婺女、幾迴嬌妬下鴛機。今宵嘉会両依依。

⑫『全唐五代詞』は「浣渓沙」二首とし、「もとは『浣沙渓』とするが誤りであり、『教坊記』によって改めた。王輯本『毛司徒詞』は『攤破浣渓沙』とする。思うに『浣渓沙』は唐の教坊曲の名であろう」とし、注⑦に挙げた見解をここでも述べる。鄂州本すなわち南宋淳熙鄂州刊本を収録する清末・王鵬運『四印斎所刻詞』は『花間集』巻五に「浣沙渓」と「浣渓沙」として着録する。『景刊宋金元明本詞』が収録する『花間集』は、明正徳十六年（一五二一）陸元大が、鄂州本よりも早い南宋・高宗の紹興十八年（一一四八）建康知府晁謙之刻本を覆刻したもので、詞牌は四印斎本と同じ。本文にいう「明清坊本」の例としては、明・呉訥輯『唐宋名賢百家詞』所収『花間集』二巻が、二首とも「浣渓沙」とする。また『四部叢刊』所収玄覧斎本『花間集』十二巻は二首とも「浣沙渓」としている。

⑬『詞律』及び、同書所収の徐本立『詞律拾遺』に詞牌名「添字浣渓沙」はない。

⑭『全唐詩』巻八九三。

⑮南宋・黄昇『唐宋諸賢絶妙詞選（花庵詞選）』巻一（『唐宋人選唐宋詞』所収）は、二首とも後主李煜の作として「山花子」の詞牌で収録する。

⑯『南詞』は未見。北京の国家図書館および日本の大倉文化財団に清鈔本が存する。『南詞』については、本訳注稿「二十五、南詞・南楽」に詳しい。

⑰原文は「此調本以浣渓沙原調結句破七字為十字、故名攤破浣渓沙、後別名山花子耳。後人因李主此詞細雨、小楼二句膾炙千古、竟名為南唐浣渓沙」。万樹『詞律』巻三「攤破浣渓沙」の項。

⑱村上哲見「文人之最――万紅友事略――」（『中国文人の思考と表現』汲古書院、二〇〇八）に次のようにある。「『詞律』はのちになると清朝詞学の進展に伴い、少なからぬ不備錯誤を指摘されることになるが、そのほとんどは資料の不足に起因する。もともと元明の間の詩余衰頽という時代の趨勢の中で多くの詞籍が埋没し、清朝初期、康熙年間では世に流布するものは乏しかっ

たという情況がある。それらの詞籍が蘇生し、つぎつぎに復刊されるようになるのは清朝も後半に入ってからのことである。これに加え万樹は、早に詞譜の編纂を志していたとはいえ、それに専心して『詞律』を完成させたのは肇慶の寓居においてであった。時代的な制約の上にこの境遇がいっそう条件を不利にしている」。

⑲『全宋詞』第三冊（一九九一頁）は程垓の「攤破江神子」を「攤破江城子」に作り、その詞は次のとおり。

娟娟霜月又侵門。対黄昏。怯黄昏。愁把梅花、独自泛清尊。酒又難禁花又悩、漏声遠、一更更、総断魂。

断魂。断魂。不堪聞。被半温。香半温。睡也睡也、睡不穏・誰与温存。只有床前・紅燭伴啼痕。一夜無眠連暁角、人痩也、比梅花、痩幾分。

例えば洪皓「江梅引」四首之一「憶江梅」（『全宋詞』第二冊、一〇〇二頁）は次のとおり。

天涯除館憶江梅。幾枝開。使南来。還帯余杭・春信到燕台。準擬寒英聊慰遠、隔山水、応銷落、赴愬誰。

空恁遐想笑摘蕊。断回腸、思故里。漫弾緑綺。引三弄・不覚魂飛。更聴胡笳・哀怨涙沾衣。乱挿繁花須異日、待孤諷、怕東風、一夜吹。

程垓「攤破南郷子」（『全宋詞』第三冊、二〇〇四頁）は次のとおり。

休賦惜春詩。留春住・説与人知。一年已負东風痩、説愁説恨、数期数刻、只望帰時。

莫怪杜鵑啼。真箇也・喚得人帰。帰来休恨花開了、梁間燕子、且教知道、人也双飛。

『全宋詞』中の「醜奴児」の大半は前段後段とも七四四七の句式のもので、これが「采桑子」と同じ句式である。

『全宋詞』中、程垓「攤破南郷子」と同じ句式の「醜奴児」に次の五首がある。

黄庭堅「転調醜奴児」一首（第一冊、一五二〇頁）

趙長卿「攤破醜奴児・冬日有感」一首（第三冊、一八〇〇頁）

「攤破醜奴児」一首（一八一三頁）

劉辰翁「促拍醜奴児・辛巳除夕」一首（第五冊、三二〇一頁）

「促拍醜奴児・有感」一首（三二〇二頁）

前段結句のみ一字多いだけの違いのものが次の一首。

曽乾曜「醜奴児」（第二冊、一〇三六頁）

前段後段の結句が二字多いだけの違いのものが次の一首。

向滈「攤破醜奴児」（第三冊、一五二〇頁）

「醜奴児」を含む詞調名と「攤破南郷子」との関係については本訳注稿「十五、促拍」にも述べられている。

⑳ 原文は「古曲譜多有異同、至一腔有両三字多少者、或句法長短不等者、蓋被教師改換。亦有嘌唱一家、多添了字。吾輩只当以古雅為主」。『楽府指迷』「腔以古雅為主」（唐圭璋『詞話叢編』第一冊、二八三頁）。

㉑ 原文は「嘌唱、上鼓面唱令曲小詞、駆駕虚声、縦弄宮調、与叫果子、唱耍曲児為一体。昔只街市、今宅院亦有之」。南宋・耐得翁『都城紀勝』（『東京夢華録　外四首』文化芸術出版社）「瓦舎衆伎」は、次のとおり。「嘌唱、謂上鼓面唱令曲小詞、駆駕虚声、縦弄宮調、与叫果子・唱耍曲児為一体、本只街市、今宅院往往有之」。

㉒ 原文は「為了耍花腔」。「花腔」は『現代漢語詞典』では「歌や戯曲の基本の旋律をことさらに複雑化したり抑揚を加えたりする歌唱法」と説明する。

（小田美和子）

十八、転調

曲は、もともとある宮調①に属しているが、音楽家はそれを他の宮調に改めることがある。たとえば『楽府雑録』②に、唐の琵琶の名手康崑崙が羽調「録要」を上手に弾き、もう一人の琵琶の名手段善本がそれを楓香調の「録要」にアレンジした、とある。これを転調という。転調はもともと音楽に関するもので、歌詞とは関係がない。だが、一曲の歌が宮調を転調すれば、リズムにも変化がおき得るし、歌詞もそれにしたがって変わらざるをえない。そこで「転調」の二字をもつ詞調名も現れるのである。楊无咎『逃禅詞』③に、「換羽移宮、偸声減字④、不怕人腸断（羽を換え宮に移し、偸声・減字して、人の腸断たるを怕れず）⑤」、「羽を換え宮に移す⑥」は転調のことである。戴氏『鼠璞』⑦に、「今の楽章、道うに足らざるに至るも、猶お正調・転調・大曲・小曲の異なれる有り」とある。正調があれば転調もあることが分かる。宋人の詞集で詞調名に「転調」の二字を加えるものに、徐幹臣の「転調二郎神」がある（『楽府雅詞』に見える）⑧。徐幹臣「転調二郎神」⑨は、柳永の「二郎神」⑩とまったく異なるが、湯恢の和詞一首⑪は「二郎神」と題している。そのため万樹『詞律』⑫では「二郎神」の後に「又一体」として、「転調」の二字を削っているのである。呉文英の一首⑬は、徐幹臣・湯恢の作と句格がまったく同じだが、「十二郎」という題である。「二郎神」は転調した後、句格が「二郎神」の正調と異なったので、「転調二郎神」を「十二郎」と呼ぶようになったことが、ここから分かる。万樹が「転調二郎神」を「二郎神」の「又一体」としたのは、明らかに誤りである。

だが李易安の「転調満庭芳⑭」は、周美成の「満庭芳（風老鶯雛）⑮」と句格がまったく同じで、どうして転調と称したのか分からない。劉無言にも「転調満庭芳（風急霜濃）」一首⑯があり、「満庭芳」との違いは、平韻を仄韻に改めたことである。これに習えば、姜白石が本来は仄韻だった「満江紅」を平韻に改めたのも、「転調満江紅」と称することになる。『楽府雅詞』に、沈会宗「転調蝶恋花」二首⑱がある。この二首は「蝶恋花」の正調とまったく同じで、ただ各片の第四句の末三字を、もとは平仄仄だが、沈会宗の詞では仄平仄に改めている。たとえば張泌「蝶恋花⑲」の第四句は「誰把鈿筝移玉柱」だが、沈会宗のは「野色和煙満芳草⑳」で、字音が一つ顛倒しているだけである。曽覿に「転調踏莎行」一首㉑があり、趙彦端にも一首㉒あるが、二つは句格が同じである。だが「踏莎行」の正調㉓とは各片の第一句と第二句が同じなだけで、他はすべて異なる。歌う時には、「踏莎行」正調とはもうまったく異なる。張孝祥『于湖先生長短句』では詞調の下に宮調を注記していて、「南歌子」三首㉔の下には「転調」と記されている。だが転調は宮調名ではないから、こう記すことで「転調南歌子」を表したのである。だがこの詞の句格と音節は、欧陽脩の集にある「双畳南歌子㉕」とまったく同じで、正調だったことが分かるのであり、なぜ転調と注したのか不明である。また『古今詞話』に無名氏の「転調賀聖朝」一首を載せる（『花草粋編㉖』に見える）。その句格は杜安世、葉清臣の「転調賀聖朝㉗」とそれぞれ違いがある。

宋人の詞の句格・文字から見ると、いわゆる転調と正調の間の違いは、一、二例しか見つからず、規律を見つけるのが難しい。おそらく純粋に音律上の変化であって、文字にあらわれる形跡ははっきりしないのである。

注

① 宮調は、調高を示す「宮」（均）と調式を示す「調」（旋法）の組み合わせ。音高に黄鐘・大呂・太簇・夾鐘・姑洗・仲呂・蕤賓・林鐘・夷則・南呂・無射・応鐘の十二律があり、それぞれが主音となって黄鐘均・大呂均などを構成する。一方、宮・商・角・徴・羽の五声（五音）、またはこれに変徴・変羽を加えた七声（七音）の、それぞれを主音として調式（音階）が構成され、

宮声から始まる調式を宮調（式）、商声から始まる調式を商調（式）という。十二種類の均と七種類の調式から、黄鐘均宮調式、黄鐘均商調式、大呂均宮調式、大呂均商調式など最大で八十四種類の調が理論的にできる。実際に使われたのはこのうち一部で、略称や俗名もある。五声の中でも宮声がもっとも重視されるので、総称として宮調という。

② 『楽府雑録』「琵琶」の条に載せる。

③ 楊无咎、字は補之、『逃禅詞』一巻がある。毛晋『宋六十名家詞』所収。

④ 『詞学名詞釈義』の「十六、減字・偸声」の項、参照。

⑤ 「雨中花令」詞（三首の二）の後片に、「換羽移宮、偸声減字、不顧人腸断」とある。『全宋詞』第二冊（一二〇二頁）。

⑥ 「点絳唇」詞の後片に、「換羽移宮、絶唱誰能和」とある。『全宋詞』第二冊（一二〇五頁）。ほかに、「倒垂柳」詞の後片に、「移宮易羽」とある。『全宋詞』第二冊（一一九六頁）。

⑦ 戴氏『鼠璞』巻上「十五国風二雅三頌」の項。

⑧ 曽慥『楽府雅詞拾遺』巻上。

⑨ 徐伸、字は幹臣。政和の初めに、音律に詳しいことから太常典楽となる。「転調二郎神」、『全宋詞』第二冊（八一四頁）は、『楽府雅詞拾遺』巻上より「転調二郎神」を採録する。

⑩ 『全宋詞』第一冊（二十九頁）。

⑪ 湯恢、字は充之。『全宋詞』第四冊（二九七八頁）に、『絶妙好詞』巻五より「二郎神（用徐幹臣韻）」を採録する。

⑫ 『詞律』巻十五。

⑬ 『全宋詞』第四冊（二九一四頁）。

⑭ 李清照（号は易安居士）の「転調満庭芳」、『全宋詞』第二冊（九二六頁）。『楽府雅詞』巻下にも「転調満庭芳」を載せる。

⑮ 周邦彦（字は美成）の「満庭芳（風老鶯雛）」、『全宋詞』第二冊（六〇一頁）。

⑯ 劉燾、字は無言、元祐三年（一〇八八）の進士。『全宋詞』第二冊（六九二頁）に、『楽府雅詞拾遺』巻上より「転調満庭芳」を採録する。

⑰ 姜夔（号は白石道人）の「満江紅」小序に、「満江紅、旧調用仄韻、多不協律。如末句云『無心撲』三字、歌者将心字融入去声、方諧音律。予欲以平韻為之、久不能成」とある。『全宋詞』第三冊（二一七六頁）

⑱ 沈蔚、字は会宗。『全宋詞』第二冊（七〇八頁）に、『楽府雅詞』巻下より「転調蝶恋花」二首を採録する。

⑲ 張泌、南唐の人、『花間集』に詞を二十七首、『尊前集』に一首、採録されている。万樹『詞律』巻九「蝶恋花」では張泌の作とするが、南唐・馮延巳の「鵲踏枝（六曲欄干偎碧樹）」に「誰把鈿箏移玉柱」の句がある。『全唐五代詞』正編巻三（六五八頁）。「鵲踏枝」は「蝶恋花」の異称。

⑳ 「転調蝶恋花」第二首の第四句。「野色和煙満芳草」は、仄仄平平仄平仄。「誰把鈿箏移玉柱」は、平仄平平平仄仄。

㉑ 曽覿、字は純甫、『全宋詞』第二冊（一三一七頁）に「踏莎行」一首、同（一三二三頁）に「踏莎行（和材甫聴弾琵琶作）」一首を録するが、「転調」の二字はない。『全宋詞』の拠る曽覿『海野詞』は、毛晋『宋六十名家詞』所収本。万樹『詞律』巻八に、曽覿の「転調踏莎行」、六十五字を載せる。全文は、「翠幄成陰、誰家簾幙。綺羅香擁処・觥籌錯。清和将近、春寒更薄。高歌看蔌蔌・梁塵落。　好景良辰、人生行楽。金盃無奈是・苦相虐。残紅飛尽、裊垂楊軽弱。来歳断不負・鶯花約」。

㉒ 『全宋詞』第三冊（一四五八頁）。万樹『詞律』巻八には、趙師侠の作として「転調踏莎行」又一体、六十六字を載せる。

㉓ 『詞律』巻八に呉文英の「踏莎行」、五十八字を載せる。全文は、「潤玉籠綃、檀桜倚扇。繡圏猶帯脂香浅。榴心空畳舞裙紅、艾枝応圧愁鬟乱。　午夢千山、窓陰一箭。香瘢新褪紅糸腕。隔江人在雨声中、晩風菰葉生秋苑」。

㉔ 『全宋詞』は『于湖先生長短句』に拠るが、「南歌子」は第三冊に二首（一七二二頁）、一首（一七一八頁）あり、ともに「転調」

の注なし。どのテキストに拠っているのか未詳。第三冊（一六九二頁）に、「二郎神」一首と「転調二郎神」一首がある。

㉕『全宋詞』第一冊（一四〇頁）の「南歌子」には「双畳」二字なし。どのテキストに拠っているのか未詳。

㉖『花草粋編』巻六。全文は、「漸覚一日、濃如一日、不比尋常。若知人・為伊痩損、成病又何妨。　相思到了、不成模様、収涙千行。把従前・涙来做水、流也流到伊行」。

㉗杜安世は『全宋詞』第一冊（一八〇頁）に「賀聖朝」二首、葉清臣は『全宋詞』第一冊（一一九頁）に「賀聖朝」一首を載せるが、ともに「転調」の二字なし。どのテキストに拠っているのか未詳。

（村越貴代美）

十九、遍・序・歌頭・曲破・中腔

遍・序・歌頭・曲破を含む詞調名はいずれも大曲から生まれたことを示している。①毛文錫の「甘州遍」一首とは大曲「甘州」の一遍、②晏小山の「泛清波摘遍」一首とは大曲「泛清波」の一遍、③趙以夫の「薄媚摘遍」とは大曲「薄媚」の一遍である。④大曲は、沢山の曲が連続して演奏・歌唱されるもので、その曲の数は少なくて十遍余り、多ければ数十遍に及ぶ。一遍が一曲である。大曲から摘出した一遍の曲に歌詞を載せて歌うようになってから、⑤それを摘遍ともいい、摘の字を省略して遍ともいう。⑥

大曲の第一の部分が序曲で、散序と中序からなる。大曲「霓裳羽衣曲」は散序六遍で始まり、ここでは「拍子」が入らないので舞うことはできない。その次が中序で、ここで初めて拍子が入って舞女の舞いが始まる。⑦それで中序を拍序とも呼ぶ。詞調「霓裳中序第一」とは、大曲「霓裳羽衣曲」の中序の第一遍を意味する。『新唐書』「礼楽志」は、大曲「傾杯」が数十もの曲からなっていたことを記載する。[8]「傾杯序」という詞調もあり、[9]これも大曲「傾杯」の序曲中の一遍である。詞調名として「鶯啼序」もあり、[10]これも大曲「鶯啼」の序曲であろう。ただ、「鶯啼」という大曲名を記録したものはない。

蘇東坡「南柯子（山与歌眉斂）」詞中に「誰家水調唱歌頭（誰家の水調か 歌頭を唱う）」があり、[11]『草堂詩余』はこれに注して「水調頗《や》や広し、之を歌頭と謂うは、豈に首章の一解に非ざらんや」と言う。[12]この注はわかりやすい説明ではない。大曲「水調」中の歌遍の第一遍だと述べるべきだ。大曲の舞いは中序の第一遍から始まるのだが、歌の全てが中序の第一遍から始まるわけではない。[13]『碧鶏漫志』に、山東の王平が「霓裳羽衣曲」の歌詞を第四遍から作ったと記載されている。[14]董穎の「薄媚」（西子詞）は排遍第八から『楽府雅詞』に記載されている。[15]排遍の別名は畳遍、これが中序の部分である。これを歌についていえば歌遍である。歌遍の第一遍を歌頭という。中序の第一遍から舞いが始まるが、歌は必ずしも舞いと同時に始まらないので、歌頭は必ずしも中序の第一遍ではない。以上のことをふまえて「水調歌頭」や「六州歌頭」等の詞調名の意味を正しく理解すべきである。『尊前集』が「歌頭」とのみ題して記載する後唐・荘宗の詞[16]については、どの大曲の歌頭なのかわからない。[17]重要なことは、「水調」はある宮調の俗名であって、大曲名ではないことである。詞牌名「水調歌頭」が意味するのは、歌詞が水調に属していることだけで、どの大曲の歌頭なのかは不明な詞牌名なのである。「六州歌頭」については、明らかに大曲「六州」の歌頭を意味する詞牌名である。

大曲の中序（つまり排遍）が終わると「入破」となる。『新唐書』「五行志」に次のようにある。「天宝の後、楽曲は辺地を以って名と為すこと多し、伊州・甘州・涼州等有り。其の曲遍の繁声に至れば、皆な之を入破と謂う。破は、蓋し破砕を云う」[18]。更に陳暘『楽書』の宋の仁宗に関する記載には次のようにある。「排遍自り以前の、音声相い侵乱せざるは、楽の正なり。入破自り以後、侵乱せり。此に至れば、鄭衛なり」⑲。この記載によると、大曲の演奏が入破に至った時、歌いぶりは節度無く舞いはめまぐるしくなるので、⑳鑑賞者を陶酔させ目を眩ませるのである。唐代詩人・薛能「柘枝詞」の「急破催揺曳、羅衫半脱肩（急破は揺曳を催し、羅衫半ば肩を脱す）㉑」は、「柘枝」が入破にいたった時の妓女の舞いを形容している。袖を振りまわして舞うために肩から衣装がずり落ちかけた場面だ。張祜「悖拏児舞」詩「春風南内百花時、道調涼州急遍吹、掲手便拈金碗舞、上皇驚笑悖拏児（春風 南内 百花の時、道調涼州 急遍吹き、手を掲げて便ち金碗を拈みて舞えば、上皇 驚笑す 悖拏児）㉒」は、大曲「涼州」の「急遍」が演奏される時の「転碗舞㉓」の様子を詠んだものである。他に「悖拏児」の記録はみつからない。胡人の名前であろう。晏小山の詞「重頭歌韻響錚淙、入破舞腰紅乱旋（重頭 歌の韻きは錚琮を響かすがごとく、入破 舞の腰は紅乱れ旋《めぐ》る）㉔」も、入破になると音楽のテンポが次第に早さを増し、歌や舞いもどんどん急速になってゆくことを形容している。それでこの入破部分の曲名を「急遍」というのである。元稹「琵琶歌」の「驟弾曲破音繁併、百万金鈴旋玉盤（驟弾の曲破 音は繁併、百万の金鈴旋玉盤）㉕」や、張祜「琵琶」詩の「只愁拍尽涼州破、現出風雷是撥声（只だ愁う 拍の涼州破に尽きて、風雷を画出するは是れ撥声なるを）㉖」はいずれも琵琶の演奏が入破に至った時の様子を形容しており、白居易詩「朦朧閑夢初成後、宛転柔声入破時（朦朧たる閑夢 初めて成るの後、宛転たる柔声 入破の時）㉗」は、入破に入った歌唱がどういうものかを形容している。李後主の作った曲に、「念家山破」と名付けられた一曲があったが流伝しなかったので、宋人はその楽譜を見ることができなかった。㉘『宋史』「楽志」に太宗自らが「曲破」二十九曲と「琵琶独弾曲破」十五曲を作曲したという記載がある。㉙『武林旧事』に天基節の排当楽について記載があり、㉚それには「薄媚曲破」「万歳梁州曲破」「斉天楽曲破」「降黄龍曲破」「万花新曲破」がある。㉛これらの「曲破」とは、すべて大曲の摘遍であり、「薄媚曲破」とは大曲「薄媚」の入破一曲のことで、「万歳涼州曲破」とは大曲「涼州」の入破曲のために作られた祝皇帝万歳の歌詞のことである。[32]

陳暘『楽書』は「後庭花破子」一闋を著録する。陳暘は言う「李後主と馮延巳と相率いて之を為す、此の詞は李が作か抑《そもそ》も馮が作かを知らず」[33]と。ここに言う「破子」とは、入破曲の中の短い一曲を意味する名称である。[34]王安中に鼓子詞「安陽好」九首があり、「清平楽」を「破子」とする。[35]これは隊舞に用いる楽曲に配する詞である。「破子」を歌ってから「遣隊」(「放隊」とも言う)を歌うと歌も舞いも終わる。[36]このことから、「破子」とは舞曲に用いられるもので、小舞の曲破だと言えそうだ。だから『詞譜』注に「所謂る破子なる者は、其の繁声を以って破に入るなり」[37]と言うのだろう。わかりやすい注ではないが、この注釈者が「破子」を「曲破」の一つだとみていることは読み取れる。

万俟雅言に「鈿帯長中腔」一闋があり、[38]王安中に「徴招調中腔」一闋がある。[39]これらに言う「中腔」については私も把握しきれておらず、宋人の著作物にも説明したものは見られない。『東京夢華録』に天寧節[40]の誕生日祝いの式次第が記録されている。それには「第一盞、御酒。歌板色一名、中腔一遍を唱う」とあり、第七盞・御酒のくだりに「采蓮を舞いて訖《や》み、曲終る。復た群舞あり。中腔を唱い畢《おわ》り、女童進みて語を致し、雑戯を勾《ひ》きいて入場す」とある。[41]『武林旧事』に記録された天基節の排当には、すでにこの名の色《しょく》は無くなっている。[42]北宋の時にだけ存在したのであろう。王安中の一闋は天寧節において聖寿を祝う詞で、御酒第一盞の時に歌われたものである。となると、いわゆる「中腔」も中序の一遍かもしれない。[43]これについては今後の研究を待つ。

注

① 「大曲」について、藍玉崧・呉大明『中国古代音楽史』(中央音楽学院出版社、二〇〇六)は次のように解説する。

唐王朝宮廷音楽の最大の功績が「大曲」である。楽府音楽と外来音楽を基に発展した、歌唱・器楽演奏・舞踊からなる壮大な音楽芸術である。唐王朝社会の隆盛期に形成され、天竺音楽から直接影響を受け、宮廷の宴会で演じられるあらゆる芸能が凝縮した総合芸術であった。

大曲は大きく三構成に分けられるのだが、前が「序」で後ろが「破」〔急テンポの舞曲〕で、これは中世ヨーロッパの「組曲」(Suite)の構成に似ている。……〔第一部分〕散序――器楽部分。散板を用いる。各種楽器の輪奏または合奏。……〔第二部分〕中序〔「拍序」・「歌頭」ともいう〕――歌唱部分、器楽の伴奏があり、舞踏が加わることもある。テンポが固定し始める。慢板を用いる。……〔第三部分〕破――舞踏が主となり、それに歌唱と器楽伴奏がともなう。テンポが次第に速くなり、急かすような羯鼓がテンポを主導する。音楽と舞踏はますますあわただしくなり、ミスが生じやすい。(一一一〜一一三頁)

宋朝において大曲は概ねその一部分だけが演奏され、これが「摘遍」で、最後の一段だけを演奏するのが即ち「曲破」である。ほとんどの楽師は大曲全体を演奏する能力はなく、たとえやや長い大曲を演奏することはあっても、かつてのように壮大な規模ではなくなった。一人か二人の歌舞が演じられるが、歌い手が舞い手を兼ねていた。(一四七頁)

② 毛文錫「甘州遍」二首(曾昭岷等『全唐五代詞』正編巻三、五三三頁)。

③ 『全宋詞』第一冊(二三四頁)。『全宋詞』は「摘遍」を「摘徧」に作る。

④ 『全宋詞』第四冊(二六六六頁)。

⑤ 原文は「現在従大曲中摘取其一遍来譜詞演唱」。「現在」とあるが、著者はときおり宋人の立場での語り口になるらしく、唐代に宮廷音楽であった大曲が、宋代にその一編を独立させて演奏歌唱するようになったことを意味する。

注②の毛文錫は唐末五代の人。その「甘州遍」二首は次のように宮廷音楽に相応しい歌詞である。

春光好、公子愛閑遊。足風流。金鞍白馬、雕弓宝剣、紅纓錦襜出長楸。

花蔽膝、玉銜頭。尋芳逐勝歓宴、糸竹不曽休。美人唱、掲調是甘州。酔紅楼。尭年舜日、楽聖永無憂。（其一）
秋風緊、平磧雁行低。陣雲斉。蕭蕭颯颯、辺声四起、愁聞戍角与征鼙。
青塚北、黒山西。沙飛聚散無定、往往路人迷。鉄衣冷、戦馬血沾蹄。破蕃奚。鳳皇詔下、歩歩躡丹梯。（其二）

一方、注④の趙以夫は南宋の人。その「薄媚摘遍」は詞牌の下に「重九、登九仙山、和張岃則韻」とあるように、個人の和韻の作となっている。注③の北宋・晏幾道「泛清波摘遍」も次のように、個人の客愁・不遇感が主題となっており、大曲中の一遍という性格は消えている。

催花雨小、著柳風柔、都似去年時候好。露紅煙緑、侭有狂情闘春早。長安道。鞦韆影裏、糸管声中、誰放艶陽軽過了。倦客登臨、
暗惜光陰恨多少。
楚天渺。帰思正如乱雲、短夢未成芳草。空把呉霜鬢華、自悲清暁。帝城杳。双鳳旧約漸虚、孤鴻後期難到。且趁朝花夜月、翠尊頻倒。

⑥ 曲・詞を数える単位については、本訳注稿「十一、変・徧・遍・片・段・畳」（『風絮』四号所載）参照。

⑦「霓裳羽衣曲」は「霓裳羽衣舞曲」ともいう。郭茂倩『楽府詩集』巻八十「近代曲辞」二は七言四句「婆羅門」一首を著録し、「楽苑曰、婆羅門、商調曲。開元中、西涼府節度楊敬述進。唐会要曰、天宝十三載、改婆羅門為霓裳羽衣」と注する。大曲「霓裳羽衣曲」の構成については、白居易「霓裳羽衣歌」（『全唐詩』巻四四四）に具体的記載がある。その第十三、十四句「磬簫箏笛遞相攙、擊擫弾吹声邐迤」の自注に「凡法曲之初、衆楽不斉、唯金石糸竹次第発声。霓裳序初、亦復如此」とあり、十五、十六句「散序六奏未動衣、陽台宿雲慵不飛」の自注に「散序六遍無拍、故不舞也」とあり、十七、十八句「中序擘騞初入拍、秋竹竿裂春氷拆」の自注に「中序始有拍、亦名拍序」とある。

⑧『新唐書』「礼楽志」十二に次のようにある。「玄宗又嘗以馬百匹、盛飾分左右、施三重榻、舞『傾杯』数十曲、壮士挙榻、馬不動」。

⑨『全宋詞』第五冊（三六七五頁）は、『歳時広記』巻三十五より無名氏「傾杯序」一首を収録する。『全宋詞』中、「傾杯序」は

この一首のみ。

⑩『全宋詞』第四冊（二九〇七・二九〇八頁）に、呉文英「鴬啼序」三首と趙文「鴬啼序」二首（第五冊、三三二三頁）など全部で十五首ある。

⑪『全宋詞』第一冊（二九二頁）。全文は次のとおり。

山与歌眉斂、波同酔眼流。游人都上十三楼。不羨竹西歌吹、古揚州。

菰黍連昌歜、瓊彝倒玉舟。誰家水調唱歌頭。声繞碧山飛去、晩雲留。

⑫「水調曲は沢山の曲から成るのだから、『歌頭』というのは、その最初の一曲の歌詞としか考えられない」というほどの意味であろう。『増修箋註妙選草堂詩余』（四部叢刊本）巻上に次のようにある。「明皇雑録『明皇好水調歌頭。胡羯犯京、上欲遷幸、猶登花蕚楼置酒、四顧悽愴。使其中人歌水調、畢因倚視楼下、有工歌而善水調者乎。有一少年自言工歌亦善水調、遊歌曰、山川満目泪沾衣、富貴栄華得幾時、不見只今分水上、惟有年年秋雁飛。上聞之、潸然曰、誰為此調。左右曰、宰相李嶠。上曰真才子也。不待曲終。』水調曲頗広、謂之歌頭、豈非首章之一解乎」。

⑬原文はこの後で「水調」は大曲名ではなく宮調の俗名であると述べる。律呂名（正式名・理論名）は南呂商。原文の意図は次のようなものであろう。『草堂詩余』は誤解しているが、どう誤解しているかわかりにくい、誤解の一つは「水調」を大曲名としたこと、もう一つは大曲の「首章」を「歌頭」と同義としたことである。

⑭王灼『碧鶏漫志』巻三（唐圭璋『詞話叢編』）に次のようにある。「宣和初、普府守山東人王平、詞学華贍。自言得夷則商霓裳羽衣譜、取陳鴻・白楽天長恨歌伝、並楽天寄元微之霓裳羽衣曲歌、又雑取唐人小詩長句、及明皇・太真事、終以微之連昌宮詞、補綴成曲。刻板流伝。曲十一段、起第四遍・第五遍・第六遍・正𢅥・入破・虚催・衮・実催・衮・歇拍・殺衮、音律節奏、与白氏歌注大異。則知唐曲、今世決不復見、亦可恨也」。

⑮『楽府雅詞』上に董頴「薄媚」（西子詞）として、「排遍第八」「排遍第九」「第十攧」「入破第一」「第二虚催」「第三袞遍」「第四催拍」「第五袞遍」「第六歇拍」「第七煞拍」が記載されている。

⑯唐圭璋『唐宋人選唐宋詞』（上海古籍出版社）所収『尊前集』。荘宗（李存勗）「歌頭」（大石調）は次のとおり。

賞芳春・暖風飃箔。鴬啼緑樹、軽煙籠晩閣。杏桃紅、開繁蕚。霊和殿 禁柳千行、斜金糸絡。夏雲多 奇峰如削。紈扇動微涼、軽綃薄。梅雨霽、火雲爍。臨水檻・永日逃繁暑。泛觥酌。

露華濃、冷高梧、彫万葉。一霎晩風、蝉声新雨歇。惜惜此光陰、如流水、東籬菊残時、歎蕭索。繁陰積、歳時暮、景難留、不覚朱顔失却。好容光、且且須呼賓友、西園長宵、讌雲謡、歌皓歯、且行楽。

⑰後唐・荘宗の「歌頭」に注し、前掲書蒋哲倫の校点は次の冒広生の校記を引用する。「この詞には誤字がある。……音読して吟味すると、実は『六州歌頭』だと分かる。五言絶句四首が本来の句式で、一句が三字の句式が本腔（本来の調子）だと、読者は『意を以て志を逆えて得べきなり（自分の心で作者の真意を汲み取ればわかるはずだ）』。加えてこの詞全体は春夏秋冬を分詠したものだから四遍に分けるべきことは、極めて明らかである。従来二遍に分けてきたのは誤りである」。

⑱原文は「天宝後、楽曲多以辺地為名、有『伊州』、『甘州』、『涼州』等。至其曲遍繁声、皆謂之入破。破者、蓋破砕云」。『新唐書』「五行志」二に次のようにある。「天宝後、詩人多為憂苦流寓之思、及寄興于江湖僧寺。而楽曲亦多以辺地為名。有伊州、甘州、涼州等、至其曲遍繁声、皆謂之『入破』。又有胡旋舞、本出康居、以旋転便捷為巧、時又尚之。破者、蓋破砕云」。「繁声」は急テンポの意。

⑲『楽書』に本文引用の記載はなく、宋・王鞏『随手雑録』（百二十巻本『説郛』巻五十）に次のようにある。「仁宗嘗語張文定宋景文曰、孟子可謂知楽矣。今楽猶古楽。又曰、自排遍以前音声不相侵乱楽之正也、自破之後始侵乱矣。至此鄭衛也」。

⑳原文は「歌淫舞急」。「淫」とは「みだり」、『論語』「八佾」に「子曰、関雎楽而不淫、哀而不傷」にあるように、度を超すこと。

㉑『全唐詩』巻二十二。『全唐五代詞』（上海古籍出版社、一九八六）巻二（二五三頁）は「催」を「摧」に作る。

㉒『全唐詩』巻五一一。

㉓「転碗舞」は、独楽のように旋回する舞踊か。雑伎の皿回しの皿や椀の旋回に似ていることからの呼称であろう。

㉔原文は「晏小山詞」とするが、『全宋詞』第一冊（九十六頁）は晏殊の作（「木蘭花」十首之四）とし、前の「燕鴻過後鶯帰去」詞とともに、欧陽脩の『近体楽府』巻二に見えると注する。

㉕原文の引用は元稹「琵琶歌」の第四十、四十一句。『全唐詩』巻四二一が収録する元稹「琵琶歌」第三十九～四十二句は次のとおり。「月寒一声深殿磬、驟弾曲破音繁併。百万金鈴旋玉盤、酔客満船皆暫醒」。

㉖張祜「王家琵琶」（『全唐詩』巻五一一）。

㉗『全唐詩』巻四四九、白居易「臥聴法曲霓裳」。

㉘北宋・馬令『南唐書』巻五「後主書」（『叢書集成新編』第一一五冊）に次のようにある。「王著雑説百篇、時人以為可継典論。又妙於音律、旧曲有念家山、王親演為念家山破、其声焦殺、而其名不祥、乃敗徵也」。また、北宋・邵思『雁門野説』（一百二十巻本『説郛』巻二十四）「亡国之音」に次のようにある。「亡国之音信然、不止玉樹後庭花也。南唐後主精於音律、凡度曲莫非奇絶。開宝中、国将除、自撰念家山一曲、既而広念家山破、其識可知也。宮中民間日夜奏之、未及両月、伝満江南」。

㉙『宋史』「楽志」十七に次のようにある。「太宗洞暁音律、前後親制大小曲及因旧曲刱新声者、総三百九十。凡制大曲十八、正宮平戎破陣楽・南呂宮平晋普天楽……曲破二十九、正宮宴鈞台・南呂宮七盤楽・仙呂宮王母桃……琵琶独弾曲破十五、鳳鸞商慶成功・応鍾調九曲清・金石角鳳来儀……小曲二百七十、正宮十、一陽中・玉窓寒・念辺戍……因旧曲造新声者五十八、正宮・南呂宮・道調宮・越調・南呂調、並傾杯楽・三台……」。

㉚「天基節」は、南宋・理宗の誕生日を理宗朝において聖誕節としたもの。聖誕節の名は皇帝の代ごとにかわる。「排当」は、有職故実に則った儀式としての宴会の式次第。南宋・周密『武林旧事』（李小龍・趙鋭評注、中華書局）巻二「賞花」に「大抵内宴賞、

初坐・再坐・挿食盤架者、謂之排当、否則但謂之進酒」とある。

㉛『武林旧事』巻一に天基節の演奏プログラム・式次第が次のように記載されている。

天基聖節排当楽次、正月五日

楽奏夾鐘宮、觱篥起「万寿永無疆」引子、王恩。

上寿。

第一盞、觱篥起「聖寿斉天楽慢」、周潤。

……

第十三盞、諸部合「万寿無疆・薄媚」曲破。

初坐。

楽奏夷則宮、觱篥起「上林春」引子、王栄顕。

第一盞、觱篥起「万歳・梁州」曲破、斉汝賢。……

第十盞、諸部合「斉天楽」曲破。

再坐。

第一盞、觱篥起「慶芳春慢」、楊茂。笛起「延寿曲慢」、潘俊。

……

第五盞、諸部合「老人星降黄龍」曲破。

……

第二十盞、觱篥起「万花新」曲破。

㉜　原文の「万歳涼州曲破」は、正しくは「万歳梁州曲破」であろう（注㉙及び注㉛を参照）。『宋史』「楽志」十七に挙げる四十大曲に「涼州」はない。

㉝　『楽書』に「後庭花破子」の記載を見いだせなかったが、沈雄『古今詞話』「詞弁」巻上（『詞話叢編』第一冊、八九五頁）に次のようにある。「陳氏楽書曰、本清商曲、賦後庭花、孫光憲・毛熙震賦之、双調四十四字。又有後庭花破子、李後主・馮延巳相率為之、則是『玉樹後庭前、瑶草妝鏡辺。去年人不老、今年月又円。莫教偏、和月和花、天教開少年』。是単調三十二字、倶与古体玉樹後庭花異、非『璧月夜夜満、瓊樹朝朝新』為商女所歌也。楊慎云、『無限江南新楽府、君王独賞後庭花』」。

原文は「李後主・馮延巳相率為之、此詞不知李作抑馮作」。『花草粋編』巻一は、「後庭花破子」を温庭筠の作とする。

㉞　原文は「所謂『破子』、意思是入破曲中的小会曲」。「破子」が、小さなものであることを示す接尾辞「子」字をもつ名称であることを説明する意図であろうから、「小会曲」を短い曲の意味と解釈した。

㉟　王安中は、北宋末から南宋初めの人、字は履道。『宋史』に本伝がある。

「鼓子詞」は民間芸能「説唱」の一種。物語を語る部分と歌う部分とからなり、太鼓の伴奏がある。注①に挙げた『中国古代音楽史』は、宋代に最も流行した「説唱」のジャンルとして「鼓子詞」「賺詞」「諸宮調」「陶真」を挙げ、鼓子詞について次のように解説する。「直接詞から派生したもので、同一の曲牌を繰り返し歌うのが基本形式で、それに台詞を織り交ぜるという単純なものである。太鼓を伴奏に用いるので、こう呼ばれる。」

『全宋詞』第二冊（七五一頁）の王安中の詞調名「安陽好」の下に「九首並口号破子」とあり、口号「賦尽三都左太沖。当年偏説鄴都雄。如今別唱安陽好、勝日佳時一酔同」の後に「安陽好」九首を挙げ、続いて「破子清平楽」一首を挙げる。「破子清平楽」を『楽府雅詞』は「清平楽」に作る。

㊱　「隊舞」は教坊の歌舞隊の呼称。「遺隊」（「放隊」）はその歌舞隊を退場させる時の歌。

㊲『欽定詞譜』巻二。詞調名「後庭花破子」の注に「所謂破子者以其繁声入破也」とある。

㊳『全宋詞』第二冊（八〇九頁）に「鈿帯長中腔」一首がある。

㊴『全宋詞』第二冊（七五〇頁）に「天寧節」と注する「徴招調中腔」一首がある。

㊵徽宗の聖誕節。

㊶孟元老『東京夢華録』巻九に次のようにある。「初十日天寧節……十二日、宰執・親王・宗室・百官、入内上寿大起居（搢笏舞踊）。楽未作、集英殿山楼上教坊楽人効百禽鳴、内外粛然、……第一盞御酒、歌板色、一名『唱中腔』、一遍訖、先笙与簫笛各一管和、又一遍、衆楽斉挙、独聞歌者之声。……第七盞御酒慢曲子、宰臣酒皆慢曲子、百官酒三台舞訖、……或舞『採蓮』、則殿前皆列蓮花。檻曲亦進隊名。参軍色作問隊、杖子頭者進口号、且舞且唱。楽部断送『採蓮』訖、曲終復群舞。唱中腔畢、女童進致語、勾雑戯入場、亦一場両段訖、参軍色作語、放女童隊、又群唱曲子、舞歩出場」。

㊷「天寧節」（北宋・徽宗の聖誕節、注㊶参照）の式次第にあった「中腔」を「唱」う「歌板色」が、「天基節」（南宋・理宗の聖誕節、注㉚参照）の式次第にはないこと。「色」は、教坊の役割ごとの部局。南宋・耐得翁『都城紀勝』「瓦舎衆伎」に「旧教坊有篳篥部・大鼓部・杖鼓部・拍板色・笛色・琵琶色・箏色・方響色・笙色・舞旋色・歌板色・雑劇色・参軍色、色有色長、部有部頭、上有教坊使・副鈐轄・都官・掌儀範者、皆是雑流命官」とある。

㊸中序の第一編から舞いが始まり、歌は必ずしも舞いと同時には始まらず、例えば山東の王平は中序の第四遍から歌詞を作っている、と前述されているので、「中腔」とは「中序の一篇の腔《うた》」の意味ではないか、と推測するものであろう。

（小田美和子）

二十、犯

詞調の名に「犯」の字を持つものは、万樹の『詞律』に収めるものに「側犯」「小鎮西犯」「凄涼犯」「尾犯」「玲瓏四犯」「花犯」「倒犯」がある。また「四犯剪梅花」「八犯玉交枝」「花犯念奴」もあり、これらは皆その詞の曲調が犯調であることを示している。

犯調とは何なのだろうか。姜白石「凄涼犯」詞の自序に言う。「凡そ曲の犯と言える者は、宮を以て商を犯し、商宮を犯すの類を謂う。道調宮①は「上」字にて住《お》わり、双調②も亦た「上」字にて住わるが如し。住わる所の字③同じきなれば、故に道調曲中に双調を犯し、或いは双調曲中において道調を犯す。其の他此に準ず。唐人楽書に云う、犯に正・旁・偏・側有り。宮の宮を犯すを正と為し、宮の商を犯すを旁と為し、宮の角を犯すを偏と為し、宮の羽を犯すを側と為すと。此の説非なり。十二宮住る所の字各おの同じからざれば、相犯すを容れず。十二宮特に商角羽を犯すべきのみ④」。ここから言えることは、唐人は十二宮はみなそれぞれ犯調することができると見なしたのに対して、姜白石は商・角・羽の三調にしか犯調できないと見なしていたことである⑤。その理由とは、住字を同じくする宮調しかお互いに犯することができない、ということである。いわゆる「住字」とは、各詞の歌詞における最後の一文字に付された工尺譜⑥の音符である⑦。例えば姜白石の凄涼犯の自注に「仙呂調犯商調」とある。この詞の最後の一句は「誤後約（後約を誤てり）」であり、「約」の字の音符は「上」である。楽律的には、この「上」のような旋律最後の音程を「結声」もしくは「煞声」と呼ぶ。仙呂調と商調はいずれも「上」の音程を結声としているので、互いに犯することができる。しかしここで言う「商調」は「双調」のことであり、夷則商の「商調」のことではない。[8]故に南曲[9]に「仙呂入双調」とあるのも、白石のこの詞と同じなのである。

張炎の『詞源』巻上に「律呂四犯」の条があり、宮調[10]互犯の表[11]を掲載している。さらに姜白石のこの詞序を引用してその解説とし、唐人の記録を修正している。張炎は「宮を以て宮を犯すを正犯と為し、宮を以て商を犯すを側犯と為し、宮を以て羽を犯すを偏犯と為し、宮を以て角を犯すを旁犯と為し、角を以て宮を犯すを帰宮と為し、周して始に復す」と述べている。[12]

ここから次のように言える。犯調の原義は宮調が互いに犯することで、これは完全に詞の楽律上の変化であり、音楽が分からない詞人は現有の詞調に合わせて填詞するしかなく、犯調を創り出すことはできない。宋元以降詞楽は伝を失し、本来の旋律や唱法さえ現在我々は知る由もない。多くの古代音楽研究者の探求にもかかわらず、宋代の詞楽を復元する方法が未だないと言わざるを得ない。

しかし宋詞の中にはこれとは別の犯調もある。宮調が互いに犯するのではなく、各詞調の間の句法が互いに犯することである。例えば劉改之[13]に「四犯剪梅花」一首があり、これは彼の創作した曲調で、犯する調名を彼自身が注記している。

水殿風涼、賜環帰、正是夢熊華旦（解連環）。畳雪羅軽、称雲章題扇（酔蓬萊）。西清侍宴。臨黄傘、日華龍輦（雪獅児）。金券三玉、玉堂四世、帝恩偏眷（酔蓬萊）。

臨安記、龍飛鳳舞、信神明有後、竹梧陰満（解連環）。笑折花看、挹荷香紅潤（酔蓬萊）。巧妙歳晩。帯河与砺山長遠（雪獅児）。麟脯杯行、狨荐坐穏、内家宣勧（酔蓬萊）。[14]

この詞の前後闋各四段は、それぞれ「解連環」「雪獅児」「酔蓬萊」の三つの詞調中の句法をつなぎ合わせて出来ている。「酔蓬萊」は前後闋でそれぞれ二回ずつ使われており、しかも前後闋の末句がいずれも「酔蓬萊」である。

つまりこの詞は酔蓬萊を主体とし、そこに「雪獅児」「解連環」の二調が挿入された句法だと言える。調名の「四犯剪梅花」は作者自身がつけた名前で、万樹はこれを次のように解釈している。

　此の調（劉）改之の創る所為り。各曲の句を採りて合わせて成る。前後各おの四段、故に四犯と曰う。柳（永）詞の酔蓬萊は林鍾商調に属す。或いは解連環、雪獅児亦た是れ同調ならん。剪梅花の三字は、想うに亦た剪取の義を以て之を名づくるならん。⑮

また秦玉笙⑯の解釈を引用して「此の調は両《ふたた》び酔蓬萊を用い、改連環・雪獅児を合わす。故に四犯と曰う。謂う所の剪梅花なる者は、梅花は五瓣にして、四は則ち其の一を剪り去ればならん。犯なる者は宮調を犯すを謂い、必ずしも字句悉く同じからざるなり」⑰と述べる。

以上の二家の解説はいずれも推測に過ぎず、信用は出来ない。秦氏はこの詞も宮調相犯であると考え、万氏も三つの調がみな商調に属するので互いに犯することができるのではないかと疑っている。宮調の相犯は音律に関わることであり、字句からは読み取ることができない。劉改之は音律に通じている詞人ではない。彼は自分で犯した曲調を注記している。それはこれが一種の既成の曲の集曲形式だということであり、必ずしも音律に通じている必要はないと言うことができる。劉改之の別の詞一首は、句法が「四犯剪梅花」と全く同一であり、後闋第一句が一字少ないだけである。しかし調名は「轆轤金井」となっている。⑱つまりこの二つの調名は作者がその時の興にのって自由につけた名前だということなのである。

元代の詞人仇遠には「八犯玉交枝」一首がある。⑲作者自身は何調を犯するのか注していないが、恐らくこれも「四犯剪梅花」の類であろう。『詞譜』はこの詞を「八宝妝」に入れており、この二つの調名から考えるに、恐らく八調が相犯しているか、もしくは前後闋でそれぞれ四調を犯するのであろう。

周邦彦が創作した詞調一首の名を、「六醜」[20]と言う。宋の徽宗皇帝がこの調名の意味を尋ねると、周邦彦は「この詞は六つの調子を犯しており、いずれも各調の最も美しい音調です。古代高陽氏には六人の息子がおり、みんな才能はありましたが、みんな醜男でした。故にこれを六醜と名付けました」と説明した。[21]ここから「六醜」も犯調であることは分かるが、しかし調名からはそれが分からない。もしこの宋人の記録がなければ、我々はそれを知る由もない。

『歴代詩余』に「犯」を解釈した一段があり、「犯は是れ歌う時仮に別調を借りて腔を作す。故に側犯・尾犯・花犯・玲瓏四犯等有り」と言う。[22]ここでは「仮に別の調を借りて旋律を作る」と一面的に述べるのみである。宮調の相犯のみを指摘して、句法の相犯をそこに含んでいない。姜白石には「玲瓏四犯」一首がある。その自注は「此の曲は双調、世には別に大石調の一曲有り」[23]と述べているが、「玲瓏四犯」に宮調の異なる二曲があると述べるのみで、四犯とは何かを説明していない。この詞も白石の自製曲ではなく、その詞名はどこから取ったのかも分からない。側犯は宮を以て商を犯するという楽律用語である。つまり宮を以て商を犯す詞調はすべて側犯なのであり、決して詞調名ではない。尾犯・花犯・倒犯という三つの用語には注釈が見えず、[24]考えるにやはり犯の方法の用語であって、調名ではないだろう。一方「花犯念奴」という一首があり、これは「水調歌頭」のことである。[25]恐らく「念奴嬌」の犯調であろう。犯を行う方法を「花」と言うのであり、例えば花拍という言い方がある。[26]それならば「花犯念奴」で一つの詞調名をなすのであって、花犯の二字だけでは詞調名ではないのである。

注

① 「道調宮＝道宮」は音階の俗名であり、その律呂名は「仲呂宮」。

②「双調」は音階の俗名であり、その律呂名は「夾鍾商」。
③住字、煞声に同じく、曲調の最後の音。音階の主音のこと。
④ここの「住字(主音)」が同じ場合のみ犯調できるとは、「道調宮」の住字＝主音は「仲呂均の宮声」すなわち「仲呂＝上字」であり、「双調」の住字は「夾鍾均の商声」すなわち「仲呂＝上字」であり、このように主音を同じくする場合に限り犯調できる、という一種の縛りがあることを言う。西洋音楽に喩えるならば、「八長調」と「八短調」の間では犯調できるということである。唐人楽書は佚文。
⑤これを要するに、「宮調式は十二種類あるが、その間では互いに犯調できない」、「ある宮調式は、それと主音を同じくする商・角・羽の三調式の間でのみ犯調できる」と言うことである。
⑥詞楽を含む俗楽に用いる記譜法が、「工尺譜」である。「合四一上尺工六」などの漢字（もしくはこれを記号化したもの）を、絶対音高を表す音符として用い、各歌詞の側に置く。
⑦原文は「譜字」。工尺譜は漢字を音譜として用いる。そのため音符を譜字と呼ぶ。
⑧「仙呂調」は「夷則羽」で住字は「仲呂＝上字」。ところが「商調」は「夷則商」で住字は「無射＝下凡字」。よって「仙呂調」と「商調」では住字を異にするので犯調できない。ここで言うこころは、この「商調」が「双調」の誤りならば、いずれも「上字」が住字となり犯調が可能だ、ということ。
⑨南宋以降南方に広まった南戯の戯曲音楽。元に隆盛した北曲に対して言う。詞楽との関わりも深い。南曲に「仙呂入双調」という犯調の曲があることが、「商調」を「双調」に作るべきだということの傍証となっている。
⑩西洋音楽で言う音階のこと。
⑪『詞源』巻上「律呂四犯」。「宮犯商」「商犯羽」「羽犯角」「角帰本宮」の順で各均ごとに互いに犯調できる宮調が列挙されている。

⑫ 張炎は「以宮犯宮為正犯」と述べ、唐人の「正犯」という名称は残しているものの、「律呂四犯」の実際の表の中では正犯＝以宮犯宮の項目を外している。つまり張炎は姜白石の説を引くことで、宮が宮を犯すことを認めた唐人の説を修正したのである。

⑬ 南宋・劉過、字は改之。

⑭ 『全宋詞』第三冊（二一五五頁）に見える。書き下しは次のとおり。

水殿に風は涼しく、環を賜いて帰るは、正に是れ熊を夢みるの華旦。雪を畳みて羅は軽く、雲章を称して扇に題す。西清に宴に侍す。黄傘、日華龍輦に臨む。金券三玉、玉堂四世、帝恩偏えに眷みる。臨安に、龍飛鳳舞し、神明を信じ後ろに、竹梧に陰満つる有るを記ゆ。笑いて花を折りて看、荷香紅潤を挹る。巧妙たる歳晩。帯河と砺山と長遠たり。麟脯の杯は行き、狨荐坐ろに穏やかにして、内家宣べ勧む。

⑮ 『詞律』巻十四。

⑯ 清・秦瓛。『詞繋』の撰者。

⑰ この一文は万樹の注釈ではなく、『詞律校勘記』の文言。「按秦氏玉笙云、此調両用酔蓬莱…」とある。

⑱ 『全宋詞』第三冊（二二五一頁）に見える。

⑲ 元・仇遠、字は仁近・仁父。号は山村民。「八犯玉交枝」は『詞譜』巻三十五、『詞律』巻十九にある。

⑳ 『全宋詞』第二冊（六一〇頁）に見える。

㉑ 周密『浩然斎雅談』巻下に「問六醜之義、莫能対、急召邦彦問之。対曰、此犯六調、皆声之美者、然絶難歌。昔高陽氏有子六、人才而醜、故以比之」とある。

㉒ 『歴代詩余』巻四十九「側犯」の注。

㉓ 『白石道人歌曲』巻四「慢」。

㉔「尾犯」は『歴代詩余』巻六十五、「花犯」と「倒犯」は巻七十八に、それぞれ見える。
㉕『歴代詩余』巻五十八「水調歌頭」の注に「此詞名為花犯念奴」とある。
㉖例えば『碧鶏漫志』巻三に「楽家者流所謂花拍、蓋非其正也。曲節抑揚可喜、舞亦随之、而舞築球六么、至花十八、益奇」とある。

（明木茂夫）

二十二、自度曲・自制曲・自過腔

音律に精通した詞人は、自分で歌詞を作り、また自分で新たな旋律を作曲できた。これを自度曲《じたくきょく》と言う。この言葉は最も古くは『漢書』「元帝紀賛」に見え、「元帝材芸多く、史書を善《この》み、琴瑟を鼓し、洞簫を吹き、自ら曲を度し、歌声を被る」とある。応劭の注に「自ら隠度して新曲を作り、因りて新曲を持して以て歌詩の声と為すなり」とあり、荀悦の注に「声を被るとは、能く楽を播《ひろ》むなり」①とあり、また臣瓚の注に「曲を度すとは、歌終わりて更に其の次を援《ひ》くを謂う。之を度曲と謂う。『西京賦』に曰く『度曲未だ終わらざるに、雲起き雪飛ぶ』と。張衡『舞賦』に『度終わり位に復し、次に二八を受く』と」とある。師古の注には「応荀の二説は皆是なり。度、音は大谷の反②」とある。考えるに、応劭は「度」を「隠度（ひそかにはかる）」の意味だとしている。師古は応劭の説を採っており、だからこそ「度」の字を「大谷の反」、つまり「たく」の音で読んでいるのである。一方臣瓚は「西京賦」を引用して注しており、「西京賦」の李善注もまた臣瓚を引用している。彼らはいずれもこの「度」の持を「過度（わたる）」の意味だと解釈しているのであり、と言うことは彼らは「度」の字を「ど」の音で読んでいるのである③。

但し応劭が注釈したのは「自度曲」の三文字であって、彼は「自度曲」とは「自ら曲を製《つく》る」のことだと考えている。臣瓚と李善が注釈したのは「自度」の二文字のみであって、彼らは「度曲」とは「曲を歌う」ことだと考えている。ところが「度曲」の二文字はすでに宋玉の「笛賦」にも見えていて、「度曲挙盼④」とある。宋玉はこの二字をやはり「曲を歌う」の意味で用いている。したがって後世の人が「度曲」を「唱曲」のことだとし、「自度曲」を「自製曲」のことだとしていたのは、それぞれ別個の説に従ったのであって、両者を混同してはならないのである。「自度曲」は一個の名詞であり、「度曲」は動詞―目的語構造の単語である。「自度曲」を「自唱曲」とは解釈できないのだ。

　宋代には音楽に精通した詞人が多く、彼らは詞を作ると自分でそれに作曲もできた。よって詞集にはしばしば「自度曲」が見える。旧本姜白石詞集⑤の巻五の標題は「自度曲」となっており、ここには姜白石自身が創作した曲調を収めている。巻六の標題は「自製曲」であるが、実際はこれは「自度曲」のことで、当時編集中に偶然統一が取れていなかったのだろう。陸鍾輝刻本では既に「自度曲」に統一されている⑥。柳永と周邦彦は音律に通じていて、彼らの詞集にも少なからず自度曲があるが、すべてそれが明記されているわけではない。しかし凡そ自度曲である限りは、少なくともその曲の宮調を注記するか、あるいは序で説明しておいて欲しいものである。柳永の『楽章集』は宮調毎に編修されており⑦、姜夔の自度曲にはすべて小序がある。彼らのやり方は最も分かりやすい。ところが他の詞集に載っている何の説明もない自度曲は、後の世の読者が見てもそれと知るすべはないのである。

　「自度曲」は「自度腔」とも呼ばれる。呉文英の「西子妝慢⑧」の注に「夢窓の自度腔なり」とある。張仲挙の「虞美人」詞⑨の序に「臨川葉宋英の『千林白雪』に題す。自度腔多し」とある。また「自撰腔」とも呼ばれ、張先「勧金船」詞⑩の序に「流杯堂にて唱和す。翰林主人元素の自撰腔なり」とあり、蘇東坡の和作⑪の序には「元素の韵に和す。自撰腔にして命名す」とある。つまりこれは、「勧金船」は彼らの友人楊元素が自分で作った曲であり、「勧金船」

という調名も楊元素がつけたものだ、ということである。「自度曲」は時に「自製腔」とも呼ばれる。例えば蘇東坡の「翻香令」詞⑫の小序に「此の詞は蘇の言を次して伯固家に伝うなり。老人の自製腔と云う」とある。また黄花庵⑬は「馮偉寿は律呂に精にして、詞に自製腔多し」と言う。

また「自過腔」と言うこともあるが、その意味は同じではない。晁无咎「消息⑭」詞の題下自注に「自過腔、即ち越調の永遇楽なり」とある。姜夔の「湘月」詞の自序に「予此の曲を度す。即ち念奴嬌の隔指声なり。双調中に之を吹く。隔指、亦た之を過腔と謂い、晁无咎集に見ゆ。凡そ能く竹を吹く者は、便ち能く過腔するなり」とあり、これからすると晁无咎の「消息」は、「隔指声」を用いて吹奏した永遇楽だということになる。姜夔の「湘月」詞は句法が「念奴嬌」と同じであり⑮、また晁无咎の「消息」は句法が「永遇楽」と変わらない⑯。つまり「過腔」というものは音律上の改変でしかなく、歌詞の句法には全く影響しない、ということが分かるのである。このため万樹は『詞律』の編集に際して、独自に「湘月」を「念奴嬌」の別名だと見なし、「湘月」という曲調を別に収録しなかった。万氏は次のように解説する。「白石の『湘月』一調は、即ち念奴嬌の隔指声なりと自注し、其の字句に相合わざるは無し。今人宮調に暁《あき》らかならず、亦た隔指の何の義為るかを知らず。若し『湘月』に填せんと欲すれば、即ち乃《すなわ》ち是《こ》れ『念奴嬌』に填し、必ずしも其の名に巧徇せざるなり⑰。故に本譜は別《べつ》に『湘月』の調を収めず⑱」。また万氏は「消息」も収録せず、「永遇楽」の下の注に「一名『湘月』」と記している。その解説には「晁无咎は題を『消息』と名づけ、注に『自過腔、即ち越調の永遇楽なり』と云う。故に知る、某調に入れば即ち其の腔を異にし、因りて即ち其の名を異にすることを。如《たと》えば白石の『湘月』は即ち『念奴嬌』なれども、而して腔自ら同じからず。此の理は今伝わらず」とある⑲。

ここで言う「過腔」とは、ある旋律から別の旋律に移ることである。「隔指」とは、笛の運指法で一孔分高く、あるいは一孔分低くすることを言う。[20] 運指がわずかでも変われば旋律も変わる。故に「念奴嬌」の旋律もやや異なってくるため、別に調名を「湘月」としたのである。しかしこれは歌曲の旋律が変わるだけであって、歌詞の句法には影響しない。後の世の詞人には宋詞の音律が分からず、作詞するには句法に合わせて字を埋めるしかない。「念奴嬌」と「湘月」、「永遇楽」と「消息」は句法が同じである以上は、文学形式という角度からすれば、「湘月」は「念奴嬌」であり「消息」は「永遇楽」であると言っても何等問題はない。二者の間で旋律が異なるということなど、詞の字句からは見いだすことはできないのである。『詞律』と『詞譜』は句法の異同によって詞調を分類するのみで、句法を同じくする二首の詞からその旋律の違いを区別することはできない。しかし周之琦の『心日斎詞選』や江順詒の『詞学集成』は万樹が宮調を理解していないことに極めて批判的である。[21] 実際万樹は『詞律』巻頭の「発凡」で「宮調伝を失し、作者腔に依りて句を填むるなれば、必ずしも別《べつ》に湘月を収めず」とはっきり言っている。万氏は字句から宮調を区別できないがために、詞の文字から詞を論じているのである。周之琦や江順詒にしても、二つの詞に宮調の違いがあることを自分では分かっているとはいえ、字句が同一の「湘月」と「念奴嬌」とを一つずつ作詞してしかも読者にその宮調の違いを分からせることなど、不可能なのだ。しかし字句の句法から言えば「湘月」は「念奴嬌」であり「消息」は「永遇楽」である。音律から言えば「湘月」は「念奴嬌」ではなく「消息」は「永遇楽」ではない。万氏は「念奴嬌」の下に「百字令」「酹江月」「大江東去」という異名を注記しているが、[22]「湘月」もその中に入っていて、「湘月」もまた「念奴嬌」の別名の一つであるかのようだ。また「永遇楽」には「一名『消息』」と注記している。[23] こうした注記は確かに配慮を欠くものである。

「自過腔」は曲の創作ではない以上、それは「自度曲」とは異なる。しかし姜白石は「湘月」を詞集巻六の「自製曲」に入れており、宋人が「自過腔」を「自度曲」と見ていたことが分かる。

注

①『漢書』巻九「元帝紀」、「賛」。

②『漢書』巻九「元帝紀」、「賛」。

③「度」の音について原文では、応劭と顔師古は「大谷の反」で読み、それは現代中国語の「鐸」の字の発音（= duo）に当たり、臣瓚と李善は「わたる」の意味だとしており、その読みは現代中国語の「杜」の字の発音（= du）に当たる、という言い方をしている。ここでは中国語の発音を示すための「鐸」と「杜」を用いず、日本語の音読みを用いて訳した。

④『古文苑』巻二にあり。但し『古文苑』は「度曲口羊腸」に作る。

⑤『彊村叢書』本、張奕枢刊本ともに巻五「自度曲」・巻六「自製曲」とする。

⑥陸鍾輝刊本は、ここで言う「旧本」の巻五と巻六を併せて、巻四としている。夏承燾『姜白石詞編年箋校』によると、陸本の巻四は「自製曲」となっている。なお『白石道人歌曲』の版本については、村上哲見『宋詞研究―南宋篇』（創文社、二〇〇六）を参照。

⑦『楽章集』は不分巻、「正宮」から始まり「中呂調」まで、宮調ごとに分けて詞を収録する。但し同じ宮調が複数箇所にまたがって配置されている場合もある。

⑧『全宋詞』第四冊（二九〇〇頁）に見える。

⑨『全金元詞』下（一〇一八頁）に見える。

⑩『全宋詞』第一冊（八十二頁）に見える。

⑪「勧金船」、『全宋詞』第一冊（二八二頁）に見える。

⑫『全宋詞』第一冊（三〇六頁）に詞は見える。小序とされる一文は南宋・傅幹『注坡詞』で詞牌の下に記された傅幹の注である。

⑬ 南宋・黄昇『中興以来絶妙詞選（花庵詞選）』巻十。馮偉寿は六首の詞を収録され、そのうち三首には宮調が記されている。

⑭ 北宋・晁補之、字は无咎。『全宋詞』第一冊（五五五頁）に見える。

⑮「湘月」「念奴嬌」いずれも、前闋十三・十三・十三・十、後闋十五・十三・十三・十で、句法は同じ。

⑯「消息」は前闋十二・十二・十四・十三、後闋十四・十四・十四・十一。「永遇楽」は前闋十二・十三・十四・十三、後闋十四・十三・十四・十一。前後闋の第二韻目の字数がやや異なるだけで、両者の句法はほぼ同じ。こうしたわずかな字数の相違は、同じ旋律上の歌詞配置の違いから起こり得る現象だと考えられよう。

⑰「徇」は「したがう」。この「不巧徇」は、「湘月」という詞牌名にわざわざこだわらなかったことを言う。

⑱『詞律』巻十六、「念奴嬌」の注。

⑲『詞律』巻十八。

⑳ 姜夔「湘月」詞の自序に「即ち念奴嬌の隔指声なり、双調中に之を吹く」とあることについて、清の方成培は『香研居詞麈』巻二「論鬲指声」において次のように解説する。「蓋念奴嬌本大石調、即太簇商、双調為仲呂商、律雖異而同是商音、故其腔可過。太簇当用四字、仲呂当用上字、今姜詞不用四字住、而用上字住。簫管四上字中間只隔一孔、笛四上字両孔相聯、只在隔指之間、亦此両調畢曲、当用一字尺字、亦在隔指之間、故曰隔指声也」。この説に従うならば、姜夔は本来大石調＝太簇商である「念奴嬌」を、双調＝仲呂商に移調して「湘月」としたことになる。それぞれの畢曲（終わりの音＝主音）は「一」と「尺」（ミ〜ソの音程に相当）であり、笛の運指法では指一つ隔たっていることになる。

㉑ 例えば『詞学集成』巻三において江順詒は次のように述べる。「案、此実紅友不知宮調之誤也。蓋湘月与念奴嬌字句雖同、業已移宮換羽、別為一調。非如紅情緑意、僅取牌名新異也。後人不知鬲指之理、則填念奴嬌、不填湘月可耳。而湘月之調、則不可删」。

㉒『詞律』巻十六。

㉓『詞律』巻十八。「永遇楽　又名消息」とある。

（明木茂夫）

二十三、領字（虚字、襯字）

張炎の『詞源』巻下に「虚字」の条があり、次のようにある。「詞は詩と同じからず。詞の句語には、二字、三字、四字より六字、七八字に至る者 有りて、若《も》し実字を堆み畳ぬれば、読みてすら且つ通ぜず、況や之を雪児に付するをや。合《まさ》に虚字を用いて呼喚すべし＊。単字は『正』『但』『甚』『任』の類の如し。両字は『莫是』『還有』『那堪』の類の如し。三字は『更能消』『最無端』『又却是』の類の如し。此等の虚字は却て之を用うるに其の所を得んことを要す。若し能く善く虚字を用うれば、句語 自《おのずか》ら活き、必ずや質実ならず、観る者 巻を掩うの誚《そし》り無からん」①。

沈義父の『楽府指迷』にも詞の虚字を論じた条があり、次のようにある。「腔子には多く句上に合《まさ》に虚字を用うべき有りて、嗟の字、奈の字、況の字、更の字、料の字、想の字、正の字、甚の字の如きは、之を用いて妨げず。如《も》し一詞中に両三次 之を用うれば、便ち好からずして、之を空頭字と謂う」②。

以上、一字から三字の虚字は、多く文脈の変わる所に用い、前後の句の結び付きを解らせ、意味がどう変わるか、どう結び付いているかを表す働きをしている。明の沈雄の『古今詞話』では、この種の虚字を「襯字」と称しているが、③万樹は『詞律』の中で、それに反駁している。万樹は、詞は曲と違い、曲には襯字があるが詞には無い、と考えていた。④私が思うに、沈雄が詞の中の虚字を襯字と見なしているのは、妥当さをはなはだ欠く。南曲・北曲の中では、襯字が必ずしも全て虚字ではなく、時には実字も襯字になりうる。⑤つまり、詞の中の虚字は、襯字と称すべきではない。

清代の人の、詞を論じた著作の中では、この種の虚字を「領字」と称している。というのは、その字がその後に続く文を導くために用いられているからである。例えば、「正」「甚」などの類である。『宋四家詞選』では、「領句単字（句を導く一字）」と称しているが、⑥これこそが「領字」の意味を説明している。

「領字」の働きは、一字の「単字」の用法において最もはっきりしている。というのは、単字はある一つの概念をなさず、その働きは、単にそれに続く文を導くだけであるが、二字、三字になると、それ自体で既に一つの意味概念持っており、これらの語を使うと、時として句の一部分と見なしうるからである。これらは、領字でないだけでなく、虚字とも言えない場合もありうる。

宋の人の言う虚字は、全て句頭に用いられている。ところが、近頃の人で、次のように言う者がいる。「虚字の用法は、三つに分けられる。句頭に用いるもの、句中に用いるもの、句末に用いるものである。句末に用いるものは、多くが押韻の箇所で、所謂『虚字協韻』というのがこれである。これは、詞では、あっても無くてもいい。句頭あるいは句中に用いるものは、襯字に始まり、句頭に用いて句を導き、句中に用いて前後を呼応させる。これは、詞の構造上、非常に重要で、これが無ければ、文として成立しない」（蔡崇雲『楽府指迷箋釈』⑦）。私が思うに、句末に虚字を用いるのは、少数の詞人の偶然の現象である。辛稼軒は、「虚字協韻」を好んで用いた。例えば、「六州歌頭」の末尾に「庶有瘳乎」、「賀新郎」後関に「畢竟塵汚人了」とあり、「卜算子」六首はみな末尾には、「烏有先生也」「捨我其誰也」のように「也」の字を用いている。この種の虚字は、既に詞句の一部になっており、実字の働きをし、決して宋人の言う虚字ではない。沈祥龍の『約斎詞話』では、姜白石の詞の「庾郎先自吟愁賦、凄凄更聞私語（庾郎先ず自ら愁賦を吟じ、凄凄として更に私語を聞く）」の句の「先自」と「更聞」を句中の虚字と見なしているが、⑧これは明らかに間違えている。要するに、宋人の言う虚字は、全てが句を導く働きをするものであり、それゆえ、それらは必ず句頭にある。清人が「領字」と言っているのは、その意味を一層はっきりとさせたのである。

領字はただ慢詞に用い、引や近にはほとんど見られない。⑨ 単字が句を導く形は、二字・三字が句を導くよりも多く用いられる。だから作詞を習う者や詞学を研究する者は、特に単字の領字に注意を払わなければならない。単字の領字には、一句・二句・三句を導くものから、最多では四句までも導けるものまである。今ここで、それぞれの例を以下に挙げてみる。


向抱影凝情処。（影を抱きて情を凝らす処に向《あ》り。）（周邦彦「法曲献仙音⑩」）

想繍閣深沈。（想う 繍閣の深沈たるを。）（柳永「傾杯楽⑪」）

但暗憶江南江北。（但だ暗かに憶う江南江北）（姜夔「疏影⑫」）

縦芭蕉不雨也颼颼。（縦《ゆる》す 芭蕉 雨ふらざるも也《ま》た颼颼たるを。）（呉文英「唐多令⑬」）


以上、一字が一句を導くもの。


探風前津鼓、樹抄旌旗。（探る 風前の津鼓、樹抄の旌旗。）（周邦彦「夜飛鵲⑭」）

嘆年来踪跡、何事苦淹留。（嘆ずらく 年来の踪跡、何事ぞ苦だ淹留する。）（柳永「八声甘州⑮」）

正思婦無眠、起尋機杼。（正に 思婦 眠る無く、起ちて機杼を尋ぬ。）（姜夔「斉天楽⑯」）

奈雲和再鼓、曲終人遠。（奈《いか》んせん 雲和 再び鼓し、曲 終わり人 遠きを。）（賀鋳「望湘人⑰」）


以上、一字が二句を導くもの。


漸霜風凄緊、関河冷落、残照当楼。（漸《ようや》く 霜風は凄緊に、関河は冷落として、残照 楼に当たる。）（柳永「八声甘州⑱」）

算只有殷勤、画檐蛛網、尽日惹飛絮。（算《おも》うに 只だ殷勤なる、画檐の蛛網の、尽日 飛絮を惹くのみ。）（辛棄疾「摸魚児⑲」）

奈華岳焼丹、青渓看鶴、尚負初心。（奈んせん 華岳に丹を焼き、青渓に鶴を看るも、尚お初心に負《そむ》くを。）（陸游「木蘭花慢[20]」）

悵水去雲回、佳期杳渺、遠夢参差。（悵《いた》む 水去り 雲 回り、佳期 杳渺として、遠夢 参差たるを。）（張翥「木蘭花慢[21]」）

以上、一字が三句を導くもの。

漸月華収練、晨霜耿耿、雲山摛錦、朝露漙漙。（漸く 月華 練を収め、晨霜 耿耿として、雲山 錦を摛《の》べ、朝露 漙漙たり。）（蘇軾「沁園春[22]」）

望一川冥靄、雁声哀怨、半規涼月、人影参差。（望む 一川の冥靄、雁声 哀怨し、半規の涼月、人影の参差たるを。）（周邦彦「風流子[23]」）

想驄馬鈿車、俊遊何在、雪梅蛾柳、旧夢難招。（想う 驄馬 鈿車、俊 遊びて何くに在り、雪梅蛾柳、旧夢 招き難きを。）（張翥「風流子[24]」）

正驚湍直下、跳珠倒濺、小橋横截、新月初籠。（正に驚湍 直ちに下り、跳珠 倒に濺ぎ、小橋 横ざまに截ち、新月 初めて籠む。）（辛棄疾「沁園春[25]」）

以上、一字が四句を導くもの。

一字が二句を導く句法は、詞の中で最も多い。もし、この二句が共に四字句であれば、対句を用いるのが最もよい。一字が三句を導く句法では、三句の中の二句が対句である形が最もよい。例えば、柳永の「八声甘州」のような三つの対偶句は、情調が一層いいように見える。一字が四句を導く場合、[26]この四句は必ず二つの対句あるいは四つの対偶句でなければならない。しかし、この種の句法は、詞の中では多くはなく、普通、詞人はみな「沁園春」と「風流子」の二調だけに用いる。

【施蟄存原注】

＊「合用」は「応当合（用いるべきだ）」ということで、この「合」の字は唐宋の人の用法で、「合併（合わせる）」と解釈するものではない。

注

① 『詞源』は上下巻で、巻上は詞の音楽論、巻下は詞の文学論になっている。本条は『詞話叢編』第一冊所収『詞源』巻下（二五九頁）所載。なお、巻下については、夏承燾に『詞源注』があり（『詞源注 楽府指迷箋釈』、人民文学出版社、一九八一）、中田勇次郎氏に翻訳（創文社『読詞叢考』「第Ⅳ部四、宋元の詞論」参照）、詞源研究会に詳細な訳注書『宋代の詞論』（中国書店、二〇〇四）がある。

② 『楽府指迷』も『詞源』と同様に初期の詞論書。二十九条にわたって詞論が展開されており、蔡義父に『楽府指迷箋釈』がある（夏承燾『詞源注』と合冊の『詞源注 楽府指迷箋釈』。前注参照）。施氏が引用したのは、第十九条「句上虚字」の初めから三分の二までの部分。『詞話叢編』第一冊所収『楽府指迷』二八一頁所載。なお、この後に「不若径用一静字、頂上道下来、句法又健、然不可多用」と続く。中田勇次郎氏に『楽府指迷』の翻訳がある。前注『読詞叢考』所収。

③ 『詞話叢編』第一冊所収『古今詞話』の「有襯字之采蓮曲為詞体」の条に「惟収皇甫松、孫光憲之排調有襯字者為詞体」とあるのを踏まえる（七四六頁）。なお施氏は沈雄を明人とするが『詞話叢編』では清人とする。「襯字」は、詞や曲で定型以外に加えた字のこと。韻律には乗らないが、意味を補足したり、興趣を添えたりする。

④ 『詞律』巻四「憶少年」曹組体の万樹注に「詞匯注、念字是襯。可删。但聞曲有襯字、未聞詞有襯字。不知何拠也」とある（中華書局影印本第一冊十二葉表）。また、清・杜文瀾『憩園詞話』巻一「論詞三十則」第二十四則に、『詞源』巻下「虚字」の条を部分的に引いた後、「呉江沈偶僧古今詞話引之、另標題為襯字。而万氏紅友則又極論詞無襯字。余以為皆是也。襯字即虚字、乃

初度此調時用之。今依譜填詞、自不容再有増益。万氏蓋恐襯字之名一立、則於旧調妄増、致碍定格耳。玉田所云虚字、今謂之領調、所列皆去声」とある（『詞話叢編』第三冊、二八六二頁）。

⑤ 実字が襯字となっている用例として、王和卿の「仙呂・酔扶帰」の冒頭二句に「我|嘴揾着他油鬏髻。他|背靠着我胸皮」とあり、傍線を付けた字が襯字である。この中で、「我」「他」は人称代名詞であり、虚字ではない。田中謙二『楽府 散曲』（中国詩文選二十二、筑摩書房、一九八三）一六五頁参照。

⑥『宋四家詞選』は清の周済の撰。『宋四家詞選』「目録序論」に「領句単字、一調数用、宜令変化渾成、勿相犯」とある（『詞話叢編』第二冊所収）。

⑦ 人民文学出版社『詞源注 楽府指迷箋釈』の原文は「虚字用法、可分三種。或用于句首、或用于句中、或用于句尾。用于句尾者、多在協韻処、所謂虚字協韻是（也）。在詞中、可有可無。用于句首或句中者、其始起于襯字、在句首（首句）用以領句、在句中用以呼応、于詞之章法、関係至巨、無之則不能成文者也」。注②参照。但し、訳注の原文は（ ）に作る。

⑧ 沈祥龍『論詞随筆』「詞中虚字」に「不特句首虚字宜講、句中虚字亦当留意、如白石詞云『庾郎先自吟愁賦、凄凄更聞私語』、先自、更聞、互相呼応、余可類推」とある（『詞話叢編』第五冊、四〇五二頁）。

⑨ 試みに『全宋詞』を開いてみると、第一冊七頁下段の北宋・林逋「点絳唇（金谷年年）」詞に「又是離歌、一闋長亭暮」とあり、八頁下段の北宋・陳亜「生査子（朝廷数擢賢）」に「自是鬱陶人、険難無移処」とあり、小令に「又是」「自是」の領字が用いられている。施氏は「領字はただ慢詞に用い、引や近にはほとんど見られない」と言っているが、比較的容易に小令に領字が使われている例が見られる。

⑩『全宋詞』第二冊（六〇二頁）所載。

⑪『全宋詞』第一冊（五十一頁）所載。なお『全宋詞』は詞牌を「傾杯」とする。

⑫『全宋詞』第三冊（二一八二頁）所載。

⑬『全宋詞』第四冊（二九三九頁）所載。なお、本句の訓読、「縦」を施氏は「芭蕉不雨也颼颼」まで導く「領字」の例に挙げているので「ゆるす」と訓じたが、「縦」を「也」と呼応して「縦《たと》い芭蕉は雨ふらざるも也た颼颼たり」と読むのが一般的である。村上哲見『宋詞の世界』（大修館書店、二〇〇二、一七二頁）参照。

⑭『全宋詞』第二冊（六一七頁）所載。なお『全宋詞』では「旌旗」を「参旗」に作る。

⑮『全宋詞』第一冊（四十三頁）所載。

⑯『全宋詞』第三冊（二一七六頁）所載。

⑰『全宋詞』第一冊（五四一頁）所載。

⑱『全宋詞』第一冊（四十三頁）所載。なお『全宋詞』では「凄緊」を「凄惨」に作る。

⑲『全宋詞』第三冊（一八六七頁）所載。

⑳『全宋詞』第三冊（一五九一頁）所載。

㉑『全金元詞』下冊（一〇〇九頁）所載。

㉒『全宋詞』第一冊（二八二頁）所載。

㉓『全宋詞』第二冊（六〇四頁）所載。

㉔『全金元詞』下冊（一〇〇三頁）所載。

㉕『全宋詞』第二冊（六〇四頁）所載。なお『全宋詞』では「新月初籠」を「欲月初弓」に作る。

㉖訳文「一字が四句を導く場合」の原文は「一句領四句的」。これを訳せば「一句が四句を導く場合」になるが、これでは意味が通じない。ここでは、「一句」を「一字」の誤植と見なし「一字が…」という訳にした。

（保苅佳昭）

二十五、南詞・南楽

詞は唐五代には曲子詞とよばれ、南宋になると簡単に詞と呼ばれた。北方では、金から元にかけて、北曲①が起こったが、これもまた曲子詞の一種だった。そこで北方の人は詞を南詞と呼んで北詞（曲）と区別した。『宣和遺事』では南に渡った文人を南儒とよび、詞を南詞と呼んでいる。②欧陽玄に「漁家傲南詞十二闋、燕京の風物を詠ず③」があるが、これらはいずれも北方の人の言葉であって、南方の人はこのようには言わない。明代には李西涯が五代宋元詞二十三家をあつめて『南詞④』と題した。明初の詞人馬浩瀾は『花影集』に自序を書いて言った。「余始めて学びて南詞を為るに、漫として其の要領を知らず⑤」。これは明代初期の人は元代北方の人の名称をそのまま用いただけで、その誤りに気づいていないのだ。

詞にはまた南楽という呼称もあり、やはり元の人の言葉である。王秋澗の南郷子の詞序に、「幹臣楽府南郷子南楽に和す⑥」と言う。詞を南楽とすれば、北曲はすなわち北楽ということになる。

注

① 北曲は南曲に対する呼称で、北方の散曲を言う。宋に起こった雑劇は、金の院本となり、さらに発展して元曲となった。元曲には散曲と戯曲がある。北曲は「北詞」とも称され、明・都穆『南濠詩話』に「近時北詞以西廂記為首、俗伝作於関漢卿」と言う。また、本文末尾にいう「北楽」の呼称は、明・王世貞『弇州四部稿』巻一五二「説部」に「曲者詞之変、自金元入中国、所用北

楽嘈雑凄緊緩急之間、詞不能按……所謂宋詞元曲殆不虚也」とある。

② 『大宋宣和遺事』の「南詞」の用例は検索できなかった。「南儒」については、政和六年三月に「後来南儒吟詩一首云」、靖康元年十一月に「後南儒詠史有一詩云」とある。

③ 元の欧陽玄、字は原功。『圭斎文集』巻四「雑体」には「漁家傲南詞並序」を収録する。その序に「余読欧公李大尉席上作十二月漁家傲鼓子詞、……作十二闋、以道京師両城人物之富、四時節令之華」という。

④ 李西涯は李東陽のこと。西涯はその号。『南詞』は六十四種八十七巻。中国に存する『南詞』は十四種十六巻。ただし日本の大倉文化財団所蔵清鈔本は存四十二種五十巻。この清鈔本は目録によれば、明の天順六年（一四六二）西涯主人の序を冠する『南詞』に出たという。五代南唐の李璟李煜にはじまり、宋の三十三種、元の八種を収める。

⑤ 馬浩瀾は馬洪のこと。浩瀾はその字。『花影集』の詳細は不明。ただし自序は明・陳天定『古今小品』巻四「花影集序、馬浩瀾」や明・田汝成『西湖遊覧志余』巻十三などに引かれる。序は「予始学為南詞、漫不知其要領。偶閲吹剣録中載、東坡在玉堂日有幕士善歌問曰、吾詞何如柳耆卿（中略）。是求公詞、而読之下筆、略知蹊径。然四十余年僅得百篇、亦不可謂不難矣」と始まる。蘇軾や柳永の名が見えるので、ここでの南詞が詞を指すことは確実である。

⑥ 元の王惲、号は秋澗。「南郷子」七（『全金元詞』下冊、六七六頁）の序に「和幹臣楽府南郷子南楽、言懐中間更易両韻、蓋前人用音意之例也」とある。

（松尾肇子）

龍楡生編選『唐宋名家詞選』訳注稿（五）

宋詞研究会　編

【凡　例】

一、本訳注稿は、龍楡生編選の『唐宋名家詞選』（上海開明書店初版〔一九三四年十二月〕、上海古典文学出版社新版〔一九五六年五月〕、上海古籍出版社新版新訂版〔一九八〇年二月〕）の全訳を試みようとするものである。

一、底本は、上海古籍出版社、一九八〇年二月第一次印刷本を用いた。

一、該書には、九十四名の作家の七〇七首の詞が年代順に収録されている。本訳注稿では、特にその収録順にこだわらず、担当者が任意に作品を選んで、訳注を作成した。

一、各詞の訳注は、作品番号、本文・訓読、韻字、詞牌の説明、語句注、通釈の順に掲げ、必要に応じて参考を付した。また、各詞の末尾にその詞に関する詞評などが引かれている場合は【龍氏注】として、さらに各詞人の項目最後に伝記、集評がある場合には、【伝記】【龍氏集評】として、訓読、あるいは訳の形で示した。

一、作品番号は、上が作者番号、下がその作者の『唐宋名家詞選』に収録された詞の排列番号を表す。例えば、03―01は、03が韋応物の作者番号、01が『唐宋名家詞選』所収韋応物詞の第一首であることを表す。

一、詞は、韻字の句ごとに改行し、訓読もそれに従って原文の横に付した。

一、韻字の箇所で、」は、換韻を表している。

一、語句注で用例を挙げる場合、特に必要な場合を除いて、拠ったテキストを示さなかった。

一、漢字は、原則として常用字体を用いた。但し固有名詞はその限りではない。

一、書き下し文・振り仮名は、現代仮名遣いを用いた。

○韋応物三首　明刊本『韋江州集』より収録す

03―01

調嘯詞　別作調笑令二首（其一）

別に調笑令に作る　二首（其一）

胡馬

胡馬

胡馬

胡馬

遠放燕支山下

遠く燕支山下に放たれ
跑沙跑雪独嘶
沙に跑《はし》り　雪に跑《はし》り　独り嘶く
東望西望路迷
東望し　西望して　路に迷う
迷路
路に迷い
迷路
路に迷い
辺草無窮日暮
辺草　窮り無く　日　暮る

〔韻字〕
馬、馬、下」、嘶、迷」、路、路、暮。

〔詞牌〕
「調嘯詞」は、『詞律』巻二では「調笑令（別名、宮中調笑、転応曲、三台令）」として三十二字体と三十八字体を挙げ、『詞譜』巻二では「古調笑（別名、宮中調笑、転応曲、三台令）」として三十二字体を挙げている。第一、二句は畳句を用い、第六、七句には第五句の末二字を転倒させて畳句とするのが特徴的である。

〔注〕

○胡馬　中国西北地区産の馬をいう。「古詩十九首」其一「行行重行行」詩に「胡馬依北風、越鳥巣南枝（胡馬 北風に依り、越鳥 南枝に巣くう）」とある。なお、四庫全書本の『尊前集』では「戎馬」に作る。『風絮』第三号「『唐宋名家詞選』訳注稿（三）」所載の84―16姜夔「揚州慢」詞にも「自胡馬窺江去後（胡馬の江を窺い去りてより後）」とある（二一三頁）。同詞「胡馬窺江」の〔注〕（二一六頁）参照。

○遠放　遠方の地に放逐される、の意。杜甫の「痩馬行」詩に「天寒遠放雁為伴、日暮不収烏啄瘡（天 寒く遠く放たれて雁を伴と為し、日 暮るるも収められず烏 瘡を啄む）」とある。

○燕支山　山名。「焉支山」とも書く。現在の甘粛省中北部に位置し、その麓はベニバナの産地として知られている。「燕支」は、また「紅草（ベニクサ）」すなわちベニバナの別称でもある。『史記』「匈奴伝」に「漢使驃騎将軍去病将万騎出隴西、過焉支山千余里、撃匈奴（漢 驃騎将軍去病をして万騎を将いて隴西より出でしめ、焉支山を過ぐること千余里にして、匈奴を撃つ）」とあり、その「正義」に引く「西河故事」に「匈奴失祁連焉支二山、乃歌曰、亡我祈連山、使我六畜不蕃息。失我焉支山、使我婦女無顔色（匈奴 祁連・焉支の二山を失い、乃ち歌いて曰わく、我が祈連山を亡い、我が六畜をして蕃息せざらしむ。我が焉支山を失い、我が婦女をして顔色無からしむ、と）」とある。また李白の「代贈遠（代わりて遠きに贈る）」詩に「燕支多美女、走馬軽風雪（燕支 美女 多く、馬を走らせて風雪を軽んず）」とある。

○跑沙跑雪　沙漠や雪の上を走ること。燕支山の沙や雪については、李白の「王昭君二首」第一首に「燕支長寒雪作花、娥眉憔悴没胡沙（燕支 長《つね》に寒く雪 花と作り、娥眉 憔悴して胡沙に没す）」と詠じられている。

○独嘶　ただ一頭だけで鳴き声をあげること。後の用例ではあるが、唐・司馬扎の「暁過伊水寄龍門僧（暁に伊水を過り龍門の僧に寄す）」詩に「病馬独嘶残夜月、行人欲渡満船霜（病馬は独り残夜の月に嘶き、行人は満船の霜を渡らんと欲す）」とある。
○辺草　辺地に生えている草。後の用例ではあるが、唐・令狐楚の「塞下曲」詩に「辺草蕭条塞雁飛、征人南望尽霑衣（辺草 蕭条として塞雁 飛び、征人 南望すれば尽く衣を霑す）」とある。

〔通釈〕

《調嘯詞》二首　その一　別の本では「調笑令」に作る

胡馬よ。
胡馬よ。
はるか遠く燕支山の麓に放たれ、
沙を走り雪を走り、ひとりいななく。
東を眺め西を眺め、路に迷う。
路に迷い、
路に迷い、
辺地の草は果てしなく広がり、日も暮れてくる。

（萩原正樹）

03―02

調嘯詞　別作調笑令二首（其二）

別に調笑令に作る　二首（其二）

河漢
　河漢
河漢
　河漢
暁挂秋城漫漫
　暁に秋城に挂かりて漫漫たり
愁人起望相思
　愁人　起きて望み　相い思う
江南塞北別離
　江南塞北の別離
離別
　離別
離別
　離別
河漢雖同路絶
　河漢　同じと雖も　路　絶ゆ

〔韻字〕

漢、漢、漫」、思、離」、別、別、絶。

〔詞牌〕

前作参照。

〔注〕

○河漢　天の川、銀河。「古詩十九首」其十「迢迢牽牛星」詩に「河漢清且浅、相去復幾許（河漢　清くして且つ浅し、相い去ること復た幾許ぞ）」とある。

○秋城　秋の気配に包まれた町。韋応物の「楼中閲清管（楼中にて清管を閲す）」詩に「響迥憑高閣、曲怨繞秋城（響きは迥《はる》かに高閣に憑り、曲は怨みて秋城を繞る）」とある。秋の凄涼なイメージとともに、本詞では離れた場所にいながら逢瀬を願う男女の思いを詠じており、七夕の時期という意も込められていよう。

○漫漫　果てしなく広がるさま。李白の「古風」其三十九に「登高望四海、天地何漫漫（高きに登りて四海を望めば、天地何ぞ漫漫たる）」とある。

○愁人　愁いに沈む人。晋・傅玄の「雑詩」に「志士惜日短、愁人知夜長（志士は日の短きを惜しみ、愁人は夜の長きを知る）」とある。『風絮』第二号「『唐宋名家詞選』訳注稿（二）」所載の05―02劉禹錫「竹枝」詞にも「箇裏愁人腸自断（箇裏《ここ》に愁人　腸の自《おのずか》ら断ゆるは）」とある（一四〇頁）。また、同第三号「同（三）」所載の61―04万俟詠「長相思」詞にも「不道愁人不喜聴（愁人の聴くを喜ばざるを道《かえり》みず）」とある（一八四頁）。それぞれの〔注〕参照。

○起望　起き上がって遠くを眺めること。後の用例であるが、白居易の「宿樟亭駅（樟亭駅に宿す）」詩に「夜半樟亭駅、愁人起望郷（夜半樟亭駅、愁人起きて郷を望む）」とある。

○江南塞北　江南の地と塞北の地。親しい者や恋人同士が、南方と北方とに遠く離れていることをいう。後の用例であるが、唐・張子明の「孤雁」詩に「江南塞北倶関念、両地飛帰是故郷（江南塞北 倶に関念し、両地 飛びて帰れば是れ故郷）」とある。

〔通釈〕

《調嘯詞》二首　その二　別の本では「調笑令」に作る

銀河よ。

銀河よ。

夜明け方、秋の町にかかって大空に広がる。

愁いに沈む人は、起き上がって銀河を望み、別れた人を思う。

江南と塞北との別れ。

別れ。

別れ。

（いま二人の眺めている）銀河は同じだが、（逢瀬をかなえる）路は断たれてしまった。


（萩原正樹）

03—03

三台詞一首

氷泮寒塘始緑，雨余百草皆生
氷　泮《と》けて　寒塘　始めて緑にして、雨余　百草　皆な生ず

朝来門閭無事，晩下高斎有情

朝に門閭に来たれば　事　無く、晩に高斎より下れば　情　有り

〔韻字〕

生、情。

〔詞牌〕

『詞律』巻一では詞牌名を「三台（或加令字）」として本詞を挙げている。万樹の注に「所賦不論何事。詠宮闈者即曰宮中三台、亦名翠華引、亦名開元楽。詠江南者即曰江南三台、又有突厥三台（賦する所は何事なるかを論ぜず。宮闈を詠ずる者は即ち宮中三台と曰い、亦た翠華引と名づけ、亦た開元楽と名づく。江南を詠ずる者は即ち江南三台と曰う。又た突厥三台有り）」とある。『詞譜』巻一は唐・王建の作二首を掲げている。また任半塘『唐声詩』第八（下編）では、六言四句体の三台を二体掲げ、二平韻の体を常体、三平韻のものを別体として挙げている。なお、『楽府詩集』巻七十五「雑曲歌辞十五」にも「三台二首」として、「一年一年老去、明日後日花開。未報長安平定、万国豈得銜杯（一年一年老い去き、明日後日花開く。未だ長安の平定を報ぜず、万国豈に杯を銜むを得んや）」という一首と本詞とを載せている。

〔注〕

○氷泮　氷が融けて春が訪れることをいう。「泮」は、氷が溶けること。晋・左思の「蜀都賦」に「木落南翔、氷泮北徂（木落ちて南に翔け、氷泮《と》けて北に徂《ゆ》く）」とある。

○寒塘　寒々としたつつみ。唐・王維の「奉寄韋太守陟（韋太守陟に寄せ奉る）」詩に「寒塘映衰草、高館落疏桐（寒塘に衰草映じ、高館に疏桐落つ）」とある。

○雨余　雨が降った後。「余」は、「…の後」「…以後」という意。後の例ではあるが、唐・胡曽の「題周瑜将軍廟」詩に「庭際雨余春草長、廟前風起晩光残（庭際 雨余 春草 長じ、廟前 風 起こりて晩光 残《すた》る）」とある。『風絮』第四号「『唐宋名家詞選』訳注稿（四）」所載の61―05万俟詠「長相思」詞にも「雨余秋更清（雨余 秋 更に清し）」とある（一六三頁）。同詞「雨余」の〔注〕（一六五頁）参照。

○百草　さまざまな草。『荘子』「庚桑楚」に「夫春気発而百草生、正得秋而万宝成（夫れ春気 発して百草 生じ、正に秋を得て万宝 成る）」とある。

○門閭　城門と里門（一般人が住む集落の門）。『呂氏春秋』「仲夏紀・五月紀」に「門閭無閉、関市無索（門閭 閉づること無く、関市 索むること無し）」とあり、漢・高誘注に「門城門、閭里門也（門は城門、閭は里門なり）」という。広く門を指していうが、ここでは役所の門を意味しているのであろう。この「門閭」を、「門閤」に作るテキスト（『万首唐人絶句』『楽府詩集』等）もあり、「門閤」の用例としては、韋応物の「寄楊協律」詩に「吏散門閤掩、鳥鳴山郡中（吏 散じて門閤掩われ、鳥は鳴く山郡の中）」とある。「門閤」も広く門扉をいう。また「衡門」に作るテキスト（『全唐詩』『歴代詩余』等）もあるが、「衡門」であれば、簡素な門、ひいては隠者の住む家屋や門を指す。

○無事　静かで平穏であること。韋応物の「驪山行」詩に「玉階寂歴朝無事、碧樹葳蕤寒更芳（玉階は寂歴として朝に事無く、碧樹は葳蕤《いずい》として寒きにも更に芳し）」とある。「門閭無事」とは、役所が平穏無事で訴訟事などもなく、城内がよく治まっていることをいうのであろう。

○高斎　立派で趣きのある書斎。他人の書斎に対する敬称としても用いられるが、「山斎」のように高処にある書斎や、「郡斎」の意味でも使われる。ここでは、「郡斎」の意であろう。韋応物の「秋夜二首」其一に「独向高斎眠、夜聞寒雨滴（独り高斎に向《お》いて眠り、夜 寒雨の滴るを聞く）」とある。「高斎より下る」とは、書斎から外に下りること。

白居易の「宿楊家」詩に「楊氏弟兄倶酔臥、披衣独起下高斎（楊氏の弟兄倶に酔いて臥し、衣を披《き》て独り起き高斎より下る）」とある。なお、詩作の場としての郡斎と韋応物の「郡斎詩」に関しては、赤井益久氏に「郡斎詩について」（『国学院中国学会報』第四十二号〔一九九六〕所収。また赤井益久氏著『中唐詩壇の研究』〔創文社刊、二〇〇四年〕に再録）という専論がある。

○有情　情趣があること。李白の「示金陵子（金陵子に示す）」詩に「楚歌呉語嬌不成、似能未能最有情（楚歌 呉語 嬌として成らず、能くするに似て未だ能くせず 最も情有り）」とある。また後の用例ではあるが、唐・張彦遠『歴代名画記』巻八「董伯仁」の条に「動筆形似、画外有情、足使先輩名流、動容変色（筆を動かせば形似し、画外に情有り、先輩名流をして、容を動かし色を変ぜしむるに足るなり）」とある。

〔通釈〕

《三台詞》一首

氷が融けて、冬の寒々としたつつみにも緑が萌えだし、雨の降った後にはさまざまな草が生えてきた。朝に役所に来てみれば平穏で何事も無く、夜に書斎から外に出てみれば情趣があふれている。

【伝記】

韋応物は、京兆府、長安県の人。若くして任侠無頼の生活を送ったが、三衛郎として唐の玄宗に仕えた。大暦十四年（七七九）、鄠県の令から櫟陽県令に任ぜられ、以後、滁州、江州、蘇州の刺史を歴任した。蘇州刺史を退任した後は、永定仏寺に寓居した。韋応物は性格が高潔で、どこに行っても香を焚いて地面を掃き清めて坐し、ただ顧況、皎然等とのみ詩を応酬したという。白居易はかつて元稹に「韋蘇州の歌行は、美しい表現の上に、深い諷諌の意も込められている。五言詩が最も格調が高くまた雅趣があり、おのずから一家を成している」と語ったことがある。小詞は多くは残されておらず、ただ「三台令」と「転応曲」とが流伝しているだけである。（『唐詩紀事』および『韋江州集』附録を参照）

（萩原正樹）

○劉禹錫十二首　『楽府詩集』「近代曲辞」より収録す

05—04

竹枝 一首

楊柳青青江水平
　楊柳　青青として　江水　平かに
聞郎江上唱歌声
　郎の江上に唱歌する声を聞く
東辺日出西辺雨
　東辺　日　出でて　西辺　雨ふり
道是無晴還有晴
　道《い》うならく是れ晴れ無きも還《ま》た晴れ有りと

〔韻字〕

平、声、晴。

〔詞牌〕

「竹枝」は、『風絮』第二号「『唐宋名家詞選』訳注稿（二）」所載の05—01劉禹錫「竹枝」三首（其一）〔詞牌〕（一三八頁）参照。なお『中華詞律辞典』（吉林人民出版社、二〇〇五年）は、「竹枝」五体のうち二十八字体の又一体、単調二十八字四句三平韻の例詞として、05—01「竹枝」詞を引き、「此体四句全用平起、首句四連平（この体は四句とも二字目が「平」の字で始まる「平起」を用いた形式であり、第一句は「平」の字が一字目から四字連続するものである）」と解説している。ただこの「竹枝」一首は、単調二十八字四句三平韻ではあるが、第一句は「平仄平平平仄平」であり、「仄起」であって「四連平」でもない。

〔注〕

○竹枝一首　『劉賓客文集』巻二十七では、本詞を「竹枝」二首の其一として収録している。

○楊柳青青　楊柳《かわやなぎ》が青々と茂っていること。唐・王維の「寒食汜上作」詩に「落花寂寂啼山鳥、楊柳青青渡水人（落花寂寂 山に啼く鳥、楊柳 青青 水を渡る人）」とある。

○江水平　長江の水量が増え、岸の高さにまでみなぎること。「平」は、水面と岸との高さが同じになることを表す。隋・煬帝の「四時白紵歌」「江都夏」詩に「梅黄雨細麦秋軽、楓樹蕭蕭江水平（梅は黄に雨は細かく麦秋 軽し、楓樹 蕭蕭として江水 平かなり）」とある。

○郎　あなた、の意。『風絮』第二号「『唐宋名家詞選』訳注稿（二）」所載の05—01劉禹錫「竹枝」詞にも「花紅易衰似郎意（花の紅の衰え易きは郎の意に似たり）」とある（一三七頁）。同詞「郎意」の〔注〕（一三九頁）参照。

○江上　江のほとり。唐・温庭筠の「菩薩蛮（水精簾裏頗黎枕）」詞に「江上柳如煙、雁飛残月天（江上に柳は煙の如く、雁は飛ぶ残月の天）」とある。『風絮』創刊号「『唐宋名家詞選』訳注稿（一）」所載の40―02蘇軾「江城子」詞にも「忽聞江上弄哀箏（忽ち聞く江上に哀箏を弄するを）」とあり（一〇八頁）、また、同第三号「同（三）」所載の26―05潘閬「憶余杭」詞にも「満郭人争江上望（満郭の人争うて江上に望む）」とある（一四一頁）。それぞれの〔注〕参照。

○唱歌　歌を歌うこと。『劉賓客文集』巻二十七所載の劉禹錫「竹枝詞」其三に「橋東橋西好楊柳、人来人去唱歌行（橋東橋西 楊柳 好ろしく、人 来たり人 去りて唱歌して行く）」とあり、また唐・李群玉の「黄陵廟」詩に「軽舟短棹唱歌去、水遠山長愁殺人（軽舟短棹 唱歌して去り、水 遠く山 長くして人を愁殺す）」とある。

○道是　人の言うところでは～だ、の意。「道」は、言う。唐・施肩吾の「仙女詞」詩に「手題金簡非凡筆、道是天辺玉兎毛（手ずから金簡に題して凡筆に非ず、道うならく是れ天辺玉兎の毛なりと）」とある。

○無晴還有晴　晴れ間のない所もあれば、晴れ間が見えている所もある、ということ。「還」は、また。「晴」は、ここでは、「情」の意を重ねた掛詞で、「無情還有情（つれなかったり、優しかったり）」の意も込められている。なお蘇軾の「南歌子（日出西山雨）」詞に「日出西山雨、無晴又有晴（日出でて西山に雨ふり、晴れ無きも又た晴れ有り）」とあり、劉詞の後半二句を踏まえた表現となっている。

〔通釈〕

《竹枝》一首

楊柳《かわやなぎ》が青々と茂り、長江の水がみなぎり流れるなか、
江のほとりからあなたの歌声が聞こえてくる。
東の空にはお日様が出ているのに西の空は雨模様、
これがあの「晴れ間がなくて、また晴れ間も見える」と言うもの（あなたもつれなかったり優しかったり）。

【龍楡生案語】

二つの「晴」の字は、底本（の『楽府詩集』）では共に「情」になっているが、ここでは、宋本『劉禹錫集』に依っ（て文字を改め）た。（「晴」の字に「情」の意味を重ねた）掛詞である。

〔参考〕

南宋・胡仔の『苕渓漁隠叢話』後集巻十二「劉夢得」の条に、次のようにある。

「苕渓の漁隠がいう。（劉禹錫の）『竹枝歌』に『楊柳 青青として江水 平らかに、郎の江上に唱歌する声を聞く。東辺 日 出でて西辺 雨ふり、道うならく是れ情無きも也《ま》た情有り』とあるが、私が以前、苕渓（浙江省安吉から湖州市を通って太湖へと注ぐ川）を船で旅した時、夜、船頭が呉の民謡を歌っているのを耳にしたことがある。歌詞にこの後半の二句が含まれていたが、その他は呉の言葉を交えていた。なんと劉禹錫の『竹枝歌』は、巴渝（かつての蜀の国）から苕渓にまで流布しているではないか」。

胡仔は生没年未詳であるが、その『苕渓漁隠叢話』前集は南宋の紹興十八年（一一四八）、後集は乾道三年（一一六七）の成立である。したがって、南宋の初めの頃には、劉禹錫の「竹枝」詞が巴渝から呉まで広まっていたことが、この記事から窺われる。

（高田和彦）

○牛嶠一首　『花間集』より収録す

11—01

望江怨一首

東風急

東風　急に

惜別花時手頻執

花時に惜別して　手　頻りに執り

羅幃愁独入

羅幃に愁いて独り入る

馬嘶残雨春蕪湿

馬　残雨に嘶き　春蕪　湿う

倚門立

門に倚りて立ち

寄語薄情郎、粉香和涙泣

語を寄せん　薄情の郎、粉香　涙と和《とも》に泣くと

〔韻字〕

急、執、入、湿、立、泣。

〔詞牌〕

「望江怨」は、『詞譜』巻二、『詞律』巻二に所収。単調三十五字、七句六仄韻。ともに作例としてこの詞を挙げる。なお、『詞譜』に「按花間集、此調止有牛嶠一詞。平仄当遵之（花間集を按ずるに、此の調 止だ牛嶠の一詞有るのみ。平仄当に之に遵うべし）」とあり、『詞律』に「此調作者絶少。是応以此詞為準縄矣（此の調の作者絶えて少し。是れ応に此の詞を以て準縄と為すべし）」とあるように、この詞牌によるものは、唐・五代・宋を通じてこの一首のみである。

〔注〕

○東風急　春風が激しく吹くこと。南朝斉・謝朓の「奉和随王殿下（王に殿下に随うに和し奉る）」詩其十六に「清寒起洞門、東風急池樹（清寒 洞門より起こり、東風 池樹に急なり）」とある。「東風」は、春風。『風絮』創刊号「『唐宋名家詞選』訳注稿（二）」所載の94—01張炎「高陽台」詞にも「東風且伴薔薇住（東風 且く薔薇を伴いて住まれ）」とある（一四六頁）。同詞「東風」の〔注〕（一四九頁）参照。

○花時　花咲く春の時節。杜甫の「遣遇（遇に遣る）」詩に「自喜遂生理、花時甘縕袍（自《みずか》ら喜ぶ生理を遂ぐるを、花時縕袍に甘んず）」とある。

○羅幃　薄絹のとばり。女性の寝室の窓や寝台の周囲に垂らされているカーテンを指す。「羅幃」は、詞の中で多用される「羅帷」と同じ意。李白の「春思」詩に「春風不相識、何事入羅幃（春風 相い識らざるに、何事か羅幃に入る）」とあり、また、牛嶠の「女冠子（双飛双舞）」詞に「巻羅幃、錦字書封了、銀河雁過遅（羅幃を巻き、錦字 書 封し了りて、銀河 雁 過ぐること遅し）」とある。

○馬嘶　馬がいななくこと。詩詞において「馬の嘶き」が「旅立ち」や「別れの悲しみ」と結びつくことが多い。例えば、李白の「送友人」詩に「揮手自茲去、蕭蕭班馬鳴（手を揮いて茲より去らば、蕭蕭として班馬 鳴く）」、唐・温庭筠の「菩薩蛮（玉楼明月長相思）」詞に「門外草萋萋、送君聞馬嘶（門外に草 萋萋たり、君を送りて馬の嘶くを聞く）」とあり、ここでも、愛しい人の旅立ちの情景をいうのであろう。ただ別の解釈も可能である。後の〔参考〕を参照のこと。

○残雨　降った後の名残りの雨。唐・王維の「崔濮陽兄季重前山興（崔濮陽の兄 季重が前山の興）」詩に「残雨斜日照、夕嵐飛鳥還（残雨 斜日 照らし、夕嵐 飛鳥 還る）」とある。ここでは、大雨で出発を見合わせていた愛しい人が、雨が小降りになったので旅立ったことをいうのであろう。

○春蕪　春の野辺。杜甫の「大暦三年春、白帝城放船、出瞿唐峡…四十韻（大暦三年春、白帝城に船を放ちて瞿唐峡を出づ…四十韻）」詩に「乾坤霾漲海、雨露洗春蕪（乾坤 漲海に霾《つちふ》り、雨露 春蕪を洗う）」とある。

○倚門　門にもたれること。ここでは、遠くにいる恋人の帰りを待ち望む様子を描いていると解した。李白の「北風行」詩に「幽州思婦十二月、停歌罷笑双蛾摧。倚門望行人、念君長城苦寒良可哀（幽州の思婦 十二月、歌を停め笑を罷めて双蛾 摧かる。門に倚りて行人を望む、君が長城の苦寒を念えば良に哀むべし）」とあり、また唐・温庭筠の「菩薩蛮（南園満地堆軽絮）」詞に「時節欲黄昏、無憀独倚門（時節 黄昏れんと欲し、憀《たのし》む無く独り門に倚る）」とある。

○寄語　言葉を寄せること。『風絮』第二号『唐宋名家詞選』訳注稿（二）所載の79―05陸游「漁家傲」詞にも「寄語紅橋橋下水（語を寄す 紅橋 橋下の水）」とある（二〇四頁）。同詞「寄語」の〔注〕（二〇七頁）参照。

○薄情郎　つれないあなた。「郎」は、あなた、の意。牛嶠の「夢江南（紅繍被）」詞に「紅繍被、両両間鴛鴦。不是鳥中偏愛爾、為縁交頸睡南塘。全勝薄情郎（紅の繍被、両両 鴛鴦を間《まじ》う。是れ鳥中 爾《なんじ》を偏愛するにあらず、頸を交わし南塘に睡るに縁《よ》るが為なり。全て薄情の郎に勝れり）」とある。『風絮』第二号『唐宋名家詞選』訳注稿（二）所載の05―01劉禹錫「竹枝」詞にも「花紅易衰似郎意（花の紅の衰え易きは郎の意に似たり）」とあり（一三七頁）、また、本訳注稿所載の05―04劉禹錫「竹枝」詞にも「聞郎江上唱歌声（郎の江上に唱歌する声を聞く）」とある（一二三九頁）。それぞれの〔注〕参照。

○粉香和涙泣　お化粧が涙で流れる、という意味。「粉香」は、「脂粉香」と同じく、おしろいの香りのこと。唐・温庭筠の「斉宮」詩に「粉香随笑度、鬢態伴愁来（粉香 笑いに随いて度《わた》り、鬢態 愁いを伴いて来たる）」とある。ここでは、借りて「化粧」をいう。「和」は、「～とともに」、の意。「化粧が涙とともに泣く」とは、化粧が涙とともに流れ落ちること。この句、女性が「涙を流しながら」門の所に佇んでいる様子を描いているとも解せるが、「倚門立，寄語薄情郎、粉香和涙泣」という句読に従えば、「つれないあなた」に寄せる言葉と解釈するのが妥当であろう。なお『歴代詩余』巻三は「泣」を「滴」に作る。

〔通釈〕

《望江怨》一首

春風が激しく吹く中、
花の季節に幾度も手を取りあって別れを惜しみました。
（あなたとの別れが辛くて、最後まで見送ることができず）薄絹のとばり（で覆った私のベッド）の中に一人寂しく入ると、
名残りの雨の中、春の野辺はしっとりと濡れ、（あなたの乗った馬でしょうか）嘶きが聞こえます。
門にもたれて佇み、
つれないあなたに言葉を贈ります。「（別れの悲しみに）お化粧が涙で流れてしまいました」と。

〔参考〕

『唐宋名家詞選』の句読に従えば、通釈は右のようになるが、別の解釈も可能である。以下、二通りの別解を挙げてみる。

前二句を別離時の情景、中二句を別離後の自らの様子の想像、後三句を別離後の詞的現在とし、「東風 急に、花時に惜別して手 頻りに執りたり。羅幃に愁いて独り入らば、馬 残雨に嘶き 春蕪 湿わん。門に倚りて立ち、語を薄情の郎に寄せん、粉香 涙と和に泣くと」と訓じ、「これから私がベッドの中に一人寂しく入ったなら、名残りの雨で春の野辺がしっとりと濡れた中、あなたの乗った馬は別れを悲しんでいなくことでしょう」という解釈。

前二句が別離時の情景、中三句が別離後の自らの様子を並列的に描写したもの、後二句が詞的現在と見なし、馬の嘶きに触発されて旅立ちの時を想い起こし、会えない恋人に思いをかき立てられた、という解釈。その場合、第四句は、馬の嘶きを聞くと、つい、あの人が帰って来たのかと思ってしまいます、ほどの意味になる。

【伝記】

牛嶠は、字を松卿、また延峰といい、隴西（現在の甘粛省東南部）の人。唐の宰相牛僧孺の子孫である。乾符五年（八七八）、進士の試験に合格し、拾遺・補闕・校書郎の官を歴任した。（前蜀の高祖）王建が藩鎮として西川を治めていた時、招かれて判官となり、（前蜀の）建国時には給事中を拝している（『十国春秋』巻四十四「前蜀」十）。『花間集』には牛嶠の詞が三十二首、『全唐詩』の附詞には二十七首収録されている。

【龍氏集評】

○清・況周頤は次のようにいう。

昔の人は、おおむね男女の睦言は、しなやかで美しいものをよしとしてきた。牛松卿（嶠）の「西渓子」詞に「画堂の前、人語らず、絃 解《よ》く語る。弾きて昭君怨の処に到れば、翠蛾 愁え、頭を抬《もた》げず」とある。また、「望江怨」詞に「花時に惜別して手 頻りに執り、羅幃 愁いて独り入る。馬 残雨に嘶き 春蕪 湿う。門に倚りて立ち、語を寄せん薄情の郎、粉香 涙と和に泣くと」とある。絃を激しくかき鳴らして琴の調子を高め、時に激しい気性を込めつつ（曲調が次第に）暗転する。転ずれば転ずるほど（情趣は）深くなってゆく。これらの佳処は、南宋の名作の中には時折見かけるが、北宋の人は「緜博」(注1)であっても、この趣はまだ充分に理解していない。（『餐桜廡詞話』）

〔訳者注〕

（1）緜博　語義未詳。この語の発音「mian2 bo2」は子音がmとbであり、語の成り立ちが双声（子音を同じくする語）に近いことから推せば、この語は擬音語であろう。なお同じ発音の語としては「緜薄」「綿薄」「棉薄」があり、それならば「才気に乏しい」の意となる。なお宋詞研究会の会員の方から、「綿」は「纏綿」「連綿」、「博」は「博識」「博大」、「緜博」で「幅と奥行きがある」の意となり、北宋の詞の中では柳永を才能ある作者として高く評価した言葉と考えられるのではないか、という示唆をいただいた。

（高田和彦）

○范仲淹三首　『詞綜』巻四より収録す

28—01

蘇幕遮一首

碧雲天，黄葉地

碧雲の天、黄葉の地
秋色連波，波上寒煙翠
秋色　波に連なり、波上　寒煙　翠なり
山映斜陽天接水
山は斜陽に映じ　天は水に接す
芳草無情、更在斜陽外
芳草　無情にして、更に斜陽の外に在り

黯郷魂，追旅思
黯たる郷魂、旅思を追う
夜夜除非，好夢留人睡
夜夜　除非《ただ》　好夢の人を留めて睡《ねむ》らしむるのみ
明月楼高休独倚
明月　楼　高く　独り倚るを休めよ
酒入愁腸，化作相思涙
酒は愁腸に入り、化して相思の涙と作る

〔韻字〕

地、翠、水、外、思、睡、倚、涙。

〔詞牌〕

「蘇幕遮」は、双調六十二字、前後段各七句四仄韻。『詞譜』巻十四に本詞を挙げる。『詞律』巻九所収。もと唐教坊曲。「蘇幕遮」は胡語で、劇中の人物がかぶる帽子の名であるという。任半塘『唐声詩』（上海古籍出版社、一九八二年）下編、第十三章「蘇幕遮」の条、及び同氏『唐戯弄』（同、八四年）第三章「蘇幕遮」の条を参照のこと。なお、黄昇『唐宋諸賢絶妙詞選』（四部叢刊本）巻三は「別恨」と題し、彊邨叢書所収「范文正公詩余」は「懐旧」と題する。『全宋詞』は彊邨叢書本による。『唐宋名家詞選』が依拠した『詞綜』は小題を付さない。

〔注〕

○碧雲　青みを帯びた雲。梁・江淹の「休上人怨別」詩に「日暮碧雲合、佳人殊未来（日暮　碧雲　合し、佳人　殊に未だ来たらず）」とあり、『文選』巻三十一、五臣注に「碧雲、青雲也」とある。この詩の影響であろう、唐詩において「碧雲」は夕暮れ時の情景に多く用いられる。唐・許康佐の「日暮碧雲合」詩に「日際愁陰生、天涯暮雲碧（日際　愁陰　生じ、天涯　暮雲　碧なり）」とある。許康佐の詩は『文苑英華』巻一八一に「省詩」として収められている。

○秋色連波　一面に黄葉した秋景色が水面にまで迫っている様子。「秋色」は、秋の景色、気配。「連波」は、波立つ水面に迫る、押し寄せること。五代・孫光憲の「漁歌子」詞に「草芊芊、波漾漾。湖辺草色連波漲（草は芊芊たり、波は漾漾たり。湖辺の草色　波の漲るに連なる）」とある。

○煙翠　寒々としてもの寂しいもや。多くは秋の風景に用いられる。「波上寒煙翠」の句は、水面に立ち込めるもやが、あおく波の色を映している情景。北宋・張先の「山亭宴」詞に「碧波落日寒煙聚（碧波　落日　寒煙　聚まる）」とあり、また、北宋・王安石の「桂枝香（登臨送目）」詞に「六朝旧事随流水、但寒煙、芳草凝緑（六朝の旧事　流水に随い、

但だ寒煙 芳草の緑を凝らすのみ）」とある。

○山映斜陽天接水　夕陽が山を照らし、水面は遙か彼方で天と一つに交わっている、の意。後の例ではあるが、南宋・曹冠の「青玉案（煙村茂樾湾渓畔）」詞に「山映斜陽霞綺散（山は斜陽に映じ霞綺 散ず）」とある。また、唐・杜牧の「寄題甘露寺北軒（甘露寺の北軒に寄題す）」詩に「天接海門秋水色、煙籠隋苑暮鐘声（天は接す 海門 秋水の色、煙は籠む 隋苑 暮鐘の声）」とある。なお「斜陽」は、中唐頃から盛んに用いられるようになる詩語。

○芳草　かぐわしい草。『楚辞』「招隠士」に「王孫遊兮不帰、春草生兮萋萋（王孫 遊びて帰らず、春草 生じて萋萋たり）」とある。思う人が帰らぬことをいう常用の典故。晋・陸機の「擬庭中有奇樹」詩に「芳草久已茂、佳人竟不帰（芳草 久しく已に茂るも、佳人 竟に帰らず）」とある。「芳草無情、更在斜陽外」の両句については、中田勇次郎『歴代名詞選』（集英社、一九六五年）一七九頁など幾つかの注釈書に従い、「芳草」は思う人の住む故郷を指し、その故郷は夕陽に照り映える山々よりも更に遠くにある、と解した。なお、森博行氏に「『芳草』考―晩唐五代文学の一面」（『大谷女子大学紀要』第二十九号一輯、一九九四年）がある。

○無情　人の心も知らずに、つれなくも、の意。唐・李中の「贈別」詩に「自是離人魂易断、落花芳草本無情（自《おのずか》ら是れ離人 魂 断ち易し、落花 芳草 本と情 無し）」とある。『風絮』第三号「『唐宋名家詞選』訳注稿（三）」所載の44―06賀鋳「陌上郎」詞にも「双艣本無情（双艣 本と無情）」とある（一六八頁）。同詞「無情」の〔注〕（一七〇頁）参照。

○黯郷魂　望郷の思いに心は沈むこと。「黯」は、愁いに沈むさま。梁・江淹の「別賦」に「黯然銷魂者、唯別而已矣（黯然として銷魂する者は、唯だ別れのみ）」とある。『風絮』第四号「『唐宋名家詞選』訳注稿（四）」所載の27―01寇準「陽関引」詞にも「動黯然（動《すなわ》ち黯然たり）」とある（一三五頁）。同詞「黯然」の〔注〕（一三八頁）参照。「郷魂」は、故郷に帰りたいという思い、望郷の念。次の句の「旅思」と対をなす。後句に「夢」が登場するが、帰郷は夢の中で果たされるために、「郷夢」ともいう。唐・儲光羲の「渭橋北亭作」詩に「郷魂渉江水、客路指蒲城（郷魂 江水を渉り、客路 蒲城を指す）」とある。

○追旅思　旅愁に駆られること。「旅思」は、羈旅の思い、旅愁。『詞綜』は「旅意」に作る。意味に大差はないが、「旅意」の語は唐詩や宋詞に見出せない。唐・銭起の「寇中送張司馬帰洛（寇中 張司馬の洛に帰るを送る）」詩に「旅思蓬飄陌、驚魂雁怯弦（旅思 蓬は陌に飄《ひるがえ》り、驚魂 雁は弦に怯ゆ）」とあり、また唐・顧非熊の「冬日寄蔡先輩校書京（冬日 蔡先輩校書京に寄す）」詩に「旅思風飄葉、帰心雁過城（旅思 風は葉を飄し、帰心 雁は城を過ぐ）」とある。顧非熊の詩において「旅思」と対をなす「帰心」は、故郷に帰りたいと思う心。本詞において「郷魂」が「旅思」と対をなすのに同じ。唐詩において旅愁と望郷は、しばしば対をなして表現され、本詞はこれを踏襲する。

○除非　ただ～だけが、の意。南唐・馮延巳の「憶秦娥（風淅淅）」詞に「除非魂夢到郷国。免被関山隔（除非《ただ》 魂夢の郷国に到るのみ、関山に隔てらるるを免る）」とある。「除非」については、塩見邦彦『唐詩口語の研究』（中国書店、一九九五年）に先行文献の紹介を含めた解説がある。右の馮延巳の用例も同書による。

○好夢　よき夢。ここでは、故郷に戻って恋しい人と会う夢。李漢超『宋詞選語義通釈』（遼寧大学出版社、一九八六年）に「男女が夢の中で会うことを指す」と説く。柳永の「六幺令（淡煙残照）」詞に「驚回好夢、夢裏欲帰帰不得（好夢より驚き回り、夢裏に帰らんと欲するも帰るを得ず）」とある。

○休独倚　独りで欄干に寄るのをやめよ、ということ。「休」は、禁止の意。「倚」は、欄干に寄りかかること。高楼の欄干に寄りかかって遠くを眺めるのは、物思いに耽る様子。前の句に見える故郷への「好夢」が成らず、眠れぬままに起き出して楼に登り、故郷の方を眺めようとする情景。

○愁腸　愁いに沈む心。唐・唐彦謙の「無題十首」其四に「倒尽銀瓶渾不酔、却憐和涙入愁腸（銀瓶を倒し尽すも渾て酔わず、却て憐む涙に和して愁腸に入るを）」とある。

○相思涙　恋しい人を思って流す涙。『風絮』第三号「『唐宋名家詞選』訳注稿（三）」所載の40—05蘇軾「永遇楽」詞にも「分明到海、中有相思涙（分明に海に到り、中に相思の涙有り）」とある。同詞「分明到海、中有相思涙」の〔注〕（一六五頁）参照。「酒入愁腸、化作相思涙」という両句は、愁いを消そうと酒を飲んだのに、飲めば愁いの心はいやまして、相思の涙に変わる、ということ。范仲淹の「御街行（紛紛堕葉飄香砌）」詞に「愁腸已断無由酔。酒未到、先成涙（愁腸 已に断たれて酔うに由し無し。酒 未だ到らざるに、先ず涙を成す）」とある。これは、その酒を飲まぬうちからもう涙が流れる、ということ。また、唐・周朴の「秋夜不寐寄崔温進士（秋夜寐ねず 崔温進士に寄す）」詩に「帰郷憑遠夢、無夢更思郷（郷に帰るは遠夢に憑るに、夢 無ければ更に郷を思う）」とあり、帰郷の夢も成らずいっそう思いが募ることをうたったその後に、「枕上移窓月、分明是涙光（枕上 窓に移る月、分明に是れ涙光）」とある。月は遠くの人と心を通わせる手段であり、その月光を「涙光」と表現するのは、愁いを慰めるはずの酒が涙に化すという本詞の表現と通ずるものがある。

〔通釈〕

《蘇幕遮》一首

あおい雲浮かぶ空、黄葉に色づく地。
秋の景色は水面《みなも》に押し寄せ、波の上には寒々としたもやが青い。
山は夕陽に照り映え、空は遥かに水と合わさる。
草薫る故郷は、つれなくも夕陽の照らす山の彼方に。

望郷の思いに心は沈み、旅の愁いはとめどない。
夜ごと、ただ故郷に帰る夢だけが、私の心を慰める。
月明かりの夜に高楼に登って、独り欄干に寄るのをやめよ。
酒が愁いに沈む腸に沁みわたれば、人を恋うる涙に変わってしまうから。

【龍氏注】

○清・彭孫遹の『金粟詞話』に次のようにある。
范希文（仲淹）の「蘇幕遮」詞は、前段では美しい語を多く用い、後段では優しい思いを一途に表現して、かくて絶唱の作となった（注1）。
○譚氏の『評詞弁』巻二に次のようにある。
（本詞は）すぐれた筆力を大いに発揮している（作品である（注2））。

（澤崎久和）

〔訳者注〕
（1）『詞話叢編』七二三頁。
（2）この記述は、清・譚献の『復堂詞話』「評范仲淹詞」に見える。『詞話叢編』三九九三頁。

○晏殊十七首　朱彊邨の校する汲古閣六十家詞本『珠玉詞』より収録す

30—01

浣渓沙二首（其一）

一曲新詞酒一杯
　一曲の新詞　酒一杯
去年天気旧亭台
　去年の天気　旧亭台
夕陽西下幾時迴
　夕陽　西に下れば幾時か迴《めぐ》る

無可奈何花落去
　奈何《いかん》ともすべき無く花は落ち去り
似曾相識燕帰来
　曾相識《そうそうしき》に似て燕は帰り来たる
小園香径独徘徊
　小園の香径　独り徘徊す

〔韻字〕

杯、台、迴、来、徊。

〔詞牌〕

『詞律』巻三は、「浣渓沙」に唐の張曙詞を挙げる。『詞譜』巻四によれば、唐の教坊の曲名であり、韓偓詞の「双調、四十二字。前段三句、三平韻、後段三句、両平韻」をもって正体と見なされている。本作二首はこの体裁に従う。李煜の作などに仄韻体もある。「浣沙渓」、「小庭花」など別名が多い。

〔注〕

○浣渓沙　『全宋詞』は、晏殊「浣渓沙」を十三首収め、本詞はその第四首に当たる。『全宋詞』は、『類編草堂詩余』巻一が李璟、陳鍾秀本『草堂詩余』巻上が晏幾道の詞とするのは誤りで、また『夢窓詞集』に入れるのも誤収、と述べる。

○新詞　新作の歌辞。劉禹錫の「踏歌詞四首」其一に「春江月出大隄平、隄上女郎連袂行、唱尽新詞歓不見、紅霞映樹鷓鴣鳴（春江 月出でて大隄 平かなり。隄上 女郎 袂を連ねて行く。新詞を唱い尽くせども歓は見えず、紅霞 樹に映じて鷓鴣 鳴く）」とある。晏殊はまた「清平楽（秋光向晩）」詞でも「蕭娘勧我金卮、殷懃更唱新詞（蕭娘 我に金卮を勧め、殷懃に更に新詞を唱う）」と用いる。なお「詞」が歌辞を意味することについては、『風絮』創刊号所載「施蟄存『詞学名詞釈義』訳注稿（一）」「一、詞」（八十三頁）参照。

○去年天気旧亭台　「亭台」は、庭園に建てられた亭（あずまや）と楼台（たかどの）。白居易の「贈鄭尹」詩に「府池東北旧亭台、久別長思酔一回（府池の東北 旧亭台、久別 長思 酔うこと一回）」とある。本詞の「去年天気旧亭台」句は、既に兪平伯が『唐宋詞選釈』（人民文学出版社、一九七九年）で指摘しているように（七十二頁）、唐・鄭谷の「和知己秋日傷懐」詩の「流水歌声共不廻、去年天気旧亭台、梁塵寂寞燕帰去、黄蜀葵花一朶開（流水 歌声は共に廻らず、去年の天気 旧亭台。梁塵 寂寞として燕は帰り去り、黄蜀葵花 一朶 開く）」とある第二句を用いたもの。

○夕陽西下　夕陽が西に沈むことをいう。過ぎ去って戻ることのない時間に対する深い悲しみが表わされている。

唐・崔塗の「巫峡旅別」詩に「多少別魂招不得、夕陽西下水東流（多少の別魂 招き得ず。夕陽は西に下り水は東流す）」とある。

○幾時迴　いつ戻ろうか、という意味。唐・劉商の「送王閈帰蘇州」詩に「雲鶴洞宮君未到、夕陽帆影幾時迴（雲鶴洞宮 君 未だ到らず。夕陽 帆影 幾時か迴る）」とある。また「何時回」に同じで、劉禹錫の「送春曲」其三に「春景去、此去何時回（春景 去り、此より去って何時か回る）」とある。

○似曾相識燕帰来　「曾相識」は、昔なじみ。白居易の「琵琶行」詩に「同是天涯淪落人、相逢何必曾相識（同じく是れ天涯淪落の人、相い逢う何ぞ必ずしも曾相識ならん）」とある。「旧相識」「旧識」「旧知」に同じ。『風絮』第四号「『唐宋名家詞選』訳注稿（四）」所載の84—18姜夔「淡黄柳」詞にも「都是江南旧相識（都て是れ江南の旧相識）」とある（二〇〇頁）。同詞「旧相識」の〔注〕（二〇二頁）参照。自然物が旧知のようだという意識は、唐・方干の「題故人廃宅（故人の廃宅に題す）」二首其一に「閑花旧識猶含笑、怪石無情更不言（閑花 旧識 猶お笑いを含むがごとく、怪石 無情 更に言うこと無し）」とある。また、後の例ではあるが、南宋・周密の「秋霽（重到西泠）」詞に「渚辺鷗鷺、依依似旧相識（渚辺の鷗鷺、依依として旧相識に似る）」とある。

○小園　小さな庭。前蜀・張泌の「浣渓沙（独立寒街望月華）」詞に「露濃香泛小庭花（露 濃く香は泛ぶ小庭の花）」とある。

○香径　花の香りが漂う小道。唐・章碣の「対月」詩に「公子踏開香径蘚、美人吹滅画堂灯（公子 踏み開く香径の蘚、美人 吹き滅す画堂の灯）」とある。

○独徘徊　「徘徊」は、あてもなく歩くこと。唐・温庭筠の「詠春幡」詩に「玉釵風不定、香歩独徘徊（玉釵 風に定まらず、香歩 独り徘徊す）」とある。

〔通釈〕

《浣渓沙》二首　その一

新作の歌を一曲歌い、酒を一杯酌む。
去年と同じ天気のもと、かつての亭台において。
夕陽が西に沈めば、いつ戻って来ようか。

花はどうしようもなく散り行くが、
燕は昔なじみのように還って来た。
小さな庭の花の香り漂う小道を独りさまよう。

【龍氏注】

○『漁隠叢話後集』巻二十に引く『復斎漫録』に次のようにある。

晏元献(晏殊)が杭州に赴く途中、揚州を通って大明寺に休息した。目を閉じてそろそろと歩き、お付きの者に官位、出身地、氏名を言うことを禁じ、壁に書き付けられた詩を読ませた。詩の終わりまで読まないうちに殆ど作者を当てたが、さらに「水調 隋宮の曲、当年 亦た九成す。哀音 已に国を亡ぼし、廃沼 尚お春を留む。儀鳳 終に陳迹となり、鳴蛙 秖だ沸声するのみ。凄涼 問う可からず。落日は蕪城に下る」という一首を読ませた後、ゆっくりと作者を訊ねた。それは江都県尉の王琪の詩であった。彼を呼び寄せて食事を共にし、食後、池の端を散歩した。折しも晩春、花は散り出していた。晏殊が「好い句を得る度に壁に書き付けるが、一年経っても対句がひねり出せないことがある。例えば『無可奈何花落去』の句がそうだ」と言ったところ、王はすぐに「似曾相識燕帰来」と応じた。これによって王は晏殊に召し出されて館職に就き、遂に侍従にまで出世した。

○『花草蒙拾』[注1]に次のようにある。

ある人が詩詞と詞曲の分かれ目を問うた。余はかく答えた。「無可奈何花落去、似曾相識燕帰来（奈何ともす可き無く花は落ち去り、曾相識に似て燕は帰り来たる）」は、絶対に『香奩集』[注2]中の詩句ではなく、「良辰美景奈何天、賞心楽事誰家院（良辰美景は奈何なる天、賞心楽事は誰が家の院）」（「牡丹亭還魂記」の句）は、絶対に『草堂詩余』中の詞句でない、と。

○『詞林紀事』巻三に次のようにある。

橚[注3]案ずるに、また元献には七言律詩「示張寺丞・王校勘」の一首があり、「上巳清明假未開、小園幽径独徘徊。春寒不定斑斑雨、宿酔難禁灩灩杯。無可奈何花落去、似曾相識燕歸來。梁園賦客多風味、莫惜青銭万選才（上巳清明假は未だ開かず、小園幽径 独り徘徊す。春寒 定まらず 斑斑たる雨、宿酔 禁え難し 灩灩たる杯。奈何ともすべき無く花は落ち去り、曾相識に似て燕は帰り来たる。梁園の賦客 風味多し。惜しむ莫かれ青銭万選の才）」という。このうちの三句はただ一字変えただけで、本詞と同じである。子細に「無可奈何」の一聯を味わってみると、情緒が纏綿としており、音律は調和が取れてたおやかで、間違いなく詞家の表現である。七律にしたら、軟弱さを免れない。

〔訳者注〕

（1）『花草蒙拾』 清・王士禛の撰、『詞話叢編』所収。

（2）『香奩集』 唐・韓偓『香奩集』。

（3）橚 『詞林紀事』の編者である清・張宗橚。

〔参考〕

村上哲見『宋詞』（筑摩書房「中国詩文選」、一九七三年。また、『宋詞の世界』〔大修館書店、二〇〇二年〕として再版）は、冒頭に本詞を取り上げ「詩と詞」の文学性について詳論している。この詞の解釈のみならず、抒情詩としての詞の特質を理解する上にも極めて参考になるので、併せ読まれたい。

（芳村弘道）

30—02

浣渓沙二首（其二）

一向年光有限身
　一向の年光　有限の身
等間離別易銷魂
　等間の離別も銷魂し易し
酒筵歌席莫辞頻
　酒筵歌席　頻りなるを辞すること莫かれ

満目山河空念遠
　満目　山河　空しく遠きを念う
落花風雨更傷春
　落花　風雨　更に春を傷む
不如憐取眼前人

眼前の人を憐取するに如かず

〔韻字〕

身、魂、頻、春、人。

〔詞牌〕

前作参照。

〔注〕

○一向　わずかの時間をいう。しばらく。張相『詩詞曲語辞匯釈』巻三「一向(三)」に「指示時間之辞・，有指多時者，有指暫時者。……晏殊浣溪沙詞『一向年光有限身、……。』此猶云一霎時光。……亦作一晌或一餉（時間を指示するの辞・：多時を指す者有り、暫時を指す者有り。……晏殊浣溪沙詞『一向の年光 有限の身、……。』此れ猶お一霎の時光と云わんがごとし。……亦た一晌或いは一餉に作る）」とある。

○年光　歳月。唐・崔立之の「賦得春風扇微和（賦して春風微和を扇ぐを得たり）」詩に「時令忽已変、年光俄又春（時令忽ち已に変じ、年光俄に又た春）」とある。「一向年光」とは、人の生涯の短さをいう。

○有限身　有限の生命を与えられた人の身、の意。唐・元稹の「和樂天高相宅」詩に「莫愁已去無窮事、漫苦如今有限身（愁うる莫かれ已去無窮の事、漫《みだ》りに苦しむ如今有限の身）」とある。

○等閒　ありふれたこと、平常、という意味の俗語。「等閑」に同じ。劉禹錫の「答楽天見憶」詩に「与老無期約、到来如等閑（老と期約無きに、到来 等閑の如し）」とある。『風絮』第二号「『唐宋名家詞選』訳注稿（二）」所載の79—01陸游「鷓鴣天」詞にも「老却英雄似等閑（英雄を老却せしむること等閑に似たり）」とある（一九三頁）。同詞「似等閑」

の〔注〕（一九七頁）参照。
○銷魂　魂がなくなるほどに悲しむこと。梁・江淹の「別賦」に「黯然銷魂者、唯別而已矣（黯然として銷魂せしむる者は、唯だ別れのみ）」とある。『風絮』第三号「『唐宋名家詞選』訳注稿（三）」所載の35―01韓縝「鳳簫吟」詞にも「銷魂（銷魂す）」とある（二四九頁）。同詞「銷魂」の〔注〕（二五二頁）参照。また、「銷魂」に関する専論に、『風絮』創刊号掲載の濱岡久美子「銷魂（消魂）考」がある。
○酒筵歌席莫辞頻　「酒筵歌席」は、酒を飲み歌を楽しむ宴席。白居易の「春夜宴席上戯贈裴淄州（春夜宴席上にて戯れに裴淄州に贈る）」詩に「今年相遇鶯花月、此夜同歡歌酒筵（今年 相い遇う 鶯花の月、此の夜 同に歓ぶ歌酒の筵）」とある。なお、この句を晏殊の子の晏幾道は、「臨江仙（東野亡來無麗句）」詞に「酒筵歌席莫辞頻、争如南陌上、占取一年春（酒筵歌席 頻りなるを辞すること莫かれ。争《なん》ぞ如《し》かん南陌上に、一年の春を占取するに）」と襲用する。
○満目　視界のすべて、の意。唐・李嶠の「汾陰行」に「山川満目涙沾衣、富貴栄華能幾時（山川満目 涙は衣を沾し、富貴栄華 能く幾時ぞ）」とある。
○落花風雨　花を散らす風雨。唐・趙嘏の「東帰道中」詩其二に「未明喚僮僕、江上憶残春、風雨落花夜、山川駆馬人（未明 僮僕を喚《よ》び、江上 残春を憶う。風雨 花を落とすの夜、山川 馬を駆るの人）」とある。
○傷春　過ぎ行く春を悲しむこと。唐・李商隠の「杜司勲」詩に「高楼風雨感斯文、短翼差池不及群、刻意傷春復傷別、人間唯有杜司勲（高楼の風雨 斯文に感じ、短翼 差池として群に及ばず。意を刻し春を傷み復た別れを傷むは、人間 唯だ杜司勲有るのみ）」とある。
○憐取眼前人　「憐」は、愛する、の意。「取」は、俗語で、句中の動詞の後に添えて調子を整える働きをする助字。「取」については、『風絮』第四号「『唐宋名家詞選』訳注稿（四）」所載の27―01寇準「陽関引」詞にも「聴取陽関徹（陽関の徹わるを聴取せよ）」とある（一三五頁）。同詞「聴取」の〔注〕（一三九頁）参照。本「憐取眼前人」の句は、唐・元稹「鶯鶯伝」の女主人公の崔鶯鶯がかつて馴染んだ張生に謝絶の意を表して詠んだ「棄置今何道、当時且自親、還将旧来意、憐取眼前人（棄置して今 何をか道う。当時 且く自《みずか》ら親しむ。還た旧来の意を将《もっ》て、眼前の人を憐取せよ）」という詩の結句を採ったもの。また晏殊は「木蘭花（一作玉楼春）（簾旌浪巻金泥風）」詞の後闋にも「美酒一盃誰与共。往事旧歓時節動。不如憐取眼前人、免使労魂兼役夢（美酒一盃 誰と共にかする。往事旧歓 時節に動く。如かず 眼前の人を憐取し、魂を労し兼《ま》た夢を役せしむるを免ずるに）」という。

〔通釈〕

《浣溪沙》二首　その二

わずかの歳月、そして有限の生命にあっては、
ありふれた別離とはいえども、魂をなくすほどの悲しさがこみ上げる。
それゆえ酒席や歌の宴が何度あってもお断りされるな。
見渡す限り広がる山河の遠く彼方に去った人を思っても空しいだけ。
花を散らす風雨が起こり、過ぎゆく春がいっそう悲しくなる。
されば眼前の美女を可愛がって楽しむ方がよい。

（芳村弘道）

清商怨一首

関河愁思望処満
関河　愁思　望む処《とき》に満つ
漸素秋向晩
漸《まさ》に素秋　晩《くれ》に向《なんな》んとす
雁過南雲，行人回涙眼
雁は南雲を過ぎ、行人　涙眼を回らす

双鸞衾裯悔展
双鸞の衾裯　展べしを悔ゆ
夜又永、枕孤人遠
夜　又た永く、枕は孤にして　人は遠し
夢未成帰，梅花聞塞管
夢にも未だ帰るを成さず、梅花　塞管に聞く

〔韻字〕
満、晩、眼、展、遠、管。
〔詞牌〕

「清商怨」は、『詞律』巻三では、晏幾道の四十二字体（前段首句を六字とする）、沈会宗の四十三字体（後段第二句を八字とする）に併せて、本首の四十三字体を挙げ、晏幾道の四十二字体には「傷情怨」の別名、また本首四十三字体には首句に因む「関河令」の別名があることを注する。『詞譜』巻四によると、「清商怨」は、古楽府の「清商曲辞」が哀怨多い音調であることに因んで名付けられたという。なお本詞は、欧陽脩の『近体楽府』巻一に見える他、『楽府雅詞』巻上にも欧陽脩の作として収録され、『全宋詞』もこれを欧陽脩の作と見なしている。

〔注〕

○関河　もとは長安の要害となる函谷などの関や黄河を意味し、後に遠い辺境を指す語として用いられた。『風絮』第三号「『唐宋名家詞選』訳注稿（三）」所載の79—04陸游「夜遊宮」詞にも「想関河，雁門西，青海際（想えば関河は、雁門の西か、青海の際か）」とあり（一八七頁）、また、同第四号「同（四）」所載の36—02柳永「曲玉管」詞にも「立望関河蕭索，千里清秋（立ちて望めば関河は蕭索として、千里 清秋なり）」とある。それぞれの〔注〕参照。なお本詞は、これ以下の前半部、辺境に出た男が南方の郷里を思う情景を描く。

○処　ここでは、場所（～のところ）ではなく、時間（～のとき）を表わす。王鍈『詩詞曲語辞例釈』（中華書局、二〇〇五年）五十四頁参照。唐・銭起の「広徳初、鑾駕出関後、登高愁望二首」其二に「長安不可望，望処辺愁起（長安 望むべからず、望む処 辺愁 起る）」とある。本訳注稿所載の36—08柳永「二郎神」詞にも「鈿合金釵　私語処（鈿合金釵 私語するの処《とき》）」とあり（二七三頁）、また、同36—10柳永「訴衷情近」にも「竚立江楼望処（江楼に竚立して望む処《とき》）」とある（二七九頁）。それぞれの〔注〕参照。

○漸　折しもちょうど、正に、という意味。柳永の「傾杯（金風淡蕩）」詞に「金風淡蕩、漸秋光老，清宵永（金風淡蕩として、漸に秋光 老いて清宵 永し）」とある。

○素秋　秋を意味する白秋に同じ。晋・孫楚の「雁賦」に「迎素秋而南遊、背青春而北息（素秋を迎えて南遊し、青春に背きて北息す）」という。

○向晩　黄昏になろうとする、の意。「向」は、その時間に近づくことをいう。釈大典『詩語解』巻上では、杜甫「重題鄭氏東亭」詩の「向晩尋征路」の句を挙げ、「向晩」に「晩れんとして」という読みを附している。ここでは、それに従い訓読を付けた。本訳注稿所載の36―10柳永「訴衷情近」詞にも「向晩孤煙起（晩に向かいて孤煙起つを）」とある（二七九頁）。該詞の〔注〕もあわせて参照のこと。

○雁過南雲　雁が南に渡ることをいう。南宋・陳巌肖の『庚渓詩話』は、この句が陳・江総の「於長安帰還揚州、九月九日、行薇山亭賦韻」詩の「心逐南雲去、身随北雁来（心は南雲を逐うて去り、身は北雁に随うて来たる）」に本づくと説く。また明・楊慎も「南雲」の語の出典について言及している（『詞品』巻一・『升庵集』巻五十七・『丹鉛総録』巻二十）。

○回涙眼　涙を浮かべて視線を転じることをいうのであろう。北宋末・呂渭老の「江城子慢（新枝媚斜日）」に「斜倚紅楼回涙眼、天如水、沈沈連翠壁（斜に紅楼に倚りて涙眼を回らせば、天は水の如く、沈沈として翠壁に連なる）」とある。

○双鸞衾裯　つがいの鸞鳥（鳳凰の一種）の模様を縫いとった布団。李白の「清平楽」其四に「鸞衾鳳褥、夜夜常孤宿（鸞衾鳳褥、夜夜 常に孤宿す）」とある。これ以下の後半は、はるか北方に出征した男をもつ女性の別離・孤独の悲しみをうたい、「閨怨」の世界を描いている。

○枕孤　同衾の人がなくて枕が一つであること。「孤」は、上句の「双鸞」の「双」と対照して独り寝の寂しさを際立たせている。なお、北宋・欧陽脩の「摸魚児（巻繍簾）」詞に「恨人去寂寂、鳳枕孤難宿（恨むらくは人 去りて寂寂として、鳳枕 孤にして宿り難し）」とある。

○夢未成帰　夢の中でも帰還が見られない、という意。この句とはやや意味を異にするが、南唐・李煜の「清平楽（別来春半）」詞に「雁来音信無憑、路遥帰夢難成（雁来たるも音信憑ること無く、路遥かにして帰夢成り難し）」とある。

○梅花　漢代の軍楽「横吹曲」に由来して後世に生まれた笛の曲目「梅花落」をいう。「横吹曲」は、北狄諸国の馬上の楽や胡楽とも関連があり（『楽府詩集』巻二十四「横吹曲辞」解題）、辺塞のイメージを伴い、そこから従軍した夫を思う閨怨詩へと展開した作も見られる。例えば、唐・沈佺期の「梅花落」に「鉄騎幾時回、金閨怨早梅（鉄騎幾時にか回らん。金閨 早梅を怨む）」とある。

○塞管　塞外伝来の管楽器。唐・杜牧の「張好好詩」に「繁弦迸関紐、塞管裂円蘆（繁弦 関紐を迸《さ》き、塞管 円蘆を裂く）」とある。

〔通釈〕

《清商怨》一首

関河を越えて故郷を望めば、心は愁いに満つ。

おりしも秋、暮れなずむ頃。

雁は南の雲遥かに渡って行くが、出征の我が身は帰還できず、涙にくれて振り返り見るだけ。

つがいの鸞鳥を刺繍した夜具を敷き伸べたのが悔やまれる。

今日もまた夜は長く、枕はただ一つ、そしてあの人は遠くに行ったきり。

夢の中でもお戻りが見られず、胡の笛で奏でられる「梅花落」の曲を聞くにつけ、思いは募る。


（芳村弘道）

30—04

訴衷情一首

芙蓉金菊闘馨香
芙蓉　金菊　馨香を闘《あらそ》い
天気欲重陽
天気は重陽ならんと欲す
遠村秋色如画，紅樹間疎黄
遠村の秋色は画の如く、紅樹　疎黄を間《まじ》う

流水淡，碧天長
流水は淡として、碧天は長し
路茫茫
路は茫茫たり
憑高目断，鴻雁来時，無限思量
高きに憑りて目断すれば、鴻雁　来たる時、無限の思量

〔韻字〕

香、陽、黄、長、茫、量。

〔詞牌〕

「訴衷情」については、『風絮』第三号「『唐宋名家詞選』訳注稿（三）」所載の79―08陸游「訴衷情」詞「詞牌」（一九六頁）参照。

〔注〕

○芙蓉金菊　ここの「芙蓉」は、夏に咲く蓮の花ではなく、秋の木芙蓉の花（白色あるいは淡紅色）を指し、また「金菊」は、黄色の菊の花をいう。晏殊の「訴衷情」またの一闋の冒頭に「数枝金菊対芙蓉（数枝の金菊 芙蓉に対す）」とも見える。なお北宋・宋庠の七絶「和中丞晏尚書木芙蓉金菊追憶譙郡旧花（中丞晏尚書の木芙蓉金菊、譙郡の旧花を追憶するに和す）」詩に「絳艶由来拒早霜、金英自欲応重陽、主人昔意兼新意、併為寒葩両種香（絳艶 由来 早霜を拒み、金英 自《おのずか》ら重陽に応ぜんと欲す。主人 昔意に新意を兼ぬるは、併びに寒葩両種の香の為なり）」とある。夏承燾『唐宋詞人年譜』（上海古典文学出版社、一九五五年）の「二晏年譜」仁宗宝元元年（一〇三八）、晏殊四十八歳条は、この宋庠詩などに拠って、本詞および「訴衷情（数枝金菊対芙蓉）」の二詞をこの年の作品と見なしている。

○闘馨香　香りを競うこと。北宋・楊億の「枢密王左丞宅新菊」詩に「温樹偏分蔭、芸籤亦闘香（温樹は偏に蔭を分かち、芸籤も亦た香を闘う）」とある。

○天気　気候。魏・文帝の「燕歌行」詩に「秋風蕭瑟天気涼、草木揺落露為霜（秋風 蕭瑟として天気涼しく、草木 揺落して露は霜と為る）」とある。

○重陽　陰暦九月九日の節日の名。この日、高いところに登り災厄よけに菊の花を浮かべた酒を飲むという風習があるが、その由来は梁・呉均の『続斉諧記』などに説かれている。北宋・欧陽脩の「漁家傲」詞の上片に重陽近い頃の情景を詠って「九月霜秋秋已尽。烘林敗葉紅相映。惟有東籬黄菊盛。遺金粉、人家簾幕重陽近（九月霜秋 秋已に尽く。烘林 敗葉 紅 相い映ず。惟だ東籬の黄菊の盛んなる有り。金粉を遺し、人家の簾幕 重陽 近し）」とある。

○秋色　秋の景色。南斉・謝朓の「望三湖（三湖を望む）」詩に「葳蕤向春秀、芸黄共秋色（葳蕤たる向《さき》の春秀、芸黄 共に秋色なり）」とある。本訳注稿所載の28—01范仲淹「蘇幕遮」詞にも「秋色連波（秋色 波に連なる）」とある（二四九頁）。該詞の〔注〕もあわせて参照のこと。

○紅樹　紅葉した木。唐・釈斉己の「秋興寄胤公」詩に「村遙紅樹遠、野闊白煙平（村 遙かにして紅樹 遠く、野 闊くして白煙 平かなり）」とある。

○疎黄　薄い黄色。ここでは、薄黄色に色づいた木をいう。唐・鮑溶の「九日与友人登高（九日 友人と高きに登る）」詩に「雲木疎黄秋満川、茱萸風裏一樽前（雲木 疎黄にして秋 川に満ち、茱萸 風裏 一樽の前）」とある。

○流水淡　「淡」は、「澹」に通じ、水が波立ちゆれる様をいう。戦国・宋玉の「高唐賦」に「水澹澹而盤紆兮、洪波淫淫之溶滴（水は澹澹として盤紆し、洪波は淫淫として之れ溶滴たり）」とあり、李善注に「説文曰、澹澹、水揺也（説文に曰く、澹澹は水揺なり、と）」と釈す。また北宋・劉弇の「贈呉伯玉二首」其二に「衰衰何妨流水淡、紛紛誰数白頭新（衰衰 何ぞ妨げん流水の淡たるを、紛紛 誰か数えん白頭の新なるを）」とある。

○碧天長　青空がどこまでも広がっていること。前蜀・毛文錫の「臨江仙（暮蟬声尽落斜陽）」詞に「霊娥鼓瑟韻清商。朱絃凄切、雲散碧天長（霊娥 瑟を鼓し韻は清商。朱絃 凄切にして、雲 散じ碧天 長し）」とある。

○路茫茫　道路が遙かに続くこと。唐・許渾の「途中逢故人話西山読書早曾遊覧（途中にて故人に逢い西山の読書、早曾の遊覧を話す）」詩に「湖上夢余波灩灩、嶺頭愁断路茫茫（湖上 夢余 波は灩灩として、嶺頭 愁断 路は茫茫たり）」とある。

○憑高目断　高い所に登って視界の届く限り眺めること。唐・姚鵠の「尋天台趙尊師不遇（天台の趙尊師を尋ぬるも遇わず）」詩に「憑高目断無消息、自酔自吟愁落暉（高きに憑りて目断するも消息無く、自《みず》ら酔い自ら吟じて落暉に愁う）」とある。なお、「目断」の語義は、『風絮』第三号「『唐宋名家詞選』訳注稿（三）」所載の35―01韓縝「鳳簫吟」詞「目断」の〔注〕（一五二頁）に詳しい。

○鴻雁来時　大型の雁や小型の雁が飛来する頃。『礼記』「月令」に「季秋之月、……鴻雁来賓（季秋の月、……鴻雁来賓す）」とある。

○無限思量　尽きせぬ思い。北宋・黄庭堅の「画堂春（東風吹柳日初長）」詞に「夜寒微透薄羅裳。無限思量（夜寒微に透る薄羅裳。無限の思量）」とある。

〔通釈〕

《訴衷情》一首

木芙蓉と黄色の菊の花が香りを競う。
気候は重陽の節句を迎えようとしている。
遠くの村の秋の風景は絵のようで、紅葉した木や薄く黄色に染まった木が入り交じる。
川の流れは波立ち、紺碧の空は遠く広がる。
道は遙かに続く。
高い所に登って視線の及ぶまで眺めると、いま鴻雁の飛来する時節、思いは尽きない。

（芳村弘道）

○柳永二十五首　彊邨叢書本『楽章集』より収録す

36―08

二郎神一首

炎光謝

炎光　謝《さ》り

過暮雨、芳塵軽灑

暮雨　過ぎて、芳塵　軽く灑《あら》われり

乍露冷風清庭戸爽，天如水、玉鈎遙掛

乍《まさ》に露　冷たく　風　清らかにして　庭戸　爽やかなり、天は水の如く、玉鈎　遙かに掛る

応是星娥嗟久阻，敘旧約、飈輪欲駕

応に是れ星娥　久しく阻《はば》まるるを嗟《なげ》き、旧約を敘べて　飈輪《ひょうりん》　駕せんと欲すならん

極目処、微雲暗度，耿耿銀河高瀉

目を極むるの処、微雲　暗《かす》かに度《わた》り、耿耿たる銀河は高きより瀉《そそ》ぐ

閑雅

閑雅たり

須知此景，古今無価

須《すべか》らく知るべし　此の景、古今　価　無きを

運巧思穿針楼上女，擡粉面、雲鬟相亜
巧思を運《めぐら》し穿針せる楼上の女、粉面を擡《もた》げれば　雲鬟　相い亜《なら》ぶ

鈿合金釵私語処，算誰在、回廊影下
鈿合金釵　私語するの処《とき》、算《おも》うに誰か在らん　回廊の影下に

願天上人間，占得歓娯，年年今夜
願わくば　天上人間《じんかん》、歓娯を、年年今夜に占め得んことを

〔韻字〕

謝、灑、掛、駕、瀉、雅、価、亜、下、夜。

〔詞牌〕

『詞律』巻十五が「又一体」として、また、『詞譜』巻三十二が正体として本詞を収録する。双調一百四字、前段八句五仄韻、後段十句五仄韻。「二郎神」は、唐の教坊曲名。『楽章集』は商調と注する。「転調二郎神」「二郎神慢」「十二郎」とも呼ばれる。なお、第一句目を四字句「炎光初謝」に作るテキストもある。

〔注〕

○謝　去る、衰える、の意。隋・蕭琮の「奉和月夜観星（「月夜観星」に和し奉る）」詩に「夕風凄謝暑、夜気応新秋（夕風凄として暑を謝《さ》らしめ、夜気応に新秋なり）」とある。

○芳塵　空中の塵埃。唐・杜牧の「杏園」詩に「夜来微雨洗芳塵、公子驊騮歩始匀（夜来の微雨　芳塵を洗い、公子の驊

騮歩み始めて匀う)」とある。

○乍　まさに、ちょうど。張相『詩詞曲語辞匯釈』は、「乍、猶恰也、正也」といい（七十五頁）、その用例の一つとして本詞を挙げる。

○庭戸　ひろく庭院を指す。唐・方干の「新秋独夜寄戴叔倫（新秋独夜戴叔倫に寄す）」詩に「遙夜独不卧、寂寥庭戸中。河明五陵上、月満九門東（遙夜独り卧さず、寂寥たり庭戸の中。河は五陵の上に明きらかに、月は九門の東に満つ）」とある。

○天如水　天が水のように青く澄んでいること。秋の空の形容としてしばしば用いられる。唐・張籍の「秋夜長（秋夜長し）」詩に「秋天如水夜未央、天漢東西月色光（秋天水の如くして夜は未だ央ばならず、天漢は東西し月色光る）」とある。

○玉鈎　一般には新月をいうが、ここでは七夕の夜であるから、上弦の月のこと。唐・李賀の「七夕」詩に「天上分金鏡、人間望玉鈎（天上金鏡を分かち、人間玉鈎を望む）」とある。

○星娥　織女。唐・李商隠の「海客」詩に「海客乗槎上紫氛、星娥罷織一相聞（海客槎に乗りて紫氛に上り、星娥織るを罷めて一たび相聞す）」とある。

○飇輪　「飇」は、つむじ風。「飇輪」で、風を御して進む神の車。「飇車」ともいう。唐・陸亀蒙の「和江南道中懐茅山広文南陽博士三首（「江南道中にて茅山広文南陽博士を懐う」に和す三首）」其一に「莫言洞府能招隠、会輾飇輪見玉皇（言う莫かれ洞府能く隠を招くと、飇輪を会《かなら》ず輾じて玉皇に見えん）」とある。

○極目　遙か遠くまで見渡すこと。魏・王粲の「登楼賦」に「平原遠而極目兮、蔽荊山之高岑（平原遠くして目を極むるも、荊山の高岑なるに蔽《さえぎ》らる）」とある。

○微雲　微かな雲。杜甫の「天河」詩に「縦被微雲掩、終能永夜清。……牛女年年渡、何曾風浪生（縦い微雲に掩わるるも、終に能く永夜は清し。……牛女年年渡るも、何ぞ曽て風浪生じん）」とある。

○耿耿　明るいさま。斉・謝朓の「暫使下都……贈西府同僚（暫く下都に使いす……西府の同僚に贈る）」詩に「秋河曙耿耿、寒渚夜蒼蒼（秋河 曙に耿耿たり、寒渚 夜に蒼蒼たり）」とある。
○高瀉　高みより降り注ぐこと。ここでは、銀河が地平線まで続き、あたかも地上にまで流れ注いでいるように見えるさまをいう。唐・貫休の「海覚禅師山院」詩に「六環金錫飛来後、一派銀河瀉落時（六環の金錫 飛来するの後、一派の銀河 瀉落するの時）」とあり、また柳永より後の用例にはなるが、南宋・許綸の「次陳伯寿分韻得者字（陳伯寿の「分韻して者の字を得たり」に次す）」に、「挽回巫峡使倒流、快注銀河見高瀉（巫峡を挽回して倒流せしめ、銀河より快注して高瀉せらる）」とある。
○閑雅　閑静で優雅な趣があるさま。ここでは、次句の「此景」についていったものと考えた。紅梅を詠じた蘇軾の「定風波（好睡慵開莫厭遅）」詞に「偶作小紅桃杏色、閑雅、尚余孤痩雪霜姿（偶たま作す 小紅桃杏の色、閑雅なり、尚お孤痩雪霜の姿を余すは）」とある。但しこの語は、柳永の「少年遊（淡黄衫子鬱金裙）」詞で、「文談閑雅、歌喉清麗、挙措好精神」と、女性の挙措を表現しているように、人物の様子・風格をいうこともある。本詞も後文に「楼上女」が登場することからすれば、女性の形容と取ることも可能であろう。
○古今無価　「無価」は、値段が付けられないほど素晴らしい、の意。本詞と同様に「景」の素晴らしさをいったものとして、北宋・王禹偁の「公余対竹（公余に竹に対す）」詩に「買添幽景渾無価、洗却繁陰別有風（幽景に買い添うれば渾べて価無く、繁陰を洗却して別に風有り）」とある。
○運巧思　「運」は、めぐらすこと。「巧思」は、「巧みならんとする思い」と解した。なお、「思」は、次の「穿針」の風習を踏まえた「糸」の双関語でもある（「糸」と「思」は同音）。
○穿針　糸を通すこと。七夕の夜、女性たちは「七孔針」に糸を通して、織女にお針仕事の上達を願う風習があった。

これは「乞巧（巧みならんことを乞う）」とも呼ばれる。『荊楚歳時記』に「七月七日は牽牛織女が出逢う日である。この夜、女性たちは彩糸を結んで七孔の針に通し、或いは金銀鍮で針を作り、庭に机を連ねて酒と瓜とを並べ、針仕事の上達を願った。蜘蛛が瓜の上に網をかけると、願い事が叶えられる兆しであると考えた」と説明している。また、『北堂書鈔』等に、斉の武帝が七夕の日に楼閣を築き、宮女がそこに登って「穿針」し、その楼閣を「穿針楼」と呼んだ、という記事が見え、唐・李群玉の「秋登涔陽城（秋に涔陽城に登る）」詩に「穿針楼上閉秋煙、織女佳期又隔年（穿針楼上 秋煙に閉ざされ、織女 佳期 又た年を隔つ）」とある。ここでは、「穿針せる楼上の女」と訓じたが、『北堂書鈔』等に従えば「穿針楼上の女」と訓じることもできよう。

○粉面　白粉をはたいて化粧した女性の美しい顔。柳永の「夜半楽（艶陽天気）」詞に「擡粉面、韶容花光相妒（粉面を擡ぐれば、韶容花光も相い妒む）」とある。

○雲鬢　女性の雲なす豊かで美しい髪。白居易の「長恨歌」に「雲鬢花顔金歩揺、芙蓉帳暖度春宵（雲鬢花顔金歩揺、芙蓉の帳は暖かくして春宵を度《わた》る）」とある。なお、本詞は以下末句まで、「長恨歌」を踏まえる。

○亜　ならぶ、次ぐこと。ここでは、数人の女性が集まって「乞巧」をしているために、その「雲鬢」が幾つも並んでいる情景と考えた。杜甫の「上巳日徐司録林園宴集（上巳の日 徐司録の林園にて宴集す）」詩に「鬢毛垂領白、花蘂亜枝紅（鬢毛 領に垂れて白く、花蘂 枝に亜《つ》ぎて紅し）」とある。

○鈿合金釵　螺鈿の飾りの付いた小箱と、金の釵。玄宗と楊貴妃の愛の誓いの品とされ、後に広く男女の愛の証をいう語として使われるようになった。「長恨歌」に「唯将旧物表深情、鈿合金釵寄将去。釵留一股合一扇、釵擘黄金合分鈿（唯だ旧物を将《もっ》て深情を表さん、鈿合金釵 寄せて将て去らしむ。釵は一股を留め 合は一扇、釵は黄金を擘きて合は鈿を分かたん）」とある。

○私語　ささやき声で話すこと。「長恨歌」に「七月七日長生殿、夜半無人私語時（七月七日 長生殿、夜半 人無く私語するの時）」とある。

○処　ここでは、場所（～のところ）ではなく、時間（～のとき）を表わす。「処」と「時」は平仄によって使い分ける（時が平声、処が仄声）。唐・劉長卿の「江州留別薛六柳八二員外（江州にて薛六柳八二員外に留別す）」詩に「江海相逢少、東南別処長（江海 相い逢うこと少なく、東南 別れし処は長し）」とある。本訳注稿所載の30―03晏殊「清商怨」詞にも「関河愁思望処満（関河 愁思 望む処《とき》に満つ）」とあり（二六四頁）、また、同36―10柳永「訴衷情近」にも「竚立江楼望処（江楼に竚立して望む処《とき》）」とある（二七九頁）。それぞれの〔注〕参照。

○回廊　曲がりくねった渡り廊下。北宋・黄庭堅の「両同心（秋水遙岑）」詞に「最難忘、小院回廊、月影花陰（最も忘れ難きは、小院回廊、月影花陰）」とあるように、しばしば男女の逢瀬密会の場所とされる。『風絮』第三号「『唐宋名家詞選』訳注稿（三）」所載の40―05蘇軾「永遇楽」詞にも「此時看、回廊暁月（此の時、回廊の暁月を看る）」とある（一六二頁）。同詞「回廊暁月」の〔注〕（一六六頁）参照。

○天上人間　天上と人間《じんかん》と、の意。「長恨歌」に「但令心似金鈿堅、天上人間会相見（但だ心をして金鈿の似く堅からしむれば、天上人間 会らず相い見えん）」とある。また、唐・曹鄴の「玉女杜蘭香下嫁於張碩（玉女杜蘭香 下りて張碩に嫁す）」詩に「天上人間両渺茫、不知誰識杜蘭香（天上と人間と両つながら渺茫たり、知らず 誰れか杜蘭香を識るかを）」とある。

〔通釈〕

《二郎神》一首

夏の焼けるような暑さは去った。

夕暮れの雨が通り過ぎると、空中の埃も地面にさっと洗い落とされて、清々しい。

露は冷たく風は清らかに吹き、庭の空気はさわやかで、天は水のように青く澄み、玉の鈎のような上弦の月が遙か高みに懸かっている。

きっと織女が長い間の離別を悲しみ、昔の約束を口にして、つむじ風の車に乗っているのだろう。

遠く眺めやれば、薄雲がかすかに懸かった明るく輝く銀河が、高い空から地上へと降り注いでいる。


何と良き夕べ。

この素晴らしい景色には、昔も今も値など付けられぬ。

高殿の上には針仕事の上達を願って針に糸を通す女たち、彼女らは白い顔をもたげ、雲なす美しい髪の頭を並べている。

（そんななかを抜け出してきた）彼女、螺鈿の小箱と金の釵とを証の品として、私とひそかに愛を誓った時、いったい誰があの回廊の陰にいたというのだろう（誰もおらず私たち二人きりだった）。

どうか天上でも人間《じんかん》でも、毎年この七夕の夜だけは彼女と私が恋人同士の歓びをともにできますように。

〔参考〕
○宋・荘綽『雞肋編』巻下に、次のようにある。
「徽宗はある時、近臣に『七夕はどうしてせわしない（無假）のだろう』とお尋ねになった。当時宰相であった王黼が答えて申し上げた、『「昔も今もせわしない（古今無假）」というものでございます』と。徽宗はとても喜び、また側仕えの者に、「黼の受け答えには文才がただよっておる」と言った。思うにこれは、柳永の「七夕」の詞に「須知此景、古今無價」とあるのを踏まえたものであろう。俗に「その道を極めた者には、独特の風格がある」というものである。

（藤原祐子）

36―10

訴衷情近一首

雨晴気爽，竚立江楼望処，澄明遠水生光，重畳暮山聳翠
雨　晴れて　気は爽やかなり、江楼に竚立して望む処《とき》、澄明なる遠水 光を生じ、重畳たる暮山 翠を聳《そば》だつ
遙認断橋幽径，隠隠漁村，向晩孤煙起
遙かに認む　断橋幽径、隠隠たる漁村、晩に向かいて孤煙　起つを

残陽裏
残陽の裏《うち》
脈脈朱闌静倚
脈脈として朱闌に静かに倚る
黯然情緒，未飲先如酔
黯然たる情緒、未だ飲まずして先に酔えるが如し
愁無際

愁いは際まり無し

暮雲過了，秋光老尽，故人千里

暮雲は過ぎ了《さ》り、秋光は老い尽き、故人は千里

竟日空凝睇

竟日　空しく凝睇《ぎょうてい》するのみ

〔韻字〕

翠、起、裏、倚、酔、際、里、睇。

〔詞牌〕

「訴衷情近」は、『詞律』巻二、『詞譜』巻十七所収。『詞律』、『詞譜』ともに、本詞を正体とする。『楽章集』は、その宮調を「林鍾商」という。双調七十五字。『詞譜』は、前段七句三仄韻、後段九句六仄韻といい、『詞律』は前段を二仄韻という（後段は同じ）。韻字か否かで問題となっているのは、第二句目「処」字で、これについては、清・呉衡照『蓮子居詞話』巻三に次のような議論がある。

屯田「訴衷情近」七十五字体、……紅友於「翠」字注韻、殊不知「処」字即韻。蒋勝欲「探春令」、処・翅・住・指、並叶、可証。且従無至第四句二十二字才起韻理（柳永の「訴衷情近」七十五字体、……紅友（『詞律』の著者万樹の字）は、「翠」字に韻と注しているが、なんと「処」字も韻であることを知らないのだ。蒋勝欲（蒋捷、勝欲は字）の「探春令」が、処・翅・住・指、で押韻しているのがその証拠となる。しかも、第四句二十二字に至ってようやく最初の韻字がある、などという理屈はこれまで見たことがない）。

なお、本詞牌は『全宋詞』中に柳永に本詞を含めた二首と、晁補之に一首、計三首の作例があるのみである。それらを見ると、晁詞は第二句を押韻しているが、柳永のもう一首の第二句目は明らかに押韻していない。ここでは龍氏が「処」を韻字としていないのに従う。

〔注〕

○望処　遠くを眺めたとき、という意味。「処」は、ここでは、場所（〜のところ）ではなく、時間（〜のとき）を表わす。本訳注稿所載の30―03晏殊「清商怨」詞にも「関河愁思望処満（関河 愁思 望む処《とき》に満つ）」とあり（二六四頁）、また、36―08柳永「二郎神」詞にも「鈿合金釵私語処（鈿合金釵 私語するの処《とき》）」とある（二七三頁）。それぞれの〔注〕参照。

○澄明　澄み切っていること。多く水や月の光を形容する。唐・呉融の「秋池」詩に「冷涵秋影碧溶溶、一片澄明見底空（冷たく秋影を涵して 碧 溶溶たり、一片 澄明として 底を見せて空し）」とある。

○遠水　遥か遠くまで続く水。ここでは、河の流れをいう。杜甫の「野望」詩に「遠水兼天浄、孤城隠霧深（遠水 天の浄きを兼ね、孤城 霧の深きに隠る）」とある。

○聳翠　山々の峰が樹木の緑色に染まって聳えるさまをいう。唐・方干の「叙龍瑞観勝異寄于尊師（龍瑞観の勝異なるを叙して于尊師に寄す）」詩に「万頃涵虚寒瀲灎、千尋聳翠秀巑岏（万頃 虚を涵《ひた》し 寒くして瀲灎たり、千尋 翠を聳《そばだ》て 秀でて巑岏たり）」とある。

○遥認　遠くに見えること。「認」は、それとわかる、の意。なお、「遥想」に作るテキストもある。それならば、「断橋幽径，隠隠漁村，向晩孤煙起」は、眼前の光景ではなく、主人公の脳裏に浮かんでいる風景ということになる。

○断橋　壊れた橋。唐・牟融の「陳使君山荘」詩に「流水断橋芳草路、淡煙疎雨落花天（流水断橋 芳草の路、淡煙疎雨 落花の天）」とある。『風絮』創刊号「『唐宋名家詞選』訳注稿（一）」所載の94―01張炎「高陽台」詞にも「断橋斜日帰帆」とあり（一四六頁）、また、同第二号「同（二）」所載の79—03陸游「卜算子」詞にも「駅外断橋辺（駅外断橋の辺）」とある（一九八頁）。それぞれの〔注〕参照。なお、「断橋」は、杭州西湖の白堤にかかる橋の名としても知られる。

○幽径　ひっそりとした小道。唐・柳宗元の「苦竹橋」詩に「危橋属幽徑、繚繞穿疎林（危橋 幽径に属し、繚繞として疎林を穿つ）」とある。

○隠隠　かすかではっきりしないさま。唐・鄭谷の「峡中」詩に「万重煙靄裏、隠隠見夔州（万重の煙靄の裏、隠隠として夔州 見《あらわ》る）」とある。

○向晩　夕暮れ時。「向」は、その時間に近づくことをいう。唐・李商隠の「楽遊」詩に「向晩意不適、駆車登古原。夕陽無限好、只是近黄昏（晩に向かいて 意 適かず、車を駆せて古原に登る。夕陽 無限に好きも、只だ是れ黄昏に近し）」とある。なお、「向」には「なんなんとす」という訓もある。本訳注稿所載の30—03晏殊「清商怨」詞にも「漸素秋向晩（漸《まさ》に素秋 晩《くれ》に向《なんな》んとす）」とある（二六四頁）。該詞の〔注〕も参照のこと。

○脈脈　遠くを凝視するさま。漢代の「古詩十九首」（其十）に「盈盈一水間、脈脈不得語（盈盈たる一水の間、脈脈として語るを得ず）」という。

○黯然　愁いに沈むさま。『風絮』第四号「『唐宋名家詞選』訳注稿（四）」所載の27—01寇準「陽関引」詞にも「動黯然（動ち黯然たり）」とある（一三五頁）。同詞「黯然」の〔注〕（一三八頁）参照。

○未飲先如酔　まだ酒を飲んでもいないのに、まるで酔っぱらったかのようである、ということ。蘇軾の「辛丑十一月十九日既与子由別於鄭州西門之外馬上賦詩一篇寄之（辛丑十一月十九日 既に子由と鄭州西門の外に別る 馬上にて詩一篇を賦し之れに寄す）」詩に「不飲胡為酔兀兀、此心已逐帰鞍発（飲まざるに 胡為《なんす》れぞ酔 兀兀たる、此の心 已に帰鞍の発するを逐う)」とあるのと同趣で、別れなどによる悲しみのあまり、心身がふわふわと定まらないような感覚をいう。

○無際　果てしがないこと。唐・呉融の「彭門用兵後経汴路(彭門に兵を用いて後に汴路を経る)三首」其一に「霜凋緑野愁無際、焼接黄雲惨不開(霜は緑野を凋ませて愁いは際まり無く、焼は黄雲に接して惨として開かず)」とあり、また後の用例にはなるが、北宋・周邦彦の「点絳唇(遼鶴帰来故郷)」詞に「愁無際。旧時衣袂、猶有東風涙(愁いは際まり無し。旧時の衣袂、猶お東風の涙有り)」とある。

○秋光　秋の陽光、あるいは秋の風景。ここでは、後者の意味でとった。北周・庾信の「和霊法師遊昆明池二首(霊法師の「昆明池に遊ぶ」に和す二首)」其二に「秋光麗晩天、鷁舸汎中川(秋光 晩天に麗しく、鷁舸 中川に汎《う》かぶ)」とある。

○竟日　一日中、終日。北宋・欧陽脩の「桃源憶故人(梅梢弄粉)」詞に「眉上万重新恨。竟日無人問(眉上に万重の新恨あり。竟日 人の問う無し)」とある。なお、『唐宋名家詞選』の底本は「竟月」に作るが、それでは意味が通らない。『唐宋名家詞選』の旧版では「竟日」に作り、また、柳永の別集が全て「竟日」としていることから、改めた。恐らく新版にした時に誤ったのであろう。

○凝睇　眼を凝らしてじっと見つめること。唐・崔珏の「岳陽楼晩望」詩に「何事黄昏尚凝睇、数行煙樹接荊蛮(何事ぞ 黄昏に尚お凝睇するは、数行の煙樹 荊蛮に接す)」とある。ちなみに、類語として「凝眸」がある。「睇」「眸」ともに意味は「眼」。『風絮』第三号「『唐宋名家詞選』訳注稿(三)」所載の61―03万俟詠「憶少年」詞にも「凝眸天四闊(眸を天の四もに闊きに凝らす)」とある(二七九頁)。同詞「凝眸」の〔注〕(二八一頁)参照。

〔通釈〕

《訴衷情近》一首

雨があがって空気は爽やかだ、江辺の高殿に佇んで遠くを眺めると、澄み切った遥かな水面には夕陽が射して赤く輝き、幾重にも重なる夕暮れ時の山々は緑に聳え立つ。

遠くに見えるのは、壊れかかった橋と人気のない小道、ぼんやりと霞む漁村、一筋立ち上る夕餉の煙。

夕陽の中。

じっとその風景を眺めながら、赤い欄干に静かに寄り掛かっている。

この鬱々とした気分、酒を飲んでもいないのに、まるで酔っぱらってしまったかのよう。

尽きぬ愁いよ。

夕暮れの雲はどこかへ行ってしまい、秋も終わろうとしている、そして懐かしいかの人は千里の彼方。

今日も一日中空しくじっと彼方を見つめるばかり。


（藤原祐子）

○蘇軾四十二首　彊邨叢書本『東坡楽府』より収録す

40—07

江城子一首

乙卯正月二十日夜記夢　　乙卯正月二十日 夜 夢を記す

十年生死両茫茫
　十年　生死　両《ふた》つながら茫茫たり

不思量

思量せざるに
自難忘
自《おのずか》ら忘れ難し
千里孤墳，無処話淒涼
千里の孤墳、処として淒涼を話《かた》る無し
縦使相逢応不識，塵満面、鬢如霜
縦使《たと》い相い逢うとも　応に識らざるべし、塵は面に満ち、鬢は霜の如し

夜来幽夢忽還郷
夜来の幽夢　忽として郷に還る
小軒窓
小軒窓に
正梳妝
正に梳妝す
相顧無言，惟有涙千行
相い顧みて　言　無く、惟だ涙千行　有るのみ
料得年年腸断処，明月夜，短松岡
料り得たり　年年腸断する処、明月の夜、短松の岡

〔韻字〕

茫、量、忘、涼、霜、郷、窓、妝、行、岡。

〔詞牌〕

「江城子」は、『詞律』巻二、『詞譜』巻二に所収。『風絮』創刊号「『唐宋名家詞選』訳注稿（二）」所載の40―02蘇軾「江城子」詞〔詞牌〕（二〇九頁）参照。

〔注〕

○本詞は、序に「乙卯正月二十日」とあるように、熙寧八年乙卯（一〇七五年）正月二十日、蘇軾四十歳、密州で亡き妻の王弗を夢に見て作った悼亡の作品。蘇軾の「亡妻王氏墓誌銘」（『蘇軾文集』巻十五）に拠れば、王弗は、眉州青神の人、郷貢進士の方の娘で、十六歳の時、蘇軾に嫁ぎ、邁という子をもうけた。そして、治平二年（一〇六五年）五月、都の開封で亡くなった。時に二十七歳。王弗が蘇軾に嫁いだのは、至和元年（一〇五四年）。なお、本作は多くの訳注本・研究書に収録されている。日本の主な訳注本だけに限っても、小川環樹『蘇軾下』（中国詩人選集二集、岩波書店、一九六二年）、近藤光男『蘇東坡』（漢詩大系、集英社、一九六四年）、波多野太郎『宋詞評釈』（桜楓社、一九七一年）、佐藤保『宋代詞集』（中国の古典、学習研究社、一九八六年）等がある。

○十年　王弗が没した治平二年から本詞が作られた熙寧八年までの「十年」をいう。

○両　ここでは、蘇軾と王弗の二人をさす。

○茫茫　遙か遠くはっきりしないこと。唐・鮑溶の「倚瑟行」に「生死茫茫不可知、視不一姓君莫悲（生死 茫茫として知るべからず、姓を一にせざるを視る 君 悲しむこと莫かれ）」とある。

○不思量　（王弗のことを）恋しく思ったのではないのに、の意。「思量」は、懐かしむ、恋しく思うこと。柳永の「玉楼春（閬風岐路連銀闕）」詞に「別来也擬不思量、争奈（別来 也た思量せざらんと擬するも、争奈《いか》んせん）」とある。なお、本三字の意味については、「思い出さないようにしたとしても」、「想い出そうとしなくても」、「思いもよらず」等、幾つか別の解釈もある。
○自　もとより、当然、言うまでもなく、の意。唐・陸亀蒙の「自遣詩三十首」其の四に「多情多感自難忘、祇有風流共古長（多情多感 自ら忘れ難し、祇だ風流の古えと共に長き有るのみ）」とある。
○千里孤墳　遠い彼方の（王弗が）一人寂しく眠る墓。「亡妻王氏墓誌銘」によれば、王弗の墓は彭山の安鎮郷可龍里にあり、同地は蘇軾のいる密州から遠く離れた眉州の東北にある。杜甫の「別房太尉墓」詩に「他郷復行役、駐馬別孤墳（他郷 復た行役せんとし、馬を駐めて孤墳に別る）」とある。なお「千里」は、ここでは、遠い彼方の意で、実際の距離を表しているのではない。
○無処話凄涼　（今まで）寂しい思いを語る場は無かった、ということ。それはつまり、（今まで）私は（王弗を失った）寂しさを口にすることは無かったこと。「凄涼」は、もの寂しい、うらぶれていることであるが、ここでは、寂しい胸のうちをいう。「凄涼」を名詞として用いた用例として、杜甫の「四松」詩に「覧物嘆衰謝、及兹慰凄涼（物を覧ては衰謝を嘆き、兹に及んで凄涼を慰む）」とある。また、後の用例ではあるが、南宋・范成大の「贈挙書記帰雲丘（挙書記の雲丘に帰るに贈る）」詩に「一枕清風四十霜、孤生無処話凄涼（一枕の清風 四十霜、孤生 処として凄涼を話す無し）」とある。なお、この句の主語を王弗と解釈する説もある。
○縦使相逢応不識　たとえ出会ったとしても、きっと自分だとはわかるまい、の意。「縦使」は、二字でたとえ～でも、したとしても。唐・韓翃の「章台柳」詞に「縦使長条似旧垂、也応攀折他人手（縦使い長条 旧の似《ごと》く垂るるも、也た応に他人の手に攀折せらるるべし）」とある。「逢」は、出会うこと。「応」は、ここでは、きっと～に違いない、の意。「識」は、見知る、見て誰だかわかること。

○塵満面　世の荒波にもまれ、俗塵が顔一面にこびりついていること。北宋・蘇轍の「次韻王鞏自詠」詩に「欲挽天河聊自洗、塵埃満面鬢眉黄（天河を挽きて聊く自ら洗わんと欲す、塵埃面に満ち鬢眉黄なるを）」とある。

○鬢如霜　鬢が霜のように白いこと。白居易の「聞亀児詠詩（亀児の詩を詠ずるを聞く）」詩に「莫学二郎吟太苦、纔年四十鬢如霜（学ぶこと莫かれ二郎（白居易自身を指す）が吟の太《はなは》だ苦しきを、纔《わず》かに年四十にして鬢霜の如し）」とある。ちなみに蘇軾が本詞を作ったのも四十歳の時であった。

○幽夢　ここでは、独り寝の床で見る夢、の意。「幽」は、ひっそりとしていること。蘇軾の「昭君怨」詞に「誰作桓伊三弄、驚破緑窓幽夢（誰か作《な》す桓伊三弄、驚破す緑窓の幽夢）」とある。

○忽還郷　思いがけず（夢に）故郷に帰った、ということ。唐・寒山の「詩」に「昨夜夢還家、見婦機中織（昨夜夢に家に還る、婦の機中に織るを見る）」とある。「忽」は、思いがけず、思いもよらず、予期せぬことに。

○小軒窓　この三字の構造は、「小軒（小部屋）の窓」とも「小さき軒窓（窓）」とも解せる。ここでは、「小部屋（王弗の自室）の窓辺」と解釈した。蘇軾の「定風波（雨洗娟娟嫩葉光）」詞に「記得小軒岑寂夜、廊下、月和疏影上東牆（記し得たり小軒岑寂たるの夜、廊下、月は疏影と和に東牆に上るを）」とある。

○正梳妝　ちょうど髪をくしけずり、化粧をしているところであった、の意。「梳妝」は、髪を櫛ですき、化粧をすること。晏殊の「紅窓聴」詞に「淡薄梳妝軽結束（淡薄に梳妝し軽く結束す）」とある。

○涙千行　止めどなく流れる涙。唐・王維の「閨人贈遠五首」其の二に「妝成対春樹、不語涙千行（妝成りて春樹に対し、語らずして涙千行）」とある。

○料得　～と推測できる、～ではないかと考えられる、の意。劉禹錫の「懐妓四首」其の四に「料得夜来天上鏡、只応偏照両人心（料り得たり夜来天上の鏡、只だ応に偏に両人の心を照らすべし）」とある。

○年年腸断処，明月夜，短松岡　「王弗は、これから来る年も来る年も、明るい月の射す夜、低い松の生える土盛り（墓）の中で、孤独の辛さに腸の千切れる思いをするのであろう」の意。なお、「腸断」の主語を蘇軾ととる説もあるが、本三句は、『本事詩』「徴異第五」の次の故事を踏まえる。唐の開元年間、張という武将の妻孔氏は、五人の子を産んで死んだ。その五人の子供は、後妻の李氏に虐待を受け、耐え切れずに母の墓前で泣きながら辛さを訴えた。すると突然、墓の中から母親が現れ、張に見せるための詩を白い布に書きつけ、子供達に託した。その詩の末二句に「欲知腸断処、明月照孤墳（腸断ゆるの処を知らんと欲せば、明月孤墳を照らす）」とあった。本詞の「腸断処，明月夜，短松岡」は、表現から見て、この孔氏の詩句を詞に移し換えたと見なせる。ならば、「腸断」するのは墓の中の妻と考えていいだろう。「短松岡」は、低い松の生える土盛り。王弗の墓をいう。古来、墓には松を植える習慣があった。北宋・司馬光の「参政正粛呉公育挽詩三首」其の三に「憑誰寄清涙、為我灑松岡（誰に憑りてか清涙を寄せん、為に我松岡に灑がん）」とある。

〔通釈〕

《江城子》一首

乙卯正月二十日の夜、夢に見たことを記す

この十年の間、我々二人は幽明を異にし、遠く隔たってしまった。

思い返したわけでもないのに、

（夢に見たのは）もとより君のことを忘れ難かったからだ。

君が一人寂しく眠る墓は千里の彼方、この寂しい思いを語る場とて無い。

たとえ出会えたとしても、きっと私だとは分かるまい。俗塵が顔一面にこびりつき、鬢は霜のように白くなっているから。


昨晩、思いがけず夢で故郷に帰った。

小部屋の窓辺、
君はちょうど髪をくしけずり化粧をしているところ。

振り返って私を見、言葉は無く、ただ千筋《ちすじ》の涙を流すばかり。

（君は）これから来る年も来る年も、明るい月の差す夜、低い松の生える土盛りの中で、孤独の辛さに腸の千切れる思いをするのであろう。


（保苅佳昭）

【龍氏注】
○清・王文誥の『蘇文忠公詩編注総案』（巻十三）に次のようにある。
　詞の注に「（本詞は）蘇公の悼亡の作」とある。通義君（王弗）は治平二年乙巳（一〇六五）に亡くなり、熙寧八年乙卯（一〇七五年）までは、ちょうど十年である。

○賀鋳二十九首　彊邨叢書本『東山詞』及び『賀方回詞』より収録す

44―01

半死桐〈思越人〉亦た〈鷓鴣天〉と名づく

重過閶門万事非
重ねて閶《しょう》門を過れば　万事　非なり

同来何事不同帰
同《とも》に来たるに　何事ぞ　同に帰らざる

梧桐半死清霜後，頭白鴛鴦失伴飛
梧桐　半ば死す　清霜の後、頭白の鴛鴦　伴を失いて飛ぶ

原上草，露初晞
原上の草、露　初めて晞《かわ》く

旧棲新壟両依依
旧棲　新壟　両つながら依依たり

空床臥聴南窓雨，誰復挑灯夜補衣
空床に臥して聴く　南窓の雨、誰か復た灯を挑げて　夜に衣を補わん

〔韻字〕

非、帰、飛、晞、依、衣。

〔詞牌〕

「半死桐」は、賀鋳が独自に呼ぶ詞牌である。詞牌の複数表記については、『風絮』第三号「『唐宋名家詞選』訳注稿（三）」所載の44―06賀鋳「陌上郎〈生査子〉」詞〔詞牌〕（一六九頁）参照。「思越人」は、趙令時詞に付けられた「鷓鴣天」の別名である（「可是相逢意便深」で始まる作品の詞牌名を、『唐宋諸賢絶妙詞選』巻六では「思越人」に、『楽府雅詞』巻中では「鷓鴣天」に、それぞれ作る）。なお、これとは別に「思越人」という詞牌があるが（双調五十一字、前闋五句二平韻、後闋四句四仄韻。『詞律』巻六、『詞譜』巻九所収）、体裁が異なるので本作とは全く関係がない。「鷓鴣天」は、双調五十五字、前闋四句三平韻、後闋五句三平韻。『詞律』巻八、『詞譜』巻十一に所収。先に挙げた「思越人」以外に「思佳客」「酔梅花」「翦朝霞」などの別名がある。『風絮』第二号「『唐宋名家詞選』訳注稿（二）」所載の79―01陸游「鷓鴣天」詞〔詞牌〕（一九三頁）参照。

〔注〕

○重過　再び訪ねること。白居易の「重到江州感旧遊題郡楼十一韻（重ねて江州に到り旧遊に感じて郡楼に題す十一韻）」詩に「重過蕭寺宿、再上庾楼行（重ねて蕭寺を過りて宿り、再び庾楼に上りて行く）」とある。

○閶門　蘇州城西北に位置する門。蘇州城を代表する門として知られる。本訳注稿所載の44―04賀鋳「夢江南」詞にも「閶門煙水晩風恬（閶門の煙水 晩風 恬《おだ》やかなり）」とある（三〇二頁）。該詞の〔注〕もあわせて参照のこと。

○万事非　全てが変わってしまった、以前とは全く情況が変わってしまった、の意。唐・李嘉祐の「将山開善寺」詩に「下界千門在、前朝万事非（下界 千門 在り、前朝 万事 非なり）」とある。

○同来何事不同帰　「同来」と「不同帰」が呼応する用例として、唐・杜牧の「宣州送裴坦判官往舒州、時牧欲赴官帰京（宣州にて裴坦判官の舒州に往くを送る、時に牧 官に赴きて帰京せんと欲す）」詩に「同来不得同帰去、故国逢春一寂寥（同に来たるに同に帰去するを得ず、故国にて春に逢えば一に寂寥たらん）」とあり、また北宋・程倶の「穹窿葬事回邑有感（穹窿の葬事 邑に回りて感有り）」詩に「傷心北門道、同来不同帰（傷心す北門の道、同に来たるに同に帰らざるを）」とある。「重過閶門万事非」の句と本句とに、夫婦二人で蘇州に来たものの、伴侶の妻がこの地で亡くなった為、一人で蘇州を去ることとなった作者の悲しみが描かれている。

○何事　どうして、なぜ。この語を用いる場合、詰問の語気を含むことが多い。晋・左思の「招隠」詩其一に「何事待嘯歌、灌木自悲吟（何事ぞ嘯歌を待たんや、灌木 自ら悲吟す）」とある。

○梧桐半死　桐が半分枯れたようになること。この語は、前漢・枚乗の「七発」に由来する。「七発」に「龍門之桐、……其根半死半生。……使琴摯斫斬以為琴、……使師堂操暢伯子牙為之歌。飛鳥聞之翕翼而不能去、野獣聞之垂耳而不能行、蚑蟜螻蟻聞之柱喙而不能前。此亦天下之至悲也（龍門の桐、……其の根は半死半生。……琴摯をして斫斬《しゃくざん》して以て琴を為らしむ、……師堂をして暢を操せしめ伯子牙之が為に歌う。……飛鳥之を聞きて翼を翕《おさ》めて去る能わず、野獣之を聞きて耳を垂らして行く能わず、蚑蟜螻蟻《ききょうろうぎ》之を聞きて喙を柱《ささ》えて前《すす》む能わず。此れも亦た天下の至悲なり）」とあり、賀鋳はこの故事に基づいて「半死桐」という詞牌名を付けたのだろう。

○清霜　霜を指す。李白の「代秋情」詩に「白露湿螢火、清霜凌兎糸（白露 螢火を湿おし、清霜 兎糸を凌ぐ）」とある。

○頭白鴛鴦　頭が白い鴛鴦。ここでは、共白髪を暗示していよう。唐・李商隠の「代贈」詩に「鴛鴦可羨頭倶白、飛去飛来煙雨秋（鴛鴦 羨むべし 頭 倶に白く、飛び去り飛び来たる煙雨の秋）」とある。なお、前句の「梧桐」と「鴛鴦」が呼応して「夫婦が添い遂げる」の意を表す場合がある。例えば、唐・孟郊の「列女操」詩に「梧桐相待老、鴛鴦会双死（梧桐相い老ゆるを待ち、鴛鴦会《かなら》ずや双死せん）」とある。

○失伴　つれ合いを亡くすこと。『唐宋名家詞選』所収の04―02王建「宮中調笑（楊柳）」詞に「腸断、腸断、鷓鴣夜飛失伴（腸断す、腸断す、鷓鴣夜に飛び伴を失う）」とある。

○原上草　野原の草。白居易の「賦得古原草送別」詩に「離離原上草、一歳一枯栄（離離たる原上の草、一歳に一たび枯れ栄ゆ）」とある。

○露初晞　露は乾いたばかりだ、ということ。「晞」は、乾く、の意。古来、「露が晞《かわ》く」と述べて人の命の儚さを示すことが多い。漢代の楽府「薤露」詩に「薤上露、何易晞。露晞明朝更復落、人死一去何時帰（薤上の露、何ぞ晞き易き。露晞けば明朝更に復た落つ、人死して一たび去らば何れの時にか帰らん）」とある。『風絮』第二号「『唐宋名家詞選』訳注稿（二）」所載の47―01王雱「倦尋芳」詞にも「露晞向暁（露晞きて暁に向《なんな》んとす）」とある（一七一頁）。同詞「露晞」の〔注〕（一七二頁）参照。なお「初」は、「～したばかり」の意で、後の「新壟」の「新」と結び付き「妻が死んだばかり」ということを示す。

○旧棲　昔の住まい。東晋・陶淵明の「帰鳥」詩に「豈思天路、欣及旧棲（豈に天路を思わんや、旧棲に及ぶを欣《よろこ》ぶ）」とある。なお、賀鋳は蘇州城盤門から南に位置する横塘に居を構えていた。『中呉紀聞』巻三に「賀鋳字方回、本山陰人。徙姑蘇之醋坊橋。（中略）有小築在盤門之南十余里、地名横塘。方回往来其間、嘗作青玉案詞云……（賀鋳字は方回、本《もと》山陰の人なり。姑蘇の醋坊橋に徙る。……小築の盤門の南十余里に在る有り、地名は横塘なり。方回其の間を往来し、嘗て青玉案詞を作りて云わく……）」とある。「旧棲」は、恐らく横塘にあった住まいを指すのだろう。

○新壟　新しい墓。唐・劉長卿の「哭陳歙州」詩に「空山寂寂開新壟、喬木蒼蒼掩旧門（空山寂寂として新壟を開き、喬木蒼蒼として旧門を掩う）」とある。なお、賀鋳の夫人・趙氏は常州宜興（現在の江蘇省宜興市）清泉郷の東、篠嶺に埋葬されたという（程俱「宋故朝奉郎賀公墓志銘」）。

○両依依　ともに名残惜しい、二つとも分かれがたい、の意。賀鋳の「和田録事新燕（田録事の新燕に和す）」詩に「新巣故国両依依、似与春光秋葉期（新巣故国 両つながら依依たり、春光秋葉と期するに似たり）」とある。ここでは、妻と一緒に住んでいた「旧棲」も妻が眠る「新壟」も、どちらも去りがたい、ということ。

○空床　空っぽのベッド。共に寝る相手がおらず、独りで寝ていることをいう。「古詩十九首」の「青青河畔草」詩に「蕩子行不帰、空床難独守（蕩子 行きて帰らず、空床 独り守り難し）」とある。

○南窓雨　南向きの窓に当たる雨。賀鋳より後の用例ではあるが、南宋・呂渭老の「酔思仙（断人腸）」詞に「南窓雨、西廊月、尚未散、払天香（南窓の雨、西廊の月、尚お未だ散ぜずして、天香を払う）」とある。

○誰復　二字で「誰」の意。釈大典『詩語解』巻上に「又且復況復誰復等属上意軽（又た「且復」「況復」「誰復」等は上に属して意軽し）」とあるのに従い、「復」字は訳さない。

○補衣　服を繕うこと。賀鋳には「庚伏厭蒸暑、細君弄鍼縷（庚伏 蒸暑を厭い、細君 鍼縷を弄《な》す）」で始まる「問内」詩があり、衣服の繕いをしてくれた妻を詩にうたっている。彼にとって、妻の死はやはり受け入れがたい事実であり、「誰か復た」「衣を補わん」と絶唱した心情も、容易に察せられよう。

○挑灯　灯心をかきたてて明るくすること。唐・崔国輔の「子夜冬歌」詩に「夜久頻挑灯、霜寒剪刀冷（夜久しく頻りに灯を挑げ、霜 寒く剪刀 冷やかなり）」とある。

〔通釈〕

《半死桐〈思越人〉亦たの名を〈鷓鴣天〉という》一首

再び蘇州の閶門を訪ねてみたが、全てが全く変わってしまった。

あの時お前は私と一緒にこの地へやって来たというのに、どうして私と一緒に帰らないのか。

霜の降りる季節になって桐は半分枯れたようになり、頭の毛の白いオシドリもつれ合いを失くして飛んで行く。

野原の草につく露も乾いたばかり。

お前と住んだ昔の住まいも、お前の眠る新しい墓も、どちらも立ち去りがたい。

お前のいない寝床で一人臥して南向きの窓に当たる雨音を聞いた、一体誰が、夜に灯の心をかきたてて明るくし我が衣の繕ってくれるというのだ。

〔参考〕

本詞は悼亡詞である。「悼亡」は晋の潘岳以来中国古典文学では重要なテーマとなり、宋詞では賀鋳の本詞と本訳注稿所載の40—08蘇軾「江城子」詞（二八四頁）が特によく知られている。

夏承燾「賀方回年譜」（『夏承燾集』、浙江古籍出版社・浙江教育出版社、第一冊、「唐宋詞人年譜」に所収）、大観三年（一一〇九）の項に本首が引かれている。大観三年、五十八歳になった賀鋳は致仕して後に蘇州に隠居するが、夏氏は蘇州での諸作品は「皆無甲子（皆な甲子無し）」、つまり制作年代がわからないといい、本首并びに「画楼空」詞を載せて「皆呉中悼亡之作（皆な呉中悼亡の作）」とする。その上で、『能改齋漫録』巻十六に見える「石州引」詞（『風絮』第三号「『唐宋名家詞選』訳注稿（三）」所載の44—27賀鋳「石州引」詞〔参考〕〔一七八頁〕を参照）の記事を紹介しながら「悼亡諸詞、不知即為此姫作否（悼亡の諸詞、即ち此の姫の為に作るや否やを知らず）」と記し、本詞がこの愛妾の死を悼んだ作品である可能性を示唆している。

一方、鍾振振氏は『東山詞』（上海古籍出版社、一九八九年）の箋注において、本首の系年を建中靖国元年（一一〇一）と推定し、次のように論じられる。賀鋳は元符元年六月から建中靖国元年まで蘇州に寓居していたが、元符三年（一一〇〇）十月に臨淮を訪ね、その後十一月か十二月に淮南で蔡京に会っている。趙夫人は賀鋳の北行以前に亡くなり、本詞は賀鋳が北行より帰ってきた後に作られたのではないか。この時賀鋳は五十歳であり、作中の「頭白の鴛鴦」とも符合する。また、創作時期は、趙氏の亡くなった時から最も早くて数ヶ月であり、最も遅くとも三年を超えていない。したがって、作中の「新壟」とも符合する、と。

なお、元符三年から建中靖国元年までの賀鋳の事跡に関して、鍾氏に「賀鋳建中靖国元年蹤跡考索—《賀方回年譜》訂補一例」（『北宋詞人賀鋳研究』、文津出版社、一九九四年、に所収）の論文があり、大観三年の蘇州に隠居する以前に、元符・建中靖国年間に賀鋳は蘇州に住んだことがあると詳細に論じている。ここでは、鍾氏の説に従って本詞を訳出した。

（池田智幸）

44—03

望書帰〈擣練子〉一首

辺堠遠，置郵稀
辺堠《こう》　遠く、置郵　稀なり
附与征衣襯鉄衣
征衣を附与す　鉄衣に襯《つ》けよ

連夜不妨頻夢見，過年惟望得書帰
　夜を連ねて　頻りに夢に見るを妨げず、年を過ごして惟だ望む　書の帰るを得るを

〔韻字〕
稀、衣、帰。

〔詞牌〕
「望書帰」は、賀鋳が独自に呼ぶ詞牌である。詞牌の複数表記については、『風絮』第三号「『唐宋名家詞選』訳注稿（三）」所載の44―06賀鋳「陌上郎〈生査子〉」詞の〔詞牌〕（一六九頁）参照。なお、本来の詞牌である「擣練子」については、『風絮』第四号「『唐宋名家詞選』訳注稿（四）」所載の44―02賀鋳「杵声斉」詞の〔詞牌〕（一五九頁）参照。

〔注〕
○辺堠　辺境の地に置かれた砦、兵士達が敵の様子を見張る為に作られた施設。唐・長孫佐輔の「隴西行」詩に「早晩辺堠空、帰来養羸卒（早晩 辺堠 空しく、帰来 羸卒《るいそつ》を養なわん）」とある。
○置郵稀　「置郵」は、早馬で文書や知らせを伝えること。また、文書や知らせを伝えるための宿場駅を指す場合もある。『孟子』公孫丑上に「徳之流行、速於置郵而伝命（徳の流行するや、置郵して命を伝うるよりも速し）」とある。この句は、「早馬の知らせが少ない為、貴方に手紙を送る機会が少ない」と「宿場駅の数が少ないため、貴方への手紙がなかなか届かない」との二通りの意味に解釈しうるが、ここでは前者で訳す。
○征衣　兵士の服。『風絮』第四号「『唐宋名家詞選』訳注稿（四）」所載の44―02賀鋳「杵声斉」詞にも「擣就征衣涙墨題（征衣を擣ち就うれば涙墨もて題す）」とある（一五九頁）。同詞「征衣」の〔注〕（一六一頁）参照。ここでは、綿

入れだろう。

○襯鉄衣　よろいの下に着ける、ということ。「襯」は、元々「下着」「肌着」という意味であるが、ここでは、「下に身に着ける」意味の動詞と考え「つく」と訓じた。後の用例ではあるが、元・劉勛の「贈馬元章」詩に「曽著麻鞋見天子、敢将道服襯朝衣（曽て麻鞋を著けて天子に見え、敢えて道服を将て朝衣に襯けんや）」とある。「鉄衣」は、よろい、甲冑。南北朝時代の楽府「木蘭詩」に「朔気伝金柝、寒光照鉄衣（朔気 金柝を伝え、寒光 鉄衣を照らす）」とある。

○不妨　差し障りがない、構わない、の意。『風絮』第二号「『唐宋名家詞選』訳注稿（二）」所載の79—02陸游「鷓鴣天」詞にも「不妨随処一開顔（妨げず随処に一たび顔を開くを）」とある（一九三頁）。同詞「不妨」の〔注〕（一九五頁）参照。

○頻夢見　何度も夢に見ること。唐・王諲《いん》の「閨情」詩に「昨来頻夢見、夫婿莫応知（昨来 頻りに夢に見る、夫婿 応に知るべき莫し）」とある。詩文でこの語が用いられると、「現実では会えないので、かえって空しさや辛さを募らせる」と、嘆きの情を伴ってうたわれる場合がほとんどである。ただ、本詞では「夢の中ではあっても愛する貴方にお会いできて嬉しい」と、肯定的な心情を込めてうたわれているように思われる。

○過年　年を越すこと。唐・鄭巣の「送李式」詩に「莫使遊華頂、逍遥更過年（莫《お》使《そ》らく華頂に遊ばば、逍遥して更に年を過ごさん）」とある。

○書帰　ここでは、手紙が戻ってくる、と解した。この二語は「書 帰る」と「帰るを書す」の二通りの解釈が可能であるが、賀鋳は「帰書」という語を念頭に置いてうたった、と考えて前者を採った。「返信」を意味する「帰書」の例には、唐・鄭愔《いん》の「塞外」詩三首其三に「海外帰書断、天涯旅鬢残（海外に帰書 断たれ、天涯に旅鬢 残《そこ》なう）」とある。あるいは、「帰」を韻字に用いる関係で、「帰書」の語順を入れ替えてこのようにうたったのかもしれない。

【通釈】

《望書帰〈擣練子〉》一首

貴方のいる辺境の砦はここからは遙か遠くにあり、便りを伝える早馬もごく希にしかありません。綿入れも（手紙と）一緒に送ります、よろいの下に着て（暖かくして）下さい。毎晩貴方とは夢の中で何度もお会いできています。年を越して貴方から御返事が届くのを、私はただただ待っています。

【龍氏注】

○夏敬観は『東山詞』を評して次のようにいう。

以上に引いた七言の（後半）二句を見てみると、全て唐人の絶句の句作りになっている。

〔参考〕

『彊邨叢書』本『東山詞』には、詞牌を「擣練子」とする六首の詞が収録されており、本詞は第六首である（その他の作品の詞調名を挙げると、調名を欠くもの一首と「夜擣衣」「杵声斉」「夜如年」「翦征袍」詞各一首である）。これら六首は、いずれも「遠くに出征した夫を想う妻」がうたうという設定になっていて、いわば「続き物」となっている点で注目に値する。

なお、先に引く夏敬観の評語に見える「七言二句」は「擣練子」諸作品の後半の二句を指すと考えられる。「擣練子」の句作りは、七絶のそれに近いからである。参考までに、次に遠く出征した夫に手紙と征衣を送った女性の情をうたった作品を一首紹介したい。

古意　　王駕

夫戍辺関妾在呉　　夫は辺関を戍《まも》り　妾は呉に在り
西風吹妾妾憂夫　　西風は妾を吹き　妾は夫を憂う
一行書信千行涙　　一行の書信　千行の涙
寒到君辺衣到無　　寒さは君辺に到るも　衣は到るや無《いな》や

『風絮』第四号「『唐宋名家詞選』訳注稿（四）」所載の44―02賀鋳「杵声斉」詞も李白「子夜呉歌」その三を想起させるうたい振りであると述べたが（一六二頁〔参考〕）、本作も唐代の閨怨詩・辺塞詩の延長線に位置する作品といえよう。

（池田智幸）

44―04
夢江南〈太平時〉一首
九曲池頭三月三
九曲池頭　三月三
柳毿毿
柳　毿毿《さんさん》たり
香塵撲馬噴金銜
香塵　馬を撲ち　金銜《きんかん》より噴き

浣春衫
　春衫を浣《けが》す

苦筍鰣魚郷味美，夢江南
　苦筍　鰣《じ》魚　郷味　美《うま》く、江南を夢む
閶門煙水晩風恬
　閶門の煙水　晩風　恬《おだやか》なり、
落帰帆
　帰帆を落とす

〔韻字〕
三、毿、銜、衫、南、恬、帆。

〔詞牌〕
「夢江南」は、賀鋳が独自に呼ぶ詞牌である。詞牌の複数表記については、『風絮』第三号「『唐宋名家詞選』訳注稿（三）」所載の「陌上郎〈生査子〉」詞の〔詞牌〕（一六九頁）参照。「太平時」は、双調四十字。前闋は四句四平韻、後闋は四句三平韻で、「添声楊柳枝」「賀聖朝影」の別名がある。『詞律』巻三、『詞譜』巻三「添声楊柳枝」の項に所収。

〔注〕
○九曲池　「九曲池」という地名は、中国に何箇所か存在する。ただ、本詞では「曲江池」を押韻の関係で「九曲池」

と書いたのだと考えられる（「太平時」詞は、前闋一句目の第二字は仄韻でなければいけないが、「曲江池」だと「江」が平韻となり、詞牌に反する）。「曲江池」は、唐の長安にあった池。都随一の遊賞の地として知られ、中和節（二月一日）と上巳節（三月三日）は特に賑わったという。「少陵野老呑声哭、春日潜行曲江曲（少陵の野老 声を呑みて哭し、春日 潜行す曲江の曲）」で始まる杜甫の「哀江頭」詩は曲江池の賑わいを追憶した作として有名である。賀鋳は「曲江池」に言及しつつ、実際は北宋の都汴京にあった金明池の華やかな様子を描いているのではないかと考えられる。なお、本詞前闋は、上巳節における汴京・金明池での活況を描く。

○三月三　旧暦三月三日上巳節を指す。古代中国では、この日に水辺でみそぎをし、心身の汚れを洗い流した。また、この日には流觴曲水の宴も催された。杜甫の「麗人行」詩に「三月三日天気新、長安水辺多麗人（三月三日 天気 新たなり、長安の水辺 麗人 多し）」とある。

○柳毿毿　柳が細長く垂れているさま。唐・孟浩然の「高陽池送朱二」詩に「澄波淡淡芙蓉発、緑岸毿毿楊柳垂（澄波 淡淡として芙蓉 発き、緑岸 毿毿として楊柳 垂る）」とある。

○香塵　塵。「香」は、美称。唐・呉融の「上巳日花下閑看」詩に「十里香塵撲馬飛、碧蓮峰下踏青時（十里の香塵 馬を撲ちて飛び、碧蓮峰下 青を踏む時）」とある。

○金銜　金でできたくつわ。白居易の「対酒吟」詩に「金銜嘶五馬、鈿帯舞双姝（金銜 五馬 嘶き、鈿帯 双姝 舞う）」とある。

○春衫　春に着る衣。唐・銭起の「故王維右丞堂前芍薬花開悽然感懐（故王維右丞の堂前の芍薬花 開き 悽然として感懐す）」詩に「芍薬花開出旧欄、春衫掩涙再来看（芍薬 花 開き旧欄より出づ、春衫 涙を掩いて再び来たり看る）」とある。

○苦筍　にがたけ。唐・韓偓の「江楼」詩二首の其二に「鯷魚苦筍香味新、楊花酒旗三月春（鯷魚苦筍 香味新し、楊花酒旗 三月春なり）」とある。なお、「苦筍」以降、本詞後闋では、江南（蘇州）に思いをはせる様子を述べる。都で上巳節の活況を見るにつけ、かえって江南への憧憬がいやまし、舟に乗って蘇州・閶門に帰る夢を見る、と考えて訳出する。

○鮒魚　ひらこのしろ。南方で食された魚。北宋・郭祥正の「雨霽小飲示曽令（雨霽《は》れ小しく飲みて曽令に示す）」詩に「茘子鮒魚相伴熟、画船搥鼓下霊羊（茘子鮒魚相い伴に熟し、画船 鼓を搥《う》ち霊羊を下す）」とある。

○郷味　郷里にある特有の食べ物、お国料理。蘇軾の「帰宜興留題竹西寺（宜興に帰り題を竹西寺に留む）」詩三首の其一に「剰覓蜀岡新井水、要携郷味過江東（剰《あま》つさえ蜀岡新井水を覓《もと》め、要《かなら》ず郷味を携えて江東を過ぎらん）」とある。

○夢江南　江南の風景を夢に見る、の意。中晩唐期に多くの詩人が江南の地に憧れを抱き、水郷の佳景と当地の美女をうたった結果、江南各地の名所旧跡が詩跡となったことについては、既に植木久行氏の指摘がある（『唐詩の風景』講談社学術文庫、「序章Ⅱ　江南の春」）。また、「夢江南」という詞牌が存在することにも、注意すべきだろう。唐・皇甫松の「夢江南（蘭燼落）」詞に「閑夢江南梅熟日、夜船吹笛雨蕭蕭、人語駅辺橋（閑かに夢む江南梅の熟する日、夜船笛を吹きて雨蕭蕭、人の駅辺の橋に語るを）」とある。

○閶門　蘇州城西北に位置する門。本訳注稿所載の44—01「半死桐〈思越人〉亦名〈鷓鴣天〉」にも「重過閶門万事非（重ねて閶門を過れば 万事 非なり）」とある（二九一頁）。該詞の〔注〕もあわせて参照のこと。

○煙水　けむる水。唐・李紳の「過呉門二十四韻」詩に「煙水呉都郭、閶門架碧流（煙水は呉都の郭、閶門は碧流に架かる）」とある。『風絮』創刊号「『唐宋名家詞選』訳注稿（一）」所載の61—01万俟詠「昭君怨」詞にも「一望幾重遠水（一望 幾重の遠水）」とある（一三七頁）。同詞「煙水」の〔注〕（一三九頁）参照。

○晩風　夕方に吹く風。唐・賈島の「送耿処士」詩に「川原秋色静、蘆葦晩風鳴（川原 秋色静かにして、蘆葦 晩風鳴く）」とある。

○帰帆　帰る舟。「帰舟」に同じ。唐・陳子昂の「白帝城懐古」詩に「古木生雲際、帰帆出霧中（古木雲際に生じ、帰帆霧中より出づ）」とある。本詞では「帰る舟の帆」の意。通常「帰帆」と熟して用いられると、「帆」は舟を意味して、「帆」の意味が失われる場合が多いが、ここでは「帆」の意味を持っている。

〔通釈〕

《夢江南〈太平時〉》一首

都の曲江池のほとり、三月三日の上巳節。
柳の枝はしなだれて、細長く伸びている。
たち上がった塵は馬をうち、（馬は）金のくつわから勢いよく塵まじりの息を出して、
春の衣を汚す。

いいいいいいいいにがたけとひらこのしろ、この時期の故郷の食べ物はおいしく、江南の美しい風景を夢に見る。
（夢の中では）蘇州・閶門の水辺にもやがたちこめ、夕方に吹く風はおだやかだ。
そして私の乗っている帰りの舟が、帆を落とす。

【龍氏注】

夏敬観は「東山詞」を次のように評している。
○唐人が作った成句を多く詞に取り入れ、天衣無縫のすばらしさがある。

〔参考〕
賀鑄には「太平時」詞が合計八首あり、本詞はその八首目に当たる。先にあげた夏敬観の評は「太平時」八首全体に対するものであり、本詞は「以唐人成句入詞」という評にあまり当てはまらない印象があるが、「唐人成句」を用いた事が明白に分かる作品が別にあるので、以下に紹介したい。

替人愁〈太平時〉

風緊雲軽欲変秋　　風　緊しく　雲　軽くして　秋に変ぜんと欲して
雨初収　　雨　初めて収む
江城水路漫悠悠　　江城の水路　漫として悠悠
帯汀洲　　汀州を帯ぶ

正是客心孤迥処，転帰舟　　正に是れ　客心の孤迥する処、帰舟を転ず
誰家紅袖倚津楼　　誰が家の紅袖か　津楼に倚り
替人愁　　人に替わりて愁うる

この作品は唐・杜牧「南陵道中」詩の詩句をほぼそのまま踏襲して作られた、いわゆる「檃括《いんかつ》」詞である。以下に杜牧の原詩を引く。

南陵水面漫悠悠　　南陵の水面　漫として悠悠たり
風緊雲軽欲変秋　　風　緊しく　雲　軽くして　秋に変ぜんと欲す
正是客心孤迥処　　正に是れ客心の孤迥する処

誰家紅袖凭江楼　　誰が家の紅袖か　江楼に凭《よ》る

この他、「晩雲高」も杜牧「寄揚州韓綽判官」詩を檃括して作られたものである。このような作品群を踏まえて、夏敬観は「以唐人成句入詞」と評したものと考えられる。

（池田智幸）

○陳克二首　四部叢刊影鈔本『楽府雅詞』巻下より収録す

67―01

菩薩蛮二首（其一）

赤欄橋尽香街直
　赤欄橋　尽きて　香街　直し
籠街細柳嬌無力
　街を籠む細柳　嬌として　力　無し
金碧上青空
　金碧　青空に上り
花晴簾影紅
　花　晴れて　簾影　紅し
黄衫飛白馬

黄衫　白馬を飛ばし
日日青楼下
日日　青楼の下
酔眼不逢人
酔眼にして人に逢わず
午香吹暗塵
午の香　暗塵を吹く

〔韻字〕
直、力」空、紅」馬、下」人、塵。

〔詞牌〕
「菩薩蛮」は、もと唐の教坊曲。双調、四十四字、前後闋各四句二仄韻二平韻。詳しくは『風絮』創刊号「『唐宋名家詞選』訳注稿（一）」所載の59—01魏婦人「菩薩蛮」詞の〔詞牌〕（一二二頁）参照。

〔注〕
○陳克　詩詞の特徴として、香りや色彩といった感覚的な表現を用いることが多い。今回の詞は特に際立っているが他の作品でも同様の特徴が見える。
○赤欄橋　朱塗りの欄干の橋。香街への入り口。唐・温庭筠の「楊柳枝」詞に「宜春苑外最長条。閑嫋春風伴舞腰。正是玉人腸絶処，一渠春水赤欄橋（宜春苑外　最も長条、閑かに嫋ぐ春風　舞腰　伴う。正に是れ玉人腸絶の処、一渠春水赤欄橋）」

とある。陳克の本詞では、塵埃にまみれた世俗との境界線となっている。
○香街　賑やかな花街。唐・岑参の「衛節度赤驃馬歌」詩に「香街紫陌鳳城内、満城見者誰不愛（香街紫陌 鳳城の内、満城 見る者 誰か愛せざらん）」とある。
○籠街　街の通りを包むように覆う、の意。「籠」の使い方として、陳克自身の「菩薩蛮（緑陰寂寂桜桃下）」詞に「芭蕉籠碧砌、猧子中庭睡（芭蕉は碧砌を籠み、猧子は中庭に睡る）」とある。
○細柳　枝の細い新緑の柳。杜甫の「哀江頭」詩に「江頭宮殿鎖千門、細柳新蒲為誰緑（江頭の宮殿 千門を鎖し、細柳新蒲 誰が為にか緑なる）」とある。
○嬌無力　なまめかしくしなだれるさまをいう。白居易の「長恨歌」詩に「侍児扶起嬌無力、始是新承恩沢時（侍児 扶け起こせども嬌として力 無し、始めて是れ新たに恩沢を承くるの時）」とある。また、唐・温庭筠の「菩薩蛮（玉楼明月長相憶）」詞冒頭の「玉楼明月長相憶、柳糸嫋娜春無力（玉楼 明月 長えに相い憶う、柳糸 嫋娜として春に力 無し）」など、春の柳はなまめかしい女性の形容を用いることが多い。
○青空　晴れ渡った紺碧の空。唐・許敬宗の「奉和登陜州城楼応制」詩に「錦鱗文碧浪、繡羽絢青空（錦鱗 碧浪に文なし、繡羽 青空に絢なす）」とある。
○金碧　金碧に装飾された楼台。西湖を描いた北宋・舒亶の「和西湖即席二首」其一に「金碧楼台闇暮烟、彩虹双影臥漪漣（金碧の楼台 暮烟に闇し、彩虹の双影 漪漣に臥す）」とある。
○花晴　ここでは、春の陽射しを受けて色鮮やかに花が咲くこと。唐・黄滔の「雁」詩に「楚岸花晴塞柳衰、年年南北去来期（楚岸 花 晴れて塞柳 衰え、年年南北去来の期）」とある。
○黄衫　役人の服。『夷堅志』乙巻七に見える「黄衫承局（黄衫の承局）」のように「黄衫」は、役人の着る服という意味でも使われる。ただし、この詞を李白「少年行」の「五陵年少金市東、銀鞍白馬度春風。落花踏尽遊何処、笑入胡姫酒肆中（五陵の年少 金市の東、銀鞍白馬 春風を度る。落花 踏み尽くして何処に遊ぶ、笑って入る胡姫酒肆の中）」と同じ意境の作品と捉えるならば、「黄衫」を「貴族の子弟の衣服」として解し、清・張恵言が『詞選』で「刺時」と評するように、「黄衫飛白馬、日日青楼下」を毎日妓楼通いをする貴族の子弟たちに対する風刺の文として読むこともできる。

○青楼　妓楼。唐・李嶠「汾陰行」詩に「昔時青楼対歌舞、今日黄埃聚荊棘（昔時 青楼 歌舞に対い、今日 黄埃 荊棘を聚む）」とある。『風絮』第三号「『唐宋名家詞選』訳注稿（三）」所載の84―16姜夔「揚州慢」詞にも「青楼夢好（青楼の夢は好し）」とある（二一四頁）。同詞「青楼夢好」の〔注〕（二一六頁）参照。

○酔眼不逢人　酒に酔いしれ官途にあくせくする世俗の者を見ないということ。考え方としては、『風絮』第二号「『唐宋名家詞選』訳注稿（二）」所載の79―01陸游「鷓鴣天」詞の「糸毫塵事不相関（糸毫も塵事と相い関せず）」に近い。ただ、この句は「酒に酔い一人気ままに誰にも会わず」「酒に酔い人を人とも思わず」「誰が誰ともわからぬほどに酒に酔いしれる」といった複数の解釈も可能である。

○午香　昼に吹く香りたつ風。北宋・黄庭堅の「踏莎行（画鼓催春）」詞に「碾破春風、香凝午帳（碾破せし春風、香は午の帳に凝る）」とある。

○暗塵　堆積した塵。ここでは、役人生活で体に積もった世俗の塵埃。

〔通釈〕

《菩薩蛮》二首　その一

赤欄橋を過ぎると花街が真っ直ぐに続き、

街の通りを包むような新緑の柳はなまめかしくしなだれている。
金碧の楼閣は澄み渡った藍色の空に聳え、
花は陽射しを受けて色鮮やかに咲き、簾には影が紅く映る。

黄衫を着たまま白馬を飛ばし、
毎日のように妓楼に入り浸る。
酒に酔い世俗の者を見ぬようにしていると、
昼に吹く香り立つ春の風は塵埃を掃ってくれる。

（高石和典）

○陸游九首　汲古閣宋六十家詞本『放翁詞』より収録す

79—02
釵頭鳳一首

紅酥手
紅酥《こうそ》の手
黄縢酒
黄縢《おうとう》の酒
満城春色宮牆柳

満城の春色　宮牆の柳

東風悪

東風　悪《あ》しく

歓情薄

歓情　薄し

一懐愁緒，幾年離索

一懐の愁緒、幾年の離索ぞ

錯

錯《あやま》てり

錯

錯てり

錯

錯てり

春如旧

春は旧《むかし》の如きも

人空痩

人は空しく痩せたり

涙痕紅浥鮫綃透
涙痕　紅《くれない》に浥《うるお》い　鮫綃《こうしょう》　透《とお》る
桃花落
桃花　落ち
閑池閣
池閣　閑《しず》かなり
山盟雖在，錦書難託
山盟　在りと雖も、錦書　託し難し
莫
莫《な》かれ
莫
莫かれ
莫
莫かれ

〔韻字〕
手、酒、柳」、悪、薄、索、錯、錯、錯」、旧、痩、透」、落、閣、託、莫、莫、莫。
〔詞牌〕

「釵頭鳳」は、『詞律』巻八所収。「玉瓏璁」「折紅英」ともいう。双調六十字。前後闋とも各十句から成り、それぞれ第六句以外は皆仄字で押韻する。前後闋とも第四句から換韻し、前闋の前半と後闋の前半、前闋の後半と後闋の後半は、それぞれ共通の韻を用いる。また、前後闋とも末三句は毎句一字で、同じ韻字を重ねて用いる。『詞律』は「釵頭鳳」の作例として、陸游のこの詞を挙げている。一方『詞譜』には「釵頭鳳」の項目は無いが、巻十の「擷芳詞」の説明で、陸游の作品に言及している。同書によれば、「擷芳詞」は双調五十四字で、前後闋各七句から成る。後にその前後闋の末尾にそれぞれ三字を加えた形が派生し、これが「釵頭鳳」の原型となった。当初は「折紅英」「清商怨」「惜分釵」などと呼ばれたが、無名氏の「擷芳詞」に「可憐孤似釵頭鳳（憐れむべし 孤なること釵頭の鳳に似たり）」の句があるのに基づき、陸游が詞牌を「釵頭鳳」と改めたという。

【注】

○本詞は、『渭南文集』巻四十九所収。この詞の由来については、後出の【龍氏注】に引用された諸書の記述を参照のこと。なお『中興以来絶妙詞選』巻二は、詞牌の下に「閨思」と副題を添える。

○紅酥手　血色がよい、赤くふっくらした手。「酥」は、乳製品の一種で、牛や羊の乳をチーズのように精製したもの。「紅酥手」とは、若い女性の手が、ほんのりと赤味を帯びた「酥」のように、なめらかでふっくらしているさまを形容したもの。北宋・趙湘の「夫人閤春帖子」詩其二に「不待春風報花信、紅酥綵縷闘芳妍（春風の花信を報ずるを待たずして、紅酥綵縷 芳妍を闘わす）」とある。

○黄縢酒　宋代の官醸酒。黄色の紙または布で口に封をした上等の酒で、略して「黄縢」ともいう。陸游自身の「病中偶得名酒小酔作此篇是夕極寒（病中 偶たま名酒を得、小酔して此の篇を作る 是の夕べ極めて寒し）」詩に「一壺花露拆黄縢、酔夢酣酣喚不譍（一壺の花露 黄縢を拆《さ》き、酔夢 酣酣として喚《よ》ぶとも譍《こた》えず）」とある。また後の用例ではあるが、南宋・

劉克荘の「水心先生為趙振文作馬塍歌次韻（水心先生 趙振文の為に馬塍の歌を作り次韻す）」詩に「揺鞭深入紅雲郷、解衣旋貰黄滕酒（鞭を揺らして深く入る紅雲の郷、衣を解きて旋《たちま》ち貰う黄滕の酒）」とある。

○満城春色　町いっぱいに満ちあふれる春景色。「城」は、町。ここでは、陸游の故郷の山陰（浙江省紹興）の町を指す。「春色」は、春景色、春らしい様子。北宋・李九齢の「登楼寄遠（楼に登り遠きに寄す）」詩に「満城春色花如雪、極目煙光月似鉤（城に満つる春色 花 雪の如く、目を極むる煙光 月 鉤に似たり）」とある。

○宮牆柳　宮殿の垣根を取り巻くようにはえている柳の木。「宮牆」は、宮殿の垣根。紹興は古くは春秋時代の越の都で、また、南宋の初期に一時行宮が置かれたこともある。唐・張祜の「長門怨」詩に「日映宮牆柳色寒、笙歌遙指碧雲端（日 宮牆に映じ柳色 寒し、笙歌 遙かに指す碧雲の端）」とあり、また陸游自身の「清都行」詩に「宮牆柳色緑如染、仰視修門岌飛動（宮牆の柳色 緑なること染むるが如く、修門を仰視すれば岌として飛動す）」とある。但し陸游のこの詞の場合は、一般の庭園（沈園）の垣根を指すと思われる。なお、柳を実景ではなく陸游の先妻唐琬《とうえん》の比喩とし、別人に嫁いだ彼女が、宮殿の垣根の内側にはえる柳のように、今では見ることはできても触れることはできない存在になってしまったことを喩える、とする説もある。胡雲翼『宋詞選』（上海古籍出版社、一九七八年。初版は北京中華書局、一九六二年）を参照のこと。

○東風悪　春風は意地が悪い、の意。「東風」は、東の方角から吹く風であるが、東は五行で春を象徴する方角であることから、春風の意となる。「悪」は、意地が悪いということ。具体的には、折角咲いた美しい春の花を、風が無情に吹き散らしてしまうことを指す。蘇軾の「次韻田国博部夫南京見寄二絶（田国博部夫の南京にて寄せらるる二絶に次韻す）」其一に「深紅落尽東風悪、柳絮楡銭不当春（深紅 落ち尽くして東風 悪しく、柳絮楡銭 春に当たらず）」とあり、また北宋末南宋初・周紫芝の「酔落魄」詞の冒頭に「柳辺池閣、晩来巻地東風悪（柳辺の池閣、晩来 地を巻きて東風 悪し）」

とある。柳を唐琬の比喩とする説に従うならば、東風は、陸游と唐琬に辛い別れを余儀なくさせた陸游の母親の比喩ということになろう。また、宇野直人『漢詩の歴史　古代歌謡から清末革命詩まで』（東方書店、二〇〇五年）では、この句を「妻の神経症は悪化して」という意味であると解釈している。同書三一五～三一六頁を参照のこと。『風絮』創刊号「『唐宋名家詞選』訳注稿（一）」所載の94―01張炎「高陽台」詞にも「東風且伴薔薇住（東風 且く薔薇を伴いて住まれ）」とある（一四六頁）。同詞「東風」の〔注〕（一四九頁）参照。

○歓情薄　喜びの気持ちは儚く消えてしまった、の意。「歓情」は、喜びの気持ち。「薄」は、淡く儚いこと。唐・李群玉の「九日越台」詩に「病久歓情薄、郷遙客思孤（病 久しくして歓情 薄く、郷 遙かにして客思 孤なり）」とある。

○一懐　胸いっぱいの、ということ。「一」は、全体、全て、の意。「懐」は、心、心情。日本語でいう「胸」にあたる。北宋末南宋初・欧陽澈の「小重山（紅葉傷心月午楼）」詞に「追旧事、拍塞一懐愁（旧事を追えば、拍塞す一懐の愁い）」とある。

○愁緒　愁いの気持ち。「緒」は、情緒。北宋・司馬光の「又即事二章上呈」詩其二に「覚後追思気味長、歓情愁緒両倶忘（覚めし後 追思すれば気味 長し、歓情愁緒 両《ふた》つながら倶《とも》に忘る）」とある。この用例では、「愁緒」は「歓情」の対義語として用いられている。

○離索　人と離れ、一人で寂しく暮らすこと。「離群索居」の略。『礼記』「檀弓篇」に「吾離群而索居、亦已久矣（吾れ群れを離れて索居すること、亦た已に久し）」とある。また北宋・黄庭堅の「寄李次翁（李次翁に寄す）」詩に「南箕与北斗、親友多離索（南箕と北斗と、親友 離索すること多し）」とある。

○錯錯錯　間違えた、間違えた、間違えた、の意。「錯」は、錯誤の意。後の用例ではあるが、宋末元初・鄭思肖の「避暑入古寺（暑きを避け古寺に入る）」詩に「旁観発冷笑、連呼錯錯錯（旁観して冷笑を発し、連呼すらく錯てり錯てり錯てりと）」

とある。
○春如旧　春は昔と変わらず、もとのままである、の意。北宋・呂渭老の「千秋歳（宝香盈袖）」詞に「縁短歓難又、人去春如旧（縁は短く歓《よろこ》びは又《ふたた》びなり難し、人は去り春は旧の如し）」とある。
○人空痩　いとしい人は、空しく痩せ衰えてしまった、ということ。北宋・黄庭堅の「逍遥楽（春意漸帰芳草）」詞に「如今遇風景、空痩損、向誰道（如今風景に遇うも、空しく痩せ損なわれ、誰に向かいてか道《い》わん）」とある。
○涙痕　顔に残る、涙を流したあと。杜甫の「月夜」詩に「何時倚虚幌、双照涙痕乾（何れの時か虚幌《きょこう》に倚り、双《ふた》つながら照らされて涙痕の乾かん）」とある。
○紅浥（涙のあとが、顔に）赤くにじんでいること。「浥」は、濡らす、潤す。唐・王維の「送元二使安西（元二の安西に使いするを送る）」詩に「渭城朝雨浥軽塵、客舎青青柳色新（渭城の朝雨 軽塵を浥《うるお》し、客舎青青 柳色 新たなり）」とある。また、陸游とほぼ同時代の用例ではあるが、南宋・范成大の「宜斎雨中」詩に「緑肥新茘子、紅浥旧蕉心（緑に肥ゆる新茘子、紅に浥《うるお》う旧蕉心）」とある。涙のあとが赤いというのは、おそらくは詩的な誇張表現で、悲しみの極みに流れるという血の涙を意味すると考えられる。また、流れた涙が頬紅を溶かし、うっすらと赤くにじんで見える、と写実的に解釈することもできよう。ここでは判断を避け、どちらとも取れるように訳しておいた。
○鮫綃透（涙が）薄絹に染み通ること。「鮫綃《こうしょう》」は、南海の鮫人《こうじん》（人魚）が織ったという高価な薄絹で、南朝梁・任昉の『述異記』巻上に記述が見える。唐・温庭筠の「張静婉采蓮曲」詩に「掌中無力舞衣軽、剪断鮫綃破春碧（掌中力無く舞衣軽し、鮫綃を剪断して春碧を破る）」とある。「透」は、染み通ること。
○桃花落　桃の花が散り落ちること。唐・李群玉の「南荘春晩二首」詩其一に「南村小路桃花落、細雨斜風独自帰（南村の小路に桃花 落ち、細雨斜風 独自《ひと》り帰る）」とある。

○閑　ひっそりと静まりかえる様子、落ち着いているさま。李白の「山中問答」詩に「問余何意棲碧山、笑而不答心自閑（余に問う何の意ありてか碧山に棲むと、笑いて答えず心自《おのずか》ら閑なり）」とある。

○池閣　池のほとりの楼閣。唐・儲光義の「舟中別武金壇（舟中にて武金壇に別る）」詩に「月光麗池閣、野気浮林園（月光池閣を麗しくし、野気林園に浮かぶ）」とある。

○山盟　山のように堅固で不動な男女の愛の誓い。北宋・欧陽脩の「解仙佩（有个人人牽繋）」詞に「涙成痕、滴尽羅衣、問海約山盟何時（涙痕を成し、羅衣に滴り尽くす、問う海約山盟は何れの時ぞ）」とある。また「山盟海誓」ともいう。

○錦書　手紙の美称。『風絮』第四号「『唐宋名家詞選』訳注稿（四）」所載の36―02柳永「曲玉管」詞にも「別来錦書終難偶（別来 錦書すら終に偶い難し）」とあり（一四七頁）、また、同号「同（四）」所載の68―07李清照「一剪梅」詞にも「雲中誰寄錦書来（雲中 誰か錦書を寄せ来たる）」とある（一七二頁）。それぞれの〔注〕参照。

○難託　（手紙を）寄せるのが難しいこと。柳永の「鳳凰閣（忽忽相見）」詞に「山遠水遠人遠、音信難託（山 遠く水 遠く人 遠く、音信 託し難し）」とある。

○莫莫莫　おしまいだ、おしまいだ、おしまいだ、の意。「莫」は、禁止の命令。「かかること莫かれ」の意で、陸游の絶望的な悲嘆を表現すると解釈した。唐・司空図の「耐辱居士歌」に「休休休、莫莫莫（休《や》めよ休めよ休めよ、莫《な》かれ莫かれ莫かれ）」とある。なお、前闋末尾の「錯」と後闋末尾の「莫」と合わせると「錯莫」の語になることから、陸游が自分の失意と寂寞の心情を表現している、とする解釈もある。「錯莫」は、うらぶれて精彩を欠くさま。杜甫の「痩馬行」詩に「見人惨澹若哀訴、失主錯莫無晶光（人を見るに惨澹として哀訴するが若く、主を失い錯莫として晶光無し）」とある。この解釈をとる場合は、「莫《さび》し」と訓読することになろう。

〔**通釈**〕

《釵頭鳳》一首

ほんのりと赤味を帯びた、ふっくらしたあなたの手、
その手で届けられた、黄色の紙で封をした酒。
町いっぱいにあふれる春景色。庭園の垣根を取り巻くようにはえる柳の木。
春風は意地悪く吹きつけ、
喜びの気持ちは、儚く失われてしまった。
胸いっぱいの憂いと共に、
いったい何年、一人寂しく暮らしたことか。
間違えた。
間違えた。
間違えた。

春の景色は昔のままだが、
いとしい人は空しく痩せ衰えてしまった。
涙の痕は顔に赤くにじみ、薄絹に染み通る。
桃の花ははらはらと散り落ち、
池のほとりの楼閣は、ひっそりと静まりかえる。
山のように動かない愛の誓いは今でも残っているが、

錦の手紙を、あなたに届けるすべもない。
おしまいだ。
おしまいだ。
おしまいだ。

【龍氏注】

○南宋・陳鵠の『耆旧続聞』巻十に次のようにある。

私は、二十歳の時に会稽（浙江省紹興）に旅し、許氏の庭園を訪れ、壁に陸游が書きつけた詞があるのを見た。（注1）雄渾な筆致で、生き生きと書かれていた。（それはもとは）沈氏の庭園に書いてあったもので、辛未の年（一一五一）の三月に書かれたものである。（注2）当初、陸游の家庭では夫婦が大変仲睦まじかったが、陸游の母親である夫人の気に入らなかったため、彼女（唐琬）を追い出してしまった。夫婦は、実に別れるに忍びない気持ちであった。（唐琬は）後に南班の士で名は某という者に嫁いだ。（注3）その家には、すばらしい眺めの庭園と屋敷がある。陸游はある日、その庭園を訪れた。追い出された妻はこれを聞くと、黄封の酒と肴を（陸游に）送り届け、挨拶の気持ちを伝えた。陸游はその心情に感じ入り、そのためにこの詞を賦した。その女性（唐琬）は、（陸游の詞を）見てこれに唱和した。その中に「世情　薄く、人情　悪し」という句があるが、残念ながらその詞の全体を知ることができない。（注4）（唐琬は）それからほどなくして、悶々として世を去った。この話を聞く者は、そのため悲しい気持ちになった。この庭園は、その後、許氏の所有となった。淳熙年間（一一七四～一一八九）に、その壁はまだ存在し、好事家は竹と木でこれを保護した。今ではもう存在しない。

〔訳者注〕

（1）原文では、この後に陸游の「釵頭鳳」が引用されている。

（2）辛未の年は、紹興二十一年（一一五一）、陸游二十七歳。後出『斉東野語』は、「釵頭鳳」詞の制作時期を紹興二十五年（一一五五）、陸游三十一歳の時とする。

（3）「南班」は、宋代に特に皇族の子弟に授けられた官。名は某とあるが、後出の『斉東野語』によれば、趙士程。

（4）原文は「世情薄、人情悪」。唐琬の作とされる「釵頭鳳」の冒頭二句。全文は後出『歴代詩余』を参照のこと。

○南宋・周密の『斉東野語』巻一に次のようにある。

陸游は、はじめ唐氏（唐琬）を妻とした。（唐琬は）唐閎《とうこう》の娘で、（陸游の）母親である夫人とはおばとめいの関係にあたる。[注1]夫婦は仲睦まじかったが、しゅうとめ（陸游の母）の気に入らなかった。（唐琬は）既に家から追い出されたが、（陸游は）未だ彼女と絶縁するに忍びず、そこで別館を用意し、折りに触れては訪ねていた。陸游の母はこのことを知って彼女（唐琬）を隠そうとし、（陸游は）事前にそれと知って（唐琬を）連れ去ろうとしたが、計画を隠すことができず、とうとう彼女（唐琬）と絶縁することになった。これも、人倫における異変である。唐琬はその後、同郡出身の宋の宗族である趙士程に改めて嫁いだ。ある春の日に（陸游が）出かけたところ、禹跡寺の南にある沈氏の庭園で（陸游と唐琬は）偶然に出会った。唐琬は趙士程に事情を話し、酒と肴を送り届けさせた。陸游は、長いこともの悲しい気持ちでいたが、そのために「釵頭鳳」詞一首を賦し、庭園の壁に書きつけた。[注2]実に紹興乙亥の年（一一五五）のことである。[注3]

陸游は（紹興の城外にある）鑑湖の三山に住んでおり、晩年に（紹興）城内に入るたびに、必ず禹跡寺に登って眺望

し、感慨に耽った。ある時二首の絶句を賦し、次のようにうたった。（注4）

（其の一）

夢断香銷四十年　夢は断え　香は銷《き》えて　四十年
沈園柳老不飛綿　沈園　柳は老いて綿を飛ばさず
此身行作稽山土　此の身　行くゆく稽山の土と作《な》るも
猶弔遺蹤一悵然　猶お遺蹤《いしょう》を弔《とむら》えば　一に悵然《ちょうぜん》たり

また、次のようにうたった。

（其の二）

城上斜陽画角哀　城上の斜陽　画角　哀《かな》し
沈園無復旧池台　沈園　復《ま》た旧池台　無し
傷心橋下春波緑　傷心す　橋下　春波　緑なり
曽是驚鴻照影来　曽て是れ　驚鴻の影を照らし来たる

すなわち慶元己未の年（一一九九）のことである。（注5）
それからほどなくして、唐氏は世を去った。（注6）紹熙壬子の年（一一九二）になり、陸游はまた唐琬を追憶する詩を作った。（注7）詩の序があり、次のようにいう。「禹跡寺の南に、沈氏の小さな庭園がある。四十年前、ささやかな詞（釵頭鳳）を一首、その壁に書きつけた。たまたま同じ庭園をもう一度訪ねてみたところ、庭園は既に三度も持ち主をかえたとのこと。（自作の詞が石に刻んであり）これを読んで悲しい気持ちになった（注8）」。詩は、次のようにうたう。

楓葉初丹槲葉黄　楓葉《ふうよう》　初めて丹《あか》く　槲葉《こくよう》　黄なり

河陽愁鬢怯新霜　河陽の愁鬢　新霜を怯《おそ》る
林亭感旧空回首　林亭　旧に感じて空しく首《こうべ》を回《めぐ》らし
泉路憑誰説断腸　泉路　誰に憑《よ》りてか断腸を説かしめん
壊壁酔題塵漠漠　壊壁の酔題　塵　漠漠
断雲幽夢事茫茫　断雲の幽夢　事　茫茫
年来妄念消除尽　年来　妄念　消除し尽くし
回向蒲龕一炷香　回向《えこう》す　蒲龕《ほがん》　一炷《いっしゅ》の香

〔原注〕（思うに、この段落は「陸游は…鑑湖…に住んでおり」(注9)という段落の前にあるべきである。きっと伝聞と刊刻の誤りによるものであろう）。

また、開禧乙丑（一二〇五）の年末になって、夜に沈氏の庭園を訪れたことを夢に見、陸游はまた二首の絶句を作り、次のようにうたった。(注10)

（其の一）
路近城南已怕行　路《みち》　城南に近づけば　已《すで》に行くを怕《おそ》る
沈家園裏更傷情　沈家の園裏　更に情を傷《いた》ましむ
香穿客袖梅花在　香は客袖を穿《うが》ち　梅花　在り
緑蘸寺橋春水生　緑は寺橋を蘸《ひた》し　春水　生ず

（其の二）
城南小陌又逢春　城南の小陌《しょうはく》　又た春に逢うも

只見梅花不見人　　只だ梅花を見て　人を見ず
玉骨久成泉下土　　玉骨　久しく泉下の土と成るも
墨痕猶鎖壁間塵　　墨痕　猶お壁間の塵に鎖《と》ざさる

沈園は後に許氏のものとなり、更にまた汪之道の邸宅となったという。

〔訳者注〕

（1）陸游の母親（唐氏）と最初の妻（唐琬）がおばとめいの関係にあたるとすれば、陸游にとって唐琬は母方の従姉妹《いとこ》ということになる。但し、陸游の母親と唐琬は同じ唐氏ではあっても血縁関係は無く、二人がおばとめいの関係にあたるという説は成り立たない、という指摘もある。欧明俊『挿図本中国文学小叢書47　陸游』（春風文芸出版社、一九九九年）十四頁を参照のこと。

（2）原文では、この後に陸游の「釵頭鳳」が引用されている。

（3）紹興乙亥の年は、紹興二十五年（一一五五）、陸游三十一歳。

（4）詩題は「沈園」二首。『剣南詩稿』巻三十八所収。但し其一と其二の順序が逆であり、また文字に異同がある。

（5）慶元己未の年は、慶元五年（一一九九）、陸游七十五歳。

（6）原文は、「未久、唐氏死」。この一文は、本来「実に紹興乙亥の年のことである（原文は実紹興乙亥歳也）」の後に続くべきである。龍氏の原注も指摘するように、『斉東野語』の記述は時間的な前後関係が混乱しており、注意が必要である。

（7）紹熙壬子の年は、紹熙三年（一一九二）、陸游六十八歳。「沈園」二首を書く七年前にあたる。

（8）原文は次の通り。「禹跡寺南、有沈氏小園。四十年前、嘗題小詞一闋壁間。偶復一到、而園已三易主、読之悵然」。銭仲聯『剣南詩稿校注』（一九八五年九月、上海古籍出版社）によれば、正確な詩題は「禹跡寺南、有沈氏小園。四十年前、嘗題小闋壁間。偶復一到、而園已易主、刻小闋于石、読之悵然」である。『斉東野語』の引用には「刻小闋于石」という部分が抜けているので、これを（　）に入れ訳文に補った。同詩は、『剣南詩稿』巻二十五所収。

（9）原文は「翁居鑑湖」。

（10）開禧乙丑の年は、開禧元年（一二〇五）、陸游八十一歳。詩題は「十二月二日夜、夢遊沈氏園亭」二首。『剣南詩稿』巻六十五所収。

○清・沈辰垣の『歴代詩余』巻一百十八に引かれる夸娥斎主人の説に、次のようにある。

陸放翁は妻をめとり、夫婦は非常に仲睦まじかったが、（陸游の）母親である夫人の気に入らず、離婚することになった。それでもなお（二人は）贈り物をし合い、親しくしていた。ある時、別れた妻がわざわざ酒をとっておいて陸游に贈ったところ、陸游は詞を作り、これに感謝した。その中に「東風　悪しく、歓情　薄し」という句がある。思うに、これは「釵頭鳳」の詞牌でうたったものであろう。別れた妻も詞を作り、次のように答えた。(注1)

世情薄　　　　世情　薄く
人情悪　　　　人情　悪し
雨送黄昏花易落　　雨　黄昏《こうこん》を送り　花　落ち易し
暁風乾　　　　暁風　乾かし
涙痕残　　　　涙痕　残る
欲箋心事　　　心事を箋《しる》さんと欲し
独語斜闌　　　斜闌に独語す
難　　　　　　難し
難　　　　　　難し

難　　難し

人成各　　人各《おの》おのを成し

今非昨　　今　昨に非ず

病魂常似秋千索　　病魂　常に秋千の索《なわ》に似たり

角声寒　　角声　寒く

夜闌珊　　夜　闌珊《らんさん》たり

怕人尋問　　人の尋問するを怕《おそ》れ

咽涙粧歓　　涙に咽《むせ》びて歓を粧《よそお》う

瞞　　瞞《あざむ》かん

瞞　　瞞かん

瞞　　瞞かん

ほどなくして、愁いと怨みのために世を去った。

〔訳者注〕

（1）今日でも中国浙江省紹興にある沈園の園内には、陸游と唐琬の「釵頭鳳」詞が石に刻まれ、並んで展示されている。但しこの唐琬の詞は、現存の資料では明・卓人月の『古今詞統』巻十に見えるのが最も早く、次いでここに挙げた清・沈辰垣の『歴代詩余』の順となる。宋代の資料では、前掲『耆旧続聞』巻十に冒頭の「世情薄、人情悪」の二句が引用されているのみである。また前掲『斉東野語』には、陸游が「釵頭鳳」詞を沈園の壁に書きつけた際、唐琬が「釵頭鳳」の詞を作り唱和したとは記されていない。したがってこの詞は、後世の人が残句を補って作った偽作である可能性が高い。

〔参考〕

この有名な詞は、現存する陸游の詞のうち制作年代が確認できる最も早いものであり、夏承燾・呉熊和『放翁詞編年箋注』（上海古籍出版社、一九八一年）は、上巻（入蜀前及蜀中作）の巻頭にこの詞を置いている。なお、前闋は男性（陸游）の心情をうたい、後闋は女性（唐琬）の心情をうたう、とする説もある。森博行『詩人と涙―唐宋詩詞論―』（現代図書、二〇〇二年）二一三頁を参照のこと。

陸游と唐琬の悲劇の物語は、日本では幸田露伴（一八六七～一九四七）によって小説「幽夢」に書かれ、広く一般に知られている。同作品は大正四年（一九一五）に発表され、『露伴全集』（岩波書店、一九五三年）に収録されている他、村上哲見・浅見洋二『鑑賞中国の古典21蘇軾・陸游』（角川書店、一九八九年）にも収録されている。

最後に、最近出版された一海知義編『続一海知義の漢詩道場』（岩波書店、二〇〇八年）に収録された中山文氏のコラム「越劇『唐琬』の新しさ―陸游の妻唐琬の描き方」について、簡単に触れておく。これは、二〇〇六年に浙江省で開催された越劇百周年記念フェスティバルで上演された新作越劇『唐琬』についての評論である。中山氏によれば、越劇『唐琬』は、陸游ではなく唐琬を主役とした異色の作品で、「徹頭徹尾唐琬の内心の葛藤にスポットライトを当て」、「母の命に背くことのできない弱い陸游と自分の意志を貫く強い唐琬」を描き出し、まったく新しい「二十一世紀的唐琬像」の創造に成功したと、高く評価されたとのことである。詳しくは、『続一海知義の漢詩道場』を参照されたい。

（三野豊浩）

○范成大五首　彊邨叢書本『石湖詞』より収録す

80—01

南柯子一首

悵望梅花駅，凝情杜若洲

悵望す　梅花の駅、情を凝らす　杜若の洲

香雲低処有高楼

香雲　低《た》るる処　高楼　有るも

可惜高楼不近木蘭舟

惜しむべし　高楼　木蘭の舟に近からざるを

緘素双魚遠，題紅片葉秋

素を緘し　双魚　遠く、紅に題し　片葉　秋なり

欲憑江水寄離愁

江水に憑《よ》りて離愁を寄せんと欲するも

江已東流那肯更西流

江　已に東に流れ　那ぞ肯《あえ》て更に西に流れんや

〔韻字〕

洲、楼、舟、秋、愁、流。

〔詞牌〕

「南柯子」は、『詞律』巻一、『詞譜』巻一所収。ただしいずれも詞牌を「南歌子」とする。もとは唐の教坊の曲名で、単調と双調がある。単調のものは唐・温庭筠に始まり、二十三字または二十六字。双調のものは五十二字、五十三字、五十四字の各体があるが、いずれも前後闋各四句で、三ヵ所ずつ平字で押韻する。ただし『詞律』『詞譜』所収の石孝友の作品は、双調五十二字、前後闋各五句で、三ヵ所ずつ仄字で押韻している。范成大のこの詞は、制作時期、場所ともに不明。双調五十二字で、前後闋とも五、五、七、九という字数から成り、五字の二句は前後闋とも端正な対句となっている。

〔注〕

○『唐宋詞鑑賞辞典』（上海辞書出版社、一九八八年）は、この詞は一組の愛し合う男女が離れ離れになり、遙か遠くからお互いを思う気持ちをうたったものであり、前闋は男性の、後闋は女性の気持ちを、それぞれうたっていると解説している。本稿も、これに従って解釈する。

○帳望　がっかりして遙か彼方を眺めやること、遠くに思いをいたすこと。柳永の「西平楽（尽日憑高目）」詞に「秦楼鳳吹、楚館雲約、空帳望、在何処（秦楼の鳳吹、楚館の雲約、空しく帳望す、何処にか在る）」とある。

○梅花駅　親しい人から梅の花が届けられる宿場駅。「梅」と「駅」には、次のような関連性がある。南朝宋の時代、陸凱《りくがい》は范曄《はんよう》と親しかった。陸凱は江南から長安の范曄に梅の花を贈り、あわせて次のような詩を贈った（「贈范曄詩」）。「折梅逢駅使、寄与隴頭人。江南無所有、聊贈一枝春（梅を折りて駅使に逢い、寄せて隴頭の人に与う。江南 有る所無く、聊か一枝の春を贈る）」。「駅使」は本来、宿場駅から各地へ手紙や品物を送り届ける使者のことであるが、この故事から梅花の異名もしくは縁語として用いられるようになった。范成大のこの詞では、恋人からの便りが届けられる宿場駅を、「梅花駅」と表現しているのであろう。范成大より後の時代の用例になるが、元・張弘範の「点絳唇（星斗文章）」詞に「一鞭行色、春雪梅花駅（一鞭の行色、春雪梅花の駅）」とある。

○凝情　何か一つの対象に意識あるいは感情を集中させること、思いを凝らすこと。唐・柳宗元の「零陵春望」詩に「凝情空景慕、万里蒼梧陰（情を凝らして空しく景慕す、万里蒼梧の陰）」とあり、また、柳永の「洞仙歌（乗興）」詞に「不堪独倚危檣、凝情西望日辺（堪えず独り危檣に倚り、情を凝らして西のかた日辺を望むに）」とある。

○杜若洲　杜若の生い茂る川の中洲。「杜若」は、香草の名。和名はヤブショウガ、ヤブミョウガ。夏に白い小さな花を咲かせ、丸い実を結ぶ。「洲」は、川の中洲。『楚辞』「九歌」「湘君」に「采芳洲兮杜若、将以遺兮下女（芳洲の杜若を采り、将に以て下女《かじょ》に遺《おく》らんとす）」とあり、また「九歌」「湘夫人」に「搴汀洲兮杜若、将以遺兮遠者（汀洲の杜若を搴《と》りて、将に以て遠き者に遺《おく》らんとす）」とある。

○香雲　かぐわしい雲。めでたい雲。唐・羅隠の「巫山高」詩に「下圧重泉上千仞、香雲結夢西風緊（下は重泉を圧し上は千仞、香雲 夢を結ばんとするも西風 緊《きび》し）」とある。

○低処　雲が低く垂れ込めている所、の意。やや後の用例ではあるが、南宋・盧炳の「踏莎行（秋色人家）」詞に「白雲低処雁回峰、明朝便踏瀟湘路（白雲 低《た》るる処 雁峰を回り、明朝 便《すなわ》ち踏む瀟湘の路）」とある。

○高楼　高い楼閣、高殿。ここでは、男性の恋人がいる場所。李白の「宣州謝朓楼餞別校書叔雲（宣州の謝朓の楼にて校書叔雲に餞別す）」詩に「長風万里送秋雁、対此可以酣高楼（長風 万里 秋雁を送る、此れに対して以て高楼に酣《たけなわ》なるべし）」とある。

○木蘭舟　「木蘭」は、樹木の名。アララギ、モクレン。『楚辞』「離騒」に「朝飲木蘭之墜露兮、夕餐秋菊之落英（朝《あした》には木蘭の墜露を飲み、夕《ゆうべ》には秋菊の落英を餐《くら》う）」とある。「木蘭舟」は、木蘭で作った小舟。唐・柳宗元の「酬曹侍御過象県見寄（曹侍御の象県を過ぎて寄せらるるに酬ゆ）」詩に「破額山前碧玉流、騒人遙駐木蘭舟（破額山前 碧玉の流れ、騒人 遙かに駐む木蘭の舟）」とある。『風絮』創刊号「『唐宋名家詞選』訳注稿（二）」所載の59—02魏夫人「菩薩蛮」詞にも「蕩漾木蘭船、船中人少年（蕩漾たり木蘭の船、船中 人は少年なり）」とある（二一四頁）。同詞「木蘭船」の〔注〕（二一六頁）参照。なお、范成大のこの詞でも、舟には男性が乗っていると考えられる。

○可惜　残念なことに、の意。北宋・欧陽脩の「浪淘沙（把酒祝東風）」詞に「可惜明年花更好、知与誰同（惜しむべし明年 花 更に好《よ》からんも、知らず誰とか同《とも》にせん）」とある。

○緘素　手紙に封をすること。また、封をした手紙。「緘」は、封をする。「素」は、手紙。本来は白い布の意味だが、古人は白い布に文字を書いて手紙としたので、後に手紙を意味するようになった。北宋末南宋初・劉才邵の「次韻蕭元隆見寄二首（蕭元隆の寄せらるるに次韻す二首）」詩其二に「一鶚奮飛方遠挙、双魚緘素肯軽伝（一鶚 奮い飛びて方に遠く挙がり、双魚 素を緘して肯《あえ》て軽がるしく伝えんや）」とある。

○双魚　文字通りには二匹の魚の意だが、ここでは手紙を指す。漢代の古楽府「飲馬長城窟行」に「客従遠方来、遺我双鯉魚。呼児烹鯉魚、中有尺素書（客 遠方より来たり、我に双鯉魚を遺《おく》る。児を呼びて鯉魚を烹《に》るに、中に尺素の書 有り）」とある。遠来の客から贈られた二匹の鯉を切ってみたら、中に白い布に書かれた手紙が入っていた、という内容であり、ここから「双魚」「双鯉」は手紙の代名詞となった。北宋・晏幾道の「蝶恋花（巻絮風頭寒欲尽）」詞に「隔水高楼、望断双魚信（水を隔つる高楼、望断す双魚の信）」とある。

○題紅　「題紅葉」の略。紅葉に詩を書きつける、の意。いわゆる「紅葉題詩」の故事。時代、人物、詩の内容などに様々なヴァリエーションがあるが、おおむね、後宮で不遇の生活を送る宮女が紅葉に詩を書きつけて水に流し、自分の思いを訴えたところ、それが男性に発見され、めでたく結ばれる、という筋立てとなっている。一例として、唐の宣宗の時、宮人の韓氏が紅葉に書きつけたという「題紅葉（紅葉に題す）」詩に「水流何太急、深宮尽日閑。殷勤謝紅葉、好去到人間（水流るること何ぞ太《はなは》だ急なる、深宮尽日閑なり。殷勤に紅葉に謝す、好《よ》し去りて人間《じんかん》に到れ）」とある。同様の詩は、『全唐詩』巻七九七にまとめて収録されている。

○片葉　「一片葉」の略。一枚の木の葉、の意。唐・李咸用の「秋日与友生言別（秋日 友生と別れを言う）」詩に「数花籬菊晩、片葉井梧秋（数花 籬菊晩《おそ》く、片葉 井梧秋なり）」とある。また唐の玄宗の時の宮人が梧葉に書きつけて流したという詩（「題洛苑梧葉上（洛苑の梧葉の上に題す）」詩）に「聊題一片葉、寄与有情人（聊か一片の葉に題し、有情の人に寄せ与う）」とある。

○江水　川の水。北宋・王安石の「江上」詩に「江水漾西風、江花脱晩紅（江水西風に漾《ただよ》い、江花 晩紅を脱《お》とす）」とある。

○離愁　別れの愁い。具体的には、愛し合う恋人と離れ離れに暮らさなければならないことを辛く思う気持ち。南唐・李煜の「烏夜啼（無言独上西楼）」詞に「剪不断、理還乱、是離愁（剪《き》れども断たれず、理《ととの》えても還《ま》た乱るるは、是れ離愁なり）」とある。また北宋末南宋初・葉夢得の「酔蓬萊（問東風何事）」詞に「欲寄離愁、緑陰千囀、黄鸝空語（離愁を寄せんと欲するも、緑陰に千囀し、黄鸝 空しく語る）」とある。

○東流　川の水が東に流れること。『風絮』第二号「『唐宋名家詞選』訳注稿（二）」所載の84―06姜夔の「鷓鴣天」詞にも「肥水東流無尽期（肥水 東流して尽くる期 無し）」とある（二一三頁）。同詞「東流」の〔注〕（二一四頁）参照。

○西流　川の水が西に流れること。白居易の「得行簡書聞欲下峡先以詩寄（行簡の書を得て峡を下らんと欲すと聞き、先に詩を以て寄す）」詩に「欲寄両行迎爾涙、長江不肯向西流（両行の爾《なんじ》を迎うる涙を寄せんと欲するも、長江 肯《あえ》て西に向かいて流れず）」とある。

〔通釈〕

《南柯子》一首

いとしい人が送ってくれた梅の花はまだ届かないのかと、がっかりして遠くの宿場駅を眺めやる。いとしい人に杜若の香り草を摘み取って贈りたくともできず、むなしく遙かな川の中洲に思いを凝らす。かぐわしい雲が低く垂れ込める所にあの人のいる高殿があるのだが、残念ながら、その高殿は私の乗る木蘭の舟から近くはない。

白い絹に思いのたけを記して出した手紙は、遙か彼方。一枚の赤い葉っぱに詩を書きつけて水に流せば、秋の思いは深まるばかり。川の水を頼りにして、別れて暮らす辛さをあなたに伝えたいと思っても、川はもう東へ流れて行ってしまったのですから、どうしてその上また西に流れたりしましょうか。

（三野豊浩）

80―02

酔落魄一首

棲烏飛絶

棲烏　飛ぶこと絶え

絳河緑霧星明滅
　絳河　緑霧　星　明滅す
焼香曳簟眠清樾
　香を焼《た》き　簟を曳《ひ》き　清樾《せいえつ》に眠る
花影吹笙，満地淡黄月
　花影に笙を吹けば、地に満つ　淡黄の月

好風砕竹声如雪
　好風　竹を砕き　声　雪の如し
昭華三弄臨風咽
　昭華　三たび弄《もてあそ》べば　風に臨みて咽《むせ》ぶ
鬢糸撩乱綸巾折
　鬢糸　撩乱し　綸巾《かんきん》　折る
涼満北窓，休共軟紅説
　涼　北窓に満つ、休《や》めよ　軟紅と共に説くを

〔韻字〕
絶、滅、樾、月、雪、咽、折、説。

〔詞牌〕

「酔落魄」は、『詞律』巻八、『詞譜』巻十二所収。但しいずれも詞牌を「一斛珠」とする。別に「一斛金」「一斛夜明珠」「怨春風」「梅梢雪」「章台月」「酔落托」「酔落拓」「酔羅歌」「闘黒麻」ともいう。双調で、五十七字から成り、前後闋とも仄字で四ヵ所ずつ押韻する。范成大のこの詞は、制作時期、場所ともに不明。『石湖詞』では補遺の冒頭に収録され、また南宋・周密の『絶妙好詞』巻一にも収録されている。

〔注〕

○棲烏　夕方になり、ねぐらに帰るカラス。唐・銭起の「過楊駙馬亭子（楊駙馬の亭子を過ぐ）」詩に「長袖留嘉客、棲烏下禁城（長袖 嘉客を留め、棲烏 禁城に下る）」とある。

○飛絶　空を飛ぶ鳥の姿が絶える、という意味。唐・柳宗元の「江雪」詩に「千山鳥飛絶、万径人踪滅（千山 鳥の飛ぶこと絶え、万径 人踪 滅す）」とある。

○絳河　天河、天の川。「絳」は、赤。天の川は南にあり、南は五行では火（色では赤）に当たるので、このように呼ぶ。唐・杜審言の「七夕」詩に「白露含明月、青霞断絳河（白露 明月を含み、青霞 絳河を断つ）」とある。

○緑霧　うっすらと青く立ち込める霧。蘇軾の「寿星院寒碧軒」詩に「紛紛蒼雪落夏簟、冉冉緑霧霑人衣（紛紛たる蒼雪 夏簟に落ち、冉冉たる緑霧 人衣を霑《うるお》す）」とある。

○星明滅　星が明るくなったり暗くなったりすること、星がまたたくこと。柳永の「女冠子（断雲残雨）」詞に「銀河濃淡、華星明滅、軽雲時度（銀河 濃く淡く、華星 明滅し、軽雲 時に度《わた》る）」とある。また、ほぼ同時代の用例ではあるが、南宋・楊万里の「月台夜坐」詩に「風急星明滅、雲行月送迎（風 急に星 明滅し、雲 行きて月 送迎す）」とある。

○焼香　香を焚くこと。蘇軾の「是日宿水陸寺寄北山清順僧二首（是《こ》の日 水陸寺に宿し北山清順の僧に寄す二首）」詩其一に「拾薪煮薬憐僧病、掃地焼香浄客魂（薪を拾い薬を煮て僧の病を憐れみ、地を掃き香を焼きて客の魂を浄《きよ》む）」とある。

○曳簟　むしろを引っ張り出すこと。「曳」は、地面や水面を引きずる。『荘子』「秋水」篇に「吾将曳尾於塗中（吾れ将に尾を塗中に曳かんとす）」とあり、また東晋・陶淵明の「勧農」詩に「矧伊衆庶、曳裾拱手（矧《いわ》んや伊《こ》の衆庶、裾《すそ》を曳き手を拱《こまぬ》かんや）」とある。范成大のこの詞では、家の中から敷物を引っ張って来て地面の上に敷く、の意であろう。「簟」は、むしろ、ござ。北宋・蘇舜欽の「夏意」詩に「別院深深夏簟清、石榴開遍透簾明（別院深深として夏簟清し、石榴開くこと遍く簾を透かして明らかなり）」とある。

○眠清樾　涼しい木陰で眠る、の意。「清」は、涼しい。「樾」は、木陰。蘇軾の「中秋月寄子由三首（中秋の月子由に寄す三首）」其二に「三更歌吹罷、人影乱清樾（三更歌吹罷《や》み、人影清樾に乱る）」とある。

○花影　月に照らされた花の影。また、そのあたり。北宋・王安石の「夜直」詩に「春色悩人眠不得、月移花影上欄干（春色人を悩まして眠り得ず、月花影を移して欄干に上らしむ）」とある。また、蘇軾の「月夜与客飲杏花下（月夜客と杏花の下に飲す）」詩に「褰衣歩月踏花影、炯如流水涵青蘋（衣を褰《かか》げ月に歩み花影を踏まば、炯として流水の青蘋を涵《ひた》すが如し）」とある。

○吹笙　笙を吹くこと。「笙」は、長短さまざまの竹を組み合わせて作った管楽器。唐・宋之問の「王子喬」詩に「白虎揺瑟鳳吹笙、乗騎雲気吸日精（白虎は瑟を揺らし鳳は笙を吹き、雲気に乗騎して日精を吸う）」とある。

○満地　地面いっぱいに満ちること。唐・劉方平の「春怨」詩に「寂寞空庭春欲晩、梨花満地不開門（寂寞たる空庭春晩《く》れんと欲し、梨花地に満ち門を開かず）」とある。

○淡黄月　淡黄色の月の光。「淡黄」は、うっすらとした黄色。五代・和凝の「麦秋両岐（涼簟鋪斑竹）」詞に「淡黄衫子裁春縠、異香芬馥（淡黄の衫子春縠を裁ち、異香芬馥たり）」とある。また、賀鋳の「減字浣渓沙」詞の冒頭に「楼角初銷一縷霞、淡黄楊柳暗棲烏（楼角 初めて銷ゆ一縷の霞、淡黄の楊柳 暗に棲む烏）」とある。このように、「淡黄」は着物や植物の色などの形容に用いられる場合が多く、范成大のこの詞のように月の形容に用いた例は珍しい。

○好風　よい風。唐・杜審言の「大酺」詩に「梅花落処疑残雪、柳葉開時任好風（梅花 落つる処 残雪かと疑い、柳葉開く時 好風に任《まか》す）」とある。

○砕竹　ここでは、竹が風に吹かれてさわさわと音をたてることをいう。唐・雍陶の「盧岳閑居十韻」詩に「春色流巌下、秋声砕竹間（春色 流巌の下、秋声 砕竹の間）」とある。

○声如雪　音が、まるで雪のようである、の意。「声」は、音声。唐・宋之問の「寒食還陸渾別業（寒食に陸渾の別業に還る）」詩に「洛陽城裏花如雪、陸渾山中今初発（洛陽城裏 花 雪の如くなるに、陸渾の山中 今 初めて発す）」とある。唐宋の詩詞における「如雪」の用例は大変多いが、花や髪などの白さの形容に用いるものが圧倒的に多く、范成大のこの詞のように音声の形容に用いた例は珍しい。

○昭華　古代の管楽器の名前。本来は美玉の名であるが、ここでは玉笛の名として用いられている。『西京雑記』巻三に「玉管長二尺三寸二十六孔、吹之則見車馬山林隠轔相次、吹息亦不復見。銘曰昭華之琯（玉管は長さ二尺三寸にして二十六孔あり、之を吹かば則ち車馬山林の隠轔として相い次ぐを見、吹き息《や》めば亦た復た見えず。銘に曰く、昭華の琯と）」とある。また北宋・晏幾道の「采桑子（双螺未学同心綰）」詞に「月白風清、長倚昭華笛裏声（月 白く風 清く、長く昭華笛裏の声に倚《よ》る）」とある。

○三弄　楽器を三回演奏すること。「弄」は、楽器を吹奏すること。蘇軾の「昭君怨」詞の冒頭に「誰作桓伊三弄、驚破緑窓幽夢（誰か桓伊の三弄を作《な》し、緑窓の幽夢を驚破す）」とある。

○臨風　風を迎える、風に吹かれる、の意。北宋・晏幾道の「玉楼春（旗亭西畔朝雲住）」詞に「臨風一曲酔朦朧、陌上行人凝恨去（風に臨む一曲 酔いて朦朧たり、陌上の行人 恨みを凝らして去る）」とある。

○咽　嗚咽、むせび泣くこと。また、そのような音。杜甫の「石壕吏」詩に「夜久語声絶、如聞泣幽咽（夜久しくして語声 絶え、泣きて幽咽するを聞くが如し）」とある。

○鬢糸　鬢に生える白髪。「鬢」は、耳ぎわの髪の毛。「糸」は、白髪の喩え。唐・杜牧の「題禅院（禅院に題す）」詩に「今日鬢糸禅榻畔、茶煙軽颺落花風（今日 鬢糸 禅榻の畔《ほとり》、茶煙 軽く颺《あ》がる落花の風）」とある。『風絮』第二号「『唐宋名家詞選』訳注稿（二）」所載の79—05陸游「漁家傲」詞にも「鬢糸幾縷茶煙裏（鬢糸の幾縷 茶煙の裏）」とあり（二〇五頁）、また、本訳注稿所載の40—07蘇軾「江城子」詞にも「鬢如霜（鬢 霜の如し）」とある（二八五頁）。それぞれの〔注〕参照。

○撩乱　入り乱れること。北宋・欧陽脩の「蝶恋花（簾幕風軽双語燕）」詞に「午後醒来、柳絮飛撩乱（午後に醒め来たれば、柳絮 飛ぶこと撩乱たり）」とある。

○綸巾　「綸巾」は、青い糸を編んだ帯で作った頭巾。六朝時代の貴族が、くつろいでいる時にかぶったもの。蜀の諸葛孔明が愛用したと伝えられることから、諸葛巾ともいう。蘇軾の「念奴嬌・赤壁懐古」詞に「羽扇綸巾、談笑間、強虜灰飛煙滅（羽扇綸巾、談笑の間に、強虜 灰と飛び煙と滅す）」とある。

○涼満北窓　涼しさが、北向きの窓に満ちあふれる、の意。東晋・陶淵明の「与子儼等疏（子の儼等に与うる疏）」に「五六月中、北窓下臥、遇涼風暫至、自謂是羲皇上人（五六月中、北窓の下に臥し、涼風の暫《にわ》かに至るに遇えば、自《みずか》ら謂《おも》えらく是れ羲皇上の人なりと）」とある。

○軟紅　「軟紅塵」の略。舞い上がる塵ほこりの意で、大都会の繁華を形容する。蘇軾の「次韻蒋穎叔銭穆父従駕景霊宮二首（蒋穎叔《しょうえいしゅく》 銭穆父《せんぼくほ》の景霊宮に駕するに従うに次韻す二首）」詩其一に「半白不羞垂領髪、軟紅猶恋属車塵（半白 羞《は》じず 領《うなじ》に垂るるの髪、軟紅 猶お恋う 車に属するの塵）」とあり、自注に「前輩戯語、有西湖風月、不如東華軟紅香土（前輩の戯語に、西湖の風月 有るは、東華の軟紅 香土に如かずと）」とある。また、范成大自身の「市街」詩に「惆悵軟紅佳麗地、黄沙如雨撲征鞍（惆悵す軟紅佳麗の地、黄沙 雨の如く征鞍を撲《う》つ）」とある。

○休共軟紅説　大都会の繁華と共に語るのはやめよ、の意。「休」は、禁止の命令。

〔通釈〕

《酔落魄》一首

ねぐらに帰るカラスは空からすっかり姿を消し、
天の川のあたりにうっすらと青い霧が立ち込め、星がまたたきはじめる。
香を焚き、むしろを引っ張って来て、涼しい木陰で眠る。
花の影のあたりで笙を吹き鳴らせば、地面いっぱいに満ちる、淡い黄色の月の光。

よい風が吹いて来て竹の葉に当たり、さわさわと鳴るその音は、まるで雪のよう。

昭華の玉笛を三たび吹き鳴らせば、風の中で、むせび泣くような音をたてる。

鬢の白髪は風に乱れ、頭巾は二つに折れ曲がる。

涼しさが、北向きの窓に満ちあふれる。この趣を大都会の繁華と共に語ることは、やめていただきたい。


【龍氏注】

○清・宋翔鳳[注1]の『楽府余論』に次のようにある。

高江村（士奇）[注2]は、次のように述べている。『笙』の字は、『簾』とするべきではなかろうか。そうでなければ、下の『昭華』の句とぶつかってしまう（注3）」と。思うに、高氏の説は誤りである。この詞は、まさしく笙を吹くことをうたっているのである。前闋は、夜中の情景から始めて、笙を吹くことをうたっている。後闋の「好風 竹を砕き 声 雪の如し」は、笙の音色を描写しているのである。「昭華 三たび弄べば 風に臨みて咽ぶ」は、笙を既に吹き終えたのである。「鬢糸撩乱し」は、笙を手にして吹く者の、その竹の長さが不揃いで、しきりに鬢に当たっていることをいうのである。もし笙を吹いている時に風が吹いて来れば、「綸巾 折る」となり、「涼北 窓に満つ」となることが分かるのである。もし不用意に「笙」の字を削ってしまえば、後闋は全く意味をなさなくなる。しかも、花影がどうして簾を吹くことができようか。言葉は、より一層そぐわないものとなる。

〔訳者注〕

(1)宋翔鳳(一七七九～一八六〇)　清、江蘇長洲の人。字は于庭。嘉慶五年(一八〇〇)の挙人。官は湖南新寧の知県。経学に精通し、段玉裁に師事した。著作に『浮渓精舎叢書』がある。『清史稿』巻四八八、『清史列伝』巻六十九に伝がある。

(2)高士奇(一六四五～一七〇三)　清、浙江銭塘の人。字は澹人、号は江村。科挙に合格できなかったが、たまたま康熙帝に見出され、内廷供奉を授けられる。最後は礼部侍郎に至るが、就任せずに帰郷した。著作に『左伝紀事本末』『春秋地名考略』などがある。『清史稿』巻二七七、『清史列伝』巻十に伝がある。

(3)　前闋の「笙」は複数の竹の管を束ねた楽器であり、後闋の「昭華」は一本の管に穴のあいた楽器である。したがって文字通りに受け止めるならば、両者は別の楽器を指すと考えるのが自然であろう。とすれば、「笙」を「簾」にしなければ「昭華」とぶつかってしまう、という高士奇の説にも、一理はあるように思われる。ちなみに、南宋・張元幹の「浣渓沙」詞の副題に「諺以窃嘗為吹笙云（諺に窃嘗を以て吹笙と為すと云う）」とあり、「吹笙」には、酒を飲む、という別の意味もあることが分かる。鄧喬彬・彭国忠・劉栄平『絶妙好詞訳注』（上海古籍出版社、二〇〇〇年）は、范成大のこの詞をその方向で解釈しているが、これもあるいは楽器の重複に配慮したためかも知れない。それとも范成大は、笙の言い換えのつもりで「昭華」の語を用いたのであろうか。いずれにせよ本稿では、「笙」と「昭華」のどちらも楽器を指すものと解釈した。また宋翔鳳は、「好風砕竹声如雪」の一句を笙の音色の描写と説明しているが、本稿では、これも文字通り風の音を描写するものと解釈した。

【伝記】

范成大（一一二六～一一九三）、字は致能[注1]、呉郡（江蘇省蘇州）の人。紹興二十四年（一一五四）、進士の試験に合格した[注2]。隆興元年（一一六四）、著作佐郎に進んだ[注3]。しばらくして、資政殿大学士の肩書を一時的に与えられて金祈請国信使に抜擢され、（金の都に赴いて交渉にあたり）遂に任務を果たして帰ることができた[注4]。敷文閣待制、四川制置使に任命された[注5]。およそ有能な人材で取り柄のある者は、ことごとく自分の幕府に迎え入れ、その長所を活用し、小さな欠点に拘らなかった[注6]。（都に）召還され[注7]（孝宗の）諮問を受け、権吏部尚書に任命され、参知政事を拝命した[注8]。また地方に出て明州（浙江省寧波）の知事となり、ついで金陵（江蘇省南京）の長官となった[注9]。病気を理由に隠退を願い出、資政殿学士に進んだ[注10]。紹熙三年、大学士を加えられ、紹熙四年に没した[注11]。『石湖集』、『攬轡録』、『桂海虞衡集』があり、世に広まった[注12]。（『宋史』巻三八六より抜粋）

彼の『石湖詞』一巻には、鮑氏知不足斎叢書本、彊邨叢書本がある。彊邨本には、補遺が附されている。

〔訳者注〕

（1）于北山『范成大年譜』（上海古籍出版社、一九八七年）は、字を至能とし、「致能」とするのは誤りである、と注記している。

（2）紹興二十四年（一一五四）、范成大二十九歳。同年の進士合格者として、范成大と共に南宋を代表する詩人である楊万里（一一二七

～一二〇六）がいる。また、同じ試験で張孝祥（一一三二～一一六九）は首席で合格し、一方、陸游（一一二五～一二一〇）は秦檜に却けられ落第している。

（3）于北山『范成大年譜』は、范成大が著作佐郎に遷ったのは、乾道元年（一一六五）、范成大四十歳の時であるとする。なお隆興元年は一一六三年で、原文が一一六四年とするのは誤りである。

（4）范成大が南宋の臨時の使者として金に使いしたのは、乾道六年（一一七〇）、四十五歳の時である。目的は、金に北宋歴代皇帝の陵墓の返還と、金の国書を南宋の皇帝が受け取る際の儀礼の改善を要求することであった。この際の記録が、『攬轡録《らんぴろく》』である。范成大は、六月に臨安（杭州）を出発し、九月に燕山（北京）に到着している。道中で書かれた七言絶句七十二首の連作（使金絶句）は、晩年に書かれた「四時田園雑興六十首」と共に、范成大の代表作として知られる。結局、范成大は所期の目的は達成できなかったが、果敢に交渉にあたり、国命を辱めずに帰還した。この功績により、范成大は中書舎人に任命された。

（5）范成大が四川制置使兼成都知事として成都（四川省）に赴任したのは、淳熙二年（一一七五）、五十歳の時である。これに先立ち、范成大は広西経略安撫使として静江（広西壮族自治区桂林）への赴任を命ぜられ、乾道八年（一一七二）年十二月に呉郡を出発し、翌乾道九年（一一七三）三月に静江に到着している。この際の記録が、『驂鸞録《さんらんろく》』である。范成大は静江に二年足らず滞在した後、淳熙二年正月に同地を出発し、六月に成都に到着している。成都への赴任の際には旅行記は書かれていないが、道中で多くの詩が作られている。

（6）南宋を代表する大詩人の陸游は、乾道六年（一一七〇）に故郷の山陰（浙江省紹興）から夔州（四川省奉節）に赴任する。この際の記録が『入蜀記』で、宋代紀行文学の名作として、後述する范成大の『呉船録』と並び称される。陸游は、以後淳熙五年（一一七八）春まで蜀に滞在するが、その間、淳熙二年（一一七五）夏から淳熙四年（一一七七）夏まで范成大の成都幕府に身を寄せ、多くの作品を応酬している。

(7)范成大が成都から南宋の都臨安(浙江省杭州)に召還されたのは、淳熙四年(一一七七)、五十二歳の時である。成都から平江(蘇州)までの帰郷の旅の記録が『呉船録』で、前述の『攬轡録』『驂鸞録』と合わせ「石湖三録」と総称される。これらの日本語訳として、小川環樹訳、山本和義・西岡淳解説『呉船録・攬轡録・驂鸞録』(平凡社東洋文庫、二〇〇一年)がある。范成大は、淳熙四年五月末に成都を出発し、峨嵋山を遊覧した後、船でゆっくり長江を下り、十月に平江の盤門に到着している。

(8)范成大が参知政事に任命されたのは、淳熙五年(一一七八)、五十三歳の時である。これが范成大の生涯における最高の官職であり、このため「范参政」と称される。しかし、范成大は御史に弾劾され、わずか二ヵ月で同職を辞任し、帰郷している。

(9)范成大が明州知事兼沿海制置使となったのは、淳熙七年(一一八〇)、五十五歳の時。ついで建康知事兼行宮留守となったのは、翌淳熙八年(一一八一)、五十六歳の時である。

(10)范成大が病気を理由に建康(南京)の長官を辞任し帰郷したのは、淳熙十年(一一八三)、五十八歳の時。辞任と同時に資政殿学士に任命され、祠禄(寺社の管理を名目とする恩給)を受領。以後故郷で長期にわたる療養生活を送る。

(11)范成大が資政殿大学士を加えられたのは、紹熙三年(一一九二)、六十七歳の時。翌紹熙四年(一一九三)、六十八歳で病没。謚は文穆。友人の周必大(一一二六~一二〇六)が生涯の事跡を記した神道碑を、楊万里が文集の序文を、陸游が哀悼の詩を、それぞれ書いている。

(12)『石湖集』は、范成大の全集。今日では『石湖居士詩集』三十四巻、『石湖詞』一巻が伝わる。石湖は范成大の号で、隠居所を構えた蘇州郊外の石湖にちなんだもの。また范成大の詩は『全宋詩』巻二二四二~巻二二七四(第四十一冊)に、詞は『全宋詞』(第三冊)に、文は『全宋文』巻四九七五~巻四九八五(第二二四冊)に、それぞれ収録されている。代表作「四時田園雑興」をはじめとする范成大の主な詩については、宋代詩文研究会訳注『宋詩選注3』(平凡社東洋文庫、二〇〇四年)を参照のこと。『攬轡録』については前述。『桂海虞衡集』は、正しくは『桂海虞衡志』といい、范成大が静江(桂林)滞在中に同地の風土や文物について記したもの。范成大の著作としては、この他にも『呉郡志』『范村梅譜』『范村菊譜』などがあり、このうち『范村梅譜』と『范村菊譜』は佐藤武敏編訳『中国の花譜』（平凡社東洋文庫、一九九七年）に日本語訳がある。なお、日本語で書かれた范成大の伝記としては、小川環樹「范成大」（初出一九四八年二月弘文堂『中華六十名家言行録』）および「范成大の生涯とその文学」（初出一九四七年十二月養徳叢書外国篇『呉船録』）がある。いずれも『小川環樹著作集』（筑摩書房、一九九七年）第三巻所収。また後者は、前述『呉船録・攬轡録・驂鸞録』にも収録されている。

（三野豊浩）

○姜夔二十三首　彊邨叢書本『白石道人歌曲』より収録す

84―22

翠楼吟　双調　一首

淳熙丙午冬、武昌安遠楼成、与劉去非諸友落之、度曲見志。予去武昌十年、故人有泊舟鸚鵡洲者、聞小姫歌此詞、問之頗能道其事、還呉為予言之。興懐昔遊、且傷今之離索也。

淳熙丙午の冬、武昌の安遠楼 成り、劉去非諸友と之を落し、曲を度して志を見《あらわ》す。予 武昌を去ること十年、故人に舟を鸚鵡洲に泊する者 有り、小姫の此の詞を歌うを聞き、之に問うに頗る能く其の事を道《い》う。呉に還《かえ》りて予が為に之を言う。昔遊を興懐し、且つ今の離索を傷むなり。

月冷龍沙，塵清虎落，今年漢酺初賜

月は龍沙に冷やかに、塵は虎落に清く、今年　漢酺　初めて賜る

新翻胡部曲，聴氈幕，元戎歌吹

新たに翻せし胡部の曲、氈幕に聴く、元戎の歌吹を
層楼高峙
層楼　高く峙す
看檻曲縈紅，簷牙飛翠
檻曲の紅を縈《まと》い、簷牙の翠を飛ばすを看る
人姝麗
人は姝麗
粉香吹下，夜寒風細
粉香　吹き下り、夜は寒く　風は細し

此地
此の地
宜有詞仙，擁素雲黄鶴，与君遊戲
宜しく詞仙の、素雲黄鶴を擁して、君と遊戯する有るべし
玉梯凝望久，嘆芳草，萋萋千里
玉梯に凝望すること久しく、芳草の萋萋として千里なるを嘆ず
天涯情味
天涯の情味

杖酒祓清愁，花銷英気
　酒に清愁を祓い、花は英気を銷すに仗る
西山外
　西山の外
晩来還捲，一簾秋霽
　晩来　還《ま》た捲く、一簾の秋霽

〔韻字〕
賜、吹、峙、翠、麗、細、地、戯、里、味、気、外、霽。（『詞林正韻』第三部去声による。ただし、杜文瀾は上声「里」を交えることに反論している。）

〔詞牌〕
「翠楼吟」は、『詞律』巻十七、『詞譜』巻二十九所収。姜夔の自度曲。本詞のみを挙げる。俗名の双調は、夾鐘商。一百一字。前段十一句六仄韻、後段十二句七仄韻。

〔注〕
○双調　自度曲なので宮調を記す。「双調」は、夾鍾商の俗名。
○本詞は、淳熙十三年（一一八六）、武昌に安遠楼が落成した折の作。但し、詞序はその十年後、この詞が歌われていることを聞いて付したもの。
○武昌　現在の湖北省武漢市の一部。繁華な町であると同時に、軍事・交通の要衝の地でもあった。

○安遠楼　武昌にあった楼閣の名。「安遠」は、異民族の地を安寧に保つことを意味する。南宋・祝穆『新編方輿勝覧』巻二十八「湖北路・鄂州・寺院」の黄鶴山上にある頭陀寺「霊竹院」に「在江夏。本孟宗泣竹之所。天聖中孫晟有記。今安遠楼即其故基（江夏に在り。本と孟宗 竹に泣くの所。天聖中 孫晟に記有り。今の安遠楼は即ち其の故基なり）」とある。『唐宋名家詞選』所収の83—03劉過の「糖多令」詞に付けられた詞序中に「安遠楼小集（安遠楼に小集す）」とある。

○劉去非　人名。前注に引いた劉過「糖多令」詞の詞序中に「同柳阜之・劉去非・石民瞻・周嘉仲・陳孟参・孟容。時八月五日也（柳阜之・劉去非・石民瞻・周嘉仲・陳孟参・孟容と同にす。時に八月五日なり）」とある。夏承燾は『姜白石詞編年箋校』（上海古籍出版社、一九八一年）で劉過の『龍洲集』に見える劉立義ではないかと推測している（十九頁）。

○見志　志を表すこと。「見」は、表す、の意。「志」は、ここでは、おそらく失地回復の志であろう。

○鸚鵡洲　黄鶴磯に続いて長江にあった中洲の名。唐・崔顥の「黄鶴楼」詩に「晴川歴歴漢陽樹、芳草萋萋鸚鵡洲（晴川 歴歴たり 漢陽の樹、芳草 萋萋たり 鸚鵡洲）」とある。明末には消えたが、景勝地として有名だった。

○小姫　ここでは、若い歌姫を指す。劉禹錫の「和楊師皐給事傷小姫英英」詩に「撚弦花下呈新曲、放撥灯前謝改名（弦を撚りて花下に新曲を呈し、撥を放きて灯前に改名を謝す）」とある。また南宋・高観国の「臨江仙（風月生来人世）」詞に「小姫飛燕是前身。歌随流水咽、眉学遠山顰（小姫は飛燕 是れ前身。歌は流水に随いて咽び、眉は遠山に学びて顰む）」とある。

○還呉　呉興（今の江蘇・浙江のあたり）に帰る、の意。淳熙十三年から十年後、慶元二年（一一九六）には姜夔は張鑑らと南昌や無錫に遊んだが、基本的には臨安（浙江省杭州）にいたと思われる。

○昔遊　昔の旅。姜夔の「昔遊詩」の序に「追述旧遊可喜可愕者（旧遊の喜ぶべく愕くべき者を追述す）」とある。銭鍾書著、宋代詩文研究会訳注『宋詩選注3』（平凡社東洋文庫、二〇〇四年）二九八頁参照。

○龍沙　辺境の砂漠地帯。『後漢書』巻四十七「班超」伝に「賛曰、定遠慷慨、専功西遐。坦歩葱雪、咫尺龍沙。（賛

に曰く、定遠慷慨し、功を西遐に専らにす。葱雪を坦歩し、龍沙を咫尺とす）」とあり、その注に「葱嶺・雪山、白龍堆沙漠也（葱嶺・雪山は、白龍堆の沙漠なり）」とある。また南宋・張元幹の「己酉（一一二九）秋呉興舟中作」の序のある「石州慢（雨急雲飛）」詞には「万里想龍沙、泣孤臣呉越（万里 龍沙を想えば、孤臣を呉越に泣かしむ）」とある。南宋においては、武昌は長江南岸の軍事基地だったため、姜夔はここを辺境の砂漠地帯と見なしたのだろう。

○虎落　敵を防ぐために、割った竹を連ねて作った柵。『漢書』巻四十九「晁錯」伝に「要害之処、通川之道、調立城邑、毋下千家、為中周虎落（要害の処、通川の道、調えて城邑を立て、千家を下ること毋《な》く、為に中に虎落を周らす）」とあり、唐・顔師古の注に「虎落者、以竹篾相連遮落之也（虎落なる者は、竹篾を以て相い連ねて之を遮落するなり）」とある。本作品よりも後のことになるが、『宋史』巻四一二「孟珙」伝には紹定六年（一二三三）、宋の軍が蒙古軍と共同して金軍と戦った際に「決堰水、布虎落（堰水を決し、虎落を布く）」とあり、南宋でも用いられていたことが分かる。本作ではそれに塵が積もっている、つまり、平穏な日々が続いていることをいう。

○漢酺　朝廷が施す祝賀の宴や金品。漢の文帝が即位した時、五日間の宴を許したことによる。この年淳熙十三年正月、太上皇となっていた高宗の八十歳を祝い、大赦が行われた。『宋史』巻三十五「孝宗本紀」に、次のようにある。「大赦、文武臣僚並理三年磨勘、免貧民丁身銭之半為一百一十余万緡、内外諸軍犒賜共一百六十万緡（大赦し、文武の臣僚並びに三年の磨勘を理し、貧民の丁身銭の半ばを免じて一百一十余万緡と為し、内外の諸軍犒賜すること共に一百六十万緡）」。本作では落成式で振る舞われた酒食を指すか。

○新翻　既にある曲を改編すること。白居易の「楊柳枝」詩に「古歌旧曲君休聴、聴取新翻楊柳枝（古歌旧曲 君聴くを休めよ、新翻の楊柳枝を聴取せよ）」とあり、また北宋・晏幾道の「六幺令（緑陰春尽）」詞に「新翻曲妙、暗許閑人帯偸掐（新翻の曲 妙にして、暗かに閑人の偸掐を帯るを許す）」とある。

○胡部曲　西域の異民族の音楽。『新唐書』巻二十二「礼楽志」に「開元二十四年、升胡部於堂上。而天宝楽曲、皆以辺地名、若涼州、伊州、甘州之類（開元二十四年、胡部を堂上に升す。而して天宝の楽曲、皆な辺地を以て名づけ、涼州、伊州、甘州の類の若し）」とある。

○氈幕　フェルトの幕。『通典』巻一五二「兵典五」守拒法に「弩台、…中設氈幕、置弩手五人、備乾糧水火（弩台、…中に氈幕を設け、弩手五人を置き、乾糧水火に備う）」とある。また、范成大の「虞美人（玉簫驚報同雲重）」詞に「王孫沈酔狨氈幕。誰怕羅衣薄（王孫は狨氈幕に沈酔す。誰か羅衣の薄きを怕れん）」とある。本作では、軍営が冬支度であることを指す。

○元戎　大軍。あるいは軍隊の長。ここでは、落成式に集められた宋の軍隊を指す。唐・羊士諤の「賀州宴行営回将」詩に「元戎静鎮無辺事、遣向営中偃画旗（元戎 静鎮して辺事 無く、営中に向いて画旗を偃せしむ）」とあり、また南宋・洪適の「番禺調笑（南海）」詞に「元戎好古新声改。調笑花前分隊（元戎 古を好み新声 改まる。調笑花前 隊を分かつ）」とある。

○檻曲　手すりの角。ここでは、安遠楼の手すりを指す。北宋・楊无咎の「陽春（蕙風軽）」詞に「花亭偏倚檻曲。厭満眼争春凡木（花亭 偏く檻曲に倚る。満眼の春を争う凡木を厭う）」とある。なお、『全宋詞』は「欄曲」に作る。

○簷牙　ここでは、安遠楼の突き出した軒先を指す。北宋・周邦彦の「少年遊」詞に「簷牙縹渺小倡楼。涼月掛銀鉤（簷牙 縹渺たり小倡楼。涼月 銀鉤を掛く）」とある。なお、『全宋詞』は「櫓牙」に作る。

○姝麗　美しいさま。『後漢書』巻十上「鄧皇后紀」に「后長七尺二寸、姿顔姝麗、絶異於衆（后 長さ七尺二寸、姿顔姝麗にして、衆に絶異す）」とある。また北宋・張先の「更漏子（錦筵紅）」詞に「侍宴美人姝麗。十五六、解憐才（宴に侍る美人は姝麗なり。十五六にして、解く才を憐れむ）」とある。

○玉梯　玉の階段。唐・李商隠の「代贈二首」其一に「楼上黄昏欲望休、玉梯横絶月中鉤（楼上に黄昏 望まんと欲して休め、玉梯に横絶す月中の鉤）」とある。

○素雲黄鶴　白い雲と黄色の鶴。武昌にあった黄鶴楼およびその故事にちなむ。唐・崔顥の「黄鶴楼」詩に「黄鶴一去不復返、白雲千載空悠悠（黄鶴 一たび去りて復た返らず、白雲 千載 空しく悠悠）」とある。但し、当時、黄鶴楼は存在せず、その跡を残すだけだった。陸游『入蜀記』八月二十八日の条を参照。

○芳草萋萋　草が生い茂る、の意。『楚辞』「招隠士」の「王孫遊兮不帰、春草生兮萋萋（王孫 遊びて帰らず、春草 生じて萋萋たり）」を典故とし、前注に引く「黄鶴楼」詩第六句には「芳草萋萋鸚鵡洲」とある。

○千里　ここでは、草が広く生い茂っていることをいう。北宋・周邦彦の「玉楼春（玉琴虚下傷心涙）」詞に「萋萋芳草迷千里。惆悵王孫行未已（萋萋たる芳草 迷うこと千里。惆悵たる王孫 行きて未だ已まず）」とある。

○天涯　空の果て、非常に遠い所。漢代の「古詩十九首」其一「行行重行行」に「相去万余里、各在天一涯（相い去ること万余里、各おの天の一涯に在り）」とある。

○情味　情趣、味わい。唐・唐彦謙の「寄蒋二十四」詩に「鳥囀蜂飛日漸長、旅人情味悔思量（鳥 囀り 蜂 飛び日 漸く長く、旅人の情味 悔やみ 思量す）」とあり、また北宋・杜安世の「卜算子（深院花鋪地）」詞に「水榭風亭朱明景、又別是愁情味（水榭風亭 朱明の景、又た別に是れ愁いの情味）」とある。

○仗　たよりにすること。柳永の「透碧霄（月華辺）」詞に「仗何人、多謝嬋娟（何人の、嬋娟に多謝するに仗る）」とある。

○英気　鋭い気性。『三国志』巻四十六「呉書」孫策伝の評に「（孫）策英気傑済、猛鋭冠世（策は英気 傑済にして、猛鋭なること世に冠す）」とある。また南宋・朱敦儒の「驀山渓（西江東去）」詞に「迤邐暖乾坤、仗君王雄風英気（迤邐として乾坤を暖むるは、君王の雄風英気に仗る）」とある。

○西山　西の山。唐・王勃の「滕王閣」詩に「朱簾暮巻西山雨（朱簾 暮に巻く 西山の雨）」とある。また北宋末南宋初・欧陽澈の「蝶恋花」詞に「紅葉飄風秋欲暮。送目層楼、簾捲西山雨（紅葉 風に飄り 秋 暮れんと欲す。目を層楼に送り、簾は西山の雨に捲く）」とある。『風絮』第二号「『唐宋名家詞選』訳注稿（二）」所載の26—04潘閬「憶余杭」詞にも「長憶西山（長く西山を憶う）」とある（一五四頁）。同詞「西山」の〔注〕（一五五頁）参照。

○一簾　簾にいっぱいの、ということ。「一」は、全体、全て、の意。唐・唐彦謙の「無題十首」詩其十に「雲色鮫綃拭涙顔、一簾春雨杏花寒（雲色の鮫綃 涙顔を拭い、一簾の春雨 杏花 寒し）」とあり、また南唐・李煜の「長相思（一重山）」詞に「塞雁高飛人未還、一簾風月閑（塞雁 高く飛びて人 未だ還らず、一簾の風月 閑かなり）」とある。

○秋霽　秋の雨がやんで空が晴れること。唐・王勃「滕王閣序」の閣からの眺めを詠じた部分に「虹銷雨霽、彩徹雲衢。落霞与孤鶩斉飛、秋水共長天一色（虹 銷え 雨 霽れて、彩は雲衢に徹す。落霞と孤鶩と斉しく飛び、秋水 長天と共に一色なり）」とある。

〔通釈〕

《翠楼吟》一首　双調

淳熙十三年丙午の冬、武昌の安遠楼が落成し、劉去非や友人たちと訪れ、新曲を作曲して思いを述べた。私は武昌を離れて十年になるが、古い友人が鸚鵡洲に舟を停泊した時、若い歌姫がこの詞を歌い、この詞が作られた時の事情をよく語ったのを聞いて、呉に戻って私にそのことを話してくれた。昔の遊興を思い起こし、あわせて今の寂しさに心を痛めた。

月は龍沙を冷ややかに照らし、塵は虎落に清らかに落ち、今年はとうとう慶賀の祝いを頂戴した。あらたに異民族の音楽を編曲し、フェルトの幕のなか兵士たちが歌うのを聞く。高い建物が聳え立つ。

その紅い欄干はくねくねと続き、青い軒先は空へ飛んでいくかのように突き出している。

歌姫は美しい。

寒々とした夜、風が弱々しく吹く中、その脂粉の香りが漂ってくる。


この地よ。

詞の仙人が、白い雲のなか黄色い鶴にまたがって、君と戯れるのがふさわしい。

（春には）玉の階段に上ってじっと遠くを眺めてみるのだが、かぐわしい草が千里も彼方まで生い茂るのを嘆くばかり。

空の果てにいる人への思い。

酒が愁いを払い、花が戦士の英気を溶かすのにたよる。

（秋には）西の山の向こう、夕方すだれを巻き上げると、雨があがって晴れている。


（松尾肇子）

執筆者紹介（掲載順）

藤原　祐子　龍谷大学非常勤講師
村越　貴代美　慶應義塾大学経済学部教授
孫　克強　南開大学中文系教授
坂田　進一　坂田古典音楽研究所
池田　智幸　京都両洋高等学校非常勤講師
平塚　順良　立命館大学大学院博士後期課程在籍
岡本　淳子　立命館大学大学院博士後期課程在籍
小田　美和子　宮城教育大学教育学部准教授
明木　茂夫　中京大学国際教養学部教授
保苅　佳昭　日本大学商学部教授
松尾　肇子　東海学園大学人文学部准教授
萩原　正樹　立命館大学文学部教授
高田　和彦　大阪府立長吉高等学校教諭
澤崎　久和　福井大学教育地域科学部教授

芳村　弘道　立命館大学文学部教授
高石　和典　立命館大学大学院博士後期課程在籍
三野　豊浩　愛知大学文学部教授

［編集後記］

○二〇〇九年三月十二日、本宋詞研究会の会員である村上哲見先生が、平成二十一年度の日本学士院恩賜賞ならびに日本学士院賞を受賞されることが決定した。その授賞理由には、

　村上哲見氏は、著書『宋詞研究　唐五代北宋篇』（創文社、一九七六年二月）および『宋詞研究　南宋篇』（創文社、二〇〇六年十二月）において、唐末・五代に始まり、北宋を経て南宋にいたる「詞 tsu」と称される抒情文学の発生・展開・成熟の歴史を、主要な作家の作風と、その韻文様式の変遷を分析することによって、系統的・文学史的に追究しました。

　中国における従来の詞文学に対する評論は、過去の作者の作品を自己の創作の模範として、どの作家、どの作品を理想と考えるか、という観点からなされ、活動の時期を異にする作家たちを同一平面に並べて論評してきました。

　村上氏はこれに対し、唐宋間の文学傾向の変化という巨視的な文学史的視点に立って、唐の温庭筠、北宋の張先、柳永、蘇軾、周美成、南宋の辛棄疾、姜夔、呉文英、周密など、各時代を代表する作家たちのそれぞれの時代背景、作家間の作風の継承関係などを微細に分析し、唐末・五代に発して北宋に充実し、南宋に極まった「詞文学」の文学史的変遷を、客観的な資料分析により、はじめて体系的に描き出しました。「詞文学」の作家・作品を豪放派、婉約派に二分する従来の評論に対しても、両者の間に微妙な交錯が認められるという独自の見解を提起しています。

　日中両国における研究史を通じ、文学史的視点の提示という点で、傑出した成果を示した研究として評価されます。

とあり、村上先生の多岐にわたる御研究分野の中で

も、特に唐宋詞研究の成果が高く評価されての御受賞である。まことにおめでたく、編集部一同衷心よりお祝いとお慶びを申し上げます。この御受賞の一報は翌日の朝刊各紙にも大きく報道され、新聞紙上に先生のお名前と「詞文学」という文字が掲載されているのを御覧になって、驚喜された会員の方々も多かったことであろう。また多くの新聞愛読者が、この記事を読むことによって、「詞」というこれまであまり馴染みのなかった文学ジャンルとその研究に関心を持たれたのではないだろうか。先生の御受賞を契機として、日本の学術界はもとより、広く一般の方々が「詞」について知り、その文学世界に興味を感じて頂きたい。そのための環境作りを、及ばずながら当研究会も継続して進めていかなければならないと、あらためて感じた次第である。

○大阪大学中国文学研究室編による『中国文学のチチェローネ』（汲古選書四九）が、二〇〇九年三月に汲古書院より刊行された（定価三五〇〇円＋税）。「チチェローネ」とは、案内人・ガイドブックを意味するイタリア語で、本書は『陽春白雪』巻一所収の元・燕南芝庵「唱論」に挙げられている「十大曲」それぞれを「案内人」に見立て、読者を「楽府」「曲子詞」「散曲」など中国古典歌曲の世界へと誘い、縦横にその世界を散策してもらおうと意図されたものである。以下に本書の内容と執筆者を紹介させて頂く。

はじめに　高橋　文治
Ⅰ　詠史と滑稽―蘇東坡【念奴嬌】　高橋　文治
Ⅱ　歌と物語の世界―無名氏【商調 蝶恋花】　陳　文輝
Ⅲ　文人家庭の音楽―晏叔原【大石調 鷓鴣天】　加藤　聡
Ⅳ　野外の音楽―鄧千江【望海潮】　高橋　文治
Ⅴ　惜春の系譜―呉彦高【春草碧】　藤原　祐子
Ⅵ　諷諭の系譜―辛稼軒【摸魚子】　小林　春代
Ⅶ　多情の饒舌―柳耆卿【双調 雨霖鈴】　谷口　高志

Ⅷ 女流の文学―朱淑真【大石 生査子】
陳　文輝・藤原　祐子
Ⅸ 宴席の歌―蔡伯堅【石州慢】　高橋　文治
Ⅹ 歌曲の二つの行方―張子野【中呂 天仙子】
谷口　高志
おわりに―詩と音楽　詩と経典　浅見　洋二
引用作品・作者一覧

「十大曲」については、本誌第三号に掲載した張鳴「宋金十『大曲（楽）』箋釈」（村越貴代美訳）という専論があるが、「十大曲」とそれに関連する中国古典歌曲を本格的に取り上げた著書は、日本では本書が初めてであろう。本書は、中国歌謡文学の入門書としてはもちろん、研究書としても読み応えのある好著であり、ぜひ御一読をお勧めしたい。

○また昨年十二月には、本誌編集部の一人である松尾肇子氏の著書『詞論の成立と発展―張炎を中心として』（東方書店刊、定価四八〇〇円＋税）が出版された。松尾氏は、本誌第三号にも「文芸論にみる張炎詞論の受容」という論文を掲載されているように、南宋末の張炎による詞論書『詞源』を主なテーマとして研究を積み重ねてこられたが、その二十数年に及ぶ研究成果をまとめたものが本書である。本書の構成は以下の通り。

はじめに
序　章　詞論の成立
第一章　『詞源』と『楽府指迷』
第二章　『詞源』の構成をめぐって
第三章　清空説の検討
第四章　詠物の文学
第五章　抒情の表現
第六章　姜夔の楽論と南宋末の詞楽
第七章　『詞源』諸本について
第八章　文芸論にみる張炎詞論の受容
附論一　李清照像の変遷
　　―二度の結婚をめぐって―
附論二　王昭君考―古典にみる漢族女性の形象―
あとがき

書名・詞牌・詩題索引

人名索引

本書もまた、詞論研究の専著としては日本において最初のものであり、本書の刊行によって、多くの方々が詞や詞論に関心を持って下さることを期待したい。

○本号では、中国の研究者による研究成果として、孫克強氏の整理による清袁学瀾撰「適園論詞」を掲載させて頂いた。孫克強氏は、一九五七年に河南省開封市で生まれ、九二年に復旦大学を卒業されて、現在は南開大学中文系の教授である。中国文学批評史が御専門で、特に明清代の詞学や詞学文献の整理研究等の分野で卓越した成果を挙げておられる。主な著書に『唐宋人詞話』（河南文芸出版社、一九九九）、『清代詞学』（中国社会科学出版社、二〇〇四）、『清代詞学批評史論』（上海古籍出版社、二〇〇八）等がある。二〇〇八年五月には来日され、第十二回宋代文学研究談話会において「詞学史上的清空論」と題する研究発表をなさっている（「詞学史上的清空論」は、「文学遺産」二〇〇九年第一期に掲載されている）。原稿の掲載を快諾して下さった孫克強氏に厚く御礼申し上げます。

○創刊号から連載を続けてきた「施蟄存著『詞学名詞釈義』訳注稿」は、本号をもって全編の訳注を終え、完結となる。替わって今回からは、「南宋・沈義父『楽府指迷』訳注稿」の連載を開始した。『楽府指迷』は、張炎『詞源』と並称される著名な南宋末の詞論書であるが、これまで詳細な訳注はなかった。ぜひ御高覧頂き、御批正をお願い申し上げます。その他、本号全体についてもぜひ読者の皆様から忌憚の無い御意見や御感想を賜りますようお願い申し上げます。お気付きの点がございましたら、奥付に記載の事務局、または執筆者まで御教示をお願いいたします。

○既にお気付きかもしれないが、小誌は前号より裏表紙上部にISBNナンバーとバーコードを附し、地方小出版流通センターを通じて各書店に配本できるようになっている。図書館や研究室等で御購入頂くのも、これで便利になったことと思う。ただ、単に入手しやすいというだけではなく、多くの皆様が手にとって御覧下さるよう、今後もさらに内容の充実をはかっていきたい。

○昨年の第十二回宋代文学研究談話会は、京都市北区の立命館大学で開催され、下記のような研究発表が行われた。

第十二回宋代文学研究談話会

日時　二〇〇八年五月二十四日（土）

午前十時から十七時三十分まで

場所　立命館大学・衣笠キャンパス

末川記念会館第三会議室

プログラム

［研究発表］

・龍沐勛『唐宋名家詞選』における呉文英詞　池田　智幸

・《錦繡万花谷・別集》的編刻及其保存的宋代佚詩　王　嵐

・『東坡集』の編纂と蘇過　原田　愛

・詞学史上的清空論　孫　克強

・蘇軾の和陶詩と陶淵明の原詩との対比
　―形影神の詩を例として―　山口　若菜

・石介的文風取向論
　―兼談石介対韓文芸術伝統的接受　熊　礼匯

・詩経解釈学の方法的概念の展開と
　宋代詩経学の位置　種村　和史

・欧陽脩《居士外集》文編年補正　洪　本健

（編集部）